二見文庫

恋の魔法は永遠に

キャンディス・キャンプ／山田香里＝訳

Pleasured
by
Candace Camp

Translated from the English
PLEASURED
by Candace Camp

First published in the United States by Pocket Books,
a division of Simon & Schuster, Inc.
Japanese translation published by arrangement with
Maria Carvainis Agency, Inc through
The English Agency (Japan) Ltd.

氏族《クラン》のもっとも新しい一員となった、
イライジャ・モルスクに

いつものことですが、すばらしきわが編集者のアビー・ジドルに感謝を。彼女のユーモアのおかげで、手直しの作業がとても楽になっています。さらにポケット・ブックス社の皆さんにも重ねて感謝を。それから代理人マリア・カルヴァニスとスタッフの皆さん、わたしの苦手なことをすべてやってくださって心より感謝いたします。そしてとりわけ、数えきれないほどいろいろな面で協力してくれる家族のみんな、ほんとうにありがとう。

恋の魔法は永遠に

登　場　人　物　紹　介

マーガレット（メグ）・マンロー	スコットランドの治療師兼助産師
デイモン・ラザフォード	マードン伯爵
リネット・ラザフォード	デイモンの娘
ドナルド・マックリー	マードン伯爵のスコットランド領地の雇われ管理人
コール・マンロー	メグの弟
ハジンズ	デイモンの執事
エミベル	デイモンの亡妻
ヴェロニカ・バシャム	エミベルの妹。リネットのおば
ミス・ペティグルー	リネットの家庭教師
イソベル・ケンジントン（ローズ）	メグの親友
ジャック・ケンジントン	イソベルの夫
ブランディングズ	デイモンの従者
アンガス・マッケイ	小作人
マルコム・ローズ	イソベルの亡祖父
フェイ・マンロー	メグの亡祖母
ジャネット・マンロー	メグの亡母
アラン・マクギー	メグの父
グレゴリー・ローズ	メグの幼なじみ
エリザベス・ローズ	イソベルのおば

一七四六年

プロローグ

ノックの音で、はっと目が覚めた。息を詰めていると、もう一度小さくノックがつづいた。彼女はベッドからすべりおり、暖炉脇にある鉄の火かき棒をつかんで、足音をたてぬようドアに向かった。頑丈なドアはそうたやすくは破られないだろうが、それでも年季の入った代物だ。枠とのあいだに少しすきまがあって、そこから外を覗くことができる。

月のない夜に見えるのは暗闇だけだった。息を殺したまま彼女は考えた。いったいだれかしら――こんな夜中に。なにか困っている気の毒な人？　イングランド兵から逃げまわっているハイランド兵？　よもや、ハイランド兵を根絶やしにしようとこの辺をうろついている、イングランド兵では？

ふたたびノックがあり、彼女は思いきってドアのすきまから返事をした。「この家に近づかないで。弾をこめたマスケット銃があなたの心臓《ハート》を狙っているわよ」

驚いたことに、ドアの向こうからは忍び笑いが返ってきた。男性の低い声が答える。「なるほど。でも、ぼくには心《ハート》がない。よく知っているだろう？　だって、それはずっときみとともにあるから」

ひどく耳になじんだいとしい人の声に、彼女は一瞬、動けなくなった。みるみる涙が湧いて、のどが詰まった。「マルコム！」

「ああ、そうだ。それでもドアを開けてくれないのかい？」

彼女ははっとし、かんぬきをあげてドアを引いた。心臓が狂ったように早鐘を打っている。

ああ、マルコムだ。背が高く、肩幅が広く、長めの金髪はくしゃくしゃで、体に巻いたローズ家のタータンを肩から垂らしている。何カ月もこらえていた涙がいっきにあふれ、彼女は嗚咽《おえつ》をもらして火かき棒を取り落とし、彼の胸に飛びこんだ。

「ああ、マルコム、マルコム」ひしと抱きついて彼の首筋に顔をうずめ、涙を流して彼のにおいを吸いこんだ。

「ああ、ほら、これではびしょぬれになってしまう」そんなことを言いながらも彼の声はなんともうれしそうで、彼女をきつく抱きしめる。薄暗い部屋の奥に移ろうと、ドアから離れた。

「会いたかったわ」彼女は嗚咽をのみこみ、彼の首筋に唇を押しつけた。「あなたが戻ってきてくれるかどうか、心配で」

マルコムは豊かな彼女の髪に鼻先をうずめた。「ぼくはしぶといんだ。知っているだろう？」そう言って顔をあげた。「キスをするのはやめておくよ。止まらなくなるから」

「止まらなくなってもいいのよ」彼女の顔がにっこりとほころんだ。「母はいとこのところへ行っているの。今夜は朝までずっと……いいえ、もっと先まで、わたしひとりよ」

彼女はマルコムの腕をすり抜けてドアに一歩近づき、輝くような笑顔で彼を振り返った。

「それなら、入ってくる?」

「ああ」彼はオオカミを思わせるような笑みを浮かべた。「きみとなら、どこへでも」

マルコムはうしろ手でドアを閉め、重たいかんぬきをはめて、彼女が落とした火かき棒を拾いあげた。「こんなものより、もっといい武器を用意したほうがいい。ぼくの短刀《ダーク》をあげよう」

「だめよ、あなたのダークは。だって、おかしいでしょう? 柄《つか》にあなたの家紋が入っているもの」

「これには入っていない」マルコムは身をかがめ、長靴下の上部から柄の黒い小型の短刀を引き抜いた。「持っているのは一本だけじゃないんだよ。ね?」

「危険な人だとわかってはいたけれど」彼女は言い、短刀をテーブルに置いた。そして彼の手を取り、部屋の奥の隅にあるベッドに行きかける。

しかし彼は反対側の暖炉へ彼女の手を引いていき、火かき棒で泥炭をついて火をよみがえらせた。「ちょっと待ってくれ。よく顔を見せてほしい。この顔のことを、ずっと長いこと考えてきたんだから。きちんと覚えているかどうか確かめたい」

言葉どおり、マルコムは火かき棒を置いて彼女のあごをあげさせた。暖炉の火が彼女の顔をちらちらと照らし、瞳を明るく輝かせ、なめらかな顔の輪郭を浮かびあがらせる。

「どうかしら、あなたの覚えているとおりかしら？」彼女は誘うように口角をあげ、生意気ぶって尋ねた。

「いや。覚えているより、もっときれいだ」マルコムはこぶしで彼女の頬をなでおろした。

「それに、もっとやわらかい。もっとそそられる。この数カ月、きみのおかげで眠れなかった夜が何度あったか」

「そうなの？」彼女はタータンの下から手を差しいれ、シャツのなかにまで手をすべりこませて彼の肌を指先でくすぐった。

「ああ。生半可な苦しみではなかったよ」

「なぐさめてくれるフランス娘はたくさんいたんじゃないの？」

「そんなのはひとりもいやしないさ」マルコムの声がかすれた。「ぼくはきみしかほしくないんだ」指先で彼女の胸をそっとなでると先端がかたくなり、彼は瞳の色を深めた。「きみは、少しくらいぼくを思いだしてくれたかい？」

「あなたのことしか考えられなかったわ」低く抑えた声には、あふれんばかりの思いがにじんでいた。「ここでまたあなたに会いたいって、それればかり考えていたの。もう一度あなたの唇を味わって……あなたの手を感じて……この体の奥であなたを感じたい、って」

マルコムの青い瞳に欲望が燃えあがり、強く彼女を抱きよせた。先ほどの言葉どおり、いったん唇を重ねるともう止められなかった。ふたりはもろとも床に崩れ、激しくむさぼるように口づけながら、荒々しい手つきでもどかしく互いの服をまさぐり、焦がれていた素肌を探りあてた。やわらかな胸のふくらみ、たいらな腹部、絹のようにすべらかな太ももに、彼が口づける。そして彼女の腰を持ちあげ、深くなかへ入った。のどの奥で満ち足りたようなうめき声をたてる。

「愛している」熱い吐息が彼女の肌にかかった。

彼女は感極まって、わななないた。もうこれ以上、この甘い責め苦に耐えられないと思った瞬間、快楽がはじけて大波にのまれ、彼にしがみついた。同時に、彼もまた身を震わせる。

ふたりは精魂尽き果て、満ち足りて、動けずに絡みあったまま、長いあいだ彼のタータンにくるまって寒さをしのいでいた。けれどもやがては寒さに耐えかね、あたたかなベッドへ移った。そこでともに分厚い上掛けに包まれ、けだるげに愛撫しあったり唇を寄せあったりするうちにまた気持ちが高ぶり、もう一度愛を交わした。今度はじっくりと、念入りに。これまで抱きあうことは何度もあったけれど、心ゆくまで愛しあえたことは一度もなかったふたりだから。

「お屋敷には寄ってきたの？」夢のような充足感に包まれて、ようやく彼女は尋ねた。

「いや」深みのある声とともに、彼の胸の小さな振動も伝わってくる。この声を聞くと、どんな不安もたちどころに消えて、胸がいっぱいになる。「まずは、きみに会わずにはいられなかったんだ」彼はため息をついた。「だが、夜が明ける前に屋敷に行ってこなければならない。イングランド兵がそこらじゅうをうろついているそうだから」

「そうね、姿を見られてはいけないものね」彼女は起きあがって彼を見おろした。「見つかったら殺されてしまうわ。ああ、マルコム……」彼女は声を詰まらせた。「ここにも来てはいけなかったのよ。あなたはフランスにいればよかったの」

「仲間たちが戦って、命を落としているというのに？　だめだ、そんなことができるわけがない」彼も起きあがったが、その瞳は輝いていた。「まだ負けたと決まったわけじゃない。ぼくが持ち帰ったものがあれば、流れを変えることだってできるさ」

「軍隊でも連れ帰ったというわけ？」

「似たようなものだ。兵をつのることのできる手段を持ち帰った」

「マルコム！」彼女は目を見はった。「まさか。軍資金が手に入ったの？」

「ぼくを信用していなかったのかい？　ベイラナンの男がなんの成果もなしに、逃げ帰ってくるとでも？」にやりと笑う。

「そうよね――フランス王と言えど、マルコム・ローズの粘りに勝てるはずがないわ」彼女はドアを見やった。「でも、どこにあるの？　まさか船に置いてきたんじゃないでしょうね。船の人たちは信用できるの？」

「いいや、まさか。信用できるやつなどだれもいないさ」彼は真顔で彼女の手を取った。「きみ以外にはね、いとしい人《モ・クシュラ》」

「わたし？」彼女は目を丸くした。「いったいどういう意味？」

「ぼくは王子を捜さなくてはならない。けれど、財宝の入った箱を持ったままハイランドを駆けずりまわるわけにはいかないんだ。だから、財宝はぼくらのあの場所に隠した。ぼくらが秘密の連絡を残しあうところに。ぼくの代わりに、きみが宝を守ってくれ」

「わたしが？　でもわたしは兵士じゃないのよ。どうやって守るというの？」

「きみなら疑われることがない。もしイングランド兵たちが宝はベイラナンにあると考えたら、やつらは屋敷をたたきこわしてでも探すだろう。キンクランノッホにも弟の屋敷があるが、ファーガスがどこにいるのかわからないし、あいつが生きているのかどうかさえわからない。帰ってきてカロデンの戦いのことを知るまで、まったく状況がわからなかったからね。とにかく、ベイラナンに財宝がないとわかれば、やつらがファーガスのところへ行くのは目に見えている。だが、きみなら……たんなるひとりの女性でしかないきみなら、やつらも疑わない。きみとぼくとの関係は、だれも知らないことなんだから」

「でも、わたしはそんな――」

「きみは、ここの森も洞窟も、古くからのありとあらゆる場所をだれよりも熟知している賢い女性だ。財宝を隠すのに最高の安全な場所があるとしたら、きみ以上にそれを知っている人間はいない。金貨はいくつかの袋にわけてある。ひと袋ずつなら、いざというときに場所を移すこともできる」マルコムはにこりとし、彼女の額に寄ったしわを親指でなでた。「いまからそんなに不安そうな顔をしないで。それほど長く守ってもらうことにはならない。気づいたときには、いつのまにかぼくも王子を見つけて戻ってきているさ」

「あなたがいないことに気づかずにいられるなんて、ありえないわ」彼女は指が食いこむほど強く彼の肩をつかんで抱きよせた。

マルコムは彼女に口づけ、両手で彼女の体をなでおろしたが、すぐに苦しげな声を小さくもらして体を引いた。「きみといると、いつまでも離れられない。夜明け前に湖を渡りきるつもりなんだ。もう行かなければ」

彼女もため息をついたが、反対することもなく起きあがり、寒さよけに毛布を巻いた格好で彼が服を着るのを見ていた。彼はタータンをベルトで留め、長剣と短剣を挿してからテーブルを見やった。「短刀のことは冗談で言ったわけじゃない。いつも手の届くところに置いておくんだ。いまいましいイングランド兵がいつなんどき森から出てくるかもしれない」マルコムは彼女の額にキスを落とし、額と額を合わせた。「王子の捜索に出る前に、もう一度会いにくることはできないと思う。それは危険すぎる。だが、できることなら……くそっ、そんなことを考える時間さえもない」彼は頭を振り、彼女の手に口づけた。「気をつけて、いとしい人」

彼女は静かにドアまでついていったが、彼がドアを開けると、小さく叫んで彼に抱きついた。「行かないで、マルコム。お願い。またお別れだなんて耐えられないわ」

「ああ、ぼくも胸が張り裂けそうだ」マルコムは彼女の腰をかき抱き、彼女の髪に顔をすりつけた。「だが、ここにはいられないんだ、わかるだろう？　王子にはぼくが必要だ。そして、この地の民にも。ベイラナンが戦いから逃れることはできない」

「わたしにだって、あなたが必要だわ」

「ああ、そう言ってくれてうれしいよ。ぼくも同じくらいきみが必要だ。しばらくすれば戻ってくる。そうしたら、残りの一生は、死ぬまでいっしょに暮らそう」

「ほんとうに？」彼女は体を引き、彼をその場に留めつけそうなほどの燃えるまなざしで見つめた。「そんなことができないのはわかっているはずよ。わたしたちには無理だわ。わたしがあなたと暮らせる日なんて、けっして来ないの、マルコム。わたしがあなたの名前をいただくことなんて」

「ああ、そうだね、いとしい人、わかっているよ」マルコムは彼女の手を取り、彼女の瞳の奥深くを見つめながらキスをした。「だが、ぼくの心は、いつもきみとともにある」

彼は背を向けて出ていった。その姿が闇にまぎれて消えるのを、彼女は恐怖で胸を締めつけられるような心地で見送った。

1

一八〇七年　八月

馬車の車輪がまたしてもわだちにはまり、マードン伯爵デイモンはがくんと揺られて目を覚ました。家庭教師と娘が座っている向かいの座席を見やる。ミス・ペティグルーは起きていたらしく、さっとうつむき、いつものように全力で、背もたれと同化しようとした。いっぽう、娘のリネットはうたた寝をしていたのか、背を伸ばし、両手で顔をこすってあくびをしている。そして手を伸ばし、カーテンを押し開けた。

「見て！　きれい！」リネットは声をあげ、窓から頭を突きだした。「お父さま！　お花のじゅうたんみたいよ」

「リネットお嬢さま、ご注意を」家庭教師が口やかましく言った。「お風邪を召してしまいます」馬車用のひざ掛けをあわててリネットのひざに広げる。

「もう八月も近いぞ」デイモンは冷ややかに言った。「リネットが風邪をひくことなどないと思うが」この家庭教師はいつも注意ばかりで口うるさく、うっとうしい。ほかの召使いたちとともに先にダンカリーへ送っておけばよかった。

娘に目を移すと、自分とよく似た黒い瞳はにこやかに輝いていた。「おまえの笑顔が見られるのはうれしいよ」

「そうですわ、おかわいそうなお嬢さま」ミス・ペティグルーも賛同し、ひざ掛けをさらにしっかりとたくしこんだ。「お母さまを亡くされてからずっと、おつらい日々でしたもの。レディ・マードンは天使のようなおかたでした。それにリネットさまはとても繊細なお子さまですから」

「ふむ」妻の死を口にされても悲しみより安堵を感じてしまったデイモンは、家庭教師の言葉にどう反応すればよいものやらわからなかった。まあ、自分は繊細な人間でもないし、聖人君子でもない。ふと娘に目をやると、先ほどまでの笑顔は消えていた。まったく、この家庭教師のせいだ――どんなときでも場の空気を暗くする名人芸だけは持ちあわせているようだ。

デイモンは、自分の側の窓にかかったカーテンを押し開けた。「おまえの言っていた〝お花のじゅうたん〟は、ヒースという花だ。前にわたしが来たときには咲いていなくて――と言っても、ここに来たのは一度だけだが――見られなくて残念だと言われたんだよ。たしかにそのとおりだったと思わないかい？」

「ええ、そうね！　スコットランドに来られてほんとうによかったわ。もう近いの？　前のほうに建物が見えるけれど。あれはダンカリーの一部なの？」

リネットが見ている方向に首を伸ばし、デイモンは笑った。「いや、あれはダンカリーではない。門番小屋ですらないよ。ダンカリーは、見えたらすぐにそれとわかるさ」

「でも、どうやって？　わたしはいままで行ったことがないのに」自信のなさそうなリネットの話し方を聞くと、デイモンはいつもかわいそうになってすまなく思う。

彼はやさしく微笑んだ。「だいじょうぶ、わかるよ」

「エディンバラ城のような感じかしら？」

「いや、ああいういかめしい感じではないんだ。そうだな――ライン川沿いの城に似ているかな。あるいは本の挿絵のような。わたしの祖父は、どうやら派手好きなところがあったらしい。前方に見えている建物は、おそらく城に接する村にあるものだろう。キンカノンだか、ケンキリングだか、そういう名前の」

「キンクランノッホよ」リネットが訂正し、少し照れたような顔をした。「ここに来ることがわかったときに調べたの」

「ああ、そうだった。キンクランノッホだな。あまり魅力的な村でもないが」

「そうね。でも、あの草ぶき屋根を見て。古風で趣があるじゃない？」

「ああ。どうやらおまえは、ここが気に入りそうだな」

「ええ、そうなの」娘の頬がわずかに染まった。「ねえ、わたしたちはスコットランド人なの？」

「そうだ。一部ではあるが。わたしの祖母、つまりおまえのひいおばあさまがスコットランド人だったんだ。彼女が最後のひとりだった。直系のマードン伯爵夫人だよ。だから彼女が結婚したときに、称号は彼女の夫となったラザフォード卿のものになり、彼の息子へと引き継がれることになった。だが、もちろんラザフォード卿はイングランド人だ。わたしの母も」

「そして、わたしのお母さまもね」リネットはため息をついた。「つまり、わたしがスコットランド人なのは……たった八分の一だけ」

デイモンはうなずいた。「がっかりしているように聞こえるぞ」

「少しね」娘の頬に赤みがさす。「だって、とてもロマンティックなんですもの。ボズウェル伯に助けられて宮殿を逃げだし、ひと晩じゅう馬を走らせた悲劇のスコットランド女王メアリとか。ボニー・プリンス・チャーリーとか」

「彼もまた出奔《しゅっぽん》した。あまり楽しい運命ではないな」

「ええ、そうでしょうね」

娘の繊細な顔がまたしても明るく輝いたのを見て、デイモンはうれしくなった。

「あら、でも馬車が止まろうとしているわ。ここは宿かしら？　今日はダンカリーには着かないの？」

「いや、もう遠くないところまで来ている。たぶん御者は道を尋ねようとしているのだろう。

道しるべもなくてわかりにくいところだからね」デイモンは身を乗りだし、やはりカーテンのかかった反対側の窓から外を見た。と、カーテンにかけた手が止まる。

細い道の向こう側に女性がいて、若い男と話をしていた。青い質素な木綿のドレスをまとっている。少しウエストの位置が低いのが流行遅れで、スカートにはひだ飾りのひとつもついていない。しかし、あのすばらしい曲線美には、飾りなど必要ないだろう。短いキャップスリーブから伸びたむきだしの腕は白く、やわらかそうで形もよく、手袋もはめていない。頭にも帽子はなく、まばゆい午後の日差しのもと、豊かな赤毛が勢いよく波打っている。ハート形の顔、ふっくらとした頬、きゅっと締まった小さなあご。

彼女が振り向き、馬車のほうを見て、デイモンと目が合った。一瞬、心臓が止まったかと彼は思った。輝かしいばかりの瞳――大きく少し離れぎみで、濃いまつげに縁取られたその瞳は、金色かと見まがうような、はっとするほど淡く澄んだ茶色だった。

「まあ、あのご婦人を見て」娘が声をひそめて言った。「とてもきれいな人ね」

「ああ」デイモンの声はわずかにかすれていた。「ああ、そうだね」

メグ・マンローは馬のひづめの音に振り向いた。優美な黒塗りの馬車と、これまた漆黒の四頭の馬を目にして眉をつりあげた。「あれを見て」

彼女の隣りにいたグレゴリー・ローズも同じ方向を見る。「おやおや」

「マードン伯爵かしら？」

「だろうね。先週、彼の使用人たちがやってきたって、キンクランノッホじゅうの噂になっていたから。でも、まさかほんとうに来るとは思っていなかったけど。ああ、ほら、伯爵さまが田舎の百姓を観察してるぞ」

　馬車の窓から男性の顔が覗いた。ゆたかな黒髪が角張った顔からかきあげるように整えられ、肌の白さが髪の黒さと対照的だ。くっきりと秀でた眉の下にある瞳も、やはり髪と同じ漆黒だった。傲慢そうで、しかも退屈した表情をしているが、だからといって美男子ぶりが損なわれることもない。

　彼はメグをじっと見つめていた。男性から見られるのは慣れている。慣れないのは、彼女のほうも体の奥底から惹きつけられるものを感じたことだ。まるで感覚が深い眠りから目覚めたかのように、突然、腕に当たる日差しのあたたかさや、顔にふれる空気を感じた。そよ風に含まれるさまざまなにおいすら急に鋭さを増し、音も鮮明になる。それなのに、彼女のまわりの世界は遠ざかり、馬車の窓に焦点が絞られていくような感覚をおぼえた。

「メグ？　だいじょうぶかい？」彼女は視線を戻し、幼いころから知っている男を見あげた。

「ごめんなさい……なんて言ったの？」

「たいしたことじゃないよ。伯爵はどれくらいここに滞在するんだろうって言っただけだ」

グレゴリーがけげんな顔をする。「なにか具合の悪いことでも？　気分でも悪いのかい？」

メグはもっともらしく笑った。「そんなにひどい顔をしているかしら？」

「きみがひどい顔なんてありえないよ。わかってるくせに」グレゴリーは言い返した。「ただ、なんと言うか……心ここにあらずといった感じに見えたから」彼が馬車を見やる。馬車の男性はすでに顔を引っこめ、暗がりにぼんやりと人影が見えているだけだ。「てっきり――いや、ひょっとして――あいつと知りあいなのかい？」

「マードン伯爵と？」メグの声には蔑みがにじんでいた。「ええ、まあ、たしかに知ってはいるわ。会ったことはないけれど、彼の行いからどういう人かはわかるじゃないの。土地の人たちをみんな家から追いたてて、追いだされた彼らがどう生きていくのか、どこへ行くのかなんて、少しも考えない。代わりに羊を飼って、少しばかりよけいに儲けたいがためによ。冷酷な悪魔だわ」美しい悪魔でもあるけれど、そんなことはどうでもいい。

「管理人のやっていることを知らないのかもしれないよ」グレゴリーがおだやかに応えた。

メグは物言いたげなまなざしを友に向けた。「人のよいところを見ようとするあなたらしい意見ね。でも、わたしはああいう人をたくさん見てきたから、そんなにのんきには考えられないの。彼はアンドリューがオックスフォードから引き連れてきていたような種類の人間だわ。いわゆる〝英国紳士〟よ――高慢で、上品ぶって、どういうわけかうぬぼれていて、自分以外の人間は自分に仕えるために生まれてきたと思っているの。ほら、あの管理人のマックリーだって伯爵が雇ったわけだし、あの虫けら男が主人に命令された以外のことをやるなんて思えないわ」

「まったくそのとおりだね。ぼくは、マードンがここに来るとは思っていなかったんだ。湖の周囲の連中が彼のことをどう言ってるか、本人も知っているはずだから」

「そんなことは気にもしないんでしょうよ。あるいは彼もマックリーみたいに、自分が小作人《クロフター》たちにしている仕打ちをじかにその目で見たい人間なのか」

「マックリーね」グレゴリーは吐き捨てるように言った。「あの男はまるでヘビだ」

「ほんとうにね」メグの口もともこわばった。

「マックリーのやつに迷惑をかけられているのかい？」グレゴリーは目を細めて彼女を見た。

「もしそうなら、ぼくからひとこと言ってやるよ」

「やめてちょうだい、あなたまで」メグは目をくるりとまわした。「マックリーのことなら自分でなんとでもできるわ。彼はうっとうしいだけ。それだけだから」

「そうか。それなら、わざわざ迷惑になるようなことはしないよ……ただし、もう少し実力行使する必要が出てきたら、かならず言ってくれ」

「ええ、ええ」メグはさもつらそうなため息をついた。「マックリーが手に負えなくなったら、かならず言うわ。少なくとも、あなたなら彼を地獄送りにはしないでしょうからね。そのところが弟はあてにならなくて」

「あんなやつが死んだって、だれも困らないさ」

「わたしが心配しているのはマックリーじゃないの。コールが牢屋に入れられるのを見たくないのよ」ふたりの背後で大きな声と手綱を打つ音が聞こえて振り向くと、伯爵の馬車が音をたてて走っていこうとしていた。

「なかなかばねが効いてるね」グレゴリーが感心したように言った。「でも個人的には、もう少しきらびやかなほうが好みだな」

メグはくすくす笑った。「ハイランドの道で、あの車輪もおおいに実力を試されることでしょうね」そう言って顔をしかめ、どうでもいいと言わんばかりに手を振る。「マードン伯爵の話はもういいわ。あなたは最近どうなの？」グレゴリーの腕に手をかけ、いっしょに歩きだした。「お父さまのご様子は？　先週、会いにいったと聞いたけど」

「うん」グレゴリーはため息をつき、めずらしく真顔になった。「少しはましになったみたいだ。父さんの世話を頼んである夫婦はよくやってくれてるし、父さんから目を離しちゃいけないことは心得てくれてる。オークニーでは近すぎることもわかってるんだけど、都会にやるのもよくない気がして。父さんのこと、ジャックはほんとうによくしてくれているよ。父さんにはもったいないくらい」

「ジャックはふつうの紳士とはちがうものね。それに、やはりあなたのお父さまは、彼にとっていまや家族だもの」

「まあね」グレゴリーはにやりとした。「あの男は、イソベルに頼まれたことならなんでも

「するんじゃないかな」

「その逆もしかりよ」メグは声をたてて笑った。「あのふたりを見ていたら、だれでも結婚というものに憧れを抱くかも」

「まさか！」グレゴリーがぎょっとする。「きみは当然ちがうだろ」

「そうね、わたしはね。それにあなたも。それで幸せなふたりはどうしているの？　なにか便りはあった？」

「エリザベスおばさんがイソベルから手紙を受け取っていたよ。とてもロンドンを楽しんでいるようだって。でも、やっぱりハイランドを恋しがっているんじゃないかな。すぐに帰ってきても不思議じゃないよ」

村のはずれに着くとメグは友人と別れ、馬車が走っていったのと同じ道をたどった。しばらくのち、道が枝分かれしているところまでやってきた。いつものように彼女は少し立ちどまり、目の前に広がる風景を見やった。

左方向には、道伝いに森と彼女の家と湖がある。ただし、この地点から湖面は見えない。その湖のいちばん奥、このあたり一帯を見晴るかす高い場所にあるのがダンカリー――マードン伯爵の大邸宅だ。段丘状の山の斜面に造られた、幾重もの庭の上にそびえたつ荘厳な〝城〟は、まるで王冠のようだった。中世の城塞というよりも宮殿という風情で、細い塔や小塔、尖塔やテラスが太陽のもとで白く輝いている。

しかしメグの視線は、そのような豪奢なものに向けられるのではなかった。いつも彼女が感動してここで立ちどまるのは、ひらけた緑の大地と、その中央に高々とそびえる岩を見てのことだ。風雨にさらされた岩はどれもメグの背丈の倍以上はあり、並んだ岩々は巨大な楕円形を作っている。すきまや、石が転がり落ちている場所もあるが、かつては完全な楕円だったのだろう。遠くには草で覆われた塚があり、環状列石《ストーンサークル》の両側には——と言っても、あきらかにサークルとは離れたところに——岩がふたつ立っている。ひとつはほかの岩よりも小さく、中央に穴が空いていた。

深呼吸して目を閉じると、いつものとおり心がおだやかになってきた。ときどきこうして〝古きものたち〟に囲まれていると、母やエリザベス・ローズから聞いた妖精や神秘的な存在の伝説も、ほんとうだったのではないかと思えてくる。マンロー家の女たちにまつわる噂も、森や洞窟についての神秘的な知識も、薬草を扱い秘薬を調合する特別な技術も、信じられるような気がする。かつてイソベル・ローズはメグのことを〝土地とともにある者〟と言ったけれど、ここに立っていると、ほんとうに自分はそうなんだと思えてくる。

メグは目を開けて息をつき、ふたたび目の前に広がる美しく平安な風景を眺めた。キンクランノッホの人々にとって大切な、ささやかな土地。かつてどのような場所だったのかは、もはやだれも知らないけれど。彼女はいま、たんなるひとりの人間としてここにいる。この野山を駆けまわって育ち、あらゆる自然の秘密を知り、先祖代々、薬草使いであり治療師でもあった女たちの血を受け継ぐ者として。

彼女はストーンサークルを迂回して、家への道をたどることにした。ふと、地平線の上にそびえる城を見あげる。あの馬車は、もうダンカリーに着いただろうか。湖をまわって向こう岸まで行くとなると、ずいぶんと距離がある。どうして伯爵は、この谷までお出ましになることにしたのだろう。レディ・マードンは彼とともにあの馬車に乗っていたのだろうか。奥方が目を離しておけるような男性ではなかったようだけれど。

メグはいらだたしげに舌打ちした。マードン伯爵やその奥方のことを考えるなんて、自分はどうかしている。土地の持ち主のことなど彼女には関係ない。とくにマードン伯爵のような悪党は。もちろん、小作人たち一家を何百年も暮らしてきた土地から追いだしているのは、マードン伯爵だけではない。自分の利益よりも小作人のことを考える、イソベル・ローズとジャックのような人たちは少数派だ。ハイランドじゅうで〝放逐《クリアランス》〟は進み、小作人たちは土地から放りだされ、自分で運べる程度の衣類と身のまわりのものしか持ちだせず、行くあてもなく路頭に迷っている。しかしマードン伯爵はこのあたりでもいちばんの地主なのだから、人を放りだすことについてもっと責任を感じるべきだ。それなのに、冷酷にも、小作人たちにほとんど猶予も与えずに追いだしているという話をよく聞く。

メグは一度も会ったことがないままに、彼を軽蔑してきた。だから今日、初めて実際に彼を見て、なぜか強烈に胸を揺さぶられたことがいっそう理解できない。あのきりりとした感動的な顔立ちがよみがえった——秀でた眉の下で強い光を放つ黒い瞳、なでつけた漆黒の髪、高慢そうにかたむけた頭、悩ましげな弧を描く唇。彼のことを考えると、驚いたことに体が熱くなってしまう。

いや驚くばかりか、メグは自分の反応にあきれてしまった。彼女はどんな男性に対してもわれを忘れるような女ではない。これまでずっと、自分が男たちの関心の的になってきたことは知っている。そんなこともわからなかったなんて、うぶなことを言うつもりはない。彼女にしてみれば、友人の金髪美人であるイソベルのほうが、自分の真っ赤な髪や離れぎみの目より魅力的だと思うけれど、自分のような容貌が男性を惹きつける派手さを持っていることもわかる。しかも、ずっとマンロー家の女についてまわってきた噂のせいで、よけいにそれが強調されていた。自由に生きる女は、男とも自由奔放に関わるのではないかと多くの男が思うらしい。

そういった誤解はすみやかに解くよう、メグはいつも気をつけてきた。メグ・マンローという女は、心からの深い感情がないような関係に身を投じることはなく、これまでどんな男性にも心をかき乱されたことはないし、ましてや心を囚われたことなどないのだと。

だから、あの馬車に乗った初対面の男性が——しかも悪人だと思っているような人が、なんの苦もなく一瞬で彼女の血をたぎらせてしまったような気がするのは、理解に苦しむことだった。いや、理解に苦しむどころではない。ありえないことだ。彼女の全身を貫いた感覚がなんであれ、欲望などであるはずがなかった。彼の姿をよく見てさえいないのに。たったひと目、見ただけだ。目の錯覚で、実際よりもずっと美男子に見えてしまっただけだろう。一瞬にしてふたりに本能的なつながりができたと思うなんて、ばかげている。イソベルのおばが好んで読んでいるゴシック小説でもあるまいし。

近くでよく見れば、最初の幻想なんて砕け散るだろう。よく知らない相手だったから惹きつけられただけ……一瞬だけ見えた深い瞳、薄暗い馬車のなかで日差しで浮かびあがった白い肌。もし彼が馬車を降りていたら……どんな人だっただろう？　彼女より背が低くて、おなかも出ているかもしれない。頭が空っぽの気取り屋で、黄緑色の上着を着て、襟には大きな花でも挿していたりして。

そんな想像をしてメグは忍び笑いをした。けれど、やはりあの引きしまった顔立ちと誇り高さを感じさせる頭から察するに、体も強靭だろうとしか思えない。そして、あの燃えるようなまなざしが、ぼんやりとうつろになるところも想像できなかった。

それよりは、あの唇が冷ややかな弧を描き、あの顔に蔑みがにじむところを想像するほうが簡単だ。それなのに、彼のことを思うだけで、また体に危険な熱が渦巻いてくる。メグは腹だたしげな声をもらして彼の姿を頭から振り払い、勢いよく自分の小屋へ歩いていった。

彼女にはやることがたくさんある。先ほど村に行く途中で見かけたきのこや野菜を収穫しなければならないし、エリザベスの飲み薬やベン・フレミングの痛風の湿布薬もこしらえなければならない。それに、高齢のミセス・マキューアンは腰が痛いと言っていたし。メグの足取りが遅くなった。ミセス・マキューアンの娘サリーはダンカリーで料理人をしているから、彼女に母親用の軟膏を持たせればいい。伯爵が到着して料理の腕を振るわなければならないだろうから、新鮮なハーブも必要だろう。それに、あの料理人は噂話が大好きだ。これは、城を訪ねるのにいい機会かもしれなかった。

翌朝早く、メグは庭からミントとローズマリーとタイムを摘み、新鮮なきのこといっしょにバスケットに入れた。さらに軟膏と、マキューアンおばあちゃんお気に入りのメグ特製スモモ酒も用意する。そして、ダンカリーの厨房《ちゆうぼう》に向かった。森を抜ける道を知っていれば、坂道を歩いていくのも気持ちのよいものだ。階段や段丘状の庭をあがっていくと、湖が広く見わたせるようになり、向こう岸には廃墟と化した城塞と灰色の塊のようなベイラナンも見えた。

ダンカリーの家禽《かきん》小屋を通りかかると、鷹匠に手を振った。彼は分厚い手袋をはめ、大きな翼を広げて空を舞う鷹を待っていた。さらにメグは手入れの行き届いた広い最下段の庭を抜け、上に行く階段をのぼりはじめた。ふだんのダンカリーはひと気もなく静かで、主人の来訪に備えて庭や屋敷の手入れをする最低限の人間しかいないが、いまは活気が感じられた。とはいえ、騒々しくならぬよう、ひかえめに動いているらしい。

「メグ・マンロー！」メグが厨房に入ると、サリー・マキューアンが大きな声をあげた。「ああ、よがった、あだしの心の声が聞こえだんだね」サリーはすごい勢いで近づいてきて、メグからバスケットをもぎ取ると、スコットランド訛りのある言葉でつづけた。「あんだの小屋までジョージーをやるところだったよ。だんなさまがお着きで、今夜はチキンにきのこをつけてくれってお達しでね。でもジョージーにきのこを採りに行かせたら、明日の朝にはみんなベッドで息が止まってるんじゃないかと思ってたんだよ。おやまあ！　新鮮なローズマリーまで！」サリーは小さな束から一本取り、大げさににおいを嗅いだ。

「これはあなたのお母さんに」メグがバスケットから軟膏のびんを取りだす。

「ほんとにありがたいよ」サリーは小さな容器を受け取り、大きなポケットに放りこんだ。

「ほら、座って。しばらくぶりだね」さらにバスケットを取って使用人に渡す。「さあ、これを片づけて、お茶を持ってきておくれ」

「お忙しいようだけど、だいじょうぶなの？」ばたついている厨房をメグは見まわした。

「今週はずっとこんなもんさ。まだまだゆっくりできそうもないし。働けるときに働け、ってね」サリーはあわただしい厨房から召使い用の食堂へとメグを移動させ、赤い顔をあおぎながら椅子にどさりと座った。「母さんが腰を痛めでるって、どうしてわかっただんだい？あんだのおばあちゃんみたいに、あんだにも不思議な力があるんじゃないかと思うことがあるよ」

「ちがうわ」メグはにっこりした。「メアリ・グラントから聞いたの。痛みはひどいの？」

「小麦粉の袋をひとりで持ちあげようどしなけりゃ、なんともなかっだんだよ」サリーは気の毒でもなんでもなさそうな顔で言った。「あだしがトミーを手伝いにやるって言っだのに、あの日の朝、トミーが行く前にやっぢまって」サリーは肩をすくめた。「ま、母さんがどういう人か、知ってるだろ？」

「ええ、そうね」厨房付きの召使いがポットのお茶とビスケットを持ってきた。お茶を注ごうとするサリーにメグはつづけた。「チキンにきのこをつけてくれって言ったのは、だれなの？　マードン伯爵？」

「いんや、伯爵さまじゃないよ。伯爵さまは、昨日みんなで並んでひざ折ってお出迎えしたあとは見でないから。言っだのはハジンズだよ」苦虫を嚙み潰したような顔を見れば、そのハジンズという男をサリーがどう思っているかがわかる。「あだしらをしゃんとさせるために来た、あの気取ったイングランド人執事さ。笑うと顔がぐじゃぐじゃになんだよ。料理の注文は小さなお嬢さまのだめなんだって。きのこが大好きなんだそうだ。それから、おふたりのテーブルにはもうハギスはお出しできないね——ハジンズが昨夜ごみ箱に捨てちまっだから。ポーチド・サーモンはかまわないそうだけど、だんなさまのお上品な〝味覚〟には血《ブラッド》のソーセージはだめなんだって。だけどねえ、朝食にブラッドソーセージがなぐでも平気なんていう男がどこにいるもんかい。それに〝味覚〟ってなんだ？　なにかイングランドの気取ったもんなのかい？」

「さあ」メグは笑いをこらえた。

「それに、だんなさまがそんなにうるさかったら困るよ、ここにはしょっちゅう見まわってみんなに目を光らせてるミセス・ファーガソンもいるってのに」

「女中頭の？　でも彼女は昔からいるじゃない」

「そう。だから彼女のお小言ややり方には慣れてたんだ。それなのに、イングランド人の執事が来てから、彼女は自分が悪い評価をされるんじゃないかとびくびくしてね。だもんで、しょっちゅう仕事に鼻を突っこんでくるし、女の子たちにも仕事が遅いとかなんとかうるさく言うんだよ。ふん、彼女がぎゃあぎゃあわめかなきゃ、もっと早く仕事が終わるってもんさね」

今度はメグも笑いをこらえなかった。ミセス・ファーガソンにはメグも一度や二度はお小言をもらったことがあるのだ。「小さなお嬢さまって、だれなの？　当然、伯爵夫人のことではないわよね？」

「ああ、奥方さまは一年近く前に亡くなってるよ。あだしが言ったのは、伯爵さまのお嬢さまだ。青白くて小さくて……そうそう、あの女がいづもうしろからくっついてる。風邪をひかないように窓は閉めておくし、あれをしてはだめ、そこでは気をつけて、って――」

「伯爵さまのお嬢さまはご病気なの？」

「うん、そうらしいね」サリーは眉をひそめた。「でも、騒いでるのはお嬢さまじゃなくて家庭教師だよ。どうもあの女は、ハイランドにはお嬢さまを丸のみにする危険な生き物がいっぱいいると思ってるんだ。ミス・リネットが庭に出たり、家禽小屋に降りでったりすると、やきもきしてるよ。ミス・リネットは鷹に夢中みたいだね」サリーはひと呼吸置いた。「ジェイミーと話してるときは元気だよ」

「喪に服していると聞いたけど」

「ああ、そうだよ――でも、だんなさまは悲しんでるようには見えないけど」サリーは内緒話をするように前のめりになった。「伯爵さまは、奥さまやお嬢さまと暮らしてなかったんだって。奥さまが亡くなったときも、お国にいなかったとか」料理人は体を起こし、肩をすくめた。「ま、イングランド人だからね」

メグはお茶をひと口飲み、のんきそうに言った。「どんなかたなの?――いえ、伯爵さまのことだけど」

「男前だねえ。魔王ルシファーみたいな黒髪で美男子だ。でも、それ以上のことはわかんないよ」

「あら、ブラッドソーセージは好きじゃないってことも知ってるでしょ」メグがにんまりする。

「そうだ、それがあっだ」サリーもくっと笑った。一瞬、間があり、頭をかしげて厨房の音に耳をかたむける。「うわ、ミセス・ファーガソンが来た。もうまな板に戻らなきゃ、いやってほどお小言をくらっちまうよ」サリーはテーブルを押して立ちあがった。

メグも、さっと席を立つ。「わたしも帰るわ。でないと、どうして日曜に教会に来ないんだって彼女に訊かれちゃう」

「そうだね。ありがとう、うちの母さんに薬を持ってきてくれて」サリーはメグの手を取って強く握った。「あんだのバスケットはルースが玄関まで持ってくよ」

メグが部屋を出るとき、女中頭からはこわい顔を向けられただけですんだ。今朝はメグの素行を注意するより召使いたちを叱るほうにご執心のようだ。メグは料理人の畑で採れた野菜が詰められ、硬貨の入った小さな袋も忍ばせられたバスケットを持ちあげ、勝手口からそっと出た。

右手に見える階段に目をやった。そこを降りれば広い段丘の庭に出る。ひと気はなく、生け垣を剪定している庭師がふたりいる以外、静かなものだ。伯爵がいると思っていたわけではないし、ほかのだれかがいると思っていたわけでもない。彼女は下の庭に降りようと、石敷きの道を進みだした。まだ階段を降りないうちに足音が聞こえ、足を止めて振り返る。

お屋敷から張りだしたテラスの端に、マードン伯爵が立っていた。

2

思わぬところに階段があって足を踏みはずしたときのようにメグの心臓はどきりと跳ね、急に体が固まって動かなくなった。伯爵はやせぎすだろうとか、太鼓腹だろうとか、そういう諸々の想像は、暴力的なほど美男子だということ以外、あきらかにまちがっていたとひと目でわかった。飾り気はないけれど見事な仕立ての黒い上着に包まれた、広い肩。同じく仕立てのよい黄褐色のひざ丈ズボン《ブリーチズ》は、長い脚がいかに引きしまっているかをあからさまにしている。艶光りするブーツ、雪のように真っ白なシャツ、芸術的な結び方をした襟巻き。完璧なロンドン紳士だ。けれど、メグの気を引いたのは、そういったきらびやかな特徴の数々ではなかった。彼女をとらえて離さなかったのは、彼の顔だ。

今日は暗がりに引っこんでいるわけでもなく、影が落ちているわけでもない。伯爵は黄金色の朝の日差しを浴びていた。角張った顔は、昨日と同じように迫力があった。彫りの深い精悍な顔立ちは一流の芸術家が大理石に彫りこんだかのようで、黒い瞳は底知れぬほど深く、引きずりこまれるかと思った。

「スコットランドには美女がいるという話は、大げさでもなんでもなかったのだな」

彼の声を聴くと、熱くてとろりとしたなじみのないものがメグのなかで渦巻いた。指が震えているのがわかって、自分でも少し驚く。彼女はバスケットの持ち手を握りしめ、返す言葉を必死で探した。いつものメグなら言葉などすらすらと出てくるのに、いまは口がきけなくなったかのようだった。

いつになく愚かな反応をする自分にいたたまれなくなり、メグはそそくさとひざを折って挨拶すると背を向け、自分を叱りつけながら階段を駆けおりた。ばかみたいにぼんやり突っ立って、流し場の召使いのようにひざを折って挨拶するしかできないなんて。わたしはメグ・マンロー。自立したハイランドの女であって、ご主人さまが通れば頭をさげるような種類の人間ではないのに。

階段を降りきったところで顔をあげると、いまいましい震えが全身に走った。彼女が降りてきたところをまっすぐに、伯爵も軽やかに降りてきたからだ。

「いや、帰らないでくれ」彼は大またで近づいてきて、微笑んだ。

彼の微笑みはすさまじい威力だった。黒い瞳が輝き、直線的な顔の輪郭がやわらぐ。これまでずっと、この笑みで多くの女性が心を根こそぎ奪われてきたにちがいない。

「こわがらせるつもりはなかった」おびえた動物を相手にしているかのように、伯爵の足取りは近づくにつれてゆっくりになった。

彼の言葉にメグはかちんときて、正面から向きあった。「わたしはそんなに簡単にこわがったりしません」

「それはよかった」彼の唇がさらに親しげな弧を描いた。さらに彼の目がすばやく、しかし見まちがえようのない色を帯びて彼女の体を上から下までとらえた。「それならば、おびえて名前も教えられないということはないだろうね」

言い寄ってくる紳士をかわしたことなら、いままでにもあった。これまでの年月、ベイラナンにやってきたサー・アンドリューの友人のなかで、彼女が自分の口説きに落ちるものだとか金で買われるものだとか思っていた男はひとりやふたりではなかったが、彼女はすかさず突っぱねてきた。しかし今日は、わたしの名前など知る必要はないでしょうとは言わず、挑むようにあごをあげてこう言った。「マーガレット・マンローよ」

「マーガレット・マンロー」まるでそれが甘く感じるとでも言うように、伯爵は舌の上で彼女の名前を味わった。「美しい名だ。美しい女性にふさわしい」

「おほめにあずかりまして、どうも」メグは辛辣に返した。

伯爵はわずかに目を見ひらき、忍び笑いのような吐息を口からもらした。「きみはほめられて毛を逆立てるのかい、ミス・マンロー？　それなら気をつけなくてはいけないな。なにしろきみの姿を見れば、ほめ言葉が噴きだしてくるのだから」彼はさらに少し近づいた。

「昨日、村できみを見かけた」

「わたしもお見かけしました」

「そうか。では、すばらしい幸運だったな、今日きみがダンカリーに来ることになっていたとは」

メグは身をこわばらせた。もしかして、彼は彼女がわざわざ会いにきたとほのめかしているのだろうか？「ここに来たのは偶然ではありません。仕事で来たんです」腕にかけたバスケットをくいっとあげ、冷ややかな笑みを浮かべた。「仕事は終わりましたので、もうおいとまいたします。ごきげんよう、伯爵さま」

「いや、待て、まだ帰ってはいけない」おもねるような軽い口調で伯爵は言った。「きみの名前しかわかっていないのに」

「ご心配なく」行こうとして肩越しに振り返る。「赤毛のメグ・マンローのことなら、教えてくれる人はたくさんいるはずです」


デイモンは、バラの花が植わった道を曲がっていくメグを見ていた。なにげない足取りで少しついていったが、石の欄干まで来ると立ち止まり、彼女がさらに長い斜面を降りていくのを眺めた。その地点からは広い石段がふた手に分かれ、まるで滝のように急勾配になっている。

最下段の庭の緑は大きく広がり、濃い灰色の湖までつづいていた。しかし彼が見つめていたのはそんな緑と水の壮大な眺めではなく、整った庭の中央に走る小道を歩いていく、小さな女性のうしろ姿だった。彼女は帽子もスカーフもつけておらず、日差しを受ける髪は炎のようだ。

赤毛のメグ・マンローか。デイモンは口もとをほころばせた。彼女にふさわしい名だ。情熱的で、大胆で、魅力的な女性。ああ、なんと美しい！　少し色あせたあの簡素なドレスは飾り気もなにもなかったが、流行のドレスと帽子と優雅な宝石で着飾った社交界のレディでさえも、彼女の前ではかすんでしまうだろう。

露出の高いドレスではなかったが、まろやかな胸や腰のふくらみは隠せるものではなく、デイモンはその体に手をすべらせて曲線やくぼみを探りたくてうずうずした。無造作にふんわりとまとめあげたあの色あざやかな髪を見て、欲望を覚えずにいられるのは聖人くらいだろう。

だが彼が魂まで射抜かれたような気がしたのは、あの瞳――大きくて澄みきった、見事な金色の瞳だった。彼女の美しさには昨日も心を打たれ、今朝、書斎の窓から彼女が見えたときには、思わず経験の浅い若者のように部屋を飛びだし、庭で彼女を呼びとめてしまった。あのとき彼女は顔をあげてこちらを見た。顔いっぱいに太陽を浴び、溶けた金のような色になった瞳を見たとたん、激しい欲望が洪水のようにいっきに押しよせて、なんとかしゃべることくらいしかできないという有り様だった。

そのあと、もっと近づいて見たあの目と顔と姿はさらに魅力的で、彼女にまとわりつくやわらかな香りや、かすかにスコットランド訛りのあるなめらかな声まで知ると、欲望はいや増すばかりだった。初対面の男に物怖じせず、頬を赤らめもしないあの大胆さ。そして自分のことは人に訊けばいくらでも教えてくれるとうそぶいた、あの慣れた感じ。彼女は自分によって男がどういう反応を起こすか、よくわかっているのだ……そしておそらく、その反応に応えることもあるのだろう。伯爵は無意識のうちに上着の襟をつかみ、指先で上下にこすりながら、家禽小屋の角を曲がっていくメグを見ていた。

このあとすぐに土地の管理人と会わなければならないのが、いっそう面倒に思えた。ため息をついて屋敷に戻る。なかに入ったとき、裏廊下を女中頭が召使い用の階段へ急ぎ足で向かっているのが見えた。マックリーは待たせておいてもかまわないだろう。

「ミセス・ファーガソン」

主人の声に、白髪交じりのふくよかな女中頭は勢いよく振り返り、額にしわを寄せて駆けよった。「だんなさま！　なにか問題でもございましたか？　どんなご用でしょうか？」

「いや、なにも問題はない。申し分ないよ。ただ訊きたいことがあるのだ――地域の人間のことをいちばんよく知っているのはおまえではないかと思ってね」

女中頭は少し得意げな顔をした。「さようでございます、だんなさま、あたしはグラスゴーの出なんですけども、ダンカリーにはもう二十年近くお仕えしてますんで、地域のことはよく存じております。なにか用事がおありですか。どこか行かれたいところでも?」

「いや。だが、もしやミス・マーガレット・マンローのことを知っているのではないかと思って」

「あの娘《こ》ですか!」女中頭は機嫌の悪いハトみたいに息を吹きだした。「あの娘がなにかお気に障《さわ》ることを? まったく、申し訳ありません。お屋敷に入れるんじゃありませんでした」

「いや、ちがうんだ」デイモンはあわててとりなした。「気に障ることがあったわけではない」それは真実とは言えなかったが、メグ・マンローがどんなふうに彼の平安を乱したかを年かさの女中頭が聞けば、快くは思わないだろう。「たまたま庭で会ったものでね」

「庭を通るなと言ってあるのに」ミセス・ファーガソンは舌打ちをした。「よく話しておかなければ。あの娘はとにかくめちゃくちゃなんですよ——奔放でね。お怒りでなければよいんですが」

「いやいや、怒ってなどいない。そういうのではないのだ。ただ、だれなのかと思っただけで。いや、彼女はここの使用人なのかな?」

「いえ、とんでもない。あたしが雇うはずありませんよ、あんなおてんば!」伯爵が眉をつりあげたのを見て、女中頭はあわててつづけた。「はしたない口をきいて申し訳ございません」

「いや、かまわない、つづけて」

「メグは厨房にハーブやらなにやらを持ってくるんです。飲み薬のようなものも。もちろん、効きやしませんけど、谷《グレン》の人間は迷信深いですから。あの娘に病気が治せると信じてんですよ。でも、あれは悪魔の仕事でしょ。あたしはあの娘を救ってやろうとしたんですよ、ええ。あんなふうに育ったのはあの娘のせいじゃないですからね——父親がいなかったり、いろいろとね」女中頭は身を乗りだし、他聞《たぶん》をはばかるように声を落とした。

「ああ、なるほど」

「あの娘の母親も同じような育ちですよ。マンロー家の女は代々、頑固でわが道を行くたちでね。結婚もしないと言われてます。あの娘の母親はしませんでしたよ。彼女たちはみな〝預言者《スペイワイフ》の小屋〟にひとりで暮らして」

「スペイワイフ？」デイモンはぽかんとした。

「ええ、だんなさま、先読みの力を持つ女のことをそう言うんです。マンロー家の女にそういう者がいたそうですよ——ひとりだけじゃなく。彼女たちは外をうろついて植物の葉っぱや根っこやわけのわからないものを集めて、罰当たりな薬をこしらえるんです。昔、火あぶりになった者までいるらしいのも不思議じゃありません。いえ、あたしゃそんなことに賛成じゃありませんけどね。人を裁くのは神さまのお仕事ですからね」

「マンロー家の女性は魔女だと思われているのかな？」

まさかと思う気持ちが声にあらわれていたのだろう、ミセス・ファーガソンは背筋を伸ばして唇を引き結んだ。「いえ、魔女というわけじゃありません。でもここいらの人間は、病気を治すのは神さまではなくて彼女だって言ってますよ。だから奔放なふるまいをしても悪く言われないんです。彼女たちは何世代にもわたって、あたしにはとても口に出しては言えないようなたぐいの人間なんですよ」女中頭は重々しい顔つきで言った。「かならずベイラナンのレアードと〝特別な関係〟を持っていたそうですよ」

「ベイラナンのレアード？　あの灰色の石造りの屋敷の？」

「ええ、だんなさま。サー・アンドリューと、その前はサー・ジョンでした。メグの母親のジャネットはサー・アンドリューが赤ん坊のころに乳母をやってましてね、ジャネットはサー・ジョンと尋常じゃなく親しくしてました。噂が当たってるとは思いたくありませんけど、事情を考えると……」ミセス・ファーガソンの声がしぼんだ。「まあ、あたしがあの娘をダンカリーで働かせないのもご理解いただけましたでしょ。なにせあの娘がいると男たちが騒がしくて。そういう娘なんですよ。あたしが雇うのは人柄のすぐれた人間ばかりですから」

「そのとおりだとも、ミセス・ファーガソン」

彼女をさがらせたデイモンは、口もとに笑みを浮かべてしばらくそこに立っていた。つまり赤毛のメグ・マンローは、謎に包まれた奔放な森の美女なのだ。植物を集めて薬をつくり、自分の好きなように生きている。ミス・マンローがほめられた女性でないことを女中頭はあれこれ語っていたが、聞けば聞くほど彼にとっては魅力的に思えた。彼女はあきらかに、頬を染めるうぶな生娘ではなく、経験豊富な女性だ。

このハイランド滞在は、どうやら非常に楽しいものになりそうだった。


小屋に戻る途中、メグは森の木々など目もくれず、湖もベイラナンも一度も眺めることがなかった。自分の行いを反芻《はんすう》するのに夢中になっていたからだ。どうして別れ際にあんなことを言ってしまったのだろう？　ちょっと意地悪するくらいのつもりだったのに、媚《こ》びるかのようになってしまった。彼女だとて、他愛なくおもねることくらいあるけれど、それはグレゴリー・ローズや店屋の息子が相手のとき——知りあいの男性が相手のときだけだった。彼らはそれがちょっとした遊びにすぎないことを、きちんとわかっている。

しかしマードン伯爵が相手となると、まったく話はちがってくる。彼はよそ者だし、なお悪いことに貴族だ。女性からちやほやされ、甘い言葉をかけられ、熱心に言い寄られるのに慣れている彼のような人は、まちがいなくメグが誘いをかけてきたと思っただろう。

けれど、もちろんそんなつもりはさらさらない。メグ・マンローはどんな男性にも言い寄ったりしない——ましてやマードン伯爵のような人には。称号にも富にも、彼女が目を輝かせることはないのだ。たしかに、彼を見たとき、体が震えるような魅力を感じた。しかし、それで彼が好きだということにはならない。あれほどの美男子を目にすれば、だれだって少しは胸がときめくというものだ。

メグは彼の瞳を思った。黒くて底なし沼のように測り知れない瞳。くいっと弧を描いた唇と、上唇のすぐ上にあった小さな傷……そこに口づけることを思わず想像してしまう。それに角張ったあごと、漆黒の髪。低くなめらかな声は、彼女の体に響いてくるようだった。どんな目が自分に向けられたか、どんなふうに微笑んでいたかも、思いだす。

顔をあげると、行く手に自分の小屋が見え、帰る途中でミツバチの巣箱を覗くつもりだったのが考え事に夢中ですっかり忘れていたことに気づいた。メグはため息をついた。しかたがない、また明日にしよう。台所には摘んだばかりのスモモがかごいっぱいにあるから、果実酒とジャムをこしらえなければならない。

午後はせっせと作業にいそしみ、マードン伯爵のことを忘れることもできていた――少なくともほとんどの時間は。夜が更けてきてもまだ鍋をかきまぜ、小屋には甘いスモモのにおいが充満していた。そのとき小屋の裏で、がたがたいう音と、どすんという音が聞こえた。びっくりしたメグが台所兼作業場にしている小部屋の角から頭を突きだすと、裏の開いた窓をよじのぼって入ってこようとしている男が目に映った。

「ちょっと」厳しい声で言って腕を組む。「今度は窓から侵入するようになったの？」

「まあね、そんなとこ――でも姉さんの家の窓はもうちょっと大きくてもいいと思うけど」

弟のコールは泰然とそんなことを言い、大きな体をひねって小さな四角い空間を通り抜けた。

「あなたがそこをドアとして使うことを知っていれば、うちのひいひいおばあちゃんももう少し大きくつくってくれたでしょうけどね」メグは言い返した。「どうしてそんなことをしているのか、教えてくれる？」

「ドナルド・マックリーが家の前の道を見張ってたから」コールは姉に近づいた。長身でたくましい彼のくしゃくしゃの金髪が、小屋の薄明かりを受けて光った。

「ああ、コール、今度はいったいどんなことに首を突っこんでいるの？」

「ごめん。姉さんを巻きこむつもりはなかったんだけど、ヤング・ドゥガルがけがをしちまって」そこですかさずエプロンのひもを解こうと手をうしろにまわしたメグを、コールは手をあげて制した。「いや、姉さんは来なくてもいい。あのばかがやけどしちまったんで、塗り薬でももらえれば——あと、痛み止めの飲み薬も」

メグはため息をついて棚まで行き、乳鉢と乳棒と薬草の入った袋をいくつか取りだした。

「どれくらいのやけどなの？　塗り薬はあるけれど、あんまりひどいと……」

「片腕全体だ。でも火はすぐに消したから」コールは姉のあとについてせまい作業場に入った。長年、低いドアをくぐってきたので、頭をさげてよけるのも慣れたものだ。

「ばい菌対策になるものも入れておくわ、念のため」メグはスモモを煮て黒くなった長い木のスプーンを弟に渡した。「ほら、用意しているあいだ、かき混ぜていてちょうだい」

「いいにおいだ」コールはありがたそうに鼻をひくつかせた。「つまり、スモモのジャムももらえるってこと？」

「ええ、そうね。それから、ほしければスモモでつくった果実酒もあるわよ」メグは流れるような手つきですりつぶしたりかき混ぜたりし、粘りけのある軟膏を小さなびんに詰めた。

「いったいなにをしたの――いえ、やっぱり聞きたくないわ。わたしはあなたに、いままでやってきたようなことをすべてやめてもらいたいの。ええ、たしかにマードン伯爵の下働きの男たちを池に投げこんだって聞いたときには笑ったわ。ミセス・シンクレアを家から引きずりだそうとしてたやつらを止めようとしたんだから、だれも責められやしない。でも、そんなことをしたって彼らを止められなかったでしょう？　それに、最近あったことだけど――ジャックを道で襲って物盗りしようとしたり、穀物倉に押し入ったり――放逐と闘うのとは、なんの関係もないじゃない。そんなことをしていたら捕まってしまうわ！」メグは弟に人さし指を突きつけた。「流刑になったらどうするの？　縛り首にでもなったら？」

「相手がジャックだとは、襲うまでわからなかったんだ。それに、なにもせずに解放したし」メグがなおも言いつのろうと息を吸いこんだのを見て、コールは弁解するように両手をあげた。「わかったわかった、姉さんの言うとおりだ。やつらはやりすぎた。ぼくらは強盗じゃないぞって、ぼくも言ったんだよ。そそのかしたのはウィル・ロスだ。あいつは最初から厄介なやつだと思ってた。血の気が多いし、正直者じゃない。ぼくの見たところ、あいつが仲間に入ったのは、とにかくなにか悪さがしたかったからなんだ」コールは頭を振った。

「ぼくがいないところで決めちまったんだよ。ぼくは妙な気を起こすなと言ってたんだ。でも、ロスが今日の午後にあいつらを焚きつけて、ぼくのやり方じゃ手ぬるいと思わせた。事を起こしてからぼくのところへやってきたんだ。手を借りなきゃならないことができたから」

「あなたが牢屋に入れられるようなことになったら、金輪際《こんりんざい》、わたしの手は借りられないわよ」

「ああ、激しいな、姉さんは」コールはにやりと笑い、青い瞳を躍らせた。「こわい、こわい」

「よく覚えておくといいわ」勢いよくうなずくと、メグは向きを変えて壁に掛かった黄麻布の袋を取った。

そのとき、どかどかという重たい靴音が聞こえてふたりは凍りつき、かんぬきのおりたドアにいっせいに視線を向けた。

3

「マックリーよ」メグがひそひそと言い、弟を見た。

ドアの取っ手ががたがたと音をたて、ついで頑丈なドアをたたく音がした。「メグ・マンロー！　開けろ！」

コールが歯を食いしばって前に出ようとしたが、メグは弟の腕をつかんで引き戻した。

「だめよ、ここにいて。わたしが追い返すから」

メグは表に面した窓に歩いていき、外を覗いた。思ったとおり、ひょろりとしたドナルド・マックリーが玄関先の階段に立っていた。「人の家を訪ねるにはもう遅い時間よ、ミスター・マックリー」

彼は窓のほうを向いた。「ドアを開けろ、メグ」

「こんな時間に男の人を家に入れたりはしないことにしてるの」メグが腕を組んで言い返す。

「わたしをこわがる必要はないだろう、メグ。きみを大切に思っているだけなんだ」

「大切？　今度はそう来るわけ？」メグは鼻で笑った。

「そうだ」一歩マックリーは近づいた。「ひとこと言ってくれれば、なんでも望むものが手に入るんだぞ」

「そのひとことで、のどが詰まって死ぬと思うわ」メグは冷たく彼を見すえた。

マックリーの唇が真一文字に引き結ばれた。「そんなことを言っていられるのもいまのうちだ。わたしの気が変われば、残念なことになるぞ」

「どうしてここに来たの、マックリー？」

「今夜、穀物倉に火をつけたやつがいる」

「あら、わたしじゃないわよ」

「きみだと思ったわけじゃない」うっすらと笑う。「きみの弟を探している」

「弟を？　そちらの穀物倉が火事になったこととコールと、なんの関係があるの？　弟に火を消すのを手伝わせたいの？」

「手伝わせたいのは、火をつけたやつを見つけることだけだ」

「頭がおかしいのか、ばかなのか、わからないけどね、マックリー、わたしは――」

「やめてくれ、メグ」コールが口をはさんだ。勢いよく振り返ったメグを大またで通りすぎ、ドアにかかっている木のかんぬきをはずした。ぐいとドアを引き開け、そこにいる男を見おろすようにそびえたつ。

マックリーはコールに目を丸くし、メグは顔をそむけて笑いをごまかした。コールの姿ときたら、ばかみたいだった。彼はメグのエプロンをつけていた。しかもスモモの汁が頭をはじめ、あちこちに飛び散っていた。エプロンの丈はあまりにも短いし、小さいし、大きな体に帯がまったく足りていない。片方の大きな手に持った木のスプーンを、まるで短剣でも持っているかのようにマックリーに突きつけている。「どういうつもりだ、マックリー、こんな遅くに姉さんの小屋の近くをうろついて」

管理人は背筋を伸ばし、威厳を立て直そうとした。「おまえを探していたんだ、マンロー」

「こうして見つかったろ」男ふたりがにらみあう。

「さて、それなら」メグはきびきびと言った。「コールに会いたかっただけなら、目的は達成できたわね」ドアを閉めると言わんばかりに手をかけた。

マックリーは手をあげてドアを止め、鋭い目つきでメグをにらんだ。「ずっとここにいたという話が信じられるか」

「あなたがなにを信じようと信じまいと、そんなことで悩むなんて時間の無駄だわ。コールはスモモのジャムづくりを手伝ってくれていたの。確かめたいのなら、台所に入ってきて見ればいいわ」

マックリーはふたりを押しのけて進み、台所にずかずかと入った。あとについていったメグは、すかさず作業台に目をやった。彼女がドゥガルのために準備していたもののまわりにはジャムのびんや飲み薬のびんや空っぽの容器が寄せてあり、どうやらコールはうまく隠したようだ。せまい台所はむっとして、スモモを煮るにおいが充満し、火にかけた鍋がぐつぐつと盛大に泡を立てている。

「納得した？」メグはばかにしたように言い、両手を腰に当てた。「もう疑いの目はよそに向けてくれるとありがたいんだけど」

マックリーは怒りにまみれた顔をメグに向け、大またで部屋に戻った。ゆっくりと向きを変えながら、部屋全体を見まわす。部屋の隅を木の衝立で仕切って見えにくくしてあるメグのベッドでその視線が一瞬止まり、メグは鳥肌がたった。

「もう帰れ、マックリー」コールは管理人の骨ばった腕をつかみ、玄関のほうへ押しやろうとした。

マックリーは腕を振りほどいた。「今晩火をつけたやつらを見つけるんだ」

「へえ？　じゃあ、さっさと探しにいったほうがいいんじゃないか？」

「おまえはいくらでも姉のスカートに隠れていられるんだろうがな、マンロー」マックリーが蔑むように言った。「だが、おまえが関わっていることはあきらかだ」

「ばかを言うな」コールがマックリーに覆いかぶさるように立つ。「おまえのところの穀物倉に手をかけたことなんか一度もないぞ。だが、おまえは犯人を見つけなきゃならないんだろ。この谷にマードンの味方はいない。いるのは召使いと、彼の利益のために貧乏になった人たちだけだ。さあ、メグの家から出ていけ。またやってきて姉さんを困らせるようなら、犯人でもほかのなんでも、永遠に見つけられなくなると思え。ほら、帰れ!」

後ずさりしたマックリーの鼻先でドアを閉めたコールは、荒っぽくかんぬきをもとどおりにはめ、顔をしかめて姉に向き直った。「マックリーはずっと姉さんにつきまとってたのか? こんなふうに家まで押しかけて?」

「ふう」メグはどうでもいいというように手を振った。「マックリーはウジ虫よ」

「どっちかと言えばヘビ野郎だ」コールがスプーンを持つ手を強く握りしめると、ぽきりと折れた。

「まあ、コール……なんてことを」メグは折れたスプーンを弟の手から取って、頭を振った。

「また姉さんのまわりをうろついてるのを見つけたら、それと同じ目に遭わせてやる」

「それはいいけど。できることなら、わたしの料理道具は無傷のままにしておいてほしいわ。マックリーよりもずっと大切に思っているんですもの」メグの唇がぴくりと動く。「それから、そのエプロンは取りなさい。ばかみたいよ」

コールはにんまり笑って返した。「ばかみたいなふりをするのが、いちばん疑われないいんだよ」

「ああ、だからあなたはぜったいに嘘をつかないと思われてるのね」メグはやり返し、弟の腕をつねった。「冗談じゃなく、もうこんなこわい思いはさせないでちょうだい、コール。あなたを失うようなことになったら耐えられないわ」

「わかってる」コールはため息をついた。「ただ——あいつらがどうなるのかと思って。ぼくが軌道修正してやらないと、とんでもない方向に転がっていきそうで心配なんだ」

「今夜は止められなかったみたいだけど」

「うん、そうなんだ」コールは髪をかきあげた。「ほかに力になってやれる方法があればいいのに。うしろめたいんだよ、わかるだろ。あいつらが家から追いだされているっていうのに、ぼくだけがベイラナンで安穏とした境遇にいて」

「わかるわ。でもそれはあなたのせいじゃないでしょう。マックリーがやってることよ。そしてマードン伯爵も」メグは暗い声でつけ加えた。そう、だから、やはりあの人のことを考えてはいけないのだ。


それはいい心がけだったが、実際にそうするのは言うよりむずかしかった。翌朝目覚めたメグは、長身で黒い瞳の伯爵の甘い夢に心をかき乱されていた。もっと悪いことに、午前中はずっとその夢のことばかり考えていた。

気をまぎらわそうと、帽子と手袋をつけてミツバチの巣箱の手入れに行った。作業を終えて少し心も落ち着き、木のまばらな森をぶらぶらと戻ってきたものの、小屋のそばまで来た彼女は、はたと足を止めた。小屋のドアの前に知らない男がいる。

教会の牧師のように地味な白黒の服装で、感情とは無縁なのではないかと思うような青白い顔だった。家の前のひらけた場所の端から様子をうかがっていると、男はまたドアをノックし、それから横にまわって、目の上に手をかざしながら窓を覗きこんだりしていた。

「おはようございます」彼女の声に男が飛びあがって振り向き、メグはしてやったりと思った。

しかし男の顔が無表情なのは変わらず、彼はこそこそ覗いていたのを見つかってもうろたえる様子もなく、うなずいただけだった。「おはよう、マーガレット・マンロー、かね?」きびきびとしたイングランド人らしい発音で、すぐにマードン伯爵の側仕えなのだとわかった。

「ええ。あなたは?」

「ブランディングズだ。マードン伯爵から仰せつかって、これを届けにきた」上着のポケットから折りたたまれた紙を取りだし、彼女に差しだす。

メグは両の眉をつりあげ、前に出て受け取った。紙のたたんだところに赤い蠟《ろう》で封がしてあり、うしろ脚で立つライオンのような模様がついている。それを見て、次に男を見あげた。

「マードン伯爵からわたしに?」

「そうだ。閣下から、読みあげるようにとも仰せつかっている。もしそなたが――その……そういう要望があれば」

「閣下はさぞや驚かれることでしょうね。こんな文明とはかけ離れたところで育った女が、どうにかこうにかでもこの短い文章を読めるとしたら」メグは封蠟をさっと破り、紙を広げた。

親愛なるミス・マンロー
きみとの仲を、もっと深めたいと思っている
今宵をきみとともに過ごす喜びを、どうか味わわせてほしい
夜更けに、南の棟で、食事をどうだろうか

敬具
マードン

すさまじい怒りに襲われ、メグの手のなかで手紙がわなわなと震えた。なんという人だろう！　勝手に予定を組んで、召使いをよこすとは。彼女のことをどういうふうに思っているか、これ以上ないほどはっきりわかるというものだ。

「今夜、またここへ戻ってくる。屋敷まで連れていこう」

メグの頭が勢いよくあがり、短剣を突きたてるかのようなまなざしが使いの者に向けられた。あまりのすさまじさに、彼はぎょっとして一歩後ずさったほどだった。「自分の森を歩くのにイングランド人の案内など必要ないし、傲慢ないやらしい男の呼びだしに応じるつも

りもないわ」怒りのあまり、スコットランド訛りが抑えきれなくなっていた。「イングランドの娘ざんなら、大勢の遊び女のひとりみたいに扱われたって気にじないのかもじれないけど、わたしはちがうわ」メグは手紙を持ちあげて半分に破り、さらにもう半分にちぎった。「これが伯爵ざまへのお返事よ」

ブランディングズの口がぽっかりと開いた。「なんと！　よもやそのような——伯爵さまを侮辱するのか！」

「侮辱？　それなら、これはいったいなんなの？」メグは破った手紙を使いの者に向けて振り、彼の手に押しつけた。

「もったいないお言葉をいただいて、どんな女でもありがたくお受けするものを——相手はマードン伯爵だぞ！」

「そう。でもわたしはどんな女でもないの。たとえ相手がプリンス・オブ・ウェールズでもね。さあ、もう帰って、マードン伯爵に伝えてちょうだい。もったいないお言葉は、謹んでお返ししますとね」

4

従者がどことなくおずおずと差しだした紙きれを、デイモンは信じられない思いで見つめた。

「なるほど。ミス・マンローは、今夜わたしと食事するつもりはないということだな」

「愚かな女でございます」従者があまりにも高慢な様子であごをあげたため、人が見たらデイモンではなく従者のほうが貴族かと思ったことだろう。「恐れながら、だんなさま、あの女は粗雑に過ぎるかと存じます」

「おまえはじつに忠義者だな、ブランディングズ。だが、わたしをなぐさめようとしなくてもよい。女性に断られた経験がないわけでもないのだから」しかし正直なところ、そのような記憶はそうとう苦労しなければ思いだせそうもなかった。どのような身分の女であれ、裕福な伯爵の誘いをむげにすることはまずない。実際、あまりにも意外でまれな状況に、デイモンは自分がどういう気持ちなのかもわからなかった。

がっかりはしている――悲嘆にくれているというほどのことはないが、よい気晴らしにでもなるだろうと楽しみにしていた。ここに滞在しているあいだ、メグ・マンローがいつも相手をしてくれれば楽しいだろう、と。田舎の娘というのは美しさだけが取り柄で、ほかにそれほど興味を惹かれるところはないだろうが、それでもあの娘の美しさは並はずれている。

メグというあの娘を、自分は読みちがえたのだろうか？　びりびりに破られた手紙と、別れ際に言い捨てていった先日の生意気なあの言葉が、どうにも嚙みあわない。もしかしたら、今日断ったのは、たんに純情ぶるための手管なのかもしれない。デイモンは唇を引き結んだ。もしメグ・マンローが彼を思いどおりに操れると思っているのなら、哀しいかな、大きなまちがいだ。彼もまたほかの男と同じように駆け引きを楽しみはするが、小娘の手のひらで踊らされるつもりはない。

「まあ、たいしたことではない」彼は紙きれを暖炉の火に放りこんだ。「ハイランドへは女と戯《たわむ》れるために来たのではないのだから」それがどれほど魅力的な女だろうと。

大事なのは自分の娘だ。ここへ来たのは娘とともに時間を過ごし、昔のような関係を築き直すためだった。生まれたばかりの、真っ赤な顔で泣きわめくあの子を腕に抱いた瞬間、彼はリネットに心をわしづかみにされた。しかし、自分はここ何年ものあいだ、娘にとって遠い存在になってしまっていたことに妻の死後、気がついた。だから考えてみると、メグ・マンローに断られたことはよかったのだ――ただ、もう少しおだやかな断り方をしてくれればありがたかったが。

「今日の午後は、娘と馬で地所をまわろうと思う」デイモンはデスクに向き直った。「だが、まずは土地の管理人を呼んでくれ。昨夜の火事について話を聞きたい」

しかしマックリーは気が進まないようだった。数分後、デイモンのデスクの前に立った彼は体を左右に揺らし、手にした帽子をいじっていた。「なにも問題はありません、だんなさま。けが人もいませんし」

「それはよかった。だが、建物が焼け落ちてしまったというのに〝問題はない〟とは言えないだろう」

「ちょっとしたごろつきの仕業ですよ、だんなさま。すぐに見つけだしますので」

「ちょっとしたごろつきとはなんだ。そのような話は昨日の報告でも聞いていないぞ。わたしの記憶では、穀物を育てるより羊を育てるほうが利益があがるという話だけだったではないか」そして、それはなんとも退屈な話だった。

「ご報告の必要もないような小さな出来事がこれまでにございまして」

「では、いまそれを話せ」デイモンは腹だちを抑えながら言った。すでにいらいらしているのはこの男のせいではない。

「ハイランダーどもというのは、始末に負えないやつらです。わたしがスコットランドの低地地方《ロウランド》から人を連れてきたことを快く思わず、わたしの配下の者がひとり湖に放りこまれました。徒党を組んで荷馬車が襲われたこともありましたが、物資を運びいれたり金銭を運びだしたりするときには護衛をつけるようにしております」

「荷馬車が襲われた?」デイモンの眉がつりあがった。「そのごろつきは武装していたというのか?」

「かと思います、だんなさま」マックリーは身じろぎし、茶色の瞳が濁ったような色合いに変わった。「いずれにせよ、けが人は出ておりません。ただの脅しでございましょう。犯人を突きとめ、処罰を与える手立ては講じておりますので、ご安心を。もうこれ以上の事件は起きません」

「よろしい。わたしの土地で暴動などが起きてはたまらぬからな」

「はい、もちろん心得ております、だんなさま」

「ざわついている状況を鎮めるために、なにか対策を取ってはどうだ。おまえが連れてきた者たちがよく思われていないのなら、地元の人間を雇えばよい」

「やってみました、だんなさま。やつらはどうにも使えない役立たずばかりでございまして」

「ならば、なにかうまくいく方法を探せ」デイモンは立ちあがり、管理人を冷たい目で見すえた。「娘もいっしょに来ているんだ。ごろつきだろうが野盗だろうがスコットランド人の群れだろうが、娘を危険な目に遭わせることだけはまかりならん」

管理人をさがらせると、デイモンはリネットを探しにいった。馬に乗れば気分も上向くだろうし、娘との関係を修復する取っかかりとしてよい方法に思えた。馬は、昔からふたりを結びつけてくれるものだったから。リネットは庭にいた。家庭教師が小走りでついてまわり、北の地方の弱い日差しでさえもすべてさえぎろうと奮闘していた。

「……でも迷子になんてならないわ」デイモンが背後に近づいたとき、そう言うリネットの声が聞こえた。「馬丁を連れていくもの」

「ですが、ここはたいへんな荒れ地ですから」家庭教師の声にはまるで泣き落としにかかっているようなめめしい響きがあって、デイモンは歯が浮くかと思った。「よくお考えくださいまし、リネットお嬢さま。なにが起こるかわからないのですよ。馬丁といっしょでも襲われるかもしれませんし」

「いったいだれに？」リネットは両腕を大きく振り広げた。「どうしてわたしたちが襲われるの？」

「どうしてかはわかりません。でもハイランドの人間とはそういうものだと話に聞いております！　マクドナルド一族がグレンクロウの地で虐殺された話も、本でお読みになったでしょう？」

「グレンコーよ、ミス・ペティグルー」リネットは訂正した。「でも、それは何年も前のお話でしょう。そもそもこの近くではないし、キャンベル一族の人間もいないわ。とにかく、曾祖母の家系はマッケンジー家だとお父さまがおっしゃっていたわ」そこでふと振り返り、父の姿を認めた。娘の顔がほころぶのを見て、デイモンもうれしくなる。「お父さま！

ちょうどお父さまのことを話していたのよ」

「そのようだね」娘を見るデイモンの表情がやわらいだ。「おまえの言ったとおり、おまえはマッケンジー家の血筋だ。ここでは家の確執を心配する必要はないと思うぞ」

「それなら、馬に乗ってもなんの問題もないわよね？」リネットは勝ち誇ったように言った。

「ですが、馬はどうなさるのですか、リネットお嬢さま？」ミス・ペティグルーの額に不安そうなしわが刻まれる。「あなたさまのフレイヤはまだラザフォード館におります。あなたさまにふさわしい馬はいないのでは」

「フレイヤは安楽椅子みたいな馬だわ」リネットはどこかいらだったように言った。「わたしはもっと元気な馬でも扱えるのよ」

「そうだろうな」デイモンも同じ意見だった。「つまりおまえは、まだあのポニーに乗っているということかい？　二年ほど前に、ふつうの牝馬に乗せてやったと思うが」

いや、もう三年になるのではないか。あれはリネットの十歳の誕生日だった。娘を抱えあげて馬に乗せてやり、娘は黒いおさげ髪を跳ねさせながら得意げに庭を速歩《はやあし》で駆けまわっていた……。ふいにデイモンののどが詰まった。あれは、エミベルと最後の言い争いになった日の一週間前だった。あのいさかいがあって、彼はロンドンに戻ったのだ。あれ以来、本宅にはクリスマスにしか戻っていなかったのが申し訳なかった。

「グウィネヴィアね！」美しい骨格をしたリネットの顔が、ぱっと明るくなった。「あの牝馬をわたしはそう呼んでいたのだけど。きれいな馬だったわ！」

「いまは乗っていないのかい？」

「それは――しかたがなかったの」リネットの顔から光が消えた。

「ミス・リネットはおけがをなさったんです」家庭教師が声をひそめて説明した。「あのように元気すぎる馬には二度と乗せてはいけないと、レディ・マードンがおっしゃって」

「けがをしたとは知らなかった」デイモンが心配そうに眉を寄せた。

「腕を折ったの」リネットはむきになったようにあごを突きだしてそっぽを向いた。「でもあれはグウィネヴィアのせいじゃないわ。わたしがあせってしまったから」

「一度や二度はだれでも落馬するものだ」デイモンはのんきな口調で言った。「いちばんよいのは、また乗ることだ。腕が治ったあと、またネッドに乗せてもらえばよかったのに」

「彼はそうしたかったの。わたしもよ。でもお母さまが――」リネットは声を詰まらせ、つばを飲みくだした。「もうわたしを馬には乗せたくないとおっしゃって。危険すぎると思われたのね。結局は許してくださったけれど、乗る馬がフレイヤだけならという条件だったの」リネットはすがるような目を父親に向けた。「でも、わたしはフレイヤ以上の馬にも乗れるの、ほんとうよ」

「ああ、乗れるとも」デイモンはいらだちを抑えこんだ。エミベルは腕によりをかけて、リネットをなにもできない娘に育てあげたのではないだろうか。しかし亡くなった母親を責めるのはよくないだろう。「おまえにぴったりの牝馬が厩舎《きゅうしゃ》にいる。パールという馬だ。まさしく宝石のようにすばらしいぞ。ハジンズが馬丁頭に命じて馬を集めさせたのだが、じつにいい仕事をしてくれた。その馬たちをふたりで試してみるのはどうだ？」

「ほんとう？　ほんとうに？　ああ、お父さま！」リネットは父親の腕に腕を絡めてぎゅっと抱きしめた。「なんてすてきなの！」

「ああ、そうだな」デイモンは不安で顔をゆがめている家庭教師には気づかぬふりをして、娘に笑いかけた。「厩舎までパールに会いにいこうか？　ミス・ペティグルーも今日ばかりは勉強を免除してくれるのではないかな」家庭教師にちらりと目をやる。

「ええ、もちろんですわ、だんなさま」ミス・ペティグルーはさっとうなずいてリネットに向き直った。「ハンカチはお持ちですか、リネットお嬢さま？　寒いかもしれませんから、はおるものも……」さらにポケットを探る。「念のため、気付け薬もどうぞ。失神しそうになるかもしれませんし。それから――」

「リネットならだいじょうぶだ」デイモンは腕にかかった娘の手に自分の手を重ね、さがれと家庭教師にあごをしゃくって、足を踏みだした。「厩舎はこちらのほうだったかな」声をひそめてつづける。「あの家庭教師はいつもあんなに心配性なのかい？」

リネットは小さく吹きだした。「もっとすごいときもあるわ。わたしの具合が悪くなったら自分が責められると思って、心配しているのよ」

「おまえはそんなに具合が悪くなるのか？」

「だと思うわ」リネットはため息をついた。「そうならないようにがんばっているのだけれど。ほんとうよ。でも昔は——息も苦しくなることがあったわ。咳が出るの」

「覚えているよ」小さくて青白い顔、息が苦しくておびえたような目をしていたリネットを、いまでもはっきりと思いだすことができる。「おまえを縦に立たせるように抱っこしていたものだ。少しは楽になっていたと思うが」

「そうなの？」リネットは目を丸くして父親を見た。「そんなこと、覚えていないわ」

「ああ、そうだろうな。おまえはまだ小さかったから。みっつのときだったか、あの冬はひどい咳をしていたな」あのときは娘を抱いて、のどがぜいぜいいっているのを聞きながら、命の火がこのまま小さくなって消えてしまうのではないかとおそれおののいていた。しかしそんなことは、わざわざ言う必要もないだろう。「そういえば、子守りはわたしがいるのを怒っていたが、わたしがいるとおまえも落ち着くような気がしたんだよ」

「息ができなくなると、こわいの」リネットはささやくようなか細い声で言った。「でも、前にポニーから落ちたときに、気持ちを楽にしてかならず息はできると思えばだいじょうぶだってネッドに言われたわ。そのときはそれでうまくいったから、そのあとも発作が起きたときは同じようにすることにしたら、効くのよ」

「お利口さんだ」

「ミス・ペティグルーだと、あのひどいにおいの気付け薬を鼻に押しつけてくるのだけれど、あれは効かないと思うの」リネットは訴えかけるように父親を見あげた。「もうそんなに発作は起きないのよ。いまではもう、ぜんぜん。走ってもだいじょうぶなの。馬に乗るのだったら、ぜったいに起きないわ。約束する」

「よし」娘を見おろしたデイモンは、この数カ月、幾度となく浮かんできた不安にまたもや襲われた。自分は適切にリネットの世話ができているだろうか。もし馬に乗って帰ってきて、娘の呼吸が苦しくなったりしたら、自分のせいだ。

エミベルからは、あなたは娘に多くを求めすぎよと一度ならずも言われていた。そして娘だけでなく、妻の自分に対しても同じだと。「体が弱いというのがどういうことか、あなたにはまったくわかっていないのよ」エミベルは憤懣《ふんまん》やるかたない口調でそう言った。「あなたは体も大きいし……それに頑丈だもの」まるで頑丈は罪悪であるかのような口ぶりだった。「あなたの期待に応えようとすればリネットは体をこわしてしまうわ。わたしがそうだったように」

エミベルが彼の期待に応えようとしたところなど見たことはないと彼は言い返し、ふたりの口論はいつもどおり、とげとげしいものへ発展していった。しかしいま、彼が娘の唯一の親であり、娘の健康と幸せを担うたったひとりの人間となって、妻の言葉を忘れることはできなくなった。彼自身は健康を害したことはない——少なくとも長期にわたって、深刻な状態に陥ったことは。もしや、冷たい空気を吸ってはいけないとか、窓を開けてはいけないとか、興奮するようなことは避けるべきだとか、家庭教師の注意を退けてきたのはよくないことだったのだろうか。そのせいでリネットは苦しんだのだろうか？

「ぜったいに無理はしないと約束しなさい」彼は娘にそう言った。「外出したときは、疲れたらかならず言うこと」

「疲れることなんてないわ」またもやあの笑顔が太陽のように輝いた。「自分でもわかるの。馬に乗っているときは疲れないって」

デイモンはくくと笑った。「おまえはほんとうに馬が好きなんだな。いつだって、ぜったいに馬から降りようとしなかったし」

「わたしと馬に乗ったことがあるの？」リネットは驚いた。

「もちろん。おまえを初めてポニーに乗せてやったのはわたしだぞ」

「ほんとう？　覚えていないわ」

「それも無理はない、おまえはまだたったのふたつだった」

リネットの瞳がまた丸くなった。「お母さまはお怒りだったでしょうね」

「すごかったね」冷ややかな声が出た。「だが、おまえはとても喜んでいたよ」

「お父さまがグウィネヴィアを連れ帰ってきてくださったときのことは覚えているけれど。それから、雪のなかを馬乗りに出かけたクリスマスも。お気に入りの襟巻きをしていたわ」

「思いだしたぞ。真っ赤なやつだな」彼はさびしげに微笑んだ。「だが、ほんとうなんだな……子どもがこんなに早く物事を忘れるというのは」

「悲しいの？」リネットは眉根を寄せて父親を見あげた。「もっと覚えているようにがんばるわ」

「いや、いや、おまえはなにも悪いことはしていない。何年も前のことを覚えていなくてもいいんだよ。リネット――」言葉を切って娘の目をじっと見つめた。「おまえに謝りたい」

「謝るですって！」リネットがけげんな顔をする。「いったいどうして？」

「だから……この数年、おまえとの関わりが少なすぎたからだ。もっと家に帰ればよかった。もっと長く家にいればよかった」痛ましげな微笑みを浮かべる。「もっと口を出せばよかった。いま思えば、楽な道を選んでしまったのだな。わたしはまちがっていた」

「お父さまとお母さまはうまくいってらっしゃらなかったから」

デイモンは驚いた顔をしたが、否定はしなかった。「それはおまえのこととはまったく関係ない。わたしは最善のことをしているのだと自分に言い聞かせていた。女の子は母親といっしょにいるのがいい、両親のいさかいのないところにいるほうが子どもは幸せだと。だが、それはおまえを見捨てたのと同じことなのだ」

リネットはしばらく口を閉ざしていた。「でも、お父さまは来てくださったわ。お母さまが……亡くなったあと」

「ああ、当然じゃないか。来ないと思っていたのかい？」すぐに消えたものの、一瞬、娘の瞳にさっと翳《かげ》りが走ったのを見て、実際に娘はそう思っていたのだとわかった。デイモンは身をかがめて顔を娘と同じ高さにした。「わたしはおまえを見捨てたりはしない。おまえといっしょにいたくないと思ったことなど、一度もないんだよ。それは信じておくれ」

「わかっているわ、お父さま。お母さまとヴェロニカおばさまは……お父さまがわたしのために来てくださることはもうないと思ってらしたけど。ふたりが話しているのを聞いちゃったの。でも、来てくださるってわたしにはわかってたわ」リネットははにかんだように小さく微笑み、父親の手に手をすべりこませた。そのときデイモンの胸に初めて、娘以外ほかのだれにも感じたことのない気持ちが湧き起こった。うれしいような、苦しいような、そしてなんとも心もとない感情がせりあがり、心臓に絡みついた気がした。リネットが父親を力づけるように言い添える。「パジーを連れてきてくれたことも覚えているわ」

「パジー？」デイモンはいぶかしげな顔になった。

娘がくすくす笑う。

「そうよ。茶色くて、大きな黒いボタンみたいな目をしてて、思わずぎゅってしたくなる子。いつだったか、秋に帰ってきたときに連れてきてくれたでしょう。まだ持っているのよ」

「くまのぬいぐるみか。ああ、覚えているよ」デイモンは笑った。「ドイツでおまえのために買ったんだよ」

「長いことといっしょにベッドで眠っていたのよ。じつを言うと、いまでもいっしょに眠ることがあるの」リネットは内緒話をするように言った。「嵐の日なんかにね。でも、ずいぶん哀れな見てくれになってしまったわ。片方の目は取れてしまったし、腕にもつぎあてをしていて」

「新しいのを買おうか？」

「だめよ」リネットは軽蔑のまなざしを向けた。「もうそんな歳じゃないわ。もう大人よ」

「十三歳で？」デイモンの口もとがゆるんだ。「そうか、それならパールでだいじょうぶだな」娘の手をぎゅっとにぎる。「おいで、おまえの新しい馬を見にいこう」

ふたりはまた歩きだした。十三歳の大人とは言いながら、リネットはスキップにも似た足取りで厩舎へ向かった。

メグはひじにかけたバスケットをぎこちなく足にぶつけながら、岩場をさらにのぼっていた。足を止め、あちこちに目をやって岩の裂け目を探す。振り返ると、岩場と海のあいだに細長く伸びる浜辺が見えた。そろそろ潮が満ちはじめている。急がなければならない。ひざまでスカートをたくしあげ、大きくひとつにまとめて結び、バスケットを置いてさらに上へのぼった。

苦労のかいあって、岩の合間に生えたクマコケモモを見つけることができた。それをひとつかみほど採り、バスケットを置いた岩棚へとおりることにした。足を一歩おろしたところで馬のいななきと馬勒《ばろく》の音が聞こえ、びっくりして勢いよく振り向くと、大きな鹿毛《かげ》の馬に乗った人物が岩場のふもとにいてこちらを見あげていた。マードン伯爵だ。

「まあ」メグは体をこわばらせた。神経はもんどり打ち、落ち着こうとして思わず両手がスカートを握りしめる。「あなたなの」

「そうだ。わたしだ」

なんて人かしら。髪の毛が風でくしゃくしゃになっても、上品で冷静で強靭に見えるなんて。あの乱れた髪をそっとなでつけてあげたくなる。いいえ、なにをばかなことを考えているの！「ここでなにをしているの？」

その言葉に、彼の鋭角に伸びた黒い眉毛がつりあがった。「こちらこそ同じ質問をしよう。ここはわたしの浜辺だ」

「あなたの浜辺？」きびきびとしたイングランド訛りで発せられた傲慢な言葉、横柄で落ち着きはらった顔つきのすべてに、メグはむっとした。「あら、そうですか」知らずスコットランド訛りがきつくなる。「この海岸はあなただのもの。ほかのものもぜんぶ、あなただのもの」メグは腕を大きく振り広げ、うねる灰色の海を示した。「この海も。ええ、この空も。太陽を浴びるのにもあなだの許可をもらわなくてはならないのかしら？　この草をあなだの岩場からいただくお許しはいただけるの？」採ったクマコケモモの枝を足もとのバスケットに荒っぽく放りこんだ。

伯爵の目がわずかに見ひらかれ、馬がたたらを踏んだ。てっきり怒りにまかせた返事が返ってくるとメグは思ったが、彼はしばらく彼女を見つめただけで、こう言った。「あきらかにきらわれてしまったようだな、ミス・マンロー。だが、わたしにはわからな――」

「わからないですって？」いっきに湧きあがった怒りがあまりにも激しく、岩場から彼めがけて飛びおりないでいられたのが不思議なくらいだった。「商売女のように扱われただけで侮辱されたと思うなんて、何様のつもりだということ？　わたしはレディではないものね？どこかの立派なお屋敷ではなく、掘っ立て小屋で生まれたから、あなたの足もとの泥と変わらない、気づきもしない存在だと？」

「きみの場合はむしろ、とんでもなく気づかされる存在だが」彼は強い口調で言い返した。「それに、きみを招待したのは、きみの生まれとはなにも関係ない」

「あなたは会ったばかりの公爵夫人にも、ベッドへの招待状を送るのかしら」

「はっきり言って、これまでに会ったどの公爵夫人にもそんな招待状は出そうと思ったことはない」一瞬、彼の黒い瞳が楽しげに光った。

「あなたにとってはすべてお遊びなのね。あなたの妹さんに男性が同じことをしても、なにも感じないのかしら？　あなたの娘さんが同じことをされても？」彼の唇が真一文字になり、顔がこわばったのを見て、メグは胸のすく思いがした。「でも、わたしのようなただの小娘なら、話はちがうというわけね」

「きみの生まれとはなんの関係もない、ほんとうだ」彼はとうとう声を張りあげずにはいられない気分に追いこまれた。「手紙を送ったのは、きみが魅力的だったからだ。どうしてだったのかはわからないが」

「そして、あなたがわたしを魅力的だと思えば、わたしはあなたのベッドに飛びこまなくてはならないのね？　まるで犬か馬を買ったみたいに、あなたが召使いをよこして連れにきてくれたことをありがたいと思うべきなのかしら？」

「ブランディングズを遣わしたのは、わたしがきみの家に馬を乗りつけてみなに見られるよりは騒ぎにならないと思ったからだ。慎重にしたほうがいいと、きみも思うと考えたんだが……すまなかった」

「慎みのない商売女だと思われて、わたしがありがたがるということ？」

彼は目をしばたたいた。「このあたりではどういうものだか事情はまったくわからないが、きみは……その、そういう女性だと思ったものだから、きっといやがらないだろうと――」

「そういう女性って！　いったい、どういう女性なの？」

伯爵は妙な顔つきで彼女を見た。「どういうって――」言葉を濁し、首をひねる。「なんだというんだ！　森のなかでひとりで暮らし、結婚もせず、自由に男をベッドに迎えている女性のことだ」

メグは背筋をこわばらせて両のこぶしを握りしめた。「つまり、わたしは自由な女だから、だらしないって？　夫に鎖でつながれることをよしとしないから、思いのままに男性を選ぶから、わたしは――グレゴリーはなんと言っていたかしら――ああ、そうだわ、〝歓楽街の商品〟だと？」

「ほかにどう考えろというんだ？」彼はどなり返した。「きみは大胆に男と目を合わせ、男と話し、そんな格好でうろついているじゃないか」彼の視線が、むきだしで形のよい、まくりあげたスカートから伸びた脚に移った。突然、彼の瞳にこもる激しさがやわらいだ。彼の声音がおだやかに、低く変わったのと同じように。

ほんの少し前までぴりぴりと張りつめていた空気が、いまはまた怒りとは異なるもので満ちている。頭に血がのぼったところに絡んできたのが男女の欲望であることは、ごまかしようもなく――さらにそれは強くなり、変化し、戸惑うほどになっていく。胸のなかで激しく打つ心臓、首から顔へじわじわと広がるほてり、のどをせりあがっていく空気まで、メグには感じ取ることができた。脚に当たる日差しのあたたかさや、顔をかすめる潮気、髪をもてあそんでいくそよ風までも……。

鐙《あぶみ》を踏んで立ちあがった彼を見て、いっしょに馬に乗せてくれないだろうかと考えている自分に気づき、メグは驚いた。自分はおかしくなっている。意志の力を総動員して彼から視線を引き剥がし、後ずさった。彼と目を合わせないようにしながらスカートの結び目をほどこうとする。いつもならすんなり簡単にほどけるのに、今日はきつく絡まっている。いや、ふだんからは考えられないほど、彼女の指が不器用になっているのかもしれない。

ようやく結び目がほどけ、メグはスカートを力いっぱいおろした。沈黙がつづき、絶えず寄せる海の音がやたらと響くなか、どうにかしてなにか言おう、このぎこちない空気をなんとかしようとあせりながら考える。そして、靴に足を突っこみ、バスケットを持ちあげてそれを腕にかけると、意を決して頭をあげた。伯爵は彼女を見ていた。ずっと見ていたのだ。彼女にはわかっている。気まずく思うことなどあまりないメグだったが、いまは気まずかった。どうしてかはわからない――悪いのは彼であって、自分ではないのに。けれど、自分は彼の目に卑しく、いやらしい女として映っているのだと思うと、彼の視線に突き刺されるような恥ずかしさをおぼえた。しかも、彼のその視線に自分のなかのなにかが揺り動かされることが、いっそう恥ずかしい。

それがあまりに腹だたしく、ありえないほどひどいことに思えて、メグは冷ややかで平然としているように見える彼からなんとか目をそらした。

「潮が」メグは息をのんだ。言いあいに夢中になるあまり、潮が満ちてくることに注意が向いていなかった。いまや馬の足もとまで波は迫り、ひづめまで完全に浸っている。「潮が来たわ。早くここから離れないと」

5

メグは突きでた岩に手をかけておりようとした。

「ここへ！」伯爵が冷静に状況を判断し、馬を少し寄せた。いまや落ち着きを失った馬を片手で制御しながら、空いた手を差し伸べる。「いっしょに乗りたまえ」

「いいえ！」メグの体に力が入った。「自分で歩けるわ。まだ深くはないし」

「ばかなことを言うものじゃない。靴もスカートもぬれてしまうぞ」

「そんなのは慣れっこよ」

伯爵の瞳が色を深め、顔がぴくりと動いたのを見て、へまをしたことにメグは気づいた。服がぬれそぼって張りついた姿を想像させるようなことを、わざわざ言ってしまったのだ。そんなメグの姿を彼も思い描いているのが、痛いほど伝わってくる。彼はぶっきらぼうに言った。「乗れ。まったく、きみを取って食いやしないから」

彼をこわがっていると思われたのだろうか？　そんな誤解に耐えられるほどメグはのんきなたちではなかった。だから差しだされた手を無視して岩の端にしゃがみ、すべりおりるようにして彼のうしろにまたがった。しかし優雅に、というわけにはいかない。腕にバスケットを引っかけた状態では、体を支えるために彼の肩につかまらなければならなかった。

伯爵は馬を、つい先ほどやってきた方向へと向けた。着実にかさを増す水で、ひづめの跡も消えていた。迫り来る水のせいか余分に人が乗ったせいか、馬がこわがり、横に跳ねてうねる水をよけようとするので、伯爵は制御しなければならない。メグも落ち着きのない馬に乗っているために、彼に抱きつかずにはいられなかった。

伯爵の背中にしがみつくと、彼の体温や、においや、呼吸のたびに上下する胸の動きをいやでも感じる。それに、お尻の下で馬が動くのも。またがって乗るのがいちばん簡単だったから、彼のうしろでメグははしたなくも両脚を広げた格好だ。そうなるとどうしても、伯爵が自分の脚のあいだでどんなふうに座っているか、どんなに密着しているかを考えてしまう。これはメグが想像できるなかで、いちばん親密な行為ではないにしても、いちばん親密な状態——そう考えると、ことさら体が熱くなった。

同じようにアンドリューやグレゴリーと馬に乗ったことも、一度や二度はあるけれど、まったくこんなふうではなかった。そう、今回のこれは、これまでに男性に抱きしめられてキスされそうになったときよりも、もっと近くてもっとなまめかしい感じがする。これまでこういうときには、あっさりと笑ったり、冷ややかな言葉で突き放すことができていた。こんなふうに体のなかが熱くとろけたり、奥深いところがうずいたりすることはなかった。彼にふれたところが、どこもかしこもちりちりするようなことも……。

そんなふうになってしまうなんて、ばかげている。伯爵には最低の女のように思われているわけだし、メグのほうも彼のことを軽蔑している。肉体が反応していいような相手ではない。それなのに、彼に抱きついていると、ふがいなくも体から力が抜けてしまう。

馬が急停止し、伯爵がかかとで蹴りを入れてもなお、横に跳ねるだけになってしまった。するとメグの手の下で、上着越しに伯爵の筋肉が動くのが感じられ、彼がさらに手綱を強く握って馬の頭を力ずくで前に向けようとしているのがわかった。メグは彼の背中から前を覗いてみた。崖のふもとから岩が大きく張りだし、通れる浜辺の部分が非常にせまくなっている。大岩をまわりこんで水かさの深いところに足を踏みいれなければならないのだが、あきらかに馬にそんなつもりはないようだ。一瞬、メグは、馬はこのまま立ち往生し、結局はもと来た方向へ逆戻りしなければならないのではないかと思った。そちら側からは、楽に崖をあがっていく道はないのだが……。

しかし、どうやら伯爵の意志が馬のそれよりも強かったらしい。馬は頭を振り、渦巻く水におそるおそる足を踏み入れて、大岩をまわりこもうとしはじめた。そのとき大きな波が、馬の横腹を打ちつけた。馬はうしろ脚で立ちあがり、メグは自分が後方にすべっていくのを感じた。伯爵の上着をつかんだものの、パニックになって跳ねまわる馬の力には勝てず、馬が前へ飛びだした拍子にメグはうしろに飛ばされた。

灰色の空が視界を横切ったと思うと、水が激しく背中を打ち、ひゅっと息が肺から飛びだしたところへ波がかぶさり、メグは水中に沈んだ。

大岩をまわりこんだところで灰色の崖に映える真っ赤な髪が目に飛びこんできて、デイモンはすぐにメグに気づいた。即刻、引き返すべきだとわかっていた。自分とは関わりたくないと、はっきり言われたのだから。しかし彼は馬が進むにまかせた。ひざまでスカートをまくりあげ、形のよいふくらはぎをさらして岩場をのぼっている光景を、見逃すにはしのびなかったのだ。

馬は気ままにゆっくりと進んでいき、岩場のふもとに来たところでデイモンは手綱を引いて止め、岩場からおりようとしている彼女を眺めて楽しんだ。女性の脚ならたくさん見てきたが、彼女の引きしまった足首とすんなりしたふくらはぎは最高級の部類に入る。いや、最高そのものと言っていい。そしてその美しい脚の上にある丸い尻は、さらにすばらしい眺めだった。スカートを前にきつく引っ張って結んでいるので、布地が尻にぴったりと張りつき、彼女が一歩一歩おりるたびに尻の動きがよくわかる。

そのとき彼女が振り返り、その顔と金色の大きな瞳の美しさにまたもやデイモンは衝撃を受けた。どんな言葉をかければいいのか、まったくわからなかった。平手打ち同然にきっぱりと拒絶されたのに、それでもあきらめきれない若者のように彼女を見つめているとは、なんと愚かに映ることだろう。

彼女のほうにはまったくそんな問題はないようで、すぐにきつい言葉を投げかけてきた。敵意をむきだしにされて、つい彼のほうもかっとなった。そのあとの言いあいでもやはり頭は混乱するし、むかつくし、熱くなるしで頭に血がのぼり、彼女の肩をつかんで揺さぶってやりたいのか、それとも抱きしめてあのそそられる官能的な唇をふさいでやりたいのか、わからなくなった。

ああ、彼女に厳しい言葉を投げつけられて頭にくるというのに、それと同時に、ほんのりと訛りの効いたあの甘美な声が、ハチミツのように甘くとろりとまとわりついてくるかのように感じてしまう。彼女の唇の形と動き、そしてひざまでむきだしの美しい脚を見せつけられ、魅入られている状態で、うまくやり返せるわけがなかった。だから潮が満ちてきていることに気づき、彼女を馬に乗せるいい口実ができたときには、ほっとした——いや、ほっとしたというより、気持ちが高ぶった。彼女を自分の前に乗せるつもりで、あの締まった尻と密着するのだと思うとすでに自身はかたくなった。だが彼女は思いどおりにはいかず——当然だ——彼のうしろにまたがった。しかし、彼女にうしろから抱きつかれ、腿ではさみこむようにぴたりと張りつかれるのも、それはそれで心地よいものだった。

そして彼は自身を岩のようにかたくしたまま馬をあやつったが、頭のなかではどうにかしてこの状況を打開し、彼女をベッドに引きこむ方法はないものだろうかと考えあぐねていた。

だから突然、馬が恐怖で立ちあがったとき、御しきれなかったのも無理はなかった。つかまっていたメグの手がすべり、離れていく感触に、かたくなっていたものもいっきにしぼみ、全身が冷たくなった。彼女はそのまま水のなかへ放りだされた。

デイモンは悪態をつき、手綱をぐっと引いて馬の頭をさげさせると、ひづめが地面につくまもないうちに飛びおりた。波がひざあたりで暴れるなか、灰色の水面に目を走らせる。と、赤い頭が浮かびあがり、もがきながらも彼女が足をついて立った。水はまだ彼女のウエストまでは達していない。

「メグ！」彼女のほうへ足を踏みだしたとき、新たな波が背後から彼女に打ちつけて足もとをすくい、彼女はまた水に沈んだ。波をかきわけて駆けよろうとしてもなかなか進めず、ブーツに水がたまって手に負えない。ついに彼は、浅い水に飛びこむようにして泳ぎだした。

打ちつける波で砂がかきたてられて水は濁り、彼のブーツも上着も水をふくんで動きづらかったが、どうにか彼女を見つけた。彼女の髪をつかみ、腕を握って引きあげた。ふたりはもがきながら立ちあがり、よろめき、水をはね飛ばした。デイモンは彼女を抱きかかえて岸に向かおうとしたが、またもや大きな波がぶつかってきてふたりとも水中に沈み、強い引き波に飲みこまれそうになった。

デイモンは引き波に抗わず、横方向にぐっと動いた。メグも泳いでいたが、ふたたび彼女を見失うのがこわくて手を離せなかった。ぐっしょりとぬれたシャツに引っ張られて自由に動けない。上着もブーツも同じように足手まといで、飛びこむ前に脱いでおかなかったのが悔やまれた。だが、そんなことをしている暇はなかったのだ。

どうにか引き波から逃れ、また浜を目指して進む。水の流れに乗るように波に体をまかせ、ふたたび足のつくところまで移動した。それから水中を歩いてようやく浜にあがったと思ったら、そこは最初に出発した岩のすぐそばだった。デイモンはよろめきながら立ちあがり、彼女も助け起こそうと手を伸ばしたが、メグはすでに立ちあがろうとしていた。顔をあげたデイモンは、苦労のかいもなく戻ってきてしまった岩場にはいまや波が寄せ、そちらの浜辺には進めなくなっていることを知った。乗り手を失った馬は、いまごろ屋敷を目指しているだろう。彼はきびすを返し、逆方向の状況を見た。

「ほかに上にあがる道は？」崖と岩しか見えないものの、そちらに進みかけながら彼は尋ねた。

「そちらへ行っても、湖に出る水路があるだけよ。こっちへ！　ついてきて」メグは彼の手をつかんで浜を駆けだした。デイモンもひと足ごとにブーツをびしゃびしゃ言わせながらあとにつづいた。

メグは砂浜をななめに突っ切り、岩がごろごろ転がるほうへ歩いていく。スカートを踏んでしまい、破ける音がしたことにデイモンは気づいた。彼女はかがんでいらだたしげにスカートを持ちあげ、破れたペチコートを引きずりながら、さらに進んだ。

どう見ても崖の岩肌にしか思えないものを、デイモンは見あげた。「いったいどこへ行くんだ？　カモメよろしく、岩の上に座って満潮をやりすごすつもりか？」

「ついてくればわかるわ」息を乱しながらもメグは足を止めなかった。

てっぺんの大岩までのぼりきると、その岩の裏、崖の横腹に、デイモンの背丈半分ほどの穴が黒い口を開けていた。メグは岩の上に腰かけ、息をととのえた。ぬれて色が濃くなった髪をうしろにやり、ねじって絞る。彼もその隣りに腰をおろした。

水のなかで暴れたあとだというのに、水滴がまつげや肌に残る彼女はやはり美しかった。ひとしずくの水がこめかみから頬の曲線を流れ、上気したやわらかな肌を伝っていくのを眺める。その肌はきっと、バラの花びらのような感触だろう。デイモンの股間はまたかたくなった。

彼はあわてて目をそらした。海を見おろす岩に腰かけて、なにをばかなことを考えているのだろう。ブーツを脱いで水を振り落とし、脇に置いた。髪を手ですいて水気を切り、メグを見やると、彼女はスカートを絞っていた。その手指はすんなりと長く、布地を絞るしぐさからは強さを感じる。それが自分の素肌をさまようところが自然と頭に浮かんでしまう。

こんな思考をつづけていたら、満ち潮をやりすごすあいだの時間は相当疲れることだろう。いったいどんなふうに過ごせばいい？　ここに黙って座っているとか？　彼女を眺めているのは楽しいが、思考がなまめかしい方向にさまよっていくのは止められそうもない。こんなにきらわれているのでなければ、ずいぶん楽しく過ごせるだろうに、関係を修復するのはむずかしそうだった。

あきらかに、彼女に対して重大な失敗をしてしまったのだろうが、いったいなにが悪かったのかわからない。従者を通じて手紙を送るべきではなかったということだけは、まちがいなかった。だが、ブランディングズを遣わしたから彼女は怒ったのだろうか？ ブランディングズが、なにか侮辱するようなことを言うかするかしたのか？ たしかに、あの従者は階級意識が強すぎるところがある。

あるいは、手紙そのものが問題だったのか？ 言葉の使い方が悪かったのだろうか。なんと書いたか正確には思いだせないが、あからさまだったり、ぶしつけだったりはしなかったと思うのだが。慎重に事を運ぼうとしたことで気を悪くされたのはなんともめずらしいことだと思ったが、彼女をいちばん怒らせたのは、彼が直接あの小屋まで行かずに手紙を送ったことのような気がする。彼が彼女を手に入れたいと望んだことを、まわりの人間に知ってほしかったのだろうか？ 自分が伯爵の関心の的となったことが、なにか威信のしるしにでもなるのか？ それとも簡単に体を許す女だと決めつけたことが、彼女の逆鱗にふれたのだろうか。しかし彼女は自分でも結婚にはこだわらず、相手は好きなように選ぶとはっきり認めていた。つまり、体を許すか許さないかが問題ではなく、彼女のそういう姿勢を彼がどう見るかの問題なのだ。おそらく彼女は、恋の駆け引きを望んでいるのではないだろうか。体を許してもらうには口説かなければならないような初々しい娘を相手にしているのだと、表向きだけでもそうふるまってほしいのでは？

デイモンは半ば目を伏せて彼女を横目で盗み見た。芝居を打つのは好きではないが、メグ・マンローを口説くというのは楽しいことに思えた。あいにく、すでに大きな障壁をつくってしまったが。彼女には軽蔑されているので、なにを言っても状況は悪くなるいっぽうではないだろうか。彼女はどうしてほしいのだろう。世慣れた男を自負しているデイモンが、たんなる田舎娘を相手に手も足も出ないとはどういうことだろうか。

「だいじょうぶ？」

「なに？」彼は驚いて振り向いた。

「どこか切ったとか、ひねったとか？　馬から落ちたときにどこも折れなかった？」メグが調べるように彼を見る。

「馬から落ちたわけじゃない」デイモンは屈辱を受けて訂正した。「きみを助けようと馬から飛びおりたんだ」

「わたしを助ける？」メグは両眉をつりあげた。「わたしは助けてもらわなくてもいいわ。一メートルぐらいの深さの海からなら泳いで出られるから」

「そうか、だからきみは二回も水の下にもぐったんだな」ああ、愉快だ、この娘はすぐにぷりぷりする。「引き波も、きみにはまったく関係なかったようだ」

「ええ、まあ……とても強い波だったけれど」メグは気まずそうに言った。「こわかったわ」一瞬の間のあと、少しやわらいだ口調で言った。「ほんとうに、わたしを助けるために海に飛びこんだの？」

「ああ、もちろんだ」彼はけげんな顔をした。

「まあ。その……ありがとう。それはご親切に」

「助けないと思っていたのか？」彼は顔をゆがめた。「自分だけ馬で逃げて、きみが溺れても知らんふりすると？」

「わからないわ。あなたのことはよく知らないもの」顔をそらしてスカートをなでつける。

「だが、知らないというわりに、わたしの悪い噂は簡単に信じるようだが」

この娘の歓心を買おうとしているとは、わたしはいったいなにをしているんだ？　たしかに魅力的ではあるが、それほどの苦労をするかいはないはずだ。メグ・マンローは怒りっぽくて、不可解で、変わり者だ。彼女といると調子が狂うし……おかしな気分になる。彼女を見るたびにもやもやと感じる欲望は、街に戻れば簡単に満たせるだろう。ここにいるのは、ほんのひと月かふた月だ。それくらいのあいだは女性の肌がなくても過ごせるはず。そもそも、この地で女性をベッドに連れこむ予定などなかったのだから。

顔を合わせているあいだくらいは友好的になれればと思い、デイモンは話題を変えた。

「潮が引くまでどれくらいかかる？　それまでここで待っていなければならないようだから。

この崖をのぼるのは無理だろうし」

「ええ、猫みたいにのぼれるのでなければね。でも待つ必要はないわ。べつの出口があるから」メグは崖に空いた穴を指さした。

「あの穴が?」伯爵は疑わしそうに言った。「洞窟なのか?　しかしどうやって――」

「来ればわかるわ」メグは穴の前まで行き、四つん這いになった。「ついてきて」いたずらっぽく笑うと、暗い穴へと這いすすんでいった。

6

小さくなっていく彼女の背中を、デイモンはじっと見つめていた。しかしため息をつくと、ブーツをつかんで彼女のあとにつづいた。

最初の六十センチほどを進むと頭上の岩が急角度であがり、すぐに立って歩けるようになったのでほっとした。周囲に目を走らせる。なかは薄暗く、明かりと言えば、いま入ってきた低い穴からななめに差しこむ太陽の光のみ。どの方向にも壁らしきものは見えず、暗闇しかない。石の地面はほぼ平坦で、細かい砂に覆われている。右側に丸い大岩がぼんやりと浮かんで見え、その反対側には大きな石筍《せきじゅん》が床からにょきにょきと伸びており、溶けかけた巨大で不透明なつららのようだった。

「ミス・マンロー」彼はメグに向き直った。丸い大岩の前に立つ彼女の顔は、ビロードじみた闇のなかで青白く見え、瞳は大きく、ここにあるだけの光をすべて吸いこんでいるかのような琥珀《こはく》色をしていた。「この洞窟から、どうやって出るというんだ?」

「この崖は内部が蜂の巣のように洞窟だらけなの。その多くが互いにつながっていて、それらを通り抜ければ反対側に出られるわ。わたしの小屋の上に出ているものもあって、わたしは行き方を知っているから」

「こんなに暗いのに？」疑わしげに彼が言う。

「あら、閣下」からかうように彼女の笑みがひらめいた。「まさか、暗いのがこわいなんて言うんじゃないでしょうね？」

「岩壁にぶつかったり、穴に落ちたりするのはふつうにこわい。真っ暗闇ではなにも見えないんだから」

「そんなことにはならないわ」彼女は大岩をまわりこんで身をかがめ、そして戻ってきた。手にランタンを持って。「これがあるの」

伯爵は目を丸くした。「こんな洞窟をしょっちゅう行き来しているのか？」

「隅々まで歩きまわることはめったにないけれど。曲がりくねっているし、のぼりくだりもあって、崖をたどる道より長いんですもの。でも、コケを探しにしょっちゅうあちこちに入ってはいるわ」

「コケ？　いったいなんのために？」

「役に立つ地衣植物もあるから」メグはしゃがみ、ランタンをごそごそやっていた。「アイスランドゴケやアイルランドゴケは低層の洞窟で採れるの。水に浸っている岩に生えるのよね。咳にとてもよく効くわ」

「ああ、なるほど、飲み薬とかそういうものか」どことなく楽しげな声色だ。「きみは魔女だと聞いたが」

「わたしについていろいろと耳にしているようね」メグは鋼のような視線を彼に据えた。「わたしは魔法なんて使わないわ。魔法だなんて、無知な人たちが自分には理解できない技術をそんなふうに言うだけ。わたしは治療師《ヒーラー》なの。ちょっとした症状をやわらげるお茶やチンキ剤や軟膏をつくるのよ。魔法とは関係ないわ。何百年も受け継がれてきた、植物や病気の知識を持っているだけよ」

「それはすまなかった」彼は重々しくうなずいた。「ずいぶんいろいろとまちがった話を聞いていたようだ」

「ええ、でしょうね」メグは肩をすくめて立ちあがった。「わたしのやるような〝しがない民間伝承療法〟に効果があるなんて信じない、現代的で科学的な人はたくさんいるもの。それでべつにかまわないわ。わたしは、わたしのところに来てくれた人を助けるだけだし、そうでない人のことは気にしないから」メグはランタンを持ちあげ、きっぱり話題を打ち切った。「来て。こっちよ」

デイモンはあわててブーツを履き、彼女を追った。歩くたびにぬかるむブーツは不快なうえ、海水に浸ったために砂でじゃりじゃりしていた。足だけでなく、体のほかの部分も髪の毛からつま先まで同じ有り様だ。屋敷に帰ったら、まず熱い湯を張った風呂に入り、砂と塩分を洗い流したい。

「そうやって暮らしているのか？」デイモンは彼女のうしろをついていきながら、かすかに憧れのような気持ちを持って尋ねた。「そういう、飲み薬やチンキ剤といったものを売って……その収入できみは日々の暮らしを……？」また彼女が怒りだすのではないかと声がしぼんだ。

「そうよ」肩越しに振り返ったメグは、愉快そうに瞳が躍っていた。「だから、男性からの援助がなくても暮らしていけているの。上を向いて寝転がらなくたって、女がお金を得る方法はあるのよ」

「ミス・マンロー」どこかぎこちない口調で彼は言った。「きみの人格を問題視するようなことを言ってすまなかった。侮辱するつもりはなかったんだ、ほんとうだ」

「べつにいいわ」メグはまた肩をすくめ、屈託のない軽い口調で言った。「薬ではなく体を売っていると思われたことは、これが初めてじゃないもの」

デイモンの良心がずきりと痛んだ。彼女の言うとおり、まったく不満など感じていないような声音に、かえって申し訳なくなる。あんなに早く行動を起こさなければよかった。女中頭の言うことを鵜呑みにしたのがまずかった。彼女はふだんの物言いからも、信心ぶった人間だとわかっていたのに。自分が欲望をかきたてられた女性が、ミセス・ファーガソンの言うとおり身持ちが悪くあってほしいと思うばかりに、こんなことになってしまった。自分が直接メグに近づいていたら——彼女を知ろうと駆け引きを仕掛けていたら——これまでに見知っていた女性たちとはまったくちがうことがわかっただろうに。

デイモンは途方に暮れた。結婚なり、無記名小切手なり、金貨なり、なんらかの形の報酬をまったく求めない女性を手に入れようとするのは、どのようなものなのだろう。見返りについてなにも考えることなく、男に体を許すことを選べる女性を追い求めるというのは。快楽を分け与えるのではなく、快楽を自らむさぼろうという唇は、どのような味わいなのか？彼自身のほかにはなにもいらないという女性の感極まった声は、どんなふうに響いてくるのか？

そんなことはこれまで考えたこともなく、デイモンは強くそそられた。しかもいま目の前にはメグの肉体があり、ぬれた衣服が張りついて曲線がくっきりとあらわになっている。衣服の下にある尻の動きに、つい視線がおりる。綿モスリンの布地は、ぬれたせいでほぼ透けているようなものだった。そして蠱惑《こわく》的な丸い尻が、斜面をあがる動きにつれて曲がったり締まったりするのだ。

さらに視線は彼女の脚におりていった。スカートを持ちあげて歩いているので、むきだしの足首が見えている。メグの靴は荒ぶる波に流され、裸足だった。青白い足も、彼女の手と同じようにほっそりと長い。この脚を指先でなでおろし、あの細くしなった足を手に取って、親指の爪を足の裏に這わせ、彼女の体に震えが走るのを眺めるのはどんな気分だろう。

数分前には良心が芽生えていたデイモンだが、またしても欲望が頭をもたげた。メグにかかると、いとも簡単に気持ちが高ぶってしまう。なんということだろう、ふだんの彼はもっと堪《こら》え性があるのに。しかしメグ・マンローが相手では、ふだんどおりのことなどなにもないような気がする。

デイモンは周囲に意識を集中させようとした。ここまで大小さまざまな場所を通ってきたが、洞窟らしいところもあれば、岩の壁がいまにも迫ってきそうな細いところもあった。分単位で方向転換するものだから、来た方向もすぐにわからなくなった。自信たっぷりなメグがまちがっていないことを祈るばかりだ。

壁からは水分がしみだし、ランタンに照らされた岩肌は波打って光っていた。鍾乳石や石筍を見かけたが、太いものもあれば手首ほどしかないものもあった。塩でできた柱のように乾いてざらついたもの、溶けたろうそくのようなもの、水が流れながらに板状に凍ったように見えるもの。大半が白から褐色までの色合いだが、ある天井の低い洞窟に入ったときには、波打つような両側の壁がやわらかな虹色をしていた。探検すれば非常におもしろそうな場所だが……びしょぬれでなく、汚れてもなく、寒くもないときに限る。

太陽の届かない洞窟内では温度は一定で涼しく、体が乾いていれば快適だが、ぬれた服を着ていると震えるほど寒い。しかしそんな寒さでさえも、彼のなかに湧きあがる欲望を抑えることはできなかった。まったく、いまの状況のなにもかもが彼をかきたてるように思えた。

静かで暗いところにふたりきりというこの状況は、じつに悩ましい。ランタンの丸い光を見失わないように進むとなると、大きく離れるわけにはいかない。すると彼女の香りが鼻孔をくすぐり、彼女の体温も伝わってくる。手を伸ばせば、彼女の背中やこの魅惑的な尻をなでおろすこともできる距離だ。いったん考えだすと、そんな光景を頭から消すのはむずかしかった。

メグが振り返り、先に低い穴があるからと注意した。ぬれた服が彼女の胸に張りつき、寒さでとがった胸の先端がはっきりと浮きでているところから、彼は目が離せなかった。高い位置のウエストからひだ状に流れているスカートも、いつもなら彼女の体の輪郭を隠すのだろうが、いまは肌にぴたりとくっついて、くぼみも曲線もすべてがわかる――きゅっと締まったウエストから流れるように広がる腰のラインが、太ももからふくらはぎへとすんなりつづく。そうやって全身があらわにされていながら、素肌をさらすよりもなお欲望を煽るやり方で隠されているのだ。デイモンの指はうずき、思わずその布地をどかして、ぬれてすべらかな素肌を探りたい衝動に駆られた。謎に包まれた彼女を暴きたい。胸の先端はどんな色合いなのか。燃えるような赤毛はもっと下の部分も同じなのか。背中の曲線はどんな具合なのか。脚のあいだに忍びこみ、奥の熱を見つけだしたい。

彼のなかで欲望がうずく。甘い痛みにさいなまれ、彼女の肉体をあらゆる手を使って暴くことや、彼女の秘密を知りたいということしか考えられなくなった。段差に行き当たり、彼女がスカートを持ちあげてひざ上までさらしながらあがろうとすると、高ぶりはいや増した。手を貸さずにはいられず、片手は彼女のウエストに、もう片手は魅惑的な丸い尻の下を抱いた。そこからさらに手を動かさないようにするだけで精いっぱいだった。

メグはすばやく段差をよじのぼり、警告するような顔つきで振り返った。しかし彼女の胸が先ほどよりも大きく上下しているのを見て、デイモンはひとり笑みを浮かべながら、つづいて段差をのぼった。そのあと、短いながらも穴状の道があらわれて四つん這いで進むしかなく、メグのうしろから進む彼にはなんとも楽しい眺めが広がった。そこを抜けると小さな空洞に出たが、驚いたことに、きれいな水が浅い岩のくぼみに流れこみ、その水はさらにそこから勢いよく流れでている。

「滝だ!」デイモンはびっくりしてそこを見つめた。「洞窟のこんな奥に」

メグは笑顔でうなずいた。「そうなの。ここに来るために少し遠まわりをしたわ。せっかくの機会ですもの」彼女が浅い水たまりのほうへ足を踏みだす。「さあ」

「なんだって?」彼は目を丸くした。「冷たい洞窟の滝を浴びろと言うのか?」

「全身、砂だらけのままでいいのならかまわないけど」メグは頭を振りながら滝に入った。

デイモンはそんな彼女を凝視し、欲望で言葉もなく、動くこともできずにいた。クリスタルのような滝の下に立つ彼女の髪に、体に、水が流れ落ち、衣服をいっそうぴったりと彼女の体に張りつかせる。彼はのどをカラカラにしながら、彼女が顔をあおむけて目を閉じ、全身を水の流れにさらす様子を見つめていた。彼女が向きを変え、胴着の襟もとを持ちあげて背中から浮かせ、ドレスのなかへ水をそそいで肌をすすぐ。

冷たくてもかまうものか。デイモンはブーツを乱暴に脱ぎ捨てた。彼女とともに滝に入る。そしてまたもや衝撃を受けた。「あたたかい！」

メグは声をあげて笑い、彼のほうに向いた。「そうなの。温泉が流れこんできているの。もう少し高くて遠い場所に、かなり高温で流れているところがあるのだけど、ここまで来るあいだにちょうどいい温度になるのよ」

まさしく、あたたかさとやすらぎに包まれるようなものだった。ただし、いまの彼にはやすらぎなどまったくない。メグ・マンローが三十センチと離れていないところで髪を手櫛ですき、砂を洗い流している状況では。現実的になり、大人の行動をせねばと思いつつも、服を着ているとはいえ、どうしても彼女といっしょに水浴びをしているのだと意識してしまって自分を抑えられない。湯が肌を流れていく。あたたかく、どこか官能的に、服の下をすべり落ちていく――これと同じ感覚を、彼女もいま味わっているのだ。

デイモンは視線をメグの全身にさまよわせ、彼女で目の保養をした。欲望が彼のなかで熱く、重たく、どくどくと轟いている。だが、見るだけでは物足りない。彼女を感じたい、抱きしめたい、あの脚を絡みつかせて、やわらかな体を押しつけてほしい。あの唇についた水滴を舌で舐めとり、口をひらかせて甘い口内を味わいつくしたい。彼は欲望に打ち震え、激情が血管を駆けめぐった。

デイモンは長い脚ですばやく一歩近づき、メグをかき抱いた。

彼の瞳に燃えあがる炎を見て、メグには彼がなにをするのかわかった。あっというまに彼と体が密着し、唇を奪われていた。熱さ。激しさ。それに反応して、彼女のなかにあるものすべてがせりあがる。これまでも男性に抱きよせられてキスされたことはあるけれど、こんな気持ちになったことは一度もなかった。

酔った勢いで触ってくるのではなく、経験の浅い若者がぎこちなく手を伸ばしてくるのでもない。この人は、キスを知っている。どれほど欲に駆られていようと、その唇の動きは巧みで彼女の欲望を煽りたてる。メグの唇がひらき、デイモンは満足そうに声をもらした。彼は舌を差しこみ、なかを探って彼女を追いたてる。片手で彼女の髪をつかみ、もう片方の手で彼女の脇腹あたりをつかんで、動きを封じた。

滝が上から降りそそいでいた。彼の頭から首へ、頰へ、あたたかくなまめかしい感触の湯が流れ落ちていく。メグは彼の上着の襟をつかんでしがみつき、とろけそうになっていた。これほどなまなましく、わななくような感覚に全身を貫かれるなんて想像したこともなかった。どれほどの欲望が、炎が、自分のなかで爆発するものなのか、ぜんぜん知らなかった……。彼のキスで根源的な深いうずきが呼び覚まされ、彼にすりよりたいと思っている自分に気がついて愕然とする。脚のあいだが熱い。そのとき彼が口づけの角度を変え、両手がためらいもなく彼女の背中をすべりおり、尻を包みこんだ。指先がやわらかな双丘に食いこんで、ぐっと自分に押しつける。かたく育った長いものが当たるのを、メグは感じ取った。そういうことも、一度や二度は経験していた。アンドリューの友人である貴族の青年から逃げきれなかったとき、彼はメグもまんざらではないと思っていたようだけれど、あのときはなんのときめきも感じなかった。いまみたいにおなかがうずいて、溶けた蠟のようにいくらでも形を変えてしまいそうな心地には、まったくならなかった。

デイモンの唇が彼女の頰、あご、のどへと移り、熱い吐息で彼女の肌を震わせていく。ついには耳に行きつき、耳たぶを甘く嚙んだ。メグが驚いて思わず小さくうめくと、その声に彼の体温は跳ねあがった。低くかすれた声でなにかを——メグには自分の名前のように思えたものをつぶやくと、彼はメグの敏感な耳のらせんを舌先でなぞった。メグの体は打ち震え、奥深いところのうずきがいっそうひどくなる。

「だめ……」弱々しくささやいたが、彼に言ったのか自分に言ったのか、メグにはわからなかった。

「いいや」デイモンの声も彼女と同じくらい小さく震えていた。「いいや、かまわない」

デイモンの手が彼女の胸を包みこんだ。思いもよらない行為がたまらず、メグはあえかな吐息をもらした。彼の親指が敏感な胸の先端をなでる。指と肌をへだてるものは、ぬれた布一枚だけ。これでは裸でいるのも同然だわ——そう思うと、なぜかまた体に震えが走ってしまった。

メグの考えていることがわかっているかのように、デイモンの指はドレスの襟から侵入し、素肌を下へなぞってシュミーズの下にもぐりこんだ。羽根のようなタッチで指先がすべり、かたくなった胸の先端にたどりつく。そこに円を描く指先はあまりにもやさしく、ほんとうに触っているのかどうかわからないほどだ。けれどもこれほど激しく、甘く、体の芯から湧きでるような感覚が、気のせいであるはずがない。彼の唇も下へたどり、焦らすようにメグの首や胸もとをくすぐり、とうとう胸のふくらみに行き着いた。彼の息が荒く、速くなり、体にも力が入っているのがわかる。弦のようにピンと張りつめているのに、唇の動きは緩慢でやさしい。まるで全世界の時間を彼が握っていて、このためだけに時間を使おうとしているかのようだった。彼はドレスの襟を鼻先で脇に寄せ、さらに下にずらして胸をあらわにしていき、ついには先端をもむきだしにした。ため息のような、うめき声のような、判然としない声が小さく聞こえたかと思うと、彼の舌が胸の先端にそっと円を描いた。

あまりに強い衝撃に体を射抜かれ、メグはびくりと跳ねた。体が熱くて息ができない。頭がくらくらして、いまにも体が砕けて四方八方に散っていくのではないかと思った。体が沸きたつ。こわいくらいに。

メグは苦しげに小さくうめき、彼を押しやった。そしてきびすを返し、逃げだした。

7

メグはランタンを拾い、飛びこむように低い穴に逆戻りした。うしろでマードン伯爵が小さく悪態をつくのが聞こえた。彼女は立ち止まりも振り返りもせず、できるかぎり速く穴を通り抜け、先ほどの段差を飛びおりて下の通路に戻った。そこからは少しゆっくり動いた。暗闇に彼を残して逃げるわけにはいかないからだ。それでもやはり振り返るようなことはせず、ただぐずぐずしているうちに、彼も段差を飛びおりる音が聞こえた。

「メグ、待ってくれ」

恥じ入って動揺しているメグの耳に彼の言葉は届かず、メグは彼を見ることさえしなかった。ともかくいまは、このもやもやした熱と混乱と体の高ぶりを早く忘れたい一心だった。

「くそっ！　逃げるのはやめてくれ」

「逃げてなんかいないわ！」彼の言葉はメグの自尊心に突き刺さった。図星だったからなおさらだ。彼女は足を止め、彼に面と向かった。

「逃げるも同然だったと思うが」

「わたしはあなたといっしょにここから出ようとしていただけよ。あなたもそうしたかったんじゃないの？」

「もちろんそうだ、しかし――」デイモンは一歩前へ出た。「――さっき、あそこで――」

「遊んでいる時間はないわ」メグはぴしゃりと言った。「これからわたしは家に帰るの。だからあなたもついてきて」

デイモンはもっとなにか言いたそうだったが、言葉をのみこんだ。「わかった。よろしくお願いする、ミス・マンロー」彼はメグをドアから送りだすかのように、片腕をひらりと広げてわざとらしいおじぎをした。

メグはなんの迷いもなく、次から次へと洞窟を進んだ。進むごとに低くなっていくようで、最初はのぼり坂だったぶんを逆にくだっている。ついに前方に光が見え、メグは頭上に張りだしている岩をくぐり、天井が半円筒形になっている空間に出た。高い位置にある細い岩の割れ目から太陽が差しこみ、洞窟内を照らしている。地面にはさまざまな大きさの丸岩が転がり、メグは壁際にまとまっている岩のところへまっすぐに向かった。ランタンに水をかけて消して脇に置くと、岩をよじのぼり、そこから上は岩壁が垂直になっているところに手を伸ばした。なんと、洞窟の天井近くにあるせまい出入り口から、結び目をつくった太い縄が垂れさがっていた。

マードンも彼女のあとにつづいた。「その縄を使ってよじのぼれということか？」

「のぼれないの?」

「そうよ。これが出口よ」メグは目を細めて彼を見た。「のぼれないの?」

「わたしは問題ないと思うが」彼は冷ややかに言った。「心配しているのはきみのことだ。レディのスカートでは——」

「わたしはレディじゃないって、もうはっきりしたはずでしょう」メグはスカートをつかみあげ、前にしていたようにひとまとめに結んだ。両手で縄をつかみ、崖の壁面に足の裏をぴたりとつけると、縄を手繰《たぐ》るようにして一歩一歩よじのぼりだした。

下では伯爵が縄を握ってしっかりと支えていた。メグが洞窟の裂け目を越えたところで、伯爵ものぼりはじめる音がした。メグは立ちあがって胸いっぱいに空気を吸い、洞窟を出たときにいつも感じるかすかな安心感をおぼえながら、あたりを見まわした。洞窟がこわいと思ったことはないが、太陽と地面と木々のほうがやはりずっと好きだ。

「そう遠くないところに、わたしの住まいがあるわ」伯爵がうしろにやってきたのを感じてメグは言った。しかし遅まきながら、まるで誘っているかのように聞こえることに気づいて、あわててつけ加えた。「そこからダンカリーに帰るのは簡単よ」

メグは木立を縫うように抜け、彼女以外には道とわからないような道に出た。うしろを同じペースでついてくる伯爵は、ひとこともしゃべらない——それがメグにはありがたかった。いまは頭が混乱していて、話せるような状態ではなかったから。ほんとうに、なにを言ったらいいのかまるでわからない。

自分でもまったく説明できなかった。どうしてこの人の腕のなかで、自分はとろけてしまったのだろう。あんなに怒りに燃えて憤懣やるかたない気分だったのに、なんのためらいもなく、抗うこともなく彼に屈した。やはり彼が思ったとおりの卑しい女だったと証明したようなものだ。自分の弱さにメグは嫌気がさした。というより、信じられなかった。

メグ・マンローは、いつだって自分のルールどおりに生きてきた。行きたいところに行き、好きなことをする。薬をこしらえるときも、厳密なつくり方を守ってきた。きっちりと材料を計り、けっして適当にすませたり、ほかのもので代用することはしない。なにかを変えるときは、じゅうぶんに試してから。お産のときも、彼女が指示を出して、ほかの者たちはそれに従う。男女の関係についても、相手には毅然とした態度で境界線を引いてきた。

けれど今日の午後、メグは伯爵のキスにさらわれ、これまで知りもしなかった感覚と感情に溺れた。分別も知性もあるいつもの自分とはまったくちがう自分に——うねる欲望そのものになってしまった。彼を求めてうずき、考えなしに突っ走った。分別を働かせることを怠ったというようなものではなく、分別などまったく頭になかった。いまでもまだ全身がちりちりし、感覚という感覚が目覚めたまま、体が全力でほしがっている。そう、こんなにもほしい……彼が。

メグは横目で伯爵を見た。悪魔のように美しい人だということはまちがいない。理想的なあご。見ているだけでおなかがもんどり打つような、長く優雅に動く指。豊かな黒髪。彫りの深い目もとには、鋭い眉の下に相手を射抜くような黒い瞳が収まっている。すらりとした体軀。細く引きしまった腰。どういう男性が自分の好みなのかメグは考えたこともなかったけれど、いま彼を見ていて、こういう人が好きなのだとわかった。

自分は彼を求めている。それを否定するのは愚かなことだった。彼にキスされたときの、あの全身を覆されるような嵐をもう一度感じたい。ほとばしる熱と興奮、頭からつま先まで体の隅々に染みわたるような、あの快感を。

けれど、それは無理というものだった。彼に口づけられたあのとき、彼の熱とにおいに包まれて、メグはほかになにも考えられなくなった。感じたものが強すぎて、こわくなったから止められたけれど、そうでなければもっと深く、激情のままに突き進んでいただろう。もしもう一度キスされたら、もう一度ふれられるのを許してしまったら、最後まで止まらないだろう。

でも、彼と体を重ねるわけにはいかない。彼の想像どおりになったとほくそ笑まれるのはいやだから。そしてそれ以上に、彼が思っていたとおりの卑しく軽い女になりさがるのは許せないから。彼とベッドに入れば、まさしくそういうことになってしまう。あきらかに彼女を見くだしている男性に自分を捧げることは、どうしてもできない。

しっかり者の自立した強い女性になるようにと、母に育てられた。それがマンロー家の女というものであり、メグもその信条を大切にしている。しかし男性抜きの人生を送るわけではない。郷土の昔話に出てくるような、子を宿すためだけに男性を誘惑し、あとは素知らぬ顔というような精霊ともちがう。メグの母親は、生涯メグの父親を愛し、ふたりの子どもを産んだ。ただ結婚という枷をはめなかったにすぎない。メグもまた、同じような人生を歩むつもりでいた――しかし二十八歳になろうとしているいま、そういうことは自分には起こらないのではと思いはじめていた。

メグだって男性に興味がないわけではなく、いつかはだれかに自分を捧げたいと思っている。けれど、愛情もともなってほしい。愛情とまではいかなくても、敬意と愛着くらいは相手に持ってほしかった。自分を安売りはしたくない。一週間や二週間の暇つぶしで欲望を満たしたいだけの男性との安っぽい遊びで自分を無駄にしたくはなかった。

彼女の小屋が見えてきた。低い茶色の草ぶき屋根の家が、湾曲したマツとシラカバに包みこまれるように建っている。古いイチイの木が屋根の上に枝を広げ、小屋を守っているかのようだ。木々でできた日陰にはシダや背の高いジギタリスが育ち、釣鐘状のあざやかな紫色の花がそよ風に揺れていた。小屋の横には手入れの行き届いたハーブ園があり、低い石垣で囲ってあるが、ローズマリー、セージ、ラベンダーがほんのりと香っている。小屋の向こうの平らな空き地は、もう少し大きな野菜畑になっていた。木製の玄関ドアの片側には、灰褐色の壁をバラの花が伝い、反対側は色とりどりの花が色彩を添えている。遠くから、ヤナギの木の合間を縫うように走る小川のせせらぎが聞こえていた。

「ここがきみの家なのか？」伯爵が尋ねた。

「ええ、そうよ」なにを言われるかと、メグは身がまえた。彼女にとってはなにひとつ不満のないすてきなこの家も、伯爵には小さくてみすぼらしく見えるにちがいない。この家全体でもダンカリーの客間ひとつにすっぽりと収まって、あまりあるくらいだろう。しかし彼の顔を見やると、そこには強い関心しか見て取れなかった。

メグはドアを開けて足を踏み入れ、彼も頭をかがめて低いドアをくぐり、あとにつづいた。彼女はまっすぐ暖炉に向かい、灰をかきまわして火をよみがえらせ、泥炭のかけらをいくつか加えて伯爵のところへ戻った。彼はその場に立ったまま、興味津々《しんしん》といった様子で部屋を見つめていた。もしかすると、彼はこういう大きさの小屋など入ったことがないのかもしれない。しかも壁は荒い漆喰で、家具は使い古され、食事もくつろぐのも眠るのも、すべてをこのひと部屋ですませるしかない。

彼の視線が壁をさまよい、棚に並んだびんや壺や薬草から小さな暖炉に移り、最後に、隅にあるベッドに行き着いた。折りたたみの木の衝立で、申し訳程度に仕切ってある場所。彼の顔つきがわずかに変わり、メグは頬に赤みがさすのを感じた。おなかのあたりにも、急に熱く火がともる。

彼にも自分にもいらだち、メグは暖炉のほうを手で示した。「火のそばであたたまりたいでしょう。上着もその椅子にかけておけば、少しは乾くわ」

そう言って寝所に入り、乾いた服を抽斗から取りだした。背後では、伯爵が動く気配がする。衝立のうしろに入った彼女は、そこでためらった。衝立一枚をへだてただけで、彼と五、六メートルと離れていないところで着替えをするのは、とてつもなく気まずい。たとえ彼のふるまいが紳士であっても——彼のまなざしはとても紳士とは言えないけれど——この状況は、そもそもなにが起きてもおかしくない空気をはらんでいる。彼女が服を脱げば、わかってしまうだろう。衣擦れの音が聞こえたら、ドレスや下着を取っているところが想像できるだろうし、それは彼が上着を脱いでいる姿を容易に想像できるのと同じことだ。彼はぬれたシャツも脱ぐだろうか？　ブリーチズも？　いえ、不快であっても、まさかそこまでは……。

メグはドレスをはがすように脱いで床に落とし、つづいてペチコートと下着も取った。そして大急ぎで替えのシュミーズとペチコートを身につけ、手近にあった簡素な古いゆったりめのドレスをさっとかぶり、ウエストでひもをきつく縛っただけですませた。

衝立の継ぎ目にある細いすきまから、そっと向こうを覗いてみる。伯爵は上着とベストを脱ぎ、首に巻いていた襟飾りも取っていた。上等なローン地のシャツは肌に張りつき、ほぼ透けている。布地の下にある肌と筋肉の形、そしてウエストまでつづく胸毛の黒い影、そして乳首の茶色いふたつの円まで見て取れた。彼がシャツの裾をブリーチズのウエストから引っ張りだし、メグは息をのんだ。さらに彼はシャツのボタンをはずし、脱ぐことまではしないものの、大きく前を広げて暖炉の火に向かった。

メグはごくりとのどを鳴らし、スカートをきつく握りしめた。自分のことを棚にあげるにもほどがある。伯爵がなにかするのではないかと疑いながら、自分はこうして衝立のうしろから彼を思う存分眺めているなんて。自分にうんざりしたメグは鏡台に向き直り、櫛を取ってぬれた髪をとかそうとした。洞窟の滝で砂と塩分を洗い流しておいてよかった。

けれどあのときのことも、考えるのは危険だった。彼とあれほど接近し、お湯を頭からかぶりながら、あんな目で見つめられ、焼けるほどに熱い手でふれられたことなど、すべてまとめて忘れてしまったほうがいい。

メグは目を閉じた。そうして、ふたたびひらいた目が鏡越しに見たものは、暖炉の前にいる伯爵だった。彼はこちらを向いていた。シャツの前をはだけ、素肌が覗いている。彼はメグを見ていた。その熱っぽい目に、彼女は思わず息をのんだ。

「メグ……」低くかすれた声の振動が、メグの体内にまで響いてくるようだ。「こちらへ来ていっしょに火にあたったらどうだい。ここはあたたかいよ」

彼の視線に引きずられそうになりながら、メグは消え入るような声で言った。「わたしはここでだいじょうぶよ」

「火の近くのほうが髪も乾きやすい」彼の口もとには笑みが浮かび、彼女を誘うように働きかけてくる。「髪をとかすのを手伝ってあげよう」

「自分でできるわ」そう言いながらも、メグの足は前に進んでいた。

「ああ、でもぼくのやり方のほうがずっと……楽しいと思うよ」近づくメグを見つめるまなざしは、まるでほんとうに彼女の胸や腰や脚をなでているかのようだ。

暖炉の前に立ったメグは、注意深く距離を取り、胸の前で腕を組んだ。「マードン伯爵、あなたは勘ちがいをしているようだわ」

「そうかな?」腹だたしいことに、熱っぽく色気のある彼の目は、いまや愉快そうでさえあった。

「わたしの気持ちは変わっていないわ。あなたと関係を持つつもりはありません」

伯爵は手を伸ばして彼女の髪をひと房つまみ、指をすべらせながら思案の表情を浮かべて見せた。「それなら、どうしていっしょに滝に入ろうと誘ってくれたのかな」

メグの頬が染まった。「それは、砂と塩を洗い流すため。それだけよ」

「ほんとうに?」彼はメグの瞳の奥に微笑みかけた。「まったく興味はなかったと? 欲望も? こうしてほしいとも思わずに?」彼のこぶしがメグの頬をなでる。「これも?」彼が身をかがめ、唇と唇をかすめさせる。

体を離さなければならないことはわかっていた。やめてと言わなければならない。黙ってここに立ち、彼の目を見つめて震えているなんて、だめなのに。どうしても動けない。彼が大胆にも彼女の手から櫛を取り、ゆっくりと髪に櫛を通し、髪が炎の光に照らされてはらりと落ちるのを眺めている……。

「沈む太陽の光のようだ」デイモンがやわらかく言った。「火のように赤くて、輝きに満ちている」彼の視線がメグの顔に移った。「だが、この髪もきみの瞳にはかなわない」親指と人さし指で彼女のあごを持ち、上を向かせる。「これにかなうものはない。まるで太陽そのものだ、きみの瞳は。たちどころに男をとろかしてしまう」

デイモンは身をかがめてふたたび唇を合わせた。今度はかすめるだけでなく、ゆっくりと時間をかけて、存分に快楽をむさぼるように。滝を浴びたときと同じで、たちまちメグのなかに激情が熱くほとばしった。いや、あのとき以上だ。彼女のなかでくすぶっていた記憶が、さらに勢いを増して燃えあがった。肌がかっと熱くなり、彼の肌もそれに呼応した。彼女の体にふれる彼の両手は、押さえつけることもつかむこともなく、これ以上ないほど軽やかなのに、じっとしていられないほど彼女の全神経を覚醒させた。

メグは一歩、彼に近づいた。かたくなった男性の証を感じたい。鉄の輪をはめられたのかと思うくらい、きつく抱きしめてほしい。けれど彼はうしろにさがり、唇だけを合わせたまま、じれったいほどのやさしい愛撫をつづけた。彼は片手でメグの背にあるひもの結び目をほどき、ドレスをふんわりと広がらせた。

デイモンの手が襟もとから忍びこんで胸にふれると、彼はふうっと満足そうに息を吐いた。指が動き、彼女の胸のつぼみを探り当てて、かたくとがらせる。大きくひらいた襟ぐりは簡単に引きおろされ、胸があらわになった。彼の唇に酔っているメグは、恥ずかしいと思う暇もない。彼の唇がいったん離れて胸におりていったとき、メグは体の奥に花ひらいた快感に悦びの声をもらすことしかできなかった。

そのままやさしく吸われると、おなかの奥深くにたまったほの暗い熱まで、すべてを引きずりだされるような気がした。彼は片手でスカートをつかんで持ちあげ、とうとうメグのむきだしの太ももにふれた。その感覚にメグは身を震わせ、彼はうめき声を嚙み殺す。彼の指は上へたどり、尻の丸みにするりと届いたかと思うと、脚のあいだにすべりこんでメグをはっとさせた。

「ああ」デイモンがかすれた声をあげてメグの首に鼻先をすりよせる。「ここも太陽のように熱く燃えている」そこまで親密な部分に思いがけずふれられて、メグはあえいだ。「しっ、静かに」彼はなだめるようにメグのやわらかな首に口づけた。笑いをふくんだ、大人の男らしい自信に満ちたよく響く声だ。「ああ、とても熱いし、よく潤っている」メグの首の筋を甘く嚙みながら、そっと指を動かす。

メグは彼の腕に指先を食いこませ、襲いくる快感の洪水に翻弄された。彼の指が織りなす感覚は衝撃的だったけれど、いやな気持ちはまったく起きず、もっとしてほしいとしか思わなかった。そして自分も動きたくなった。彼に体をこすりつけ、脚を広げて、彼を高ぶらせたい。メグの呼吸が荒くなり、もれそうになる声を唇を嚙んでこらえた。デイモンはふたたび彼女の唇を奪い、ゆるんだドレスの襟を腕のあたりまで両手で引きさげ、彼女の胸をあらわにした。その胸に手をかけ、親指でやわらかな肌をなでる。

そのとき遠くで、特徴のある鋭い口笛が響いた。メグはびくりとし、おののいた顔で伯爵を見つめて固まった。一瞬のち、小さいながらもはっきりとした声が届いた。「メグ!」

「まあ、たいへん!」メグは声をあげた。「コールだわ!」

8

メグは撃たれでもしたかのように飛びすさり、あわてて服を直した。マードン伯爵のほうは突っ立ったまま彼女をぼうっと見つめている。彼女はドレスのひもを結びながら窓に駆けより、外を覗いた。

「コールだって?」デイモンがくり返す。「それはいったい――どういう――」彼の眉間に深いしわが刻まれた。「コールとはいったいだれだ? 村できみといっしょにいた男か?」

「なんですって? ちがうわ」メグは振り返った。まごついて焦っているのが声にも出ている。「服を着てちょうだい。早く。すぐに来てしまうわ」

「コールとはだれだ?」熱のこもった声は変わらないが、その熱の出どころはいまやまったくちがっていた。「きみの恋人か?」

「なんですって?」メグは目をむいた。「ちがうわ! 早く服を着てちょうだい!」ベッドに走り、毛布をつかむ。

「だから、きみはこのあいだ、わたしの招待を拒んだのか?」デイモンはつかつかと近づいた。「すでに相手がいるから？」

「ええ、そうよ！　そのとおりよ！　あなたのような偉いかたを拒むには、理由がなければならないのでしょうね。すでにほかの男のものだとかいう理由が」メグはたたんだ毛布を彼に投げつけた。彼が手を伸ばしてつかまなければ、正面から顔に当たっていただろう。「わたしに恋人などいないわ。わたしをお召しになってくださるというあなたの〝高貴な〟お申し出を断ったのは、わたしがあなたをほしくなかったからよ！」

デイモンの眉がつりあがった。「きみがわたしをほしいかどうかという問題は、ついさっき解決したと思ったが」先ほどまでふたりが立っていた暖炉の前を手で示す。彼は毛布を丸めて脇の下に抱え、シャツのボタンをはめながら大またで窓に向かった。「いったい――」勢いよく振り返った彼の目は石のように冷たかった。「あれは村できみといっしょにいた男ではないぞ！」彼女のほうへ一歩踏みだす。「いったいきみには何人の男が群がっているんだ？」

メグは両のこぶしを腰に当てた。「百人よ！　千人かしら！　数えきれないくらいいるわ！」

デイモンが返事をするまもなく、ドアが大きくひらいてコールが入ってきた。片手にキジを二羽ぶらさげている。「なにをそんなに大声で――」コールはいきなり足を止め、口をぽかんと開けた。視線がマードン伯爵からメグに移り、それからまた、メグの家で上着も靴も脱いでびしょぬれの男に戻った。コールはキジを床に落とし、両手でこぶしを握って前に出た。「おまえはだれだ？　ここでなにをしてる？」

当然のことながら、伯爵がコールの質問に答えることはなく、かつてメグが見たこともないほど高慢な、相手を軽蔑しきった表情を浮かべただけだった。伯爵はわずかに体をひらき、コールと同じように両手を握りしめた。「同じ質問をしよう──だが、おまえのしていることは見るもあきらかだな」デイモンはコールが落としたキジにあごをしゃくった。「うちの土地で密猟か」

その言葉で一瞬コールの動きが止まったが、すぐに事態をのみこんだのか目を見ひらいた。「あんたがいまいましい伯爵か！」彼の顔から怒りが噴きだした。「これはあんたの土地で獲ったもんじゃない。ここもあんたのもんじゃない！」

コールは伯爵に飛びかかった。

メグが飛びだしてふたりのあいだに入り、それぞれを押しとどめるように両手を広げた。

「待って！　コール！」

言われたとおり止まったものの、コールは殺気だった形相で伯爵を見すえたまま、まわりこむようにしてメグの前に移動しようとした。「どけよ。この貴族さまが好き放題するのを、黙って見てられるもんか」

「どきなさい、メグ」マードン伯爵も彼女のうしろで言った。血気にはやるコールの声とは正反対の冷ややかな声だったが、どちらも迫力は変わらない。「この無骨者に、きみはこいつのものではないということを教えてやろう」

伯爵もまたメグの前に出ようとしたが、メグもふたりに合わせて動き、ふたりのあいだに割りこむ体勢を崩さなかった。「やめて！　ふたりとも。わたしはあなたたちのどちらのものでもないわ」怒りの表情を伯爵に向け、ついで弟も同じ顔でにらむ。「コール、さがりなさい。この家でわたしの顔に泥を塗るようなまねはさせないわ。わたしは浜辺に行ってたの。岩場でうっかり満ち潮を忘れて波にさらわれて、伯爵が助けてくださったのよ。海に落ちたわたしを追って伯爵も海に入り、溺れそうなところを助けてくださったの。そのあと洞窟を通って戻らなければならなくて。少し体を乾かしていただこうと、ここにお連れしただけ。それだけよ」

コールはこわい顔で疑わしげに伯爵をにらんだが、こぶしはゆるんでいた。

メグがきびすを返す。「そしてあなたも！　コールはわたしの弟よ。弟はベイラナンの狩猟小屋を管理していて、わたしに持ってきてくれるものもローズ家からお許しをいただいてるの。このあたりのなにもかもがあなたのものではないのよ。とりわけ、わたしはね。さあ……」彼女はふたりの男を交互に見たが、どちらにも同じように軽蔑のまなざしを向けた。「よく聞いてちょうだい。わたしは自立したひとりの女であって、伯爵であれ弟であれ、どんな男性のものでもないわ。そして、ここはわたしの家よ。わたしがここにだれを招きいれようと、あなたたちにはなんの関係もないの。わかってもらえたかしら？」

「たしかに」伯爵は腕を組み、顔つきと同じくよそよそしい声で答えた。

「よかった」メグはさらに問いかけるように弟を見る。

「わかったよ、姉さん」コールはふうっと息をつき、一歩引いた。「いつもこうだからな」

「さあ、それじゃあ」彼女はまた伯爵に体を向けた。「助けていただいてありがとうございました、閣下。もうお帰りになりたいことと思います。あちらの道を行けばだいじょうぶですから」コールが来たのと反対の方向を指さした。「岩が立っているところに出たら、左へ曲がって――」

「そこまで行けば問題なく戻れる」ぶっきらぼうに伯爵は言い、ぬれた服とブーツをひっつかむと、メグのほうに頭をかたむけた。「ごきげんよう、ミス・マンロー」コールにもちらりと目線を飛ばしたが、なにも言うことはなく、短くうなずいただけで小屋をつかつかと出ていった。

　伯爵が出ていくのを待って、コールは姉に噛みついた。「で、あの男がここでなにをしてたのか、教えてくれるんだろうね？」

「もう話したでしょう。嘘でも言ってると思ったの？」

「姉さんともあろう人が波にさらわれたなんて、そんなことがあったんなら見てみたいね」

「だから、こうなってるでしょう。見ておもしろい？」

「そもそも、どうしてあの悪党と浜辺なんかにいたんだ？　それに、姉さんが潮の満ち引きを忘れるなんて、なにをしてたんだよ？」

「ちょっと言いあいになってたのよ。あなたには関係ないけど」

「それで、岩場で波にさらわれたって？」

「いいえ、ちがうわ、彼の馬に乗ってたら、馬がうしろ脚で立ちあがって海に投げだされたの。そこに引き波が――」

「あいつの馬に乗ってたって？　あいつの馬でいったいなにをしてたんだ？」

「潮が満ちてくるから逃げようとしてたのよ！」メグは足を床にだん、と打ちつけたが、裸足なので思ったほどの効果はなかった。「そんなふうに根掘り葉掘り訊いて、どうしたいの？　わたしはもう大人だし、大人になってからも長いのよ。わたしが日々なにをしているか、いちいちあなたが知る必要はないし、ましてやそんな権利はないでしょう？」

「姉さんが自立した大人だってのはよくわかってるし、姉さんのことに首は突っこまないよ」コールが偉そうに言い、メグは目をくるりとまわした。「少なくとも、ほんとうに突っこみたいと思っているほどにはね」弟の表情がゆるんで口もとがほころび、メグの頬も思わずゆるんだ。

「わたしのことはだいじょうぶよ、コール。わかってるでしょう」

「ああ、そうだね」弟はうなずき、床からキジを取って台所に運んだ。「だけど、相手はマードン伯爵なんだよ」

「輝かしい名前に目がくらんで、分別をなくして彼のベッドに飛びこむとでも?」

「いや、まさか。姉さんが称号や財産やそういうものをなんとも思ってないのは、わかってる。でも、彼には力がある。ああいう手合いは、いつだって望むものを手に入れる。小作人たちにしている仕打ちを考えてみてくれよ! あいつがどういう男か、わかるだろ」

「それはよくわかってるわ。わたしだってばかじゃないのよ。彼のベッドに飛びこみたいなんて、これっぽっちも思ってないわ」それは真実とも言いきれないと思い直し、メグは言い添えた。「彼と関係は持たないから」

「でも、あいつが姉さんの気持ちなんかおかまいなしで、自分の望みしか考えないやつだったらどうする? 彼はイングランドの貴族だ。やつらはハイランドの人間に、なんでも好きなことを好きなようにやってきて、しかもなんの罰も受けてないんだ」

「まあ、コール、そんなことは心配しなくてもいいわ。あの人は指を少し曲げただけで女性が走りよってくるのに慣れていて、その気のない女を追いかけることなどしないわよ」

「追いかけるのが好きな男もいる」コールがこわい顔で言う。

「そういう人たちのあしらい方はわかってるわ」メグはにこりとし、弟と腕を組んだ。「さあ、座って話しましょう。お茶をいれて、あったまろうと思ってたのよ。あなたもどう?」

弟がうなずいたので、明るくつづける。「あなたがいま追いかけてる娘さんの話でもしましょうよ」

「メグ……」

「ふふっ！　形勢逆転ってところね」メグはやかんに水を入れて火にかけてから、ティーポットをテーブルに置き、茶葉を計った。「谷の上のほうに住んでるドット・クロマティを口説いてるって聞いたけど？」

「彼女とはダニーとフローラの婚約式《レイチャーハ》で一回か二回、踊っただけだ」

「家まで送っていったとか」

「まあね。きれいな子だし」

「そうね」

コールは大きなため息をついた。「でも正直言うと、木の切り株を相手におしゃべりするようなもんだったよ。いや、切り株のほうがましかな。だって切り株なら、少なくともくすくす笑って『まあ、あんたって頭いいのね、コール！』なんて言わないだろ」

「ほめられるのが好きな男の人もいるのよ、そうでしょ？」メグは冷ややかに言った。

「まあ、ぼくだってそうだけど、でも、物をなにも知らない子から言われても、あんまり意味がないよ」

メグは声をあげて笑った。「彼女ではだめみたいね。あなたは学のある女《ひと》が好みだったもの。そう言えば、イソベルの家庭教師にぞっこんじゃなかったかしら」

「ちょっと、姉さん……」コールは首を赤く染めながら、哀れな声を出した。「昔、彼女にお花をあげてなかった？　勝手にバラの花を摘んでいかれたって、庭師が怒ってたわよ」

「十二歳のときの話じゃないか」

「とにかく一生懸命だったわね」

「姉さんをたっぷり楽しませてあげられてよかったよ」弟がふてくされたように言う。

「それはイソベルも同じよ」メグは弟の手を軽くたたき、いくぶん真顔になった。「わたしたちがイソベルやアンドリューやグレッグといっしょに教育を受けたのは、あなたにとってよくなかったんじゃないかと思うわ。このあたりであなたと本の話やなんかができる娘さんなんて、探せそうにないもの」

コールは肩をすくめた。「知識が身についてよかったと思ってるよ。姉さんだって問題は同じだろ」

「わたしはあなたほど本が好きでもないわ」

「きれいな顔があれば、本好きでなくてもかまわないじゃないか」

「世間ではそう言うけどね」

「とにかく、クロマティよりもう少し好奇心と知性のある人がいいってだけなんだ」

「それは基準をさげすぎよ」メグはにんまりと笑い、やかんの水が沸いた音がして立ちあがった。

彼女が台所から戻って湯をティーポットに注ぐと、コールは話題を変えた。「アラン・マクギーが谷に戻ってる」

「父さんが？」メグは笑みを浮かべ、やかんを置いた。「もう会ったの？」

「いいや。なにか困ったことがあったら、すぐに顔を出すさ」

「まあ、コール」メグが小さく舌打ちをする。「わたしたちはみんな、困ったときにはあなたのところに行くじゃない？　わたしも、イソベルも。谷の人間の半分はそうだわ。あなたは父さんに厳しすぎるのよ」

「姉さんがやさしすぎるんだよ。母さんもそうだったけど。あの男のことになると、どうして女はいつもそんなに愚かになるのか、さっぱりわからない」

メグはくすくす笑った。「鏡を見たら、わかると思うわよ。かっこいいもの、わたしたちの父さんは。それにチャーミングだし」

「そして根無し草で、役立たずだ。あいつに似てるなんて言われても、なにもうれしくないよ」

「それでもあなたの父親よ。わたしたちには家族が少ないんだし」メグの声が少しせつなそうに響いた。「おばあちゃんには会ったこともない。母さんは父親の名前すら知らなかった。その母さんだって早くに死んでしまったわ」

「ぼくらにはお互いがいるじゃないか。それにぼくらの育った環境を思えば、ローズ家のみんなは家族みたいなものだ」

「そうね。でもほんとうの家族と同じではないわ。わたしがイソベルのことを大好きなのはあなたもわかってるでしょうし、たしかに姉妹みたいに仲がいいわ。わたしたちより仲のよくない姉妹だって、たくさんいるでしょうよ。でも、ベイラナンはわたしたちの家じゃない。彼らの歴史はわたしたちの歴史じゃない。あそこで育てられていたとき、あなたも感じたことはなかった？　自分たちは、ほんとうはここの子じゃないんだって。やっぱりわたしたちはちがう……へだたりがある……」

「たしかに彼らと血はつながってないよ。たしかにぼくらはちがう——でもそれを言うなら、だれともちがってる。マンロー家の人間は昔からずっとそうだったじゃないか」コールは眉をひそめた。「姉さんはもしかして——マンロー家の人間じゃなかったほうがよかったって言ってるのか？」

「ちがうわ！　ちがうの、けっしてそういうことじゃなくて」メグは弟の手を取った。「マンロー家のことは誇りに思ってるし、ちがう人生のほうがよかったと思ったことなんか一度もないわ。あなた以外の弟もほしくないし、妹もいとこもほしくない。ただ……もっと自分たちのことを知りたいとは思わない？　わたしたちより以前のマンロー家の人たちのことを？　長年、何世代にもわたって、薬のつくり方やこの小屋や暮らし方は受け継がれてきたけど、〝人〟のことはよくわからないでしょう？　たとえば、わたしたちのおばあちゃん。名前がフェイで、母さんを産むときに亡くなったってこと以外、なにか知ってる？　わたしは知らないわ。どんな人だったのか？　どんな容姿だったのか？　だれを愛したのか？　おじいちゃんがだれだったか、あなたは知りたくないの？　わたしはときどき考えてしまうの。このあたりですれちがった人のなかに、自分と同じ血が流れている人がいるかもしれないのに、それはけっしてわからないんだって」

コールは姉を見て、考えた。「ほんとうのところを言えば、そういうことを考えたことはないよ。おじいちゃんがだれか知りたいって気持ちはあるけど、べつにどうしてもってことはない。どうせ父さんと同じような人だっただろうしね」コールは肩をすくめた。「とにかく、もう過ぎたことさ。必要なときにいてくれなかったんだし」

メグのまなざしがやわらかくなり、手を伸ばして弟の手に手を重ねた。「でも、あなたはいてくれたわ。父さんはまったくあてにならない人だけど、もう、そういうものだと思ってるの――音楽と楽しいことが好きな父さんでじゅうぶん。それ以上は期待しないわ。いままでも、いまも、ここではあなたが支えになってくれている。そのことはほんとうにありがたいと思ってるから」

「姉さんのことにあれこれ鼻を突っこんでも？」コールは片眉をくいっと曲げて見せた。片方の口角が少しあがっている。

「それでもよ」メグは笑った。「でも、そのときはやっぱり怒るけれどね」

なんと腹だたしい娘だろう！　デイモンはブーツを履きながらひょことした足取りで、道を進んでいた。頭に血がのぼりすぎてじっとしていられず、わざわざ止まらずに靴を履こうとしていたが、まぬけな格好に見えるのはまちがいなかった。しかしそれを言うなら、あの娘といるときはいつでもまぬけなことになっているのではないだろうか。

彼女に追いだされた。このわたしが。まるで召使いか、長居しすぎた客のような扱いで。あれだけわたしの心を乱しておきながら、ぽいっと放りだしたのだ。彼を焦らして煽りたて、もう限界というところで、ほかの男の声を聞いて彼を袖にした。そんなことをされたらぜんまいを巻きすぎた時計みたいにキリキリし、四方八方にはじけ飛びそうになっても当然だろう。

嫉妬！　このわたしが！　ばかげている。自分はマードン伯爵だぞ。これまで生きてきて、一日たりとも女性のことで嫉妬を感じたことなどない。女性などいくらでも近づいてくるし、手放すのも惜しくはなかった。以前、愛人のひとりが彼に嫉妬させたくて、ほかの紳士に色よい返事をすると脅してきたことがあったが、ただ笑みを浮かべてうまくいけばよいなと告げただけだった。

しかし、あの男がメグの家も家のなかにあるものもすべて自分のものであるかのような顔をして、気安く入ってきたとき、デイモンは赤く焼けた槍を突きたてられるかのような嫉妬に貫かれた。激しい怒りに襲われ、満たされずにくすぶった欲望が渦を巻いて、とにかくやみくもに殴りかかりたくなった。あの男と闘い、顔にこぶしをめりこませてやりたかった。体の奥底にある野蛮な衝動が、血を見たいと叫んでいた。

あのとき、ふたりのあいだに体ごと飛びこんできたメグを思いだす。すでに振りかぶっていたら彼女を殴ることになったのだと思うと、デイモンの胸がきゅっと痛んだ。おかしなことだが、女戦士のように勇ましく、気高く、一歩も引かずに立ちはだかっている彼女を見たとき、また新たな欲望に貫かれた。彼に義理立てることも、束縛されることも、媚びることも拒絶した彼女によけいに欲情するとは、まったくもってわけがわからない。

しかもあの男は弟だったと知って、またまぬけな思いを味わった。そんなことがわかるはずもないだろう。図体の大きな金髪の男は、デイモンを魅了した金の瞳と燃えるような赤毛のスコットランド美女とは似ても似つかない。弟ならば、暴言を吐いたのも無理からぬことだ。姉の家に半裸の男がいるのを見て、怒らない弟はいないだろう。つまりあの男が――そう言えば名前はなんといったか――コールだったか？　いったいどういう名前だ、それは――もしそのコールが正しいとすれば、デイモンのほうが悪いとなる。そういう役まわりもまた、デイモンにはまったくなじみのないものだった。

持っていき場のない怒りにいらだち、欲望を満たされることもなく突っ立っていたら、メグ・マンローに帰れと言われた。ぴしゃりと冷たい声で、お役御免とばかりに。あれを思いだすだけで、デイモンは奥歯をぎりぎりと噛みしめずにはいられなかった。

とにかく彼女と会わないようにするしかない。彼を思いどおりにあやつれると思っているなら、嘆かわしい考えちがいだ。しかし、メグはいまいましいほど策を弄するのがうまい。積極的かと思えばそっけなく、誘っているのかと思えば逃げていき、物足りなさが忍耐の限界寸前までたまっていく。彼はきらいきらいも好きのうちとは思わないから、女性のほうから誘いをかけてこなければ追いかけることもない。だから最初の招待をきっぱり断られたあとは、彼女にもつきまといはしなかった。そう、なにも行動を起こしてはいない……洞窟の滝に彼女が入っていくまでは。

自分がどんなふうに見えるか、彼女はわかっていたはずだ。滝の水が全身を伝う姿を見て、男がどんな欲望をかきたてられるのか。それにあのとき、彼にも滝に入れと誘いをかけてきたではないか。いっしょに滝に当たれと。ほんの数センチしか離れていないところであたたかな湯を浴び、すぐそこに彼女の唇があって、ぬれて張りついた服の下で熟れた肉体が、誘いかけるように浮かびあがっていた。

あのとき彼女にキスをして、反応が返ってきたのはまちがいなかった。つま先立ちになって唇を押しつけ、ちゃんとキスを返してきた。彼女の体にふれていた両手にも、体の反応がたしかに感じられた。そうして欲望がせりあがったところで、彼女は突然、離れて逃げだしたのだ。

あれはとんでもなくもどかしかった。しかしあの直後、暖炉の前でキスをしたときには、いやがるそぶりもなく、恥ずかしがったり拒んだりもしなかった。積極的で貪欲だった。彼女の中心を指でとらえたとき、彼女の口から悩ましい声がこぼれたことも、欲望でそこが甘くうるんでいたことも覚えている。

そんなことを思いだしてまた体が熱くなり、デイモンの足取りは遅くなった。はっと気づくと、いつのまにか完全に立ち止まり、腑抜けたように彼女のことをぼんやりと考えていた。彼のあごがこわばる。これはもう、彼女は滝でのキスの直後に逃げだしたこと、そしてまた辛辣な言葉を並べたてるやかましい女に戻ったことを忘れないようにしなければならない。

まるで釣られた魚のように、メグ・マンローにもてあそばれている。

「マードン伯爵ざま！　だんなざま！」

デイモンが振り返ると、馬丁頭が馬に乗って駆けてくるのが見えた。あんなところに道があったのかと思うような、せまい道を走っている。

「ご無事でよがったです！」馬丁頭は手綱を引いて馬を止め、飛びおりた。「おけがはごぜえませんか？」

「ああ、だいじょうぶだ。ちょっと気がそれた拍子に、振り落とされてしまった」ほんとうにあったことを話すつもりはなかった。馬丁頭の視線がぬれた服にいくのを見て、言い添える。「海にな」

「ああ、ざようで。おかげで衝撃が軽くすんだんすね。でもレッド・ライアンはええ馬なんです。いつもはそんな臆病でもなぐて」馬丁頭の不安そうな声を聞き、馬の殺処分を心配しているのだとデイモンは気づいた。馬の目利きとしてすでに評価している男だが、その評価がさらにあがった。

「いや、馬が悪かったのではない。おまえの言うとおり、彼はいい馬だ」

「そんならよがっだ」馬丁頭の顔が明るくなったが、あわててつけ加えた。「いえ、よがったってのは、だんなざまにおけががなぐてってことで」

「レッド・ライアンは屋敷に戻ったか」

「ええ、はい、だんなざま。牧草地で草はんでるとこをジョセフが見つけました。だんなざまはどうされたかわがんなかっだけども、お嬢さんに心配かけちゃなんねえと思って、先に探しにきましだ」

「ああ、それでいい」

馬丁頭は手綱を主人に差しだした。「あの道をあがってってくだせえ。お屋敷の下の庭に出ます。そのほうが早いもんで。あんまりはっきりした道ではねえんで、途中でそれやすいんだども、このゴールディは道をよく知ってまず。こいつならちゃんと連れて帰ってぐれるんで」

馬丁頭の言うとおりだった。ゴールディの足取りは少々のろかったが、道はよくわかっているようだ。午後も深まり、このあたりでは黄昏時《グローミング》と言われる時刻にさしかかっていた。ぬれた服を着ているデイモンは寒さが身にしみたものの、そうでもなければ湖や対岸の大きな灰色の屋敷の眺めを楽しみたいところだった。わが城ダンカリーが高くそびえているさまは、胸躍る光景だ。

デイモンの衣服がぐしょぬれで汚れているのを見た従者は、案の定、絶句した。ブランディングズは熱い湯を湯船に張るよう召使いに指示し、脱ぎ捨てられた服を一枚ずつ拾いあげては、その惨状に舌打ちをする。ブーツを見たときの驚愕の表情には、笑いをこらえずにはいられなかった。

デイモンは風呂に身を沈めて満足の吐息をつくと、うしろにもたれて、骨の髄まであたたかさがしみこんで疲れと腹だちをなだめてくれるのを感じた。ブランディングズが湯船に入れたなにかのオイルが、かすかにマツのようなかぐわしい香りを放つ。スコットランドのマツとシラカバに包まれるように建っていた、メグの小屋が思いだされた。

あの小屋にはあたたかさと落ち着く感じがあり、見るからにほっとできたが、それ以上のなにかに彼は惹きつけられた。風変わりで魅力的で、はるか昔からそこにあったかのように木々のつくりだす曲線にすっぽりとはまり、灰褐色の色合いの石壁や草ぶき屋根が背景の茶色や緑に溶けこんでいた。くすんだ壁とは対照的に、いろいろな種類の花があざやかな色彩をふりまいていた。風に乗って、マツやローズマリーやセージ、さらにいくつものなにかはわからないにおいが混じりあい、彼の嗅覚を楽しませてくれた。あのときは欲望がみなぎり、欲求不満でいらついていたとはいえ、あの家を見てまず感じたのはおだやかさとやすらぎ、そしてあたたかく迎えられるような感覚だった。

彼女についてあの小さな家に入ると、なんとなく包みこまれるようで、高ぶって張りつめていた神経がほどけた。薄暗く、あたたかく、小屋のなかには薬草やスパイスの香りが漂っていた。あたりを見まわした彼は、戸棚や壁一面の棚にぎっしり並んだ壺やびんや袋に驚いた。空のものもあれば、いろいろな薬草や液体や軟膏が入っているものもあった。あらゆる種類の植物が束ねられ、部屋のいっぽうの天井からつるされていて、小屋全体にぴりっと刺激的なにおいや、ふんわりと甘くやわらかで芳醇なにおい、泥臭いにおいが充満していた。彼は異国のめずらしいものに惹かれるたちだったが、やはりあそこにも興味をかきたてられた。風変わりなものに胸が躍った。

デイモンはゆったりと記憶を反芻した。部屋の奥に目を移したとき、木の衝立で半ば隠されたメグのベッドが見えた。はっきり見えないとなるとよけいに知りたくなるもので、誘っているかのような空間がいっそう秘密めいて映った。一糸まとわぬ姿ですがってくるメグを組み敷き、あのベッドに沈みこむところを想像せずにいるのは無理というものだった。

メグは衝立の向こうに行って服を脱いだ。実際の目には見えなかったが、心の目にはありありと彼女の姿が映しだされた。ぬれた服が床に落ちる音が、静まり返った小屋でいちいち聞こえてきて、彼の体内にまで響いた。彼女の白い体が少しずつあらわになっていくところを思い描いた――丸い胸のふくらみがバラ色の先端まですべてあらわになり、ウエストまでゆるやかにすぼまってゆく体の曲線は腰に向かってまたふくらみ、へそのくぼみは彼にふれてほしいと誘いをかけているかのようで、三角のやわらかな茂みは髪の毛と同じような燃える赤で……。

こうして記憶をたどっているだけで、午後のあいだじゅうさいなまれていた欲望が痛いほどに、そして極限まで再燃してくる。メグ・マンローを無視していられると思った自分は、やはり愚か者だ。また会いたい。ともにあのベッドに入って、彼女を味わいつくしたい。熱くやわらかな彼女の奥に身をうずめ、快感でおかしくなりたい。

彼女を勝ち得るために少しばかり時間をかけて辛抱するのも、いいのではないか。ここでは時間はたっぷりあるし、することもほとんどない。労力をつぎこんで彼女を追いかけたりせず、ただ待ってみるのもいい。甘い言葉で口説くのも悪くはないし、彼女のやることに身をまかせてもいいし、こちらから仕掛けてもいい。

しかし最後には、かならずメグ・マンローを手に入れる――デイモンはそう心に誓った。

9

目覚めたメグは汗びっしょりで、心臓が激しく打っていた。起きあがり、太く三つ編みにした髪をうしろにやる。三つ編みからほどけた髪が、顔じゅうに汗で張りついていた。どうやら夢を見ていたようだ。どんな夢かはわからないけれど、体がほてって汗ばみ、息が切れて、脚のあいだの奥が甘くうずくような夢。そして伯爵が出てきたことはわかっていた。

枕にもたれかかった。外では空が明るくなっており、ぼんやりとまわりが見える。夜明けが近いにちがいない。もう一度眠ろうとしても無理だろう。なんて迷惑な人なのだろう、夢にまで出てくるようになるなんて。

マードン伯爵。ダンカリーの当主。メグの口もとがゆがんだ。彼にキスされてわれを失い、経験したこともないようなうずきと、せつなさと、あらゆる感覚を味わった。クリスチャンネームさえ知らない人なのに。いえ、それを言うなら、ファミリーネームだって定かではない。ずいぶん昔、最後の女相続人がイングランド人と結婚する以前は、マッケンジーといっていたはずだけれど。彼がベッドに連れこんだ女性たちは、いったい彼のことをなんと呼んだのだろう？ マードンさま？ 伯爵さま？

あまりのばかばかしさに、メグは思わず笑いをこぼした。あれほど力があって、高貴な身分で、傲慢な人が、身持ちの悪い女にクリスチャンネームで呼ばせるなんてありえない。でも思い返してみれば、昨日の午後、強く抱きよせられて口づけられたときの彼には、傲慢さは感じられなかった。あれほど深く、激しく口づけられて、足のつま先まで感じてしまったあのときは……。

メグはいらだちの声を小さくもらし、髪に深く手を差しこんでぐしゃぐしゃと乱すと、ベッドからすべりおりた。いったい自分はどうしてしまったのだろう？ どうしてこんな――ひとりの男性のことでこれほど混乱し、夢にまで見るなんて？ しかも相手はあんな人なのに！

窓に行って押し開け、朝の冷たい空気に身をさらした。目覚めた鳥の声が聞こえ、嗅ぎ慣れた木や植物のにおいもする。朝の静けさのなかでは、遠くで湖に向かって岩場を流れる小川のせせらぎまで聞き取ることができた。これが慣れ親しんだ、最高に平穏なふるさと――それなのに、ここの景色も、音も、もつれた感情をなだめてはくれなかった。こんなことは生まれて初めてだ。

マードン伯爵のことを、どうすればいいのだろう。

彼を求める気持ちに嘘はない。あのすらりと引きしまった体軀も、強烈な黒い瞳も、豊かな黒髪も、見れば胸がときめく。彼を見た瞬間、ただ彼が瞳に映るだけで、メグの奥深くにあるなにかが揺すぶられる。正直に言うなら――いつも正直でいることはメグの誇りでもあるけれど――それ以上に惹きつけられるものが、彼にはあった。いままでに出会ったほかのどの男性とも、彼はちがう。

以前グレゴリーに、マードン伯爵のような種類の人はよく知っていると言ったことがある。アンドリューが休暇に連れてくるような、青年貴族と同じだと。けれど少しいっしょにいただけで、そうではないとわかった。もちろん、やはり自信たっぷりで高慢なところはあって、かちんとくることもある。けれど未熟な若者のようなたどたどしさや思いきりの悪さはまったくなく、自分を格好よく見せようとしたり威圧的な態度をとったりすることもない。代わりに、強さや、迷いのなさや、社会的な立ち位置を鷹揚に受けとめていることが、彼からはにじみでていた。

ああ、そういうところにこそ、メグは惹かれているのだ。彼は世慣れていて、メグが見たことも聞いたこともない世界を知っている。洗練され、垢抜けていて、ひねりのあるしゃれたセンスと絹のようになめらかな声を持っている。彼のような人は初めてで、そんな人を前にしてメグは奮いたってしまった。そういう人を思いのままにしたいという、自分の深いところに根付いて眠っていた本能を呼び覚まされた。あの冷静で自信満々の殻を崩し、奥にある熱を引っ張りだしたい――自分と同じくらい激しい部分を見つけたい。

けれど男性に惹かれることと、その人をベッドに招きいれることは、まったくべつのことだ。昨日までのメグなら、男性を遠ざけておくなんて、どれほど魅力的な相手でも問題なく簡単にやってのけられると言っていただろう。しかし昨日のキスで、メグは自分の弱さをさらけだしてしまった。彼の手、彼の口、そして彼のにおいまでもが、彼女に火をつけた。これまで経験したことがないほどのすさまじい激しさで、彼がほしいと思った。自分にあれほど男性を求めることができるなんて、知りもしなかった。

でも、あんな人に自分を捧げられるだろうか。他人のことなどおかまいなしに、もっと収益があがるからという理由で、自分の土地に住まう小作人を冷酷にも放りだしてしまえる人だ。人間よりもお金を、なによりも自分を大事にする人。マードン伯爵の命令で生まれた現状を——路頭に迷った家族、子どものころから住み慣れた家を追いだされた年寄りたち、唯一なじみのあった世界を取りあげられた子どもたちを——もはや何カ月も目の当たりにしているメグは、伯爵が人格者だとはとても思えなかった。彼は残酷で思いやりのない人であり、いくら笑顔がすてきでも、それは変わらないことなのだ。

愛がなくても——好意さえなくても——激情に流されればいいと言う人もいる。たとえ一夜かぎりであっても、いい思いができればそれでいいのだと。実際、この谷に住む多くの人は、メグや過去のマンロー家の女たちというのはまさしくそういうふうに気まぐれで相手をつくり、そして別れているのだと思っている。

しかし、たしかにマンロー家の女たちは男性の束縛を受けず、結婚しないことをよしとしているけれど、愛情や貞節というものも大切にしているのだ。母親のジャネットの相手はアラン・マクギーただひとりで、死ぬその日まで彼を愛していた。きっと母親と同じようになるのだろうと、メグはずっと思ってきた。ただ、最近ではだれかを好きになることなどないのではと思いはじめていた。でも、もし自分の運命はちがったものになるとしても、だからといって妥協しなくてもいいのではないかと思う。

もしも自分の欲望に屈して、好意も、相手を敬う心さえもなしにあんな人と体を重ねてしまったら、それこそマードン伯爵が思っているような、低俗な女になってしまう。だからそんなことはしないし、メグにはできない。唯一ほしいと思った男性が、いちばんいっしょにいたくない人だなんて、最悪の冗談に思えた。

あのときコールがやってきてくれてよかった。帰るときの伯爵の顔つきからすると、もう彼女に言い寄ることもないだろう。彼がダンカリーにいるあいだ、近づかないようにすればそれでいい。ほどなくして彼はロンドンに帰り、彼女の問題も解消する。とにかく忙しくしていればいいのだ。

それから数日、メグは植物を干したり、すりつぶしたり、混ぜたり、成分を抽出したりすることに精を出した。そして病気の子どもと母親を見舞った。浜辺での失敗でなくしてしまったコケに代わるものを、また洞窟に探しにも行った。スーザン・マレーの夫のためにオオアザミの煎じ薬もこしらえたが、ダンカン・マレーの胃の不調には、ウイスキーの量をひかえるのがいちばんだということは言わずにおいた（スーザンにはよくわかっているだろうから）。そんなふうに忙しくしていても、あの情熱的な黒い瞳と微笑みを考えて胸が熱くなってしまったときには、なんとかやりすごすしかなかった。

そんなある日の午後、美しい調べに乗った口笛が近づいてくるのを耳にすると、メグは笑顔になって仕事の手を止めた。あの軽快な曲や音色には覚えがある。小屋に向かって歩いてくる男性は長身の色男で、ゆたかな金髪には白いものが交じり、少しばかり長めでざんばら髪になっている。身なりをあまり気にしないのは息子と同じね、とメグは思ったが、もしそれを言ったらコールは顔をしかめるだろう。

父親のあごもまた角張っているが、息子よりは曲線が少しゆるやかだ。瞳の色も息子ほどあざやかな青ではなく、目もとと口もとにはずっと多くのしわがある。手もちがう。父親の手は幅が広くなく傷もなく、指はほっそりと長くてしなやかだ。この指で、フィドルからなんとも物悲しい、あるいは陽気な、あるいは最高に美しい旋律を引きだすのだ。

「かわいいメグ」父親は両手を広げて娘を抱きしめた。父はあたたかく、ほんのりと刻みタバコの甘いにおいがして、粗いウールの上着がメグの頬にちくちくした。

「父さん」メグはつま先立ちになって父親の頬にキスをした。「会えてとてもうれしいわ。入って、座って。お茶をいれるわ」

「いや、お茶はもういいよ。おまえのあのうまいスモモ酒をもらいたいな」

「じゃあ、そうしましょう」メグは父親と腕を組んで家のなかに招きいれた。「エディンバラに行ってたってコールから聞いたわ」

「へえ？　あいつにはまだ会ってないんだ。猛獣の巣穴に飛びこむようなまねはやめておこうかと思って」

「コールは父さんを取って食いやしないわよ」メグは肩越しに言いながら、戸棚からスモモ酒のびんとカップを取りだした。

「ああ、でも、さぞかしうるさく言われるだろうよ」アランはあきらめたように肩をすくめた。「文句は言えないさ。まったく父親らしいことをしてないんだから」スモモ酒をひと口飲み、満足げに息をつく。「ああ、これだよ。おまえのスモモ酒に勝るものはないな……まあ、同じことをおまえの母さんにも言ったけど。自分の酒を自慢にしてたよ、ジャネットも」

「当たり前だわ。わたしだって母さんにつくり方を教わったんだもの」

「ああ、そうだな。でも母さんは、おまえの酒のほうが甘いと言ってたぞ。もしおれもそう思うなんて言ったら、怒られただろうけど」父親は瞳をきらきらさせた。「おれはちょっとピリッとしてるほうが好みなんだって、母さんにはよく言ったもんだ」

「でしょうね、父さんは口がうまいもの」メグは父親の手を軽くたたいた。

「それでもおまえとのほうが話しやすいな。娘ってのはそういうもんらしいが。とにかく、問題は息子だ……」彼は肩をすくめた。「やっぱり、同じ家に男はふたりいないほうがいいってことなのかな」

「そうかもね」あるいは、メグのほうがコールよりも父親に求めるものが少なかったからかもしれない。彼女は話題を変えた。「エディンバラはどうだった?」

「あいかわらずよかったよ。フィドル弾きを使ってくれるところがかならずどこかにあって」父親は大小関係なく自分が演奏した舞踏会や、共演したバグパイプ吹きや、再会した旧友の話をした。そして最後に息をついて、こう言った。「でも、おまえはああいうところでは疲れるだろうな。騒がしいし、人は多いし。人っ子ひとり静かにやすめるところもない。それにハイランドが恋しくなるだろうよ」父親はうしろにもたれてまた酒を飲んだ。

「父さんみたいに長くはいられないでしょうね」

「うん、無理だな。母さんも悲鳴をあげて逃げだしただろうと思う。丘陵地帯や川がなくては生きていけない人間もいるのさ。おまえもそのひとりだな」

「あら、わたしだって街を見てみたいわ」メグは言い返した。「どこかに旅をしてみたい」

「ああ、その気持ちもわかるけど、長いことは無理じゃないか」

「そうかもしれないわね」そう言ってから、メグは最近ずっと考えていたことを口にした。

「父さん……母さんは、おばあちゃんのことをなにか話してた?」

「フェイのことか？」アランは驚いたようにメグを見た。「いや、あまり。母さんは自分の母親を知らないだろう？　フェイは母さんを産んだときに亡くなって、母さんは彼女のおばあちゃんに育てられたんだから」

「ひいおばあちゃんのことは少し覚えてるわ。ふわふわの白髪頭で、母さんがいないときにこっそりわたしたちにお菓子をくれてた」

「そうなのか？」アランは笑った。「きつい人だと思ってたけどな。まあ、おれは彼女の孫娘に言い寄ってたわけで、おれはあんまり好かれてなかったから」くくと笑う。「思えば、マンローばあちゃんにはだれも好かれてなかったな」アランは頭を振り、昔をなつかしむように瞳を輝かせた。「でもフェイは……そうだな、きれいだった」

「おばあちゃんを知ってるの？」メグが背筋を伸ばす。「母さんの母さんを？」

「えっ、ああ。ジャネットはおれより八つ年下だから、母さんが生まれたときにおれは子どもだった。湖の近くに住んでるやつは、みんなフェイ・マンローのことを知ってたよ。まったく、すごい美人だったから。おれなんか、天使じゃないかと思ってたくらいだ。おまえは彼女に似てるよ」

「ほんとう？」メグは興味をかきたてられて身を乗りだした。

「ああ。彼女はおまえのような赤毛じゃなくて、冬の空みたいな黒髪だったけど。でも瞳は同じように輝く金色だった。たしかおまえが小さいころ、マンローばあちゃんがフェイと同じ明るい瞳だって言ってたからな。それでばあちゃんは泣いてた。彼女が泣いたのを見たのはそのときだけだ」アランは勢いよくうなずいた。

「知らなかったわ」メグは驚いていた。

「ジャネットのばあちゃんはフェイのことを話したがらなかったし、ジャネットも無理に訊こうとはしなかった。年寄りを悲しませたくなかったからな。フェイは若くして死んだ。めちゃくちゃ美人だった」アランの顔に哀しみがにじんだ。「フェイのために哀歌をつくろうかな。おまえの母さんも喜んでくれそうだ。ジャネットの墓の前で弾くよ」

いかにも父親らしい思いつきだった。やさしくて、芸術家らしくて、芝居がかったことが好きで、たいていの女性はアランのこういうところにうっとり微笑んでしまう——しかしコールは、くるりと目をまわす。そしてメグの場合は、たいていその両方の反応が入り混じっている。

「じゃあ、母さんの父親がだれなのか知ってる?」メグはせつない思い出に浸っている父親を現実に引き戻した。

「いや、ぜんぜん! だれも知らないんだ。マンローばあちゃんが知ってたとしても、ぜったい言わなかったし。ばあちゃんは、言わないと決めたら貝のように口を閉ざす人だったからね。みんな、父親はだれなんだろうって話してたよ。フェイが死んで何年も経ったあとでも。だれにも相手の男の見当はつかなかったし、フェイもけっして相手の名を口にしなかった。谷の人間にとって、マンロー家の女たちはいつも謎に包まれた存在だったんだ。それでさらに魅力も増した」アランは娘の手を小さくたたいた。「もちろん、噂もあったよ。カロデンの戦いでやってきたイングランド兵に森で見つかって、手籠《てご》めにされたんじゃないかとか。ありえない話じゃないし、それならフェイや彼女の母親が話したがらなかったことも納得がいく。あるいはもっとロマンティックな噂だと――戦死した男が恋人だったんじゃないかとか、ボニー・プリンス・チャーリーその人じゃないかとか」

「ブリテン島から命からがら逃げだした人は、ちょっと考えられないと思うけど」

「まあな」アランはにんまりした。「おまえの母さんも同じことを言ったよ。おまえたちマンロー家の女は現実的で悲しいなあ。ほかにも、もっと突飛な話もあったんだぞ――相手はアザラシの姿をした妖精セルキーだとか、妖精の王がフェイの美貌に惚れこんだんだとか。ジャネット本人は、ベイラナン南部にいたマクロイド兄弟のだれかじゃないかと言ってたな。ほら、マクロイド兄弟は母さんやおまえみたいに赤毛だっただろう」

「マクロイド兄弟ね」メグは目を細めて考えた。「ロバート・マクロイドとか?」

「いや、彼はマクロイド兄弟のいとこだ。兄弟はふたりか三人だったと思うが、おれが母さんに言い寄ってるときに全員どこかに行っちまった。ジャネットが怪しいと思ってたのはデイヴィッドらしい。彼はフェイが死んだあとに引っ越したそうだから」

「どこへ?」

「わからない」アランは首をかしげて考えた。「なにか知りたかったら、アンガス・マッケイに訊くといい」

「アンガスじいさん？」メグは両の眉をつりあげた。「どうして？」

「いや、彼はマクロイド兄弟の母方のいとこなんだよ。たしか彼とデイヴィッドは仲がよかったはずだ」

「アンガス・マッケイの懐《ふところ》に飛びこむほど知りたいかどうかはわからないわ」メグはくすくす笑った。「でも……関節が痛むときはわたしのヒレハリソウの軟膏をとても喜んでくれるから、ひとつ持っていけば、少しは心をひらいてくれるかも」

「うん、そうだな。おまえなら老アンガスのご機嫌もとれるだろう」アランは酒を飲み干した。「ふう、そろそろ帰るよ。明日、グリーグ家の娘の結婚式でフィドルを弾くから練習しないと。おまえは出席するのか？」

「もちろんよ。父さんが演奏するなら、なおさら」

「ミス・メグ！」切羽詰まった甲高い声にメグははっとし、窓のほうを見た。「ミス・メグ！」

メグはさっと腰をあげて玄関に向かい、父親もあとにつづいた。トミー・フレイザーが必死に腕を振りながら、こちらに向かって走ってくる。つんのめるように止まった彼は、身をかがめて荒い息をしていた。

「母さんが……来て……ほしいって」

「具合が悪いの？　どうしたの？」

「いや、そうじゃ、なくて」苦しい息の下でとぎれとぎれに話す。「石を……マードン伯爵の、とこのあいつが、倒そうと、してるんだ」

「なんですって！」メグはトミーに目をむいた。「ほんとうなの？」

「うん、うちのロナルドおじさんが、ときどき日雇いで使ってもらってんだけど。ほら、どうしても日銭がいるってことが、あるから。マックリーの使いが来て、ロナルドおじさんに手を貸せって。あいつら、環状列石《ストーンサークル》を倒してて、まっ先に〝誓いの石〟に手をつけてんだ。母さんが、あんたは古いものを大切にしてるから呼んでこいって」

「そのとおりよ」メグは厳しい顔で言い、父親を振り向いた。「父さん、トミーに飲み物とオートミールのビスケットを出してあげて」

スカートを持ちあげると、メグはストーンサークル目指して駆けだした。

10

「ストーンサークルを通って浜辺に行くの？」岩がちな斜面をおりる途中、リネットは手綱を引いて父親の馬に自分の馬を並べた。「うちのテラスからもストーンサークルが見えるところがあるのよ」

「そうしたければ、通ってもいいぞ。ストーンサークルを抜けて浜に行く道があったはずだ」あるいはもうひとつ、ストーンサークルからあのこぢんまりとして木に囲まれた茶色の小屋につづく道もあるのだが。

だが、その道を行くのはやめようとデイモンは思った。ばかなまねをして恥をかくつもりはなかった。物欲しそうにメグの家まで行くことなく彼女に会う算段は、すでにつけてある。うまくいけば、明日の夕方には事が運んでいるだろう。そう思うと彼の胸は期待でうずいた。

「大きな岩がそびえたっているのを見たいわ」リネットがつづけた。「ストーンヘンジのことを本で読んだのだけれど、それととてもよく似ているらしいの。思わず考えてしまうでしょう？　どうやってそんな大昔に岩を立てたんだろう？　どうしてそんなことをしたんだろうって」

「たしかにな」

「ミス・ペティグルーが言うには、異教徒のものなんですって」

「それはまちがいないだろうな。キリスト教がこの地に伝来するずっと以前から、あの石は立っているんだから。まあ、その由来は知らないが」デイモンは何事か思慮するように娘を見た。「もっと力のある家庭教師をつける頃合いなのかもしれないな。学びがいのあることを教えてくれる教師を」

リネットは目を輝かせて父親を見た。「ほんとう？　うれしいわ。刺繍や詩のほかにも勉強したいことはたくさんあるの。わたし、詩はとってもへたで」なにか疑問が生まれたような顔になり、ためらいがちに言う。「でも、ミス・ペティグルーはどうなるの？　ひまを出すのかしら？　彼女がお仕事をなくすのはいやだわ」

「おまえがそう言うのなら、彼女も残して、立ち居ふるまいや絵やそういうものはつづけて教えてもらって、新たにもっとむずかしいことを教わる先生を加えることにしよう」

「ミス・ペティグルーはあれこれ騒ぎすぎるのね。でも、よかれと思ってしてくださることだから。彼女はお母さまにとても尽くしてくださったわ」

「そうだろうな」

「おばさまに手紙を書いているの」リネットが切りだした。

「えっ？　だれが？　ミス・ペティグルーが？」

「ええ」リネットはうなずいた。「彼女はヴェロニカおばさまとお手紙をやりとりしてるのよ」

「なるほど」なにがなるほどなのか。亡くなった妻の妹ヴェロニカは、妻のエミベルのように体が弱くはなかったが、やはり気位が高く、融通がきかず、視野がせまくてユーモアのかけらもない。あんな女に手紙を書きたいと思う人間がいるというのが理解できないし、ましてや返事を読みたいと思う気が知れない。「レディ・ヴェロニカはおまえの話が聞きたいのだろうな」

「どちらかと言えば、お父さまの話が聞きたいのだと思うわ」

「なんだって？　いったいどうして彼女がわたしの話を？」デイモンは思わず娘を振り返った。娘はちゃめっけたっぷりの目をして父親を見ていた。

「思うに、ヴェロニカおばさまは、お父さまについてなにかお考えがあるんじゃないかしら」リネットがうふふと笑い、デイモンは目を丸くした。

「わたしが思うに、おまえはわたしをかつごうとしているのかな？」

「いいえ！　まじめに言ってるの。わたしたちが出発する前に、ヴェロニカおばさまがいらしたでしょう？　とてもおしゃれをなさって、お父さまがなにかおっしゃるたびに夢中で反応してらしたわ。そういう女性の反応はお父さまにとってはしょっちゅうで、お気づきじゃなかったかもしれないけど。男やもめになったお父さまは、ご婦人がたにとって結婚相手として大人気なのよ」

「それをわたしは、自分に魅力があると思いこんでいたのだな」デイモンは笑った。「ただたんに都合のいい結婚相手だというだけなのに。だがレディ・ヴェロニカのことはちがうと思うぞ。わたしでは彼女のめがねにかないそうもない」

「それはどうかしら」娘は楽しげに言った。

「ここがストーンサークルへの近道じゃないかな」デイモンは低く垂れた木の枝を押しのけ、馬の頭をそちらに向けた。

　雑木林を抜けてひらけた場所に出たデイモンは、手綱を引いて馬を急停止させた。円形に並ぶ細長い石が目の前にあらわれたのだ。その景色を見ると、大昔に帰ったような不思議な感覚が腹に響いた。

　しかし、もっと手前でくり広げられている光景が目に入った。ストーンサークルのこちら側に、ほかの石よりも高さが半分ほどの石が少し離れて立っている。その石の中央には丸い穴が空いていたが、自然に空いたものか、人の手によるものかはわからない。その特徴のある石にふたりの男が縄を巻きつけ、それを近くで馬にまたがったマードン伯爵の土地の管理人が見張っている。さらに数人の男が、石から一、二メートル離れたところで、落ち着かなげに左右に体を揺らしながら立っていた。彼らが落ち着かないのは、デイモンの見るところ、大勢の見物人が不機嫌な顔でぶつぶつ言いながら作業を見ているせいらしい。

「お父さま！　あの人たちはなにをしているの？」リネットがけげんな顔で父親を振り返った。

「まったくわからない」デイモンが馬を少し前に進めようとしたそのとき、女性がひとりその場に飛びこんでいった。持ちあげたスカートの下で素足を一瞬覗かせ、勢いのままに赤毛をなびかせて。

「お父さま！　このあいだの、あのきれいな人よ！」

「そのようだな」デイモンはぼそりと言った。

「やめて！」メグ・マンローは石の前に両腕を広げて立ちはだかった。その美しい顔と怒りの形相に、作業していた男たちのだれもが手を止めた。「こんなことはさせないわ！」

「どきなさい、メグ！」馬に乗ったドナルド・マックリーが前に出た。「いま、その岩をどかしているところなんだ」

「先にあなたを亡き者にしてあげましょうか」メグはぴしゃりと言い返した。

「わたしを脅すつもりか？」

「脅しじゃないわ。本気で言ってるの。その岩を倒したら、その後の悲惨な短い生涯で自分の行いを悔やむことになるわよ」

管理人の顔が真っ赤になった。「われらを止めることはできんぞ。どけ。石の下敷きになってもいいのか」

「あなたが自分で引っ張るつもりならね。この人たちにやらせるつもりなら、わたしにも考えがあるわ」メグは居並ぶ作業員たちを示すように手を振り、炎をまとった金色の瞳で力のかぎり彼らを見すえた。「あなたたちのだれにもわからないくらい昔からここに立ってるこの〝誓いの石〟を、倒そうって人がいるの？　これはわたしたちとともに生きてきた石、ストーンサークルなのよ」メグはきびすを返し、うしろに集まっている見物人たちにも向きあった。「あなたたちも、黙ってこの人たちにやらせておくつもり？　あなたたちのうち何人が、ここで結婚の誓いを立てたのかしら？」話に熱がこもるうち、メグの声はどんどん訛りが強くなっていった。「あなたたちの父ざんや母ざんは？　おじいちゃん、おばあちゃんは？　南から来たごの男に、イングランド人の手先に、わたしたちの石を倒されでもいいの？　ずっと受け継いできだものを、そんなに簡単にあきらめられるの？」

彼女は生まれながらに民衆の心を動かす力を持っている――デイモンはそう思った。集まった者たちが怒って口々に「いいや」「あきらめられるもんか」「イングランドのくそったれ」などと返している。

「くそっ！」マックリーがどなり、石の前にいる男たちに手ぶりで合図した。「縄を引け。倒すんだ」

男たちは目をむいてマックリーを見つめ、もぞもぞと足を動かしながら、彼からメグに、そして集まった住人たちに視線を移すと、最後には自分たちで顔を見あわせた。

「あなたはわたしを下敷きにするの、イーワン？」メグは作業する男のひとりを指さした。「こないだの冬、だれがあなたの赤ん坊を取りあげたと思ってるの——逆子になってで、あなたのネルが痛みで叫んでたどきに？　ジョン・マッケンジー、あなだのお父ざんの脚が膿んだとき、軟膏をあげながった？　それにあなだも——」メグはぐるりと反対側を向き、懸命に彼女と目を合わせないようにしていた男を名指しした。「コリン・グラント。あなだの小さなぼうやの胸が苦じくなっだとき、小作地まで行ってあげだのはだれ？　あなだはわだしを殺しだいの？　この聖なる地にわだしの血を流させて、いまわの際にあなだの名を呪わせだいの？」

男はじりっと後ずさり、地面の縄を、まるでヘビがのたくってでもいるように見おろした。

「そして、よそ者のあなだち——」メグはマックリーの手下の男たちをにらみつけた。「ここの石を倒しで、ほんとうに無事でいられると思ってるの？　ロウランドの出身だからって、影響を受けないとでも？　ここは古代の人々が舞いを捧げていだ場所なのよ。この世の始まりから存在している聖なる地。ケルト人やスコット族が住むよりも、スカンジナビア人がやってくるよりも、イングランド人が足を踏み入れるよりもはるか昔からね。その古代人だちがいまもここを守ってるの。わたしは彼らの魂の平安を乱す人間になりだくないわ。彼らが夜中にやってきだら、この人が守ってくれるのかしら？」メグは蔑むようにドナルド・マックリーを手で示した。「古代人だちの呪いを防いでぐれるものなんて、なにもないのよ」

ここにいる連中がおそれをなしているのは古代人の怒りではなく、メグの怒りだとデイモンは思った。彼女のまなざしは彼らを震えあがらせるにじゅうぶんだった。ああ、だがなんという美しさだ！　デイモンの内側にあるものすべてがメグに反応してせりあがり、思わず前に出そうになった。

マックリーの手下たちが、不安げにマックリーを見て、また視線をそらした。管理人の顔色はいまや紫色に近かった。「おまえたち、いったいなんのためにそこに突っ立っているんだ？　ほら、早く引き倒せ！」

「やめろ」デイモンの声がくっきりと響きわたった。彼が前に進みでると、メグをふくめ、そこにいた人間すべての視線が彼に集まった。

「あなたは！」メグは金色の目を細め、軽蔑しきった声で言った。「仕事の進み具合を見にきたのね。ここもあなたの持ち物ということかしら」

「実際、そういうことになっている」デイモンの声は愉快そうだった。「なんと言われようと、ここはわたしの土地だ。しかし、この場所をきみが守っているとは知らなかった」

「ストーンサークルはだれのものでもないわ」メグは腕を組んだ。「もしあなたがこれをこわ――」

「いや、いや、呪いは封印しておいてくれたまえ、見事なものなのだろうがね」デイモンは友好的に両手をあげた。「ストーンサークルを倒すつもりはない」そう言って管理人を見る。「これは残しておけ」憤怒の表情をしたマックリーを捨ておき、デイモンはメグに向き直った。かすかに笑みのようなものを浮かべて。「さて、ミス・マンロー。それでいいかな？」

「わたしたちが帰ったあとはどうかしら？　だれも見ていなくなったら？」

「わたしの名誉にかけて、この石もほかのどの石も倒さないと誓おう。わたしであろうと、わたしのもとで働くだれであろうと。倒そうとする者は、わたしに対して釈明しなければならない」

「いえ、お待ちください」マックリーが自分の馬をデイモンの馬に寄せた。デイモンが冷たい表情でわずかに眉をあげると、あわててつけ加える。「伯爵さま、だんなさま。どうか早まられませぬよう。これらの石ははた迷惑です。地元の人間が寄ってきて、あなたさまのご領地に侵入しやすくなるのです」

デイモンはしげしげと管理人を見た。「決定ははっきり申しわたしたと思うが」

「もちろんでございます、閣下」マックリーはどんなことであれ言おうとしていたことをのみこみ、向きを変えて手下の者たちに合図した。「縄をはずして帰れ」

男たちがあわてて縄をはずすなか、デイモンはメグに向けて少し帽子をあげてみせた。

「ごきげんよう、ミス・マンロー」彼女の向こうにいる村人にもうなずいて別れを告げると、さがって娘のところに戻った。「今日のところはべつの道を通って浜へ行ったほうがよさそうだ、リネット」太い道に馬の頭を向ける。

マックリーが主人に追いついた。「だんなさま」

デイモンがため息をこらえる。「なんだ？」

「どうかお考え直しください。ここの住民どもがどのような輩か、あなたさまはおわかりでないのです。こやつらがどんな――」

「おまえに石をどかす許可を与えていないことは、よくわかっている。そのことについてなんの説明もなかったこともな」

「お許しください、だんなさま。決めつけたつもりではなかったのですが」管理人は卑屈に恐れいった。「農作物から羊の飼育に変えるという話しあいをさせていただいたとき、あなたさまはダンカリーの経営で細かいことにわずらわされるのがおいやだという印象を持ちましたので」

「それはもちろんだ。しかし羊の飼育と、何世紀にもわたって残っている遺跡をこわすことと、どう関係があるというのだ」

「あれはただの石でございます、だんなさま。野蛮な迷信ですよ。あれのせいで地元の人間が領地に踏み入るのです。結婚を誓う男女があそこまで行くのです、あなたさまの土地を通って。そういうことを許したままでいると、彼らは土地が自分たちのものだと思うようになります」

「なにをばかげたことを。わたしの土地だということは彼らも当然わかっているだろう。何代にもわたってそうなのだから」

「古くからの習慣というのはなかなか変わらないものです、だんなさま」マックリーは尊大な調子で答えた。「ここの人間のいいようにさせていると、やつらの抵抗は強まるばかりで進歩がありません。ハイランド人は頑固で荒っぽいのです。すでに問題が起きているでしょう――無断でものを獲ったり、わたしの手の者を脅したり、倉庫に火をつけたり。あなたさまのお命だって危うくなるかもしれません。わたしは彼らを統制しようと何年も苦労してきました。断固とした力をもって支配せねばなりません。甘い顔をしているとやつらはつけあがり、さらなる要求を――」

「ミスター・マックリー」デイモンは鋭い口調で制した。「領地の運営についてはわたしも不案内なわけではない」

「ですが、だんなさま、ここでは――」

「スコットランド人だとて、内面もふくめてみなとなにも変わらないと感じている。ここに立っている石に愛着を持っているのも、まったく悪いことだと思わないし、わが領地に入ってくるのも気にならない」

「しかし――」

「それに」デイモンはなおも言葉をかぶせて管理人を黙らせた。「すでに不安定な状況になっているところへ、新たな刺激を与えるのはいかがなものだろうか。われわれは地域の不安を取り除こうとしているのであって、煽ろうとしているのではない。今後はこのような大きな行動を起こす前に、わたしに報告するように」

「もちろんでございます、だんなさま。仰せのままに」マッグリーは頭をさげ、その場を辞して城へと向かった。

「あの人、きらいよ」逆の方向にまた馬を進めながら、リネットが父親に言った。

「わたしもだ、おおいにね」

「それなら、なぜ首にしてしまわれないの？」

「ダンカリーの管理人としてはこれまででいちばん役に立っているからだ。それなりの利益をあげたのは初めてだからね」デイモンは肩をすくめた。「ここの仕事は、人当たりがよくなくてもできる。それにさいわい、わたしたちがあの男と親しくする必要もないし」

「彼の言っていたことはほんとうなの？　お父さまのお命が危ういって。あの人たちはお父さまに害をなそうとするの？」

「いいや」デイモンは横目で娘を見た。「そういう心配はしなくてもいいぞ。あの男は大げさに言って自分の話を聞かせようとしているだけだ」

「倉庫はたしかに燃えていたわ。お部屋の窓から炎が見えたもの」

「見たのか？　おまえはよく眠っていたとミス・ペティグルーは言っていたが」

「よく眠っていたのはミス・ペティグルーよ」

「遠くの倉庫につけ火をするのと、イングランド人の地主を襲うのとは、まったくちがう話だ。わたしに害をなそうとしたら自分たちがどういう困った事態に陥るか、彼らはわかっているよ。ともかく、そこまで不満を持っている人間は少ないはずだ。小作人たちにどう接すればいいか、おまえにも少し教えよう。マックリーのように高圧的な方法はあまりよいとは言えない。恐怖を生むやり方はけっして勧められないな。恐怖は、怒りやうらみを大きな反感に変えてしまうおそれがある。小作人とは仲よくやっていくのがいちばんだ。おまえも小作料の支払い日にお祝いしたり、昔からクリスマスには祝い酒をふるまったりしているのは見たことがあるだろう？　地域の結婚式や村祭りのような催しにも、わたしはときどき顔を出すようにしているし。おまえの母親だって病人の見舞――」はたと口が止まった。「いや、それはなかったかもしれない」

「そうね。でも女中頭が行っていたわ。それに土地の管理人の奥さまであるミセス・ペニントンも」

「ああ。それが地主としての務め、領地と称号を持つ者の義務だ。単純明快な事実だな」

「では、どうしてミスター・マックリーはあの石を倒そうとしたの？」

「目先のことしか考えられないのだ」デイモンは肩をすくめた。「自分の力が及ばなくなるのをおそれて、とにかく締めつけているんだよ」

「でも、そもそもどうして村人たちは怒っているの？　どうしてお父さまに害をなそうとするの？」

「マックリーは土地からもっと利益をあげようと、いろいろなことを変えてきたんだ。その最たるものが、農業をやめて羊を飼育することだ。変化というのはむずかしい。多くの人が抵抗を感じる。それに、マックリーはスコットランド人なのによそ者だと思われているようだ。イングランド人のもとで働いているから、よく思われないのだろう」

「でもお父さまは状況を変えるおつもりなのでしょう？　ここの人たちの状況を大きく改善して、本宅の人たちのようになさるおつもりでは？」

迷いのない自信たっぷりの顔を娘から向けられて、デイモンは胸が締めつけられるような心地がした。「最善を尽くすつもりだ。明日の夜は結婚式に出席することにしている」

「それに、お父さまは先ほども村人の味方をなさったわ」

「少しは彼らの気持ちをとりなせたのならいいんだが、まあ、そういう事情がなくても同じようにしたと思うよ。歴史には価値がある。たとえ自分自身に関わるものでなくても」

「お父さま、あのご婦人はだれなの？　ストーンサークルのところにいたかたは？　彼女とはお知りあいなの？」

「一度か二度、会ったことはある」

「あのかたが〝赤毛のメグ〟かしら？　小間使いのひとりが赤毛のメグについて話していたの。歯の痛みがどうとか。彼女が言うには、赤毛のメグは魔女なんですって」

父親は肩をすくめ、笑いをふくんだ声でつづけた。「無知な人々は、実際には技術であるものを魔法のせいにするんだと聞いたよ」

「あら、わたしだって魔女がいるなんて思っていないわ。それはともかく、あの人はとんでもないくらいきれいね」

「魔女が器量よしではいけないのかい？」

娘はけらけらと笑った。「もちろん、だめよ。魔女はおばあさんで、いぼなんかがあるの。ご存じなかったの？」

「教育が足りなかったようだ」デイモンはにこりと笑った。

彼に対するリネットの態度は日に日にあたたかく、気安いものになっていた。ダンカリーに来たのは正解だった――デイモンはいまや確信を持っていた。死んだ母親を思いだすよすがのない新しい場所でなら、娘との関係を修復することができる。驚くことに、彼にとってもまた娘がこれまで以上にいとおしくなっていた。毎日娘と馬に乗るうち、リネットもひとつの人格を持つひとりの人間なのだとわかってきた。彼の娘、かわいい子どもというだけでなく、一人前の女性にさしかかろうというひとりの人間であり、賢く機知にも富んでいて、周囲のものすべてに興味を示すところがすばらしい。あのまま放っておいたら、時間が経つにつれてどんどんふたりの関係は薄れていったのだろうと思うと、ぞっとする。もっとも大切なものがこの手からすり抜けていくことに、気づかないでいるところだったのだ。

「このあたりにはすてきなお話がたくさんあるの！」リネットが話をつづける。「子ども部屋で、初代ベイラナンのことを書いてある本を見つけたのよ」

「湖の向こう岸の館かい？」

「ちがうわ、初代の地主《レアード》のことよ。当主のこともそう呼ぶの。湖には妖精がいて、当主さまと恋に落ちたのですって」

「ああ、そうだ。そうとも。本宅の池の妖精も、わたしに夢中になったものだ」

リネットは鈴の音のような笑い声をたてた。「これは言い伝えよ、お父さま。みんな伝説なの。ほかにもたくさんあるのよ――妖精《フェアリー》でしょ、怪物《トロール》でしょ、ケルピー（馬の姿をした水の精）でしょ、セルキーでしょ」

「おやおや。まったくわからなくなってきたぞ」

「彼らは不思議な存在なの。料理人がぜんぶ教えてくれたわ。財宝のお話まであったのよ」

「財宝だって！　どんな宝だ？」

「わからないわ。反乱のときのお話みたい――彼らは蜂起と言ってたけど。料理人はそのことを話しかけたところで、わたしが〝南のやつ〟だって思いだしたんでしょうね、ほかの話題に変えちゃったから」

「南のやつ！　おまえはずいぶんスコットランド人らしくなってきたようだな」

「あら、わたしたちだってスコットランド人でしょう。わたしたちの血筋の話も聞いたわ」

「料理人はあれこれたくさん知っているんだな」

「この谷のことで知らないことはないんですって。とてもいい人よ。厨房に行ったらごちそうしてくれるし」リネットはきらめくような笑顔を見せた。「わたし、料理人とは仲よくするようにしているの」

「それは利口だ。では、教えてもらおうかな、わたしたちのご先祖さまについて」

「ぶどう酒の大樽で甥っ子を溺れ死にさせた人がいるんですって。甥っ子がその人に取って代わろうとしていたから」

「なんとも愉快な話だ……。さっきのトルールやサルキーに話を戻そうか」

「トロールとセルキーよ、お父さま」リネットは笑った。「彼らは摩訶不思議な生き物なの。夜になると這いでてきて……」

11

メグは耳慣れた旋律に合わせてハミングしながら、グリーグ家の納屋に集まった人々を見まわした。フィドル弾きがふたり――ひとりは彼女の父親――と、ほかに太鼓たたきとバグパイプ吹きがひとりずついて、踊り子たちが軽快に舞っていた。花嫁はグレゴリー・ローズと連れだって踊り場に出ており、花婿はコールやほかの男たちと集まって談笑し、杯を重ねるごとに一杯の量が増えていく〝ちょいと一杯〟のウイスキーを次々に空けていた。かわいそうなメアリ。今夜おひらきになったとき、新郎のサムは彼女を抱きあげて新婚宅に入れるのかどうか……。

人々は踊り子たちから離れてそれぞれに集まっておしゃべりし、ときには音楽をかき消すほどの大きな笑い声をあげていた。メグもふくめ、みながこのお祝いの機会を盛大に盛りあげようとしている。〝誓いの石〟をめぐって前日ひと悶着あったメグは、すっきりしないものがまだくすぶっていて、思いきり発散したい気分だった。だからダンスやおしゃべりに興じる今夜を楽しみにしていたのだ。

一張羅の青いドレスは、襟もとと半袖のパフスリーブの縁取りに貴重なレースのひだ飾りがついていた。髪には、枝と花が絡みあう優美な細工の飾り櫛を留めている。メグのとっておきの品で、美しいだけでなく、祖母の形見でもあった。

ハイランド地方の軽快な踊りであるリールが終わり、男女が踊り場からはけていく。入り口付近が小さくざわついたことに気づいて振り向くと、ちょうどマードン伯爵が入ってきたところだった。最高級の仕立ての上着とブリーチズをまとった彼は、優雅と上品を絵に描いたような姿だ。かっちりとした白と黒の装いは堅苦しくもなく、これみよがしな印象もなく、複雑なひだをつくって巻いた真っ白な襟巻きのオニキスの留めピンでさえひかえめなもので、ほかの客から浮くことはなかった。

急に心臓の音がうるさく聞こえ、メグはあわてて息を吸った。まさか今夜、ここで伯爵に会うとは思ってもいなかった。こんなところに出てくるなんて、勇気があるのか愚かなのか、わからない。

グリーグ家の主人が服の前に手をこすりつけ、落ち着かなげに何度も頭をさげながらあたふたと出てきて、伯爵にしどろもどろで礼を述べた。伯爵は余裕の笑みとふた言三言の言葉で応え、花嫁の母親にも軽く会釈をした。小作人の半分をいきなり追いだしておきながら、自分の魅力でここにいる人間たちをすべて懐柔できると思っているのだろうか。けれどグリーグ家の人たちにかぎって言えば、それは見事に成功していると言わなければならないようだ。

そして彼女自身もまた、恥ずかしながら、あの男性に弱いことは否定できなかった。無意識のうちに、メグは親指でもう片方の手の指をなで、その指にふれた彼の手の感触を思いだしていた。さらには自分の小屋で過ごしたあの日の午後のことも。伯爵の手、そして唇。熱っぽい瞳。熱くなった自分の体。

「で、あれが例の伯爵さまか」耳もとで声が響き、メグは飛びあがった。勢いよく振り向くと、花嫁の弟ダン・グリーグがうしろにいた。「父さんはもう何週間も前から今日のことを人に話してきたけど。なんでマードン伯爵さまがこんなところに来るのかな」

「わたしも同じことを思ってたわ」

見ていると、伯爵は頭をめぐらせて会場に目を走らせていた。その視線がメグを見つけると止まり、メグに釘づけになった。彼女は息をのみ、無理やりそっぽを向いた。「次のリールはいっしょに踊りましょう、ダニー」

ダンはびっくりして目をしばたたいたが、すぐに立ち直ってメグの手を取り、踊り場に連れだした。踊っているあいだじゅう、メグはまわりで踊る人たちに視線をすえ、けっして伯爵は見ないようにした。けれどリールが終わって踊り場を出ると、すぐ目の前に伯爵がいて、胃のあたりが騒ぎだすような笑みをほんのりと浮かべていた。

「ミス・マンロー」彼がおじぎをして近づいてくる。

「閣下」メグはぎこちなく答えた。彼女の隣りにいた気の小さいダン・グリーグは、そそくさと離れて人混みにまぎれた。

「閣下?」伯爵はおうむ返しに言ってかぶりを振った。「もうそんな呼び方をする間柄じゃないだろう」彼が腕を差しだし、メグはとても無視などできずに腕を取るしかなかった。

「ほかにどうお呼びすればいいのかわかりません」震えるような声が出た。彼の腕にかけた手まで震えているのを、気づかれていなければいいのだが。

ゆっくり歩いていきながら、伯爵は頭を彼女のほうにかたむけて小声で言った。「ともに湯浴みをしたご婦人からは、デイモンと呼ばれるものではないかな」

メグは鋭く息を吸いこんだ。「わたしたちはべつに——わたしは——」

「あたたかな湯が流れ落ちてくるところに、いっしょにいただろう?」

「あれは湯浴《ゆあ》みとはちがいます——ひどいおっしゃりようだわ」

「そんなつもりはなかった。すばらしい体験だったと言いたかったんだ」

いまや頬が真っ赤に染まっているとしか思えず、メグは彼と目を合わせることができなかった。

「顔が赤いよ」伯爵はこともなげに言った。「たしかにここは暑い。気分転換に、少し外の空気にあたろうじゃないか?」

マードン伯爵は、大きく開いた扉のほうへ彼女をいざなおうとした。「いえ、わたしはここでだいじょうぶです」

「よからぬことのために、きみを誘いだそうとしているとでも？　わたしはべつに……まあ、それはたしかにずいぶんと楽しそうだが」

「あなたにとってはそうなのでしょうね」メグは彼の腕から手をぐいっと離した。「でも、わたしはちがうわ」向きを変え、壁際の空いている場所へ行きかけたが、なんと彼はついてきた。

「つれないな。きみの──なんと言ったかな、〝真実の石〟だったか？──あれを守ってやったというのに、やさしい言葉のひとつもかけてもらえないとは」

「あれは〝誓いの石〟よ。結婚の誓いをするためにあの石は使われてきたの。石の両側に立って、穴を通して手を握りあい、誓いの言葉を口にするのよ」

「すばらしい伝統だ」

メグは眉をひそめ、からかわれているのではと疑うような目で彼を見た。腕を組み、けんか腰であごをあげる。「聖なる地を破壊されずにすんで、感謝しろと言っているの？」

「ちがう、きみに感謝されたいなどとは思っていない。ただ、きみは驚くかもしれないが、わたしが好意的な決定をくだしたことをありがたく思う人間も実際にはいるということだ」

いらだちのにじむ声だった。

「あなたにお願いしなければならないなんて、おかしいわ。あの石はあなたのものじゃない。

大地のものよ」

「その大地をわたしが所有しているんだ」

「ええ、そうね、そうよね。ほかのあらゆるものと同じように——大事なのはそのことだけなのね」

「いや、ほかにもある」なにか言いたげに彼は瞳を光らせ、メグのほうに身をかがめた。

「大事に思うものは、ほかにもある」そこで体を起こし、軽い調子でつづけた。「古代の遺跡をこわすつもりはない。いやはや、あんなに古くて重要なものをマックリーに倒させたら、昔教わった先生からこっぴどくお叱りを受ける。誓って言うが、わたしはあんなことを命じてはいない。あの男がなにをしていたのかすら知らなかった。今後、ああいったことをするなら、前もって許可を得るようにと申しわたしておいたよ」伯爵はメグに微笑みかけた。

「ねえ、メグ、休戦といこう。なんといっても祝いの席なのだから」

「わかったわ。休戦に応じるわ」メグはかたい口調で言ったものの、気をゆるめようとは思わなかった。

「ダンスを休戦のしるしとしようじゃないか」伯爵は踊り場にいる男女を見やった。

「踊り方をご存じないでしょう」

「ワルツとそう変わりなく思えるが」

「ストラペイ（四拍子のテンポの遅いスコットランドの踊り）よ」

「この曲でもワルツを踊れるさ。ワルツは優雅な踊りだ。教えてあげよう」伯爵は下に手を伸ばしてメグの手を握った。「こうやって、きみの手を握る。そしてもう一方の手はきみのウエストに置く」彼の手がメグの脇腹に、ぴたりとあてられた。

熱が染みわたり、メグの心臓はおかしな具合に小さく跳ねた。一歩さがって手を引こうとする。「そんなことはどうでもいいの。次のダンスはリールよ」

「さっき、あの最高に幸運な男と踊っていたものかな？　カントリーダンスだろう、あれは。あれも踊れると思う。だが、きみはやけにダンスを敬遠しているようだが、音楽はきらいなのかな？　正直、わたしもバグパイプはよくわからないが、フィドルはなかなかの名手のようだ」

「フィドル弾きはわたしの父よ」伯爵の驚いた顔を見て、メグは胸がすっとした。

デイモンは振り返り、楽器を弾いている男たちを見た。「そうなのか？　では、彼には音楽のほかにも誇れるものがあるというわけだ」アランをしげしげと眺め、こうつづけた。「ああ、なるほど。きみの弟に似ているな」

「それはコールに言わないで」

デイモンは興味ありげにまた彼女を見た。「だがきみのお父さんは、ほとんどの人から美男子だと言われると思うが。きみの弟は父親をよく思っていないのか？」

「父さんは……根無し草のような人だから。ふだん、あまり会うことはなかったのよ」

「父親はそういうほうがいいと考える人間もいるが」

いったいなにをしているのだろう。ここでマードン伯爵と、家族について立ち話をしているなんて。赤の他人に自分のことを少しでも明かされたとコールが知ったら、ものすごく怒られそうだ。ましてや、相手は弟が軽蔑している男性だ。

「あの、すみません、わたしはもう……」メグは脇に寄り、どこということもなく部屋を見やった。「もう行かないと」とぎこちなく言う。

「急ぎの用事があるようだね……どこかで」

メグはいらだって目を細めた。「あなたに礼儀を尽くしている理由がわからなくなってきたわ。あなたとお話はしたくないって、はっきり言ってもかまわないかしら」

「もちろんかまわないが、それはほんとうではないだろう？　まあ、そこは追及しないことにするよ」伯爵は肩をすくめた。「きみはわたしと話したくない。ダンスも楽しくない。それなら、ほかにできることと言えば……」流し目をメグに送る。

「そんなものないわ」メグはきっぱりと答えた。

「先日の午後にはあったんじゃないかな」デイモンの低い声がウイスキーのようにメグに染みいっていく。彼は手を伸ばしてメグのひじにふれ、そこから手のほうへ、そっと腕に指先を這わせた。「思いださせてあげよう」

思いがけず下腹部がかっと熱くなり、脚のあいだにまで熱が広がって、メグはびくりとした。あわてて体を引く。「いいえ」声がうわずっていて、自分の弱さに内心悪態をついた。

「マードン伯爵――」

「デイモンだ」

「マードン伯爵」あくまでも、そうくり返す。「ほかの女性はあなたに声をかけられたら喜ぶのかもしれないけれど、わたしはちがうわ。わたしは、ほんの少し風が吹けばあなたの手のなかに落ちていく果実ではないの。ゆるくも、弱くもない。簡単じゃないの」

「簡単だなんて思っていないよ」彼の口角が片方あがった。「それどころか、とても手強いと思っている。だが、もっとも手に入りにくい果実がもっとも甘いものだろう？」

「わたしにはわからないわ」メグはあごをあげた。「こんなふうにわたしをしつこく困らせて、いったいなにがしたいのかしら。そもそも、なぜこんなところに出ていらしたのかもわからないわ。だって、あなたは人間よりも羊のほうが大切なのでしょう。羊とおしゃべりする努力をされたほうがいいんじゃないかしら」

マードン伯爵の眉が驚いたようにつりあがり、メグはしてやったりと思った。返事ができるくらい彼が立ち直るのも待たず、メグはきびすを返してさっさと立ち去った。まっすぐ弟のところに行くと、コールの腕をつかんで踊り場に連れていった。体が大きいわりに身のこなしが軽いコールはご機嫌で踊り、たっぷりウイスキーを飲んでいたこともあって、おだてられて父親と哀歌まで歌った。

メグがふたたび納屋のなかを見まわしたときには、もう伯爵の姿はなかった。これでよかったのだと自分に言い聞かせる。それでも、彼がいなくなると夜は輝きを失った。

デイモンは屋敷のテラスに出て、庭を眺めていた。ブランデーの最後のひと口がなくなり、もう一杯取りになかへ入ろうかと考えて、やはり景色を見ていることにした。月明かりを浴び、山の段丘につくられた庭を見おろせば、村につづく細道が遠くに伸びている。なんとも美しく、おだやかな眺めだ……そしてメグ・マンローは、そろそろ結婚祝いの宴から家路をたどるころだろうか。

今夜、メグとの駆け引きはうまくいったと思う。少々口説いたが、押しつけがましくはしなかった。先日の午後、互いに燃えあがったことを指摘しつつも、彼女を手に入れたくて切羽詰まっているような態度はとらなかった――体内を流れる血はどれほど声をあげていようとも。会話らしきものは交わしたと思う。しかし彼女が最後に言った、人間と羊についてのあの辛辣な言葉は胸に突き刺さった。領地の差配を女性に批判されたのは初めてだ――だがいったい、羊の飼育を導入することが彼女と、いや、ふたりのこととなんの関係がある？ メグは彼に腹をたてる理由をわざわざ探しているように思える。

しかし無関心でいられるよりはずっといい。メグの体は彼に反応していた。瞳が輝き、腕にふれたときには体を震わせていた。ほんとうはあのまま宴に残って彼女を見ていたかったが、そんなことをすればまぬけなだけなので、早々に帰ってきた。これはほんの手始めだ。

問題なのは、手始めなどよりもっとずっと先のことがしたいことだった。身じろぎしたデイモンは、無意識のうちに片手で胸をかきむしっていた。そよ風が吹いて彼の髪を浮かせ、体をなでていく。ひんやりとやわらかな風だ。屋敷に戻ってきたときに上着とベストを脱いで窮屈な襟巻きも取っていたが、まだ暑い。

デイモンはグラスを欄干に置き、落ち着かない気分で階段を降りていった。下の段に降りたほうが、あの細道がよく見える。この数日、しょっちゅうここに立って外を見ている。とくに薄暗くなってきた夕暮れどきの、どことなく景色が幻想的になるころに。そして一、二度はメグの姿を見かけたのだ。ばかみたいだとわかってはいる。村の娘を——いや、どんな女性でも——見たいがために彼が庭をうろつくなど、ひと月前に予言されていたら笑い飛ばしていたことだろう。それでも、まだここを立ち去ることができずにいる。

今夜のメグは青いドレスをまとっていたが、前に見たことがあるものよりしゃれたものだった。可憐なパフスリーブからは腕の大半がむきだしになっており、襟もとについた金色のレースのせいで、その下のふっくらとした丸みに視線が吸い寄せられた——いや、レースなどなくても吸い寄せられるのだが。髪は上品にまとめ、優美な櫛が留めつけられていた。絡みあう枝葉模様の繊細な金の細工で、ペリドットの小さな緑色の葉と、黄金色をしたシトリンの花がついていた。まず最初に思ったのは、豊かな赤毛にそっと包まれるかのような髪飾りが、なんと美しいのだろうということだった。シトリンの黄金色がメグの金色の瞳と響きあっている。しかし次に浮かんだのは、高価そうなその髪飾りが、田舎の治療師《ヒーラー》や産婆に持てるようなものだろうかという疑いだった。

男からの贈り物だ。しかも親しい間柄の。嫉妬がデイモンの胸を貫いた。自分ではない男がメグの髪に櫛を挿し、ゆたかな赤い巻き毛をなでて身をかがめ、彼女の唇にそっと口づけるところが目に浮かんだ。自分ならきっとそうする。

幅の広い石の欄干に手をかけて腕を伸ばし、デイモンは広く外を見わたした。宴からメグを連れだして、こっそりあの唇を奪うことができたらよかったのに。しかしいま実際の自分は、こんなところでメグ・マンローとの関係の主導権は自分が握っているのだと必死で思おうとしている。ああ、ほんとうに〝関係〟が持てたら、どれほどすばらしいことか！　自尊心がじゃまをして、こんなにわびしい思いをしているとは。

そのとき、デイモンははっとして身を乗りだし、暗闇に目を凝らした。明るい色のドレスを着た女性が細道を歩いている。あいにく遠すぎて、髪が茶色なのか燃えるような赤なのか、わからない。

デイモンは急ぎ足で横方向に移動し、もう一段ぶんの階段を降りた。距離は近づいたものの、今度は道そのものが見えなくなり、腹がたった。そこで、大またで反対側に行き、べつの階段から幾何学模様の広い庭園におりた。まったく、あきれるほど長い階段だった。

庭の縁にある石の欄干まで行くと、先ほどの人影はメグにまちがいないとわかった。彼女がストーンサークルへつづく道に曲がっていくのを見て、デイモンは異常なほど自分ののどもとが脈打つのを感じた。知らないうちに、また胸をかきむしっていた。

彼女を見失わないようにしながら欄干伝いに進んだが、段の端まで来たところで彼女が見えなくなった。デイモンはやどり木から好奇心いっぱいの黄色い瞳を向けているフクロウを無視して家禽小屋を小走りに通りすぎ、最後の階段を一段飛ばしで駆けおりた。遠くにメグが見えたが、またすぐに見えなくなるだろう。ストーンサークルとその向こうの道は、デイモンの屋敷からは木立の影になっているのだ。細い泥道を大またで平地まで降りきると、ようやくひらけた場所の端まで来た。

ストーンサークルが目の前にそびえ、メグはゆったりとした足取りでそちらに向かっていた。スカートが風に小さくはためき、月の光が白い肌を浮かびあがらせ、髪をも内側から輝かせている。メグは石の輪のなかへと入っていった。月を見あげ、髪から宝石のついた飾り櫛を抜き取り、頭を振ってまばゆいばかりの赤毛を解放した。両腕をあげて上を向いて目を閉じ、ストーンサークルのなかでゆっくりと回転する。

その光景と彼女の得も言われぬ美しさに、デイモンはどうしようもなく引きよせられてふらふらと前に進んだ。

足音が聞こえたのだろう、メグは手をおろして勢いよく彼のほうに向いた。「ここでなにをしているの？」息は乱れていたが、こわがっている様子はない。

「きみを見ていたんだ」正直にデイモンは答えた。「月明かりのもと、ストーンサークルで踊るきみを。魔力を求めて祈っていたのかい？　それとも魔法の呪文でも唱えていた？」

「夜の空気が気持ちよかっただけよ。わたしに魔力などないわ」

「そうかな？　わたしはきみに魔法をかけられてしまったよ」デイモンは足を踏みだした。

12

　デイモンがこちらに歩いてくる。メグは息が止まりそうになった。彼がほしい。なにをどう考えても、やめておいたほうがいいと心に決めても、やっぱり彼がほしい。長い脚がふたりのあいだの距離を縮め、彼女のすぐ前で止まった。風が吹き、ひと筋の髪が浮きあがってメグの頰にかかった。デイモンがそれをそっと払い、彼の指先がメグの肌をかすめた。かすかに彼の指が震えている？　それがわかったとたん、彼女の内側がかっと熱く、おかしくなった。

「どうしてここにいるの？」どうにか尋ねることはできたけれど、声がうわずって早口になっていた。「あとをつけてきたの？」

「テラスからきみの姿が見えたんだ」彼女の乱れた髪を耳のうしろにかけてやった指は、そのまま彼女のあごへと伝っていった。いつもより彼の呼吸が荒くなっている。いったいどれくらいの速さでテラスからおりてきたのだろう。彼女に会うためにあわててやってきたのだと思うと、メグの熱も興奮も増すばかりで体がちりちりした。

「でも、どうして？　なにがしたいの？」なぜそんなことをあえて訊こうとしているのか、メグにはよくわからなかった。うやむやにして彼におやすみなさいと言い、家に帰ったほうがいいのに。でも彼女は、デイモンの答えが聞きたかった。

くくっとデイモンが笑った。「そんなこと、わかりきっていると思うが」彼の手がメグの首筋を伝いおりて鎖骨へとたどり、彼の視線もそれについていく。「きみに会いたかった。きみに……キスしたかった」彼の唇がなまめかしくゆるみ、見つめられるとくらりとしそうな強い瞳がメグの目をとらえた。「ふれたかった」彼が身をかがめ、熱を発散する熱い体が近づいて、吐息がメグの額をくすぐった。「もう一度、きみにあの小さな甘い声を出させたかった」

そんなことを言われたら恥ずかしくて赤くなってしまう。けれど、メグの体がほてったのは恥ずかしさよりも高ぶりを覚えたからだった。「だめ」声が震えている。「あなたはおかしいわ」

「そうだ。きみがそうさせるんだ」デイモンは彼女の髪に顔をこすりつけた。「まるで天国みたいなにおいがする」

「だれかが来たら見られてしまうわ」メグが反対の声をあげた。

するとデイモンは、そびえる石のうしろにある暗がりに彼女を引きこんだ。

「あなたなんかきらいよ」必死で声を絞りだし、最後のはかない抵抗をしようとする。

「わかっている。キスしてくれるなら、きらいでもかまわない」

唇が重なり、メグの体はすさまじい欲望に揺さぶられて震え、彼にもたれるしかなくなった。彼の唇がメグの首に移り、やさしくゆったりとした動きで肌を暴いていく。さらに片手がメグの背にまわって彼の体に押しつけ、もう片方の手の指先がゆっくりと、背骨から尻の丸みをたどり、双丘の谷間をなぞっていく。思わずメグは、その指がもっと下に入りこみ、奥深くぬれた自分の中心を探り当てたときのことを思いだした。

「デイモン……」自分の舌に乗った彼の名前の甘さに、自分でも驚く。

肌にふれた彼の唇が微笑んだかと思うと、デイモンが顔をあげた。「きみに名前を呼ばれるのはすてきだ」彼は親指でメグの下唇をなでた。そこへ軽くキスをする。「もう一度言ってくれ」

「だめよ」からかうように言い、メグは彼の首に抱きついて笑顔で彼を見あげた。「わたしが呼ぶには少しくだけすぎているわ」デイモンは笑みを浮かべたまま、絡めとらんばかりに彼女を見つめて待っている。「伯爵さま」彼の瞳の輝きが増し、唇が重なった。「マードンさま」消え入りそうな声でささやく。デイモンの笑みがなまめかしさを増し、また唇が重なる。ゆっくりとやさしく、念入りに。けだるいながらも迷いのないその動きに、メグの欲望が大きくふくらんだ。次に彼が頭をあげたときには、メグは息も絶え絶えにこう呼んだ。「デイモン」

彼の唇がぶつかり、腕が鉄のように彼女を抱きしめた。メグの感覚はめちゃくちゃになり、熱い欲望が火花のようにはじける。メグはひしと抱きついて彼の髪に指を絡め、すがりつくようにつかんで引きよせた。デイモンは彼女もろともひざをつき、抱きかかえるようにして地面に寝かせた。彼女をむさぼり尽くそうとでもいうように口づけ、もう逃さないと言わんばかりに彼女の髪に両手を差しいれて頭を抱えた。

けれど、逃げるなどという思いはメグにはなかった。もっと彼を感じたい、もっと味わいたい。ふたりをへだてる衣服がもどかしい。じかに彼の体にふれたい。両脚を絡みつかせたい。そう思うのに、服を脱ぐ時間すら惜しくて、彼の肉体を暴く手を止めることができなかった。

デイモンはあおむけに転がってメグを自分の上に引きよせ、ドレスの留め具に両手をかけた。気が急いているのと焦れているのとで指がうまく動かず、布の破れる音がしたが、メグが気にするまもなく、彼の手がじかに肌にふれた。シュミーズの下にすべりこむ感触に、体がわななく。

いったん体を起こしてメグから離れたデイモンが、自分のボタンを引きちぎった。そのあいだにメグはドレスを勢いにまかせておろし、シュミーズのひもをほどいて頭から引き抜き、脇に放った。むきだしになった胸を夜風がなぶり、先端がかたくなる。ふと気づくと、こちらを見ている彼の手がシャツの上で止まっていた。欲情しきった顔。口もとはゆるみ、瞳も欲望で熱くぬれている。彼の前で胸をはだけたら、きっと恥ずかしくてばつが悪いだろうと思っていたけれど、そんな気持ちはまったくなかった。感じるのはただ、彼をこんなふうにしているのが自分だという悦びと、なにか大きな力のようなものと、誇らしさだけ。

デイモンはふうっと息を吐いてシャツを脱ぐと、地面に広げてそこに彼女を横たえた。そして彼女のそばに片ひじをつき、もう片方の手で彼女の体にふれた。欲望にぬれた瞳からは想像がつかないほどやさしい手つきで、彼女の鎖骨から脇腹をなで、胸のふくらみを包んで、おなかへと動いた。

「これほど美しいものは見たことがない」デイモンはつぶやき、身をかがめて胸に口づけた。そしてとがった胸の先端、震えるおなかにも。

舌先で片方の乳首をなぞられ、メグの体に快感が走った。口にふくまれて吸われると思わずあえぎ声がもれ、やみくもに手を伸ばして彼の肩を指が食いこむほどつかんだ。デイモンの口のなかは熱く湿っていて、執拗で、これまで知ることもなかったとてつもない悦びをあとからあとから送りこんでくる。彼女のなかに通っている、目に見えない糸が引っ張られ、うずきを生みだしているかのようだ。

メグは目を閉じ、もれそうになるあえぎ声を必死でこらえていた。けれどそのとき、彼の手がドレスのウエストの下に伸び、薄い木綿の肌着をくぐって脚のあいだにすべりこみ、驚きと快感でメグは小さく叫んでしまった。彼女のかかとが地面にめりこみ、彼の手に応えるように体がしなる。

デイモンの口が焼けつくほどに熱くなり、手からは筋肉が張りつめているのが伝わってきた。抑えこんだ力がとぐろを巻き、はじける寸前まで高まっている。そんな状態でデイモンはメグをやさしく指でひらき、ほぐし、彼女のなかにさざめく欲望をもてあそんだ。デイモンが顔をあげ、メグも目を開ける。彼女を見ているのがわかった。彼の胸がせわしなく上下し、瞳は燃えさかっている。なまなましい欲望をあらわにした顔。欲情した彼の姿は、メグの欲望をいっそうかきたてるだけだった。

デイモンはメグの服に両手をかけ、もどかしげにいっきにおろした。メグは脚を蹴ってそれらを脱ぎ、デイモンも立ちあがって残りの服をはぎとった。見事な裸体をした彼が、かぶさらんばかりにそびえている。ほんとうならこわがったり、すくみあがったりするものなのだろう。こんな一糸まとわぬなまなましい状態の彼を見て、怒濤の欲望を湧きあがらせるのではなく、もっと純な乙女らしい反応をするのがふつうだろう。しかしメグは手を伸ばして彼の足首をつかみ、ふくらはぎまですべらせて、ちくちくとした毛の感触を手のひらで楽しんだ。彼はあきらかに体を震わせ、彼女に覆いかぶさってきた。

メグも体を起こして彼を迎え、彼の腕から肩へと両手をすべらせた。ゆたかな黒髪に指を絡ませ、唇を合わせて押しつける。互いの唇がとけあい、彼は震えるような低い声をもらした。デイモンは腕で彼女の頭を支えながら、もろとも地面に倒れこんだ。もう片方の手で彼女の体をあますところなくなでさする。その手がメグの脚のあいだにすべりこんで熱い潤いが待っているのを確かめると、デイモンは深く満足げに息をついた。そして彼女の脚のあいだに体を入れ、両手で彼女の腰を抱えて持ちあげ、なかへ入った。

メグが鋭くうめき、一瞬の痛みに身をこわばらせた。デイモンの頭が跳ねあがり、愕然として彼女を見つめる。「メグ！」

「いいの、やめないで」メグはささやいて彼の腰に指先を食いこませ、体を押しあげた。デイモンがゆっくりと腰を進める。彼でいっぱいに埋められながら、メグはどこかなつかしい、深い満足感に全身を満たされていた。彼に溶けこんでひとつになるようなこんな感覚は、いままで想像したこともなかった。メグの目に涙があふれた。痛いからではなく、うれしいから。これほど鋭く、身を貫かれるような悦びがあるなんて……。もう二度と、以前と同じ自分には戻れない。

荒々しい彼の息づかいが聞こえ、彼の腕に力がこもっているのがわかった。彼女を大事に抱きかかえつつ腰を動かす心づかいと忍耐に、メグは胸が熱くなった。と同時に体も熱くなってくる。メグは横を向いて彼の横顔に口づけた。すると彼は身を震わせ、動きがさらに強く、速くなっていった。メグも自分のなかでどんどん切羽詰まってくるものを感じ取って息を詰め、自分にはわからないなにかを必死でつかもうとした。それをつかみとりたい。手に入れたい。そうさせてくれるのは彼なのだと、どこか深いところで確信しながら、メグは彼の背中に爪を立てた。

デイモンが大きくうめき、激しく動いた。その瞬間、メグは押しあげられて頂きを超えた。体の奥で快感が爆発し、波紋のように広がる。すすり泣くような声をあげて彼の腕のなかでぐったりし、デイモンもまた彼女の上に崩れた。

メグは体のわななきを抑えられず、話すことも動くことも考えることもできずに余韻に浸っていた。笑いたいのか泣きたいのか、心も定まらない。おそらく両方なのだろう。

「いったいなんということだ」デイモンがぼそりと言い、メグの上から横に転がった。体が離れてメグは一瞬さびしいような気がしたが、すぐに隣りに抱きよせられて、頭のてっぺんにキスされた。彼はメグの背中から太ももをそっと、やさしくなでた。「だいじょうぶかい？」

メグの口から忍び笑いがもれた。どうやら涙よりも笑いのほうが勝ったらしい。

デイモンが彼女のほうに首をかしげる。「笑っているのか？」いささか彼は驚いた。

「ちがうわ！　いえ、だから……」こんなにすばらしい、体がふわふわするような幸せで満ち足りて、しかも全身が骨までとろけそうな感覚を味わっているときに、だいじょうぶかなんて訊かれるのがおかしかっただけなのに、どうにも説明がむずかしい。考えた挙句、こう答えた。「なんともないわ、だいじょうぶよ」

メグは彼にすりよった。デイモンがゆっくりと彼女の体をなでる手は止まらない。「寒いかい？」

「いいえ」夜の空気は肌にひんやり感じるけれど、まだ血が騒いでいるような気がするし、デイモンの体もまるで熱風炉だ。

「わたしは――いや、きみは――メグ、どうして言わなかった？」

困惑したデイモンは心配そうに言い、メグは顔をあげて彼を見た。「なにを？」

彼が眉根を寄せる。「だから、きみがまったく……」もう一度、メグの体に手をすべらせる。「だれにもふれられたことがないということだ」

「ああ。そのこと」

「そうだ、そのことだ」

「そうじゃないと言ったことはないわ」彼の胸に当てた手を握ってそこにあごを乗せ、広い胸越しに目を大きく見ひらいた。

「それはそうだが、てっきり――」

「あなたがどう思っていたか、わかってるわ」メグの口調が鋭くなり、顔をそむけようとしたところでデイモンが彼女のあごをつかんで引き止めた。

「いいや」彼はきっぱりと否定した。「うちの女中頭が言ったような女性でないことはわかっていた。わたしはきみを安っぽい女だとか、簡単に手に入る女だと思ったことはない。ほんとうだ。しかし、男性との経験はあると思っていた。相手は好きなように選ぶと言っていたからね」

「たしかに言ったわ。そして、そうしたのよ……今夜」揺るぎない瞳をデイモンに向ける。

「いけなかった？　もし知っていたら、今夜……こうはしなかったの？」彼の胸を指先でたどる。

「いや、していたさ」デイモンは瞳をきらりと光らせ、メグの手に手をかぶせて握り、口もとに持っていった。「そこはぜったいに変わらなかった。だが、知っていたらこんなふうにはせずに……」なんとなくまわりを手で示す。「もっとゆっくり事を進めていたよ。もっとやさしく。こんな地面の上ではしなかった。やわらかいベッドとワインを用意して、時間もかけて」

メグの唇が弧を描いて笑みを浮かべた。背を地面にあずけて寝そべり、空を見あげる。

「ここがいいわ。星と月が輝いて、石でまわりを守られているここが。とてもすてき。いい思い出になるわ」

デイモンはひじをついて起きあがった。「では思い出を増やしてあげよう」身をかがめて彼女の目、鼻、口へと唇をつけていく。「もっと甘く、もっと熱く、もっと長く」親指で彼女のあごをなで、さらに体の中心を下へなぞって、脚の付け根の寸前で焦らすように止めた。

「なんて高尚なお約束かしら」からかうようにメグは笑った。「そんなことがほんとうにできるの？」

「できないと思うかい？」デイモンもにやりと笑い返した。「やってみせるさ。期待以上にね」そう言うと唇を重ね、メグの息を乱し、体をほてらせた――しかしそこですっと立ちあがり、手を差しだした。「だがいまは、きみを心地よくあたたかい家に送りとどけたほうがいいだろう。満月の夜だからストーンサークルに行ってみようなんて思う人間もいるかもしれない」

ふたりは服を着た。デイモンはすばやくシャツとブリーチズを身につけたが、メグは下着をすべてもとどおりにつけたあと、ドレスの留め具をはめている途中だった。デイモンは最後の留め具をいくつかはめてやり、彼女の首と鎖骨が合わさるところにそっとキスをした。そして腰をかがめてメグの優美な櫛を拾いあげ、親指でこすった。「きれいな細工だ」彼女の巻き毛に挿してやる。「身につけている人と同じくらい美しい」

「口がうまいのね」メグは鼻にしわを寄せてみせたが、その言葉に胸があたたかくなったことは否定できなかった。さらに彼のまなざしでいっそう体が熱くなる。「でも、ありがとう――それは祖母の形見なの」

「ああ。では美しいだけでなく、大切なものでもあるんだな」デイモンはブーツを履き、メグの小屋に行く道を歩きはじめた。

「あなたまでわたしの家に来てもらわなくてもいいのよ」

デイモンは眉をあげた高慢な顔つきで振り返った。「きみはわたしをそんな人間だと思っているのか？　女性を無事に家まで送り届けもしないと？」

「ここの木立でこわがるようなことはなにもないもの」

「では、わたしのほうがきみに守ってもらうことになるのかな」デイモンはメグの肩に腕をまわした。

メグは彼にもたれ、そのひとときを楽しんだ。これから先のことや起こりうる問題……こんなことをしてどうなるかを考えるのは、明日でもいい。

暗がりにひっそりと包まれたメグの小屋に近づくにつれ、ふたりの歩みは遅くなった。彼女の肩にまわしたデイモンの腕に、さらに力がこもる。メグも少しだけ彼との距離を縮めてすりよった。彼と離れたくない。心地よい疲労に満たされたまま、夢のようなこのぬくもりにもっと浸っていたい。彼の腕に守られ、力強さとたくましさに包まれていたい。体をいっぱいにしてほしい。メグは自分の考えに頬を染めながら、ドアの取っ手に手をかけた。デイモンの手がその手を包み、彼女の代わりにドアを押し開けた。腕を伸ばしたままドアを支えている彼を、メグは戸口で振り返って見あげた。

デイモンはメグの頰をなでおろし、肌をたどる指先を見つめた。彼の瞳の色が、欲望で濃く変化する。彼は身をかがめて口づけた。さらにもう一度。そして顔をあげて言った。「もう行かなければ」声がかすれている。「でないと――」

「でないと、なんなの？」メグは彼の胸を両手でなであげ、彼のうなじで手を組んだ。そのあいだ、一度も彼から目をそらさずに。

デイモンは両手を広げてメグの両脇を抱きかかえ、そのままゆっくりと手をおろして彼女の腰をつかんだ。「わかっているくせに」一歩メグに近づいて彼女を引きよせると、かたくなって脈打っている欲望の証が彼女にも感じられた。「また最初から、きみと愛を交わしたくなってしまう」彼の指が丸まり、メグのスカートをつかんだ。そうして頭をさげ、彼女の頭に額をつけた。「もう一度きみのなかに入りたい。熱く、きつく、きみに包まれるのを感じたい」

デイモンの声がかすれ、少し息があがっているのを聞いて、メグのなかで熱がらせんを描いて駆け抜けた。彼女は大胆にも体を押しつけた。「それなら、帰らずにここにいて」つま先立ちになってキスをした。

笑い声のような、うなり声のような、低い声をもらしてデイモンはメグをかき抱き、足で蹴るようにドアを閉めて部屋の奥へ進んだ。

13

デイモンはメグをベッド脇に立たせ、一枚一枚服を脱がせながら、まるで貴重な宝物であるかのように彼女の肌をなでて口づけた。そうして生まれたままの姿にすると、肌をバラ色にほてらせたメグから手を離した。今度はメグが彼のシャツのボタンをはずして脱がせ、彼の胸に両手と口と舌をさまよわせる。そんな彼女をデイモンは欲望にぬれた熱い瞳で食いいるように見つめていた。メグの手の下で肌は熱く燃え、腹部の筋肉も震えているのに、メグの不慣れな手をせかすようなことはしない。メグは自分がされたように、平らな男らしい乳首に舌と唇と歯を使った。デイモンののどの奥から気持ちよさそうな低いうめきがもれ、ブリーチズの前ははちきれんばかりに持ちあがる。

メグの指がブリーチズの前ボタンにかかると、彼は鋭くはっと息を吸った。メグは焦らすような上目づかいで彼を見あげ、これだけはっきりと肉体が反応を返しているというのに、わざと尋ねた。「これでは大胆すぎるかしら？　こんなことはしないほうがいい？」

「大胆な女性は大歓迎だ」デイモンは両手でメグの髪をなでた。「好きなように、わたしをいじめてくれ」

メグは笑みを浮かべてつづけた。ブリーチズのなかに両手をすべりこませて押しさげ、彼の尻を両手で包みこむ。彼にふれることにこれほどわくわくするなんて、メグは思いもしていなかった。彼の肌の感触は自分のものとまったくちがう。自分がなにかするたびに彼の高ぶりが増していく。彼女はさらにブリーチズをさげ、自分もいっしょにさがっていった。ふたりの体が近づき、メグの垂らした髪が彼の肌をなでる。デイモンは彼女を立たせ、深く唇を重ねあわせた。

そしてやわらかなベッドに彼女を寝かせ、彼女の両脇にひじをついて覆いかぶさった。

「きみとこのベッドに入ることを、何日も夢に見ていたんだ」

デイモンはするりとメグの隣りに並び、ゆっくりと忍耐強く事を進めはじめた。初めてのときは欲望が燃えさかるままに情熱をぶつけたが、今度はゆっくりと快感を高めていくような愛の営みだった。時間をかけ、つらいほど慎重に動く。メグの体の隅々にまで火をつけようと、心に決めているかのようだった。メグのなかに欲望がふつふつと湧きあがり、考えたこともなかった方向に広がっていき、ついには彼女は下に敷いたシーツをつかんで体を弓なりにしならせ、切れ切れにすすり泣くような甘い声をこぼしはじめた。

そしてようやく、デイモンはやはり狂おしいほど慎重にメグのなかに入り、ゆっくりとした動きで快感を高めていった。もうこれ以上は耐えられないと思った瞬間、ふたりはその境目を超え、暗い至福の深みへと解き放たれた。

翌朝、目を覚ましたメグは、しばらく動かずに天井を見つめたまま、自分のなかで混乱しきった思いや感情を整理しようとした。デイモンはダンカリーに戻っているだろうと予想はしていたものの、ベッドにひとりという状況に少しがっかりした。けれどそれ以上に、メグはすばらしい気分だった。それは否定のしようもない。体の隅々まであたたかくて力みが抜け、活力に満ちた心地よさがある。体が目覚めた感じ。今日という日まで、世界のことなどなにも知らず、世界は灰色がかっていたような気がする。けれどいまはすべてが色彩にあふれて輝きを放っているように思えた。この小屋はすてき。自分もすてき。デイモンもすてき。

ばかみたいに思えて笑い、メグは起きあがってひざを抱え、ひざ小僧に頭を乗せた。デイモンが聞いたらその言い方はなんだと怒るかもしれないが、彼はやっぱりすてきだ。きれいな顔や、強さや、すらりとした優美な体だけの話ではない。もちろんそういうものはとても魅力的だけれど、彼のふれ方、キスの仕方、あの欲望にぬれた瞳、激情を抑えるやさしさ――。昔、自分は選り好みが激しすぎて、ありもしない完璧なものがやってくるのを待っているのかと考えたこともあるけれど、それでよかったのだと、いまならわかる。どんなものも、昨夜起こったことにはかなわない。

ひりつく体の痛みさえも、これでいいのだと思えた。彼女が新しい世界に足を踏み入れたということを、雄弁に物語ってくれる証拠なのだから。昔だったら、そんな考えは笑い飛ばしていただろう。たぶん彼女はいま、少し浮かれすぎているのかもしれない。でもこの気持ちを抑えたいとは思わなかった。あまりに楽しくて、抑えたりしたくない。

起きてゆるゆると伸びをすると、メグは自分でこしらえた甘い香りの石けんを取り、小川の向こう側にある人目につかない奥まった場所へ水浴びに行った。八月とはいえ水は冷たかったが、それも心地よかった。髪と体に泡を立ててから洗い流し、しばらく水にのんびりと浸かって、昨夜のことを考えた。

けれどほどなくして、あまり楽しくない考えが頭をよぎりはじめた。ふたりの愛の営みがどれほどすばらしかったとしても、軽蔑すべき男性にわが身を捧げたということは無視できない。デイモンはとても上手で、とてもやさしかったけれど、ほかのところではやさしいわけではないのだ。小作人の三分の一を放りだしたことにまちがいはなく、その数がそれで止まるという保証もない。彼に抱かれていい思いをしたからといって、その事実に目をつぶったりしたら人としてどうなのだろう。

デイモンをかばう言い訳がメグの頭に浮かんできた。昨夜、彼はマックリーが〝誓いの石〟を倒そうとしていたことは知らなかったと言った。だからもしかしたら、放逐の命令も出していなかったのかもしれない。管理人のしていることを、イングランドで暮らす土地の所有者が知らないというのも、ありうるのではないだろうか？　そう思いたくなってしまう。

メグはうんざりしたような声をもらして川からあがり、体をふいて服を着ながら自分を叱りつけた。男性のことを考えてぼんやりしているなんて、いったいなにをしているの。彼についてあれこれ夢想して、彼が悪くない理由を考えだして。自分はずっと現実的で実際的で、甘い夢を見るような人間ではなかったはずなのに。

たしかに昨夜は彼と親密になったけれど、実際は彼のことをなにも知らない。キスでとんでもない心地にさせられたというだけで、彼をかばってはいけない。そう、彼との将来を考えるなんて、そんなばかげたこと。まともに考えれば、もう二度と会わないほうがいいのだ。ふたりの住む世界は天と地ほどもちがう。彼女にとってはめったにない、見たこともない世界に誘ってくれた魔法のような経験も、彼にとってはありきたりの出会いなのだろう。マードン伯爵には、思いのままになる女性などいくらでもいる。オペラの前座の踊り子とベッドをともにし、翌朝お屋敷に戻ってちょっとした品物を礼代わりに送り、そのまま二度と会わなかったことなど、いったい何度あるだろうか。彼はメグを熱心に追い求めたけれど、望みを果たしたいまとなっては、もう満足してよそに目が向くのではないだろうか。

そんなことになってほしくないと願っている自分の思いの強さに、メグは戸惑いをおぼえた。つねに自信にあふれ、自立した人間だったメグ・マンローが、急に気弱になって自信もなくし、男性の欲望や決定に振りまわされている。こんなことではいけない。前夜の思い出に浸り、彼にまた会えるかしらとくよくよしているなんて。早く身支度をして、日々の仕事に精を出そう。

朝食を終え、メグはウェス・キースの小作地に向かった。彼の母親が病に伏せっていて、もはや死の使いを打ち負かすようなことはなにもできないだろうと思ってはいるのだが、少なくとも痛みをやわらげてあげることはできる。しかしキースの小作地に着いたメグは、小さなあばら屋の前にドナルド・マックリーと手下たちが集まっているのを見て、はたと足を止めた。ウェス・キースが腕組みをして戸口をふさぎ、こわい顔で立っている。そのうしろでは、子どもが彼の脚に隠れるようにして覗き見していた。

「何度も言っただろう」マックリーが顔を真っ赤にして言った。「ここにはもういられないんだ」

「出ていぐなんて無理だ！」ウェスが叫んだ。「そんな必要ねえ。ここはうぢの父ぢゃんも、その父ぢゃんも住んでたんだ。どんなイングランド人よりも前がら住んでんだぞ」

「おまえたちが四百年前からここに住んでいようが、そんなことは関係ない！　もう終わりなんだ。マードン伯爵がここの土地をお持ちなんだから」

「うぢの母ぢゃんは病気で死にそうなんだ。あんだには人の心がねえのか？」急いで近づいてくるメグの姿を認め、ウェスは彼女を指さした。「メグに訊いでぐれ。母ぢゃんの具合がどんなか、教えてぐれるよ」

マックリーはきびすを返した。「またおまえか！　わたしを止められると思うなよ。ここには伯爵はおらん、おまえのたくらみもこれまでだ」

「ミセス・キースの病気はとても悪いの」メグはマックリーの言葉を無視してつづけた。「まさか、死にそうになっている女性を家から追いだしやしないでしょうね。どこへ行けばいいというの？　いったいどうなってしまうかしら？」

「そんなことはわたしの知ったことではない」

マックリーの冷酷な言葉にウェス・キースが殴りかかったが、管理人のふたりの手下がウェスをつかんで押しとどめた。「わたしを殴ろうというのか？」マックリーが真っ赤になった顔で声を張りあげた。「流刑になってもいいのか。おまえがオーストラリアに送られたら、女房と小さな子どもはどうなると思う？」

激しい息づかいの混じった甲高い声が戸口から聞こえ、ウェスの妻が叫んだ。「だめよ！　ウェス！　やめて」

メグはキースの妻の腕を取り、なだめるように声をかけながら彼女を家のなかに戻した。「ほら、子どもたちがこわがってるわ」幼い男の子ともう少し大きい女の子を指さした。女の子のほうはさらに幼い赤ん坊を抱いている。

ミリー・キースは頬に涙を流しながら赤ん坊を抱きあげ、泣く子を揺すってあやした。

「どうじたらいいの、メグ。あだしの兄ぢゃんのどこに身を寄せることはできるけど、あだしだち全員を養ってもらうのは無理だわ。兄ぢゃんだって、いづここを追んだされるか。ああ、あだしだちはおしまいだ」

「ほら、ウェスのお母さんの様子を見にいきましょう」ミリーの気がそれることを祈りながら、メグは彼女の腕を取って隣りの部屋にいざなった。せま苦しく暗い空間の小さなベッドに、年老いた女性が横たわっていた。彼女を見てメグの心は沈んだが、こう言うにとどめた。

「こんにちは、ミセス・キース。少しは痛みがやわらぐものを持ってきたわ」

彼女のほんとうの年齢が見かけほどはいっていないことを、メグは知っている。その彼女がメグに目を凝らした。「ジャネット？」

「いいえ。わたしよ、メグよ。ジャネットの娘の」

「ああ、ええ、メグだね」

メグはなんとかひと口ふた口、薬を飲ませた。メグが立ちあがってミリーに薬のびんを渡したとき、外で騒ぎが起こった。ふたりはきびすを返して隣りの部屋に戻った。「外へ出ろ！」玄関のドアの外からどなるウェスの声。「子どもだちを外に！　あいづらが火をつけた！」彼はふたりを押しのけて母親のところに急ぐ。

メグは男の子を抱えあげ、女の子の手をつかんで玄関のドアに走った。おそろしい炎がめらめらと草ぶき屋根を燃やす音が頭上で聞こえる。近隣の住人も外に集まり、ふたりの男がウェスを助けに小屋へと駆けこんだ。メグは子どもたちふたりを外で待っていた女性に渡し、振り返ったところでミリーが小屋から出てくるのが見え、ついでウェスも母親を抱えて出てきた。助けに入ったふたりの男が最後に転がるように出てきたが、わずかながら持ちだせるだけの寝具や家具を両手に抱えていた。

いまや屋根はごうごうと燃えあがり、火は下で支えている梁に移りはじめていた。メグはマックリーに駆けより、彼の腕をつかんだ。「こんなことやめて！　どうしてこんなことができるの！」

マックリーは冷たい目をメグに向けた。「もう遅い。もうなにをしても止められない」

「あなたは化け物よ！」メグの体は怒りでこわばった。「彼女はもう長くないのよ！　待ってくれたっていいじゃない。少しくらい尊厳のある最期を迎えさせてあげたって。追いだすなんて人間のすることじゃないわ――子どもだっているのに。マードン伯爵だっていくらなんでも――」

「伯爵？　ははっ！」マックリーは高笑いを発し、いまや悪意で目を爛々とさせていた。

「わたしがだれの命令で動いていると思ってる？　おまえのスカートにもぐりこむためだけに、伯爵が放逐をやめさせるとでも？　伯爵にとって大事なのは利益になるかどうかだけだ」マックリーは肩をすくめた。「ま、いまさらおまえのご機嫌とりなどする必要もないんだろう？　ごほうびは昨夜、手に入ったんだからな」

「なんですって！」メグは息をのみ、顔から血の気が失せた。マックリーがデイモンとのことを知っているはずがない。まさか、どうして？

「もう駆け引きは終わったんだよ、メグ。わたしを選んだほうがいい思いができたのに。伯爵がロンドンに帰ったあとも、わたしはここにずっといるんだから」

憤りと嫌悪感が体のなかで荒れ狂い、メグはうしろによろけた。「なんて汚い、卑劣な男なの。地獄で朽ち果てるがいい。いえ、そんなことを言う必要もないわね。あんたの行き着く先はそこしかないんだから」

14

キース一家のために、たいしたことはできなかった。彼らの家の屋根は炎に包まれて崩れ、財産も家も焼け落ちるのをただ眺めているしかなかった。まわりにいる人々を見てみると、一家に同情して悲しんでいるだけでなく、おそれおののいた顔をしていた。キース家の小作地が取りあげられてしまったいま、今度はいつ自分たちの家も同じ運命をたどるのだろうかと思っているのだ。

今朝は世界が輝いているような、あんなに幸せな気分で目覚めたのに。いまのメグは空虚で、疲れ果て、どうしようもなく腹がたって、つらくて気の毒でたまらなかった。下劣なマックリーの言うことなどなにひとつ信じられないと思うが、さっき言ったことが嘘だとも思えない。デイモン自身の口から聞いたのでなければ、彼がメグと関係を持ったことなどわかりはしないだろう。デイモンが彼女のことをなんの躊躇《ちゅうちょ》もなくマックリーに話し、男性がしものことを話すときの感じで笑いあっているところが目に浮かび、メグは心臓が締めつけられそうになった。

ふつうに考えても、デイモンが小作人の放逐をマックリーに許可することはおかしくない。昨夜デイモンは、自分の許可なく管理人が行動を起こすことは二度とないと約束していたけれど。感情に流されて物事を見る目が濁るなんて、浅はかだった。

メグは残ってミセス・キースの手当をしたが、やがてミリーの兄がやってきて一家の数少ない持ち物と一家全員を自分の小作地に連れていった。午後遅く、自分の小屋に戻ってきたメグの心は重かった。今朝の幸せな気分は粉々に砕け、デイモンがやってきて説明をつけ、納得させてくれるのではないかというほんの小さな希望の光もなかなか捨てられなかったが、そんなのは愚かな考えだった。寝所に入ったメグの視線が、枕の上に置かれた平たい小箱をたちまち見つけた。彼女はその場に凍りつき、胃のあたりがねじれるような心地に襲われた。箱の下に挿しこまれた名刺を、気が進まないながら手に取る。印刷された優美な字体の称号の下に、鉛筆でひとこと書かれていた。〝デイモン〟と。

箱を開けると、黒いベルベットのクッションに金と琥珀のネックレスが乗っていた。美しくて優雅で、おそらくこの小屋にあるもののなによりも高価だろう。それを見たとたん、なにか熱いものがこみあげてのどが詰まりそうになった。胸が痛くなるような落胆に、怒りと恥ずかしさが入り混じる。デイモンに対してあきらめきれずに持っていた期待への答えが、これだ。彼に体を捧げた対価を、彼は置いていったのだ。彼がロンドンで満足のいく一夜を過ごした相手に渡すのだろうとメグが想像したとおりの、ちょっとした品。旅先で身持ちの悪い女に渡す機会があったときのために、彼はこういうものを用意しているのだろうか？ここに持ってきたのは彼本人なのか、それとも紳士気取りの従者に持たせたのか。そう考えると、頬が燃えるように熱くなった。

メグは箱を閉じ、手が白くなるほどそれを握りしめた。きびすを返し、乱暴にドアを開けて小屋を出た。

ダンカリーへの道を急ぐあいだにも、怒りは少しも収まらなかった。収まるどころか、一歩ごとに、そしてデイモンの傲慢と冷酷ぶりを苦々しく思いだすごとに、怒りは強くなった。その矛先は、欲望に溺れてなにも見えなくなっていた自分にも向いた。メグは足を止めることなくテラスを突っ切り、華麗な屋敷の勝手口に入った。

「メグ！」地元のキンクランノッホから雇われた使用人が、玄関ホールめがけて突き進む彼女に目をむいた。「ここでなにをしてんです？」

「彼はどこ？」その若い使用人よりはるかに自信を備えた男性でもひるむような形相で、メグは彼をにらんだ。「マードン伯爵がどこにいるか教えなさい」

「いや……あの……書斎に」使用人は廊下の奥を指さした。「なんで――ちょっと――」

使用人の弱々しい制止など聞く耳を持たず、メグは彼が指さしたほうへ進んだ。書斎のドアは開いており、デスクについたデイモンが見えた。羽ペンを持ち、書類を前にしている。

「メグ！」彼女が入ってくるのを見たデイモンは、先ほどの不運な使用人と同じくらい驚き、はじかれたように立ちあがった。さまざまな感情が目にも留まらぬ速さで彼の顔をよぎったが、最後は眉間に小さなしわを寄せ、羽ペンを置いてデスクの角をまわって出てきた。「どうした？　いったい——」

「これよ！」メグは彼の足もとに箱を投げつけた。彼の驚愕の表情に、わずかながらも胸のすく思いがする。メグはまくしたてた。「よくも、よくもわたしがこんなものを受け取ると思ったものね！　こんなもののためにわたしが——」突然、言葉がとぎれる。怒りのあまりのどが詰まって、声が出ないのだ。

「いったいなんだ？」デイモンは呆然と、ふたが開いて琥珀のネックレスがこぼれでた箱を見つめた。「メグ——」

「こんながらくた、わたしはいらないの！」

「がらくた？」デイモンは声にいらだちをにじませて顔をあげた。「これが、がらくただと言うのか？」

「女王さまのネックレスだったとしても、どうでもいいわ。わたしは売り物じゃない。あなたはなんて卑劣で心ない人なの？　そんなあなたに昨夜この身を許したなんて、吐き気がするわ。もう二度とああいうことはないから」

デイモンの口のまわりが白くなり、瞳はぎらついた。彼が背筋を伸ばしてすっくと立ち、相手を見くだすようにあごをかたむける。そのしぐさには見覚えがあった。「なるほど。それなら、出すぎたまねをして謝罪しなければならないな。二度と同じようなことはないと誓おう」声にも蔑みがにじみでている。「きみと同じようにわたしのベッドをあたためる女性なら、ここにはたくさんいるだろうからね」

メグは平手打ちを食らったような気がした。なんと愚かなのだろう。彼がメグをどんなふうに思っているか、すでにわかっていることを言われただけなのに。もうこれ以上、彼に話すことはない。メグは身をひるがえして部屋から逃げだした。

デイモンは戸口を見つめ、メグの小走りのような足音が廊下を遠ざかっていくのを聞いていた。いったい、いまなにが起こったんだ？　今朝は浮きたつような楽しい気分で始まったというのに。今日という日がこんなふうに終わろうとは、まったく予測もつかなかった。

夜明け前、メグのベッドを抜けでるのはとてつもなくむずかしかった。あのままやわらかくあたたかな暗がりで彼女と寄り添い、目覚めたらまた愛しあいたかった。しかしそんなことは不可能だった。早朝にメグの小屋を出るところを見られたら、彼女の評判が悪くなってしまう。ただでさえ、すでに謂《いわ》れのない悪評がたっているのだ。それに、前の晩と同じシャツとブリーチズだけという格好で、娘と朝食の席につくのはよろしくない。

メグのもとを離れたくないという、これまで抱いたことのない感情にうしろ髪を引かれながらも、森の香りのする湿った空気のなか、屋敷までの薄暗い道のりを歩くのはとても楽しかった。立ち止まって霧のかかった湖をしばらく眺めようという気にさえなった。そのうち朝陽が背中から顔を出し、岸向こうの大きな灰色のベイラナンをななめに照らしだした。残念なことに、ダンカリーの庭に入ろうとしたところでマックリーとばったり会った。あいかわらずへつらうような態度ではあったが、彼の瞳がなるほどねと言わんばかりに光ったのを見て、デイモンはいらだちをおぼえた。マックリーがどこかの小作地を羊の放牧地に換えるという話をだらだらとしはじめたので、デイモンはすかさずうなずいて追い払ったのだった。

しかし、そんな間の悪い出来事に水を差されたデイモンの気分は、またすぐに上向いた。いつものように顔を洗い、ひげをそり、身支度をととのえながら、メグになにを贈ろうかと幸せな気持ちで考えた。賞賛と感謝のしるしに、なにか宝石を——と、そんなことばかりが頭をめぐった。ここがロンドンなら、朝街へ出かけ、彼女の美しさにふさわしいネックレスやブレスレットを見つけることもできただろうに。花市に寄って花束も買ったかもしれない。彼女がそれを受け取って深く香りを吸いこみ、うれしそうに瞳を輝かせるところを見るためだけに。

しかしこのような自然だらけの田舎にいるのでは、そういったこともできない。いずれにしろ、花ならメグのまわりにいっぱいある。しかし、ふと贈り物になりそうな宝石がこの屋敷のどこかにあるかもしれないと思いいたった——少なくともブローチか、カメオか、彼女の気に入りそうな装飾品が——。彼はリネットと乗馬に行ったあとで、書斎の金庫を開けてみた。よさそうなものはなにもない。しかし二階の寝室の金庫に、うってつけのものがあった。金と、メグの瞳の輝きと同じ琥珀でできた品。デイモンはそれが彼女の白い首にかかったところを思い描き、耳もとを彩るそろいの品がないことを残念に思った。

その後は落ち着きをなくしてなにも手につかず、結局は夜まで待つのもばかばかしいと思い、メグの小屋へと出かけた。留守だったのでしばらく待ち、あたりをぶらぶら歩いたり、湖まで行って帰ってきたりした。しかしとうとう、少しやりすぎかと思いながらも帰るには忍びなく、小屋のなかに入った。先日訪れたときと同じように、心地よい場所が彼を包みこむようにあたたかく迎えてくれた。家のそこかしこにメグを感じた――におい、薬草、謎めいたものが入ったびんや壺、引きこまれそうになるやわらかなベッド。鏡台の上にはヘアブラシと並んで、前の晩に彼女が身につけていたあの美しい櫛が置いてあった。彼は腰をおろし、メグのことをぼんやりと考えながらしばらく過ごした。

まるで初恋にのぼせあがって苦しむ若者みたいではないかと、デイモンはふと思った。いや、十九のときに、女優を初めての愛人にして浮かれていたときでも、これほど青臭い気分ではなかった。ばかげている。それに、メグは何時間も戻ってこないかもしれない。彼女はだれの世話にもならず、好きなように暮らしている。それに、メグほど自立していて気性が激しく、引く手あまたの女性が、家に戻ってデイモンがぼんやりと待っているのを見たら、どんなふうに思うだろう。女々しい男だと思うだろうか？　威厳のない、ばかな男だと？

なんといっても彼はマードン伯爵なのだ。もっとそれらしくふるまうべきかもしれない。結局、あきらめてダンカリーに戻った。贈り物をいったん持ち帰るか、うれしい驚きの品として置いて帰るか迷ったが、決められない自分がいやになって最後は彼女の枕の上に置き、手近にあった鉛筆で名刺に名前を書いて、少し見えるように箱の下に挿しこんでおいた。

そして気づいてみると、メグがものすごい勢いで書斎に入ってきて、まるで彼の贈り物がぼろくずであったかのように、軽蔑しきった顔で彼の足もとに投げつけたというわけだ。卑劣な男だと言われた。彼には心がないと。彼女の言葉は胸に刺さった――いや、刺さったどころではなく胸を引き裂いた――さいわい、なんとかそれを顔に出さずにはすんだが。

彼女はどうかしてしまったのだ。とんでもなくおかしい。それ以外に説明がつかない。あのように美しいネックレスを贈られてなんとも思わないだけでなく、あれほど腹をたてるとは、そんな女性がほかにいるだろうか。あの品は、だれかと恋仲にある若い娘にはふさわしくないかもしれない。少なくとも、婚約前の若い娘には。しかしメグは前の晩に彼と関係を持ったのだから、ふさわしいかどうかは気にしなくてもよいだろう？

デイモンは、前夜のあたたかくて素直だったメグを思った。無垢で情熱的な反応を返す彼女に心を揺さぶられた。だが今日の午後の彼女は荒々しく、激烈なまでの怒りをぶつけてきた。まるで彼を憎んででもいるかのような――いや、たとえ話ではなく、ほんとうに憎んでいた。

デイモンは口もとをゆがめ、身をかがめて箱を拾いあげ、ネックレスを戻した。ひんやりとなめらかな楕円形の琥珀にそっと指先を這わせる。あのように気性が激しく不安定な女性と縁が切れて、よかったのだ。彼女がいなくても人生が変わることはない。一夜かぎりの情熱が燃えあがって灰になっただけのことだ。

それでも——デイモンは箱のふたを閉めた——腹の底にぽっかりと空洞ができたような気がするのは否定できなかった。

15

メグは桟橋にはしけをつなぎ、ベイラナンにつづく道を歩きだした。そびえたつ灰色の館は陰気だという者もいるが、メグはベイラナンを見ると心が浮きたつ。イソベルのかわいらしいおばのエリザベスに会うのは、少し頭がはっきりしないところは出てきたものの、楽しいことだし、イソベルから便りが届いているかもしれない。メグはこれまでになく、イソベルに会いたかった。

昨日の夜、デイモンとやりあったあとで家に帰ると、怒りは洪水のような涙に変わった。彼のせいで泣いているんじゃないわと自分に言い聞かせた。涙が止まらないのは彼のせいではなく、自分がどんなに愚かだったかわかったから——そして、ひと晩だけ住むことのできたすてきな夢の世界が終わってしまったから——。

今朝になり、メグの足はいつしか心やすまるベイラナンへと向いていた。話を聞いてくれる親友はいないけれど、あそこは子ども時代の大半を過ごした場所だ。あの分厚い壁は寒さや雨風だけでなく、世間の厳しい風評からも守ってくれた。

厨房から入ったメグは、使用人と少し世間話をし、体調の気になるところなどもいろいろと聞いた。屋敷の中心部に入って階段をあがり、居心地のいい居間に行くと、エリザベス・ローズが笑みをたたえて出迎えてくれた。ローズ家の女性らしく長身でほっそりとした彼女も、頭に白いものが交じりはじめている。

「メグ！　あなたが来ることはハミッシュから聞いていたわ。さあ、座って話を聞かせて。あらあら、なんてきれいなのかしら」エリザベスはメグの腕を取り、暖炉のそばの椅子に連れていった。そこにはもうひとり年かさの女性が座っていた。

「メグ」ミリセント・ケンジントンも刺繍を脇に置いて立ちあがり、メグの頰に挨拶のキスをした。ジャックの母親は背が低くふっくらとして顔立ちは愛らしく、動きがちょこまかとせわしない。

「お体の調子はいかがですか」メグはふたりに言い、エリザベスに小さな袋を渡した。「飲み薬の追加を持ってきたの。それから、カモミールのお茶っ葉も、おふたりに。あなたもお好きだといいんですけど、ミセス・ケンジントン」

「カモミールのお茶はとても気持ちが落ち着くわ」ミリセントが答えた。「あなたのスモモ酒と同じくらいにね。でも、もちろん、いまではひかえているけれど」

ほかの酒類もそうだが、ミリセントがスモモ酒をひかえているのは本人の意思というよりイソベルの意向であることを、メグは知っていた。それでもミリセントはがんばっている。

息子のジャックとの関係も、多少なりとも修復できたようだ。

「ありがとう。ほんとうにやさしいのね、あなたは」エリザベスはメグににっこり微笑んだ。「バーバラと、ちょうどあなたの話をしていたのよ」

「ミリセントよ」もうひとりの女性が訂正する。

「え？　あら、そうよね、ミリセントよね。バーバラと言ったかしら？　わたしったら」エリザベスはときどき記憶があいまいになるが、この数カ月はメグの飲み薬のおかげで悪くなっていないし、イソベルがジャックと結婚したことや、彼の母親がいっしょに暮らすようになったこともさいわいしているようだった。エリザベスとミリセントでは性格や生い立ちはだいぶちがうが、ふたりはすぐに仲よくなり、刺繍が好きというだけでなくロマンティックな話が好きということでもうまくいっている。

「あなたに招待状を書いたから届けさせようと思っていたんだけれど、いまお渡しできるわね」ミリセントがメグに言った。「すぐに取ってくるわ」

「イソベルとジャックが帰ってくるのよ」エリザベスがつづける。

「まあ、すてき！」メグはすでに使用人から聞いていたが、エリザベスの計らいに水を差したくなかった。

「ええ、そうでしょう？」エリザベスの頬が興奮でピンク色になった。「ミリセントといっしょに、ふたりの帰りを祝うパーティをひらくことにしたの。今度の土曜日よ、あなたも来るでしょう?」

「ええ、もちろん。なにがあっても行くわ」

「はい、どうぞ」ミリセントが白い四角の紙を振りながら、急いで戻ってきた。「ジャックもイソベルもきっと驚くでしょうね?」

「ええ、それに、とても喜ぶと思います」ふたりの計画が先走りすぎていなければいいのだが。ハイランドの旅は、なかなか予測がむずかしい。

「ところで、世間ではどんなことが起きているのかしら」エリザベスが言った。

「伯爵さまがいらしているそうじゃない?」ミリセントは息を切らして興奮ぎみだ。「もうお会いになった? どんなかたなのかしら」

「ええ、会いました」メグは慎重に返事をした。ふたりがこういう話をしたがるのはわかりきっていたことなのだが……。

「ものすごい美男子だと伺ったけれど」エリザベスがつづける。「ほんとうなの?」

「ええ、たしかに美男子よ」メグは感情が声に出ないように抑え、決然と微笑んだ。「黒い瞳に、黒い髪。背が高くて。グリーグ家の結婚式にいらしていたわ」

「ほんとう?」エリザベスは目を丸くした。「前はダンカリーでいつもお高くとまっていたのにね。もちろん、伯爵さまにも招待状はお出ししたわよ。まあ、うちの小さなパーティにいらっしゃるとは思わないけれど」

から。

「そう」メグの胃がきりきりと痛んだ。エリザベスの言うとおりであってほしい。デイモンはいまいちばん会いたくない人だが、親友の帰郷祝いに駆けつけないわけにはいかないのだから。

「まあ、いらしてほしいわ」ミリセントが鼻息を荒くする。「ほんものの伯爵さまとお話ししたことなんてないのよ。それを言うなら、お姿を拝見したことだってないけれどね」

ミリセントはにぎやかにまくしたて、メグも観念して、マードン伯爵についての長々としたおしゃべりに加わった。さいわい、それほどメグが話さなくても会話は進み、彼女があまり積極的に参加していないことにふたりとも気づかなかった。ふたりに誘われるまま昼食をよばれ、帰りに領地内にある弟の住まいに立ち寄った。コールは留守で、なんとなくほっとした。エリザベスやミリセントより弟が相手のほうが、元気なふりをするのがむずかしい。それに、弟にはぜったいにデイモンの話はできない。

メグははしけで湖を渡って戻り、仕事をしようとしたが、どうしても心はデイモンへとうつろった。ふたりで過ごしたすばらしい夜のことを考えても、彼とやりあったつらい昨日のことを考えても、まったく楽しくない。彼をどう思っているか、昨日本人に言ってやった満足感も、もはやなくなっていた。彼はどうでもいいという態度だった。残念そうな顔も、つらそうな顔も――怒ったような顔さえしなかった。ただじっと動かず、傲慢で、あの癪に障るいかにもイングランド人らしい慇懃《いんぎん》無礼な態度で、彼女の怒りなどちょっとうるさい程度にしか思っていないようだった。彼がいちばん反応したのは、彼女が彼からもらったネックレスを〝がらくた〟と言ったときだったように思う。あきらかに、メグが彼をどう思っているかより、ネックレスのほうが彼にとっては重要なのだろう。ベッドに連れこめる地元の女性を、もう見つけたにちがいない。本人がそうすると言っていたのだから。

まる一日を無為に過ごしてしまったが、夜は夜で眠れずに寝返りばかり打つことになった。夜明け近くにようやく寝ついたけれど、翌朝起きたメグは、外で作業をしたほうが実になることができるだろうと思った。午前中は庭の手入れをし、午後は早くから植物を集めに森に出かけた。

バスケットを手に、ダンカリーにつづく小道から植物集めを始めたメグだったが、すぐに脇道にそれて森の奥深くへ入っていった。木々が生い茂って薄暗く、ひんやりとおだやかで緑がいっぱいのところでは、よけいなことをあまり考えずに歩きまわることができ、使えそうな花や種や葉っぱを探した。

そのとき枝の折れる音が聞こえて、メグは頭をあげた。がさがさという葉っぱの音がつづき、それからなにかぶつかる音がして、「もうっ！」という女性の声がした。

メグは何事かと思い、音をたてないようにそちらに向かった。前方の木立のなかに女の子がいて、スカートについた泥や葉っぱを払っている。この少女は、〝誓いの石〟で騒ぎが起こったあの日、デイモンと馬に乗っていた——彼の娘だ。

少女は長い黒髪をおさげにしていたが、ずいぶんほつれて顔のまわりに張りついている。おさげに結んだリボンも片方はほどけ、おさげの先から垂れていた。もう片方のリボンはなくなっている。頬は泥で汚れ、長靴下は片方に伝線が入り、スカートにも払いきれない泥や葉っぱがたくさんついていた。

「こんにちは」少女をこわがらせないように、メグは静かに声をかけたが、少女は飛びあがって勢いよく振り返った。

「あっ！」少女がメグに目を凝らす。「ああ」今度はほっとしたような声。「あなたはあのときの。石のところでお会いした」

「そうよ」メグは前に進みでた。「驚かせてごめんなさい。メグ・マンローと言います」

「知っているわ。いいえ、あなたのお名前は聞いたことがあるので」少女は頬を赤くした。「ごめんなさい。ちょっと……あわてていて。迷ってしまったみたいなの。いいえ、これはまちがいなく迷ったのよね」少女はメグのほうに近づきながら、また言った。「ごめんなさい。わたしはリネット・ラザフォードです。こんにちは」

「こちらこそ。どうもありがとう」メグは少女の手を取った。

リネットは骨細でほっそりしており、背が高くたくましい父親にはまったく似ていなかった。しかし黒髪や目はデイモン譲りだし、ずっと華奢《きゃしゃ》ではあるけれども、あごの感じと、きゅっと締まった唇は少し父親を思わせる。

「わたしはマードン伯爵の娘です」

「ええ、そうだと思ったわ」メグはにこりと笑って向きを変え、戻る道を案内することにした。「来て、ダンカリーに帰る道を教えるわ」途中の小道まで連れていき、そこからはひとりで帰らせるつもりだった。しかしリネットの疲れた様子と、頬についた泥汚れに涙の跡が残っているのを見て、メグは言った。「わたしの家はここから近いの。少しやすんでからダンカリーに戻る？　お茶でもいかが？　でもそれでは、お屋敷のかたたちがあなたを探して心配するかしら」

「いいえ、すてき！」リネットの顔が明るくなった。「お茶を飲みたいわ。のどがカラカラなの」そう言って少し黙り、メグに言われたことを考えた。「心配はしないと思うわ。ミス・ペティグルーはお昼寝中だったから。だから抜けだしてこられたの。彼女は三時までは起きないのよ。もし起きても、わたしは庭に出たんだろうと思うでしょう。出てきてからすぐに迷ったのは、さいわいだったかも」リネットは顔をしかめた。「木がいっぱいで、どこがどこなのかさっぱりわからなくて」

「ええ、そうなのよ」

「でも、あなたは迷わないのね」

「あら、わたしも一度や二度は迷ったことはあるのよ。でも何年も経つうちに、この場所のことがよくわかってきたから。さいわい、この森はそんなに大きくないの。迷ったら、あちこち行かずに、もと来た道を引き返すのがいちばんよ。とにかくまっすぐに進んでいたら、そのうち木のないところに出るから。そういうひらけた場所からは、たいていダンカリーか、湖か、ストーンサークルが見えるから、自分がどのあたりにいるかわかるわ。ああ、道に出た。この方向に歩いていけばダンカリーに着くの。でもわたしの家はこっちよ」メグは向きを変えて小屋のほうに少女を案内した。

「とてもすてきなところですね。こんなところで暮らせるなんて。あなたのご両親もここにいるの？　それとも、ご結婚されているのかしら？　あなたみたいなきれいな人が結婚してないなんて、ありえないもの」リネットは申し訳なさそうな顔でメグを見た。「ごめんなさい。立ち入った質問をしてはいけないって、ミセス・ペティグルーに言われているのに。でも、いつも知りたいと思ってしまって……わたしったら知りたがりがすぎるわよね？」

純真すぎる少女の質問に、メグは思わず笑ってしまった。「べつにいいのよ。あなたの気持ちはよくわかるわ。わたしも知りたがり屋だったから。そういうのは欠点だって言う人はたくさんいるわね。でも、そんなふうにほめられて、怒れやしないわ。それであなたの質問の答えだけれど、結婚はしてないの。母は亡くなったけれど、父は生きている。弟もいるけど、わたしはひとり暮らしよ」

「ほんとうに？」リネットは目を大きくしてメグを見た。「勇気があるのね。わたしだったら、きっとこわいわ。こんなところにひとりでなんて」

「生まれたときからここで暮らしているから」メグは肩をすくめた。「森にいてこわいと思ったことはないわ」

「わたしもそんなふうになれたらいいのに」リネットの笑顔が揺れた。「わたしのこと、ものすごい臆病者だと思ってるでしょうね」

「でも、あなたがお父さまと馬に乗っているところを見たわ。わたしこそ、あんなふうに馬に乗るなんて、こわいわ」メグはリネットににこりと笑ってみせたが、デイモンのうしろで馬に乗ってしがみついていたときのことを思いだした。あのときは、こわくなかった。

「馬?」今度はリネットが笑う番だった。「いやだ、馬なんてこわくないわ。馬に乗るのは空を飛ぶみたいなものよ。飛ぶのにいちばん近い感じ。地面が瞬く間に足もとを流れていって、耳もとで風がぴゅうぴゅう鳴って、壁を飛び越えるときはふわりと浮く感じがして」

「あなたは臆病でもなんでもないわ」父親のような傲慢さのかけらもない少女に、メグは好感を持った。傲慢どころかとても親しみやすくて、人を楽しませようとする子だ。

メグの家が見えてくると、リネットは両手を握りあわせて小さな歓声をあげた。「あれがあなたのおうち? なんてかわいらしいの! お花がいっぱいで、家を守るように枝を広げているあの木ときたら――完璧だわ」

「ありがとう」少女のはしゃぎように、メグの顔もほころんだ。「わたしも常々そう思っているの」

　玄関のドアを開けてなかへ案内すると、リネットはびっくりしたようにあたりを見まわした。つい、リネットの父親がここに入ったときも、まるで異世界に足を踏み入れたかのような顔をしていたことを思いだす。メグは少女を洗面台に連れていき、自分はお茶の湯を沸かしにいった。リネットは手洗いをすませて服と髪をできるだけととのえると、部屋にある壺、びん、袋、束ねて干してある薬草、軟膏、飲み薬、茶葉、香辛料、ハチミツをじっくり見てまわった。いったいなにを考えているのかしらとメグは思った。

　リネットが笑顔でメグを振り返った。「ここはとてもいいにおいがするのね。なんだか――はっきりとは言えないけれど――厨房と、蒸留室と、お外がぜんぶいっしょになったみたい」

　メグはくすくす笑った。「そうね、わたしもここのにおいが昔から好きだったわ。とくに、母がなにかを焼いているときが」メグはカップとスプーンと小さな皿をテーブルに出し、ビスケットの缶も出した。リネットはうれしそうに目を大きくし、メグがビスケットの缶を差しだすとすぐに一枚取りだした。

「ここはほんとうにすてきだわ」リネットはまた言って、うふふと笑った。「さっきからずっと同じこと言ってるわね？　でも、なにもかもがとっても……」

「かわいい？」メグは目をきらきらさせて訊いた。

　リネットは声をあげて笑い、少し顔を赤らめた。「ばかみたいよね。外に出たこともないんじゃないかと思われてるんでしょうね。でも、とにかくなにもかもがちがっていて。ハイランドのおうちは、どこもこんな感じなの？」

「いいえ。植物やそういうものを扱っているのは、わたしだけよ」

「うちの召使いのひとりが、あなたは魔女だって言ってたけれど、お父さまはそんな話はばかばかしいって」

「お父さまのおっしゃるとおりよ」メグは軽い口調で答えた。

「料理人は、あなたはけがや病気も治すって言ってたわ」

「がんばってはいるけれど。うまくいかないこともあるの」

「そのときにここのものを使うの？　これらはなに？　どうやって手に入れるの？」

「よかったら、見てみる？」

お茶とビスケットがすむと、メグは戸棚のものをひととおりリネットに見せた。リネットはすぐに飽きるだろうと思っていたのに、熱心にメグの話を聞き、質問をしたり容器のなかを覗いてにおいを嗅いだりした。

「ぜんぶ森で採れたものなの？」

「自生しているものは集めてくるの。フジバカマ、コゴメグサ、ブリオニア、サンザシの実といったものね。でも買わなければならないものもあるわ。たとえばショウガは、遠いところでなるものだから。自分でたくさんの薬草や花を育ててもいるわ。マリーゴールド、バラ、タマネギ、ローズマリー、ラベンダーなどなど。ハチミツとミツロウは、近くにミツバチの巣箱があるの」

「ミツロウも使うの？」

「ええ、軟膏や鎮痛剤やろうそくをつくるときにね」

「いつか、いっしょに行ってもいいかしら？　もしくは、あなたがなにかをつくるところを見せてもらってもかまわない？」

メグは意外に思ってリネットを見た。デイモンの娘のなにかが――こんなふうに気さくに話すのだから内気ではないのだろうが――歯切れが悪いというか、不安げなところが気になった。この子はさびしい思いをしているのだ。いいわよと言おうとして、メグはためらった。「また来てくれたらうれしいけれど、でも、あなたのお父さまがなんとおっしゃるか」

「お父さまが？　でも、どうして？」

戯れに手を出した女と自分の娘が関わるのは、よしとしないのでは――とは、とても言えなかった。

さいわい、リネットはメグの返事を待たずに一生懸命に話しだした。「お父さまはとても堂々としているけれど、堅苦しいかたではないのよ。最初……お父さまと暮らすようになったときは、わたしもどう話しかけたらいいのかわからないこともあったわ。おしゃべりだと言われるのがこわくて。ほら、このとおり、わたしってよくしゃべるでしょう。おかげでお母さまはよく頭痛を起こしてらしたの。でも、お父さまは気にせずにわたしの話を聞いて、質問してくださることだってあるのよ。だからお父さまはきっと気にしないわ。わたしがいろいろなことに興味を持つのはいいことだと思ってくださるわ」

「それなら、喜んで森や植物を案内するわ」メグはにっこり笑った。「でも、お父さまに伺ってからね。あなたがどこにいるかわからなかったら、心配なさるから」

「ええ」リネットはうなずいた。

「心配と言えば、そろそろあなたをダンカリーに送っていかないと。みんながあなたを探しに出ないうちに」

リネットは承知し、ふたりで小屋を出た。歩いているあいだじゅう、リネットはメグを質問攻めにした。湖の見えるひらけた場所で少し止まったときには、静かな湖の向こう岸に建つベイラナンをじっと眺めた。「財宝はどこにあると思う？」

「財宝のことを知ってるの？」メグが驚いて尋ねた。

「ええ、もちろん。料理人から聞いたわ。彼女はたくさん、いろんなお話をしてくれるの」

メグはくすくす笑った。「そうね、サリー・マキューアンならなんでも知ってるかもね」

「でも、財宝のことはあまり話してくれなかったわ。ベイラナンにあるということと、カロデンの戦いのあとあたりに隠されたらしいということだけ」リネットはメグのほうに向き直った。「あなたはもっと知ってるの？」

「財宝がほんとうにあったかどうかさえ知らないわ。ベイラナンのレアードだったマルコム・ローズがフランス国王から金貨の入った櫃《ひつ》をもらい受け、カロデンの戦いでチャールズ王子を助けるために帰国したということは、ずっと昔から言われているけど」メグはひと呼吸置いてリネットを見た。「カロデンの戦いは知っている？」

「ええ、本で読んだわ。お父さまからここに来るって言われたとき、スコットランドの本をたくさん読んだの。料理人が戦いのことをあまり話してくれなかったのは、わたしたちがイングランド人だからじゃないかしら。ほら、やっぱりどうしても……ね。でも、わたしたちはスコットランド人でもあるのに」

「そうね、そう思うわ。それで昔から、マルコム・ローズが帰ってきたときにはカロデンの戦いは終わっていたけれど、金貨は持っていたと言われているわ。だから彼は状況を見て近くに金貨を隠し、王子を捜しに出たんですって。でも、その後はだれも彼と金貨を見た人はいないから、わたしはずっとただの言い伝えだと思っていたの」

「でも、そうではなかったの？」

「金貨のことはわからないわ。でも、マルコムは戻ってきてたの。いまではそれがわかってるのよ。ほんの数カ月前に、古いお城の隠し部屋でマルコムの遺体が見つかったの」

「まあ」リネットは息をのんだ。「ほんとう？　隠し部屋だなんて？　彼は殺されたの？」

メグは言いよどんだが、迷いながらも口をひらいた。「こんな話を若い女の子にしていいものかどうか」

「だめよ、ぜひ聞かせて」リネットが声をあげた。「いまさらやめるなんてだめ！　こわがったりしないから、約束するわ。夜も平気よ。お父さまが廊下のすぐ先にいらっしゃるから、悪いことなんか起きないもの。そうでしょう？」

少女が父親に絶大なる信頼を置いていることにせつない胸の痛みを感じながら、メグは微笑んだ。「そうね。ダンカリーではこれ以上ないくらいに安全ね。そう、マルコム・ローズは刺されて死んだの。でも、遺体のそばに金貨はなかったのよ」

「じゃあ、彼が隠したの？」

メグは肩をすくめた。「それはだれにもわからないわ。隠したかもしれない。盗まれたのかもしれない。あるいは、もともとなかったのかもしれない」

その後もダンカリーに戻る道すがら、リネットは財宝や、マルコムが殺されたこと、遺体が発見されたことについて、あれこれメグに訊きどおしだった。もうすぐ庭というところまで来たとき、リネットが急に質問をやめて大きな声をあげた。「あっ、見て！　お父さまよ！」少女が高いところを指さし、顔に笑みがはじけた。

メグもはじかれたように頭をあげた。庭の境界を縁取る堂々とした長い石の欄干の向こうに、マードン伯爵が立っていた。

16

午後も深まったころの太陽が彼の黒髪を背中から照らし、顔は影になっていた。しかし顔など見なくてもメグにはわかった。あのすらりとしたしなやかな体軀と、背筋のすっと伸びた堂々たる立ち姿は――。

「じゃあ、わたしはここで失礼するわね」メグはあわてて言った。「さようなら、リネ――」

「あっ、だめよ、行かないで」リネットがメグの腕に手をかけた。「お父さまがご挨拶なさりたいと思うわ。ほら、降りてきているもの」

メグは階段に目をやった。たしかにデイモンが階段を降りて、ふたりのほうへやってこようとしている。彼はどこまでも貴族らしく見えた。しわひとつなく、複雑な結び方をした襟巻きには深い赤のルビーがついたピンが挿され、足もとはぴかぴかに光る重厚なヘシアンブーツ。メグは胃がひっくり返るような心地で身がまえた。彼の目はきっと怒りに燃えているだろう。きつい言葉を浴びせられ、娘の前から早く消えろと言われるのでは。

しかし近づいてくる彼は、冷ややかな空気をまとっていただけだった。赤の他人に向けるような、よそよそしい他人行儀なまなざし。ある意味、よけいに悪いかもしれない。

「放蕩娘のご帰還かな」デイモンがリネットに言った。娘に微笑みかける彼の目はあたたかく、おどけた表情すら混じっていた。「ミス・ペティグルーが心配していたぞ。あとで謝りなさい」

「はい、お父さま、ごめんなさい。散歩に出たら、すっかり道がわからなくなってしまって。でも運よくミス・マンローとばったり会ったの。ほらね？」リネットはすてきなものを披露するかのようにメグを手で示した。「帰る道を教えてくださったの。家でやすませてくださって、お茶までごちそうになったのよ」

「そうなのか？」デイモンがメグに向き直った。「ではお礼を申さねばならないね、ミス・マンロー」かたい会釈をする。

「いいえ、お礼なんて、いいんです」内臓が冷たく引きつれるような心地がしながらも、メグは彼と同じように距離を置いた慇懃な態度をとることができてほっとした。

「お父さま、また来てもいいってメグが言ってくださったの。彼女が扱う植物をどこで見つけるのか、どうやっていろいろなものをこしらえるか、教えてくださるって」

「ほんとうに？」デイモンの目が探るようにメグを見た。「それは……ご親切なことだと思うが、ミス・マンローにご迷惑をおかけしてはいけない」

紋切り型の口調にかちんときて、メグはあごをあげた。「いいえ、マードン伯爵さま、けっして迷惑などではありません。リネットさまにはぜひお越しいただきたいと思います」

黒い瞳のなかでなにかが動き、メグは胸のすく思いがした。けれど、彼がなにを思ったのかまではわからない。

「ほらね、お父さま？」リネットがうれしそうに言った。

「ミス・マンロー、あなたはとても親切で、機転の利くかたのようだ」その言葉を皮肉っぽく強調するように口にした。「だが、そのような面倒を押しつけるわけにはいかない。世話になったね」デイモンは軽く会釈して背を向け、娘のひじをつかんだ。「さあ、リネット」

「でも、お父さま……」歩きだしながらもリネットは話そうとした。肩越しに振り返ってメグを見る。「さようなら！　ありがとう」

「さようなら」メグは笑顔で返したが、リネットが前を向くと、彼女の視線は娘から父親の背中に移った。それは振り返りもせず、まっすぐに伸びたまま遠ざかっていく。メグのところに娘を行かせたくはないだろうとわかっていたけれど、それでもつらかった。遅まきながら、彼が振り返ったらじっと見つめていることがわかってしまうと気づき、メグは身をひるがえしてその場を離れた。急ぎ足にならないように、できるだけさりげなく。ほんとうは動揺して胸が焼けつくような思いでいることを、悟られないように。

メグがリネットと歩いてくるのを見て、デイモンはどきりとした。メグの姿を目にするたび、一瞬にして体が沸きたつような心地がするが、リネットといっしょにいるのを見ると、もう少し複雑で自分でもはっきりとはわからないあたたかさがそこに加わった。メグの赤い頭が娘の黒い頭のほうへかがむ。なにかせつなく、胸が締めつけられるような痛みをデイモンはおぼえた。ずっと自分が求めていたのに気づいていなかった、一度も手に入れられなかったものが、そこにはあった。

そしてすぐに、またべつのことが頭に浮かんだ。今度はもっと不安な思いだ。いったいメグは、娘となにをしているのだろう。リネットの姿が見えなくてミス・ペティグルーは半狂乱になっていたが、デイモンに不安はなかった。妖精にさらわれるとか、湖に落ちるとか、そのほか家庭教師が並べたてた百もの災難がリネットの身に起きるとは、とうてい思えなかった。しかしこれは――彼を軽蔑している女性に娘があんなに警戒心のない笑みを向けている光景は――落ち着いてはいられない。

どうしてメグがリネットといっしょにいる？　彼女はなにがしたいんだ？　リネットを使って、やはり彼のそばに戻ってきたいと思っているのだろうか？　いや、なにを考えている。デイモンは、自分のなかに湧きかけた希望を強く抑えつけた。この二日間はもうじゅうぶんすぎるほど苦しかった。ふたりでともにした夜のすべてを思いだし、またメグを抱きたくてたまらず、いますぐ彼女のもとに駆けつけて彼女を取り戻したいと思う衝動をなだめつづけていた。あのような狂おしさにまた身を投じるなど、愚かの極みだ。

あるいは、メグは娘を使って彼を傷つけようとしているのだろうか？　怒りに燃えた彼女の瞳を思いだすと、彼に害をなしたいと言われても納得できる気がする。そんなことをするために子どもを使うなど、メグがそんな卑劣な人間だとは思いたくないが……しかしそのときは、メグ・マンローのことをまったくわかっていなかったということだろう。

さいわい、メグとリネットが顔をあげて彼に気づくころには余裕を取り戻し、感情を抑えることができた。冷静で丁重な会話をし、胸の内ではメグを抱きしめたいという思いと、彼を拒んだことをなじりたい気持ちがせめぎあっているのを見せずにすんだ。

メグのほうはと言えば、当然ながら気まずそうな様子さえなかった。落ち着きはらい、頬はバラ色で、瞳は輝いていた。このふた晩、眠れずに寝返りを打っていたなどということはなさそうだ。それに比べ、自分はふた晩ともまさしくそういう状態で、顔色は悪く、目も落ちくぼんでいる。

デイモンはできるだけ会話を短く切りあげた。長引けば長引くほど、よけいなことを口走ってしまいそうだったからだ。リネットを階段のほうに進めさせながら、もう一度メグを振り返りたいという衝動と闘った。彼女を見るとどんなに心が乱れるか、彼女に気取らせて優越感を味わわせたくはなかった。

階段をあがりきる寸前、デイモンはとうとう耐えられなくなり、うしろを振り返った。道を遠ざかっていくメグが、まだ見えた。これだけ離れたところから見ても、どうしてこれほど惹きつけられるのだろう。彼女の考えていることがわかればいいのに。彼女を……ああ、くそっ。

「ミス・マンローのことがきらいなの？」リネットに尋ねられ、デイモンははっとした。

「いや、そんなことはないさ」顔を覗きこんでくる娘に視線を向けて、答える。

「彼女はとても親切にしてくれたわ。お茶と、すごくおいしいビスケットをいただいて。それにいろいろなことを教えてくれたの。彼女のおうちはすばらしかったわ」

「ああ、そうだな」

「行ったことがあるの？　ごらんになった？　壺や、びんや、鉢や……」

「ああ。見た……ことはあるよ」デイモンは庭のほうに視線をそらした。

「すてきなにおいがしていたわ」

「リネット……またあそこに行くのは、おまえにとってあまりよいことではないんじゃないかな」

「どうして？　ご迷惑はかけないわ、約束する。メグは来てもいいって言ってくれたわ。わたしが質問してもいやがらなかったし。あらゆることを教えてくれて、話をするときも、わたしが――ふつうの人間みたいに接してくれたの」

「ふつうの人間？」デイモンの両眉がつりあがった。

「そうよ、だから――彼女は〝お嬢さま〟とか〝リネットさま〟とかを相手にしているふうではなくて、ほら、みんながふつうにお互い話をしているのと同じように話をしてくれたの」

「ああ……なるほど」デイモンの口もとがわずかに弧を描いた。「そうだな、おまえの言うとおりだ。そういうのは居心地がいい」

「彼女とお話しして楽しかった。それに彼女はとても物知りで——財宝のことも教えてくれたのよ」

「財宝？」

「ええ、ほら、ここには財宝が隠されているって料理人から聞いた話を、前にしたでしょう？」

「ああ、そうだ、ベイラナンの当主の話か。内乱のときの」

「そうよ、フランスの金貨よ。それがどうなったか、だれも知らないのですって。わたしは、まだこのあたりのどこかにあると思うわ」リネットは父親の腕を取り、一生懸命に言った。

「もしわたしのことを迷惑に思っていたら、そんなことまでメグは話さなかったはずでしょう？　楽しかったわ。彼女が好きになったの」

「おまえが迷惑でなかったことはまちがいないと思うよ。だが……」デイモンは髪をかきあげた。「好きになった相手でも、いっしょにはいないほうがいいこともあるんだ」

「でも、どうして？　メグのどこが悪いの？」

「たしかに、いっしょにいるとわくわくして……楽しい相手もいるが……いっしょにいないほうがいいこともあるんだよ」彼はため息をついた。「最後はよくないことになる。それは、おまえもわかっているだろう？　だから、つづけないほうがいいんだ」

「わからないわ」リネットの足が止まった。デイモンが振り返ると、娘は眉間にしわを寄せて父親を見つめていた。「なにが最後はよくないことになるの？」

「すまない」デイモンはいらだちながら娘を見つめた。もちろん、メグがわざとリネットに害をなすことはないだろう。やはり、それほどにたちの悪い女性だとは思えない。しかし、ちがった傷つき方もある。彼がよく知っているとおり、メグは気性が激しい。リネットにきつくあたるようなことがあれば、娘は心に傷を負うかもしれない。しかし、娘にメグと自分の関係を話すことなどできないし、どういう不安を持っているかも話せない。メグとリネットがいっしょにいるのを見ると、腹にナイフを突きたてられるような気がするなんて――そんなことは、自分自身にさえうまく説明できるものではない。

「頼むから、リネット、わかっておくれ」結局、そう言うしかなかった。「メグ・マンローには近づかないでおくれ。そのほうがいいんだ」

土曜の夜、メグが弟と腕を組んで、ベイラナンの舞踏室に足を踏み入れたとたん、イソベルが彼女の名前を呼んで小走りでやってきた。「メグ！」

「イソベル！」友の姿を見てメグは感極まり、思いがけずのどにこみあげた涙をのみくだした。ふたりは長いこと抱きあい、ようやくうしろにさがると、互いに笑いあった。メグは涙声で小さく笑った。「わたしったら。もう泣きそう」

「おっと、ぼくの隣りでおいおい泣かないでくれよ」弟が抗議した。

イソベルがコールにも向き直って抱きしめる。「あなたは黙ってなさい！」

「とってもきれいよ、イソベル」お世辞でもなんでもなく、ほんとうのことだった。

イソベルの濃い金髪は結いあげられて手の込んだ巻き髪をたっぷり垂らし、ドレスと同じ夜空色のリボンを編みこんでいた。ロンドン仕立てのドレスが妖精のようなすらりとした体を完璧に引きたてている。ウエストの高い最新のデザインで、もすそは最小限におさえられ、すっきりと上品でだれの目にも高価なものだとわかった。ドレスの色が瞳のグレーにさらなる深みを与えている。イソベルの首を飾っているのは、たしかジャック・ケンジントンから結婚祝いとして贈られたものだ。ロンドン行きでほかにもネックレスをあつらえたかもしれないが――実際、メグの知るジャックなら、もっと豪華な宝石を気前よくイソベルに贈ったにちがいないのだが――このネックレスがやはりイソベルのいちばんのお気に入りらしい。

「彼女はいつでもきれいだよ」ジャック・ケンジントンが妻の隣りにやってきて、妻のウエストに手をかけた。ゆたかな黒髪、高い頬骨、めったにお目にかかれないような深いブルーの瞳は、かすかに異国めいている。「イソベルはロンドンのどんなレディよりも輝いていたよ。彼女がロンドンからいなくなって、ご婦人はみな喜びの声をあげているだろうね」

イソベルは目をくるりとまわした。「もしそうなら、それはあなたがロンドンのドレスというドレスをわたしのために買いあげたからじゃないかしら」

「それはぼくの責任じゃないよ。どのドレスを着ても、きみが美しすぎるのがいけないんだ」ジャックは頭をかがめて妻になにか耳打ちし、イソベルの頰がピンク色に染まった。

イソベルはじゃれるように夫の腕を軽く扇でたたき、手厳しいふりをして言った。「やめてちょうだい。もうここはいいから、コールと話をしてきて。わたしはメグと楽しくおしゃべりしたいの」イソベルはメグと腕を組み、彼女を引っ張った。「ずいぶん久しぶりよね。あなたの手紙は楽しかったけれど、やっぱり手紙とはちがうでしょう? これまでに起きたことをみんな聞かせてちょうだい」

「キンクランノッホの話なんて聞きたいの?」メグは笑った。「あなたはロンドンに行ってきたんでしょう。あなたがわたしに旅行の話をしてよ」

「それはもちろんするわ、たっぷり飽きるくらいにね。でも、いまは故郷の話だけが聞きたいの。なかなか刺激的なことになっているみたいじゃない?」

「ふむ。伯爵さまがいらしたことを聞いたのね」

「エリザベスおばさまとミリセントお義母さまは、とにかくマードン伯爵のことで頭がいっぱいよ。でもわたしの知るところ、ふたりとも実際にはまだ会えていないようなの。今夜は伯爵さまがいらっしゃるんじゃないかと、ふたりはそわそわしているわ。あなたは来ると思う?」

「わからないわ」メグの胃がもんどり打った。来ないでほしいと切に願っているのに、目はドアのほうに泳ぎっぱなしで、この落ち着きのなさは期待のせいでもあるという自覚はあった。

「昔、ここにいらしたときのことは覚えているけれど、わたしたちのだれとも交流なさろうとはしなかったわ」

「地位のあるかただもの。でもグリーグ家の娘さんが結婚したとき、お祝いの席にもいらしたのよ」

「ミリセントお義母さまもそう言ってらしたけれど、信じられなかったわ。あなたは彼に会ったの? 噂どおりのかただった?」

「そうでもないわ」何日ものあいだ、メグは親友に胸の内を打ち明けたくてたまらなかったが、帰郷を祝う席の真っ只中でそんな話をするわけにもいかなかった。だから軽い調子でつづけた。「飛び交う噂どおりにしようと思ったら、あのかたもたいへんじゃないかしら。たしかにハンサムよ。でも、傲慢なところもあるわ。きっと女性にいつもちやほやされているんでしょうよ」精いっぱい無関心を装おうとしているのに、声がほんの少しいやみっぽくなってしまった。イソベルがじっとこちらを見つめるのに気づき、もっと詳しいことを訊かれないうちにあわてて話をつづけた。「それに当然のことながら、まだ放逐はつづいているの。でも、マードン伯爵の話はもういいわ。あの人のことを話して時間を無駄にしたくない。ロンドンのことを聞かせて」

「あそこはどうかしているわ。人だらけでうるさいし、汚いし、あんなのは想像できないと思うわよ！　でも、まあ、することや見るものはほんとうにたくさんあって……」

そういった安全できりのない話題は聞くのも反応するのも楽だったが、メグは新たな客が到着するたびそちらに気を取られた。ほどなくして、イソベルはべつの友人と話をするために移動し、メグもエリザベスとミリセントに話をしにいった。メグの父親も来ていて、フィドルの音合わせがすむと演奏が始まった。

メグは弟とリールを踊り、もう一曲グレゴリーと踊ったあとは脇に寄って、イソベルとジャックが踊るのに合わせてほかのみんなと手拍子を打った。ジャックはあきらかに、結婚以来、スコットランドの踊りの特訓を受けてきたようだ。メグはまたもや部屋にすばやく目を走らせた。デイモンは来ていない。よかった。こんなに遅くなってから姿をあらわすことはないだろう。あらわれたらどうすればいいのか、なにを言えばいいのか、これでもう悩まなくてすむ。メグはふと、このパーティはいつ終わるのだろうと思った。

イソベルとジャックが踊り場から出てきた。頬を紅潮させて笑いながら、踊り場の端にいるメグと合流する。ジャックは飲み物を探しにいき、イソベルとメグもその場を離れ、涼しい場所を求めて庭に出るドアが開いているところへ行った。イソベルは扇をひらひらさせながら、その日の午後に夫につけたダンスのレッスンをおもしろおかしく話した。とそのとき、突然おしゃべりしていた人々がしんと静まり返り、ふたりは振り返った。急に静かになった理由はすぐに判明した。マードン伯爵が広いドア口に立っていた。

メグの心臓がどくんと跳ね、手が冷たくなった。デイモンが視線をめぐらしているのをじっと見つめてしまう。隣りでイソベルがつぶやいた。「まあ、すごい。エリザベスおばさまとミリセントお義母さまのおっしゃったことは大げさじゃなかったわ」

ジャックがそばに行ってマードン伯爵に挨拶をすると、デイモンの表情が少しほどけてうなずいた。おそらく自分のほかにもイングランド紳士がいてほっとしたのだろう。自分と同じ種類の人間だから。しかしほんとうはジャックが庶民の生まれで、機転を利用して財をなし、紳士のしゃべり方や雰囲気を身につけて金持ち連中のカード賭博にすんなり入れるまでになったと知ったら、デイモンはどう思うだろうか。

メグが見ていると、紳士ふたりは部屋を突っ切ってメグたちのほうに足を向けた。メグは凍りついた。ジャックが貴族の招待客をいの一番にイソベルに紹介することなど、わかりきっていたのに。デイモンの姿を見たらすぐにイソベルから離れなかったことが悔やまれた。いまここを離れたら、あからさまに逃げているようなものだ。メグは体の前で両手を握りあわせ、精いっぱいなんでもないふりをしていたが、頭はめまぐるしく働き、必死で逃げ道を探していた。

「イソベル」ふたりのところにやってくると、ジャックが言った。「マードン伯爵を紹介するよ」

イソベルは握手の手を差しだし、頭をかしげた。メグが見るに、完璧な角度だった。「ごきげんよう、閣下」

「ミセス・ケンジントン」デイモンが会釈する。イソベルがメグを紹介すると、彼はまるで他人の顔でいかめしくうなずいた。「ミス・マンローとはお目にかかったことがあります。ごきげんよう、ミス・マンロー」

「これは閣下」イソベルの洗練された挨拶に比べ、自分の挨拶が完璧でないことはメグにもわかっていた。それから数分間、メグ以外の三人は、天気やハイランドやロンドンについて礼儀正しくおしゃべりしていた。メグは口をきかず、精いっぱいデイモンを見ないようにしていた。彼が自分に視線を向けているような感じはしていたものの、それがほんとうなのか、それともただの気のせいなのかわからない。そのとき、またべつの曲が今度はピアノで始まり、ジャックがイソベルに笑いかけた。

「たしかワルツを踊ってくれる約束だったよね？」

「ジャック！ まさかワルツの曲を頼んできたの？ ミセス・グラントにお小言を言われるのはいやだわ」

ジャックは悪びれもせずにんまりし、妻に腕を差しだした。

そうして夫婦は行ってしまい、メグとデイモンはあとに残されて気まずい沈黙が流れた。メグがちらりと彼を見あげると、ほんの一瞬ではあったけれど、デイモンの瞳がうろたえて泳いだのを見て、少しは胸がすっとした――が、そんな表情はすぐに押しこめられてしまった。それでも無関心というよりは居心地の悪そうな彼の様子に勇気づけられ、メグは口をひらいた。

「お嬢さんが先日の冒険で具合を悪くされていないといいのですけど」

「いや、だいじょうぶだと思うが、わたしはきらわれてしまったよ」デイモンは身じろぎ、部屋を見わたすようにして腕を組んだ。憤慨したような声でつづける。「わたしは田舎を自由に歩かせもしない、ひどい悪人らしい」

「わたしのところへは来させない、ということね」メグがぴしゃりと言い換えた。怒りが芽生えると、彼女は口がまわりやすくなる。

「そうだ、きみのところへは行かせないということだ」金属がこすれあうような、耳障りな声音だった。

「わたしのような種類の女とつきあってはいけないとお嬢さんに説明するのは、むずかしいことでしょうね」

「それはいったいどういう意味だ?」デイモンが眉間に深いしわを刻んでメグを見やった。

「伯爵のご令嬢は伯爵の愛人と関わってはいけないということよ。でも、それをお嬢さんに説明するのはばつが悪いのでしょう？」

「そういう話ではない！」デイモンは勢いよくメグのほうに向いて、声を荒らげた。しかし声が大きすぎたと気づいたのか、近くにいる客たちを見て声を落とした。「わたしのせいにしないでくれ。それではまるでわたしが――」片手をあいまいに振る。

「傲慢なようじゃないかって？」メグのほうから言った。「偉ぶっているとか、無礼だとか？」

「理不尽なようだと言いたいんだ！」たたきつけるように言う。「きみを蔑み、不当な扱いをしているかのように聞こえるじゃないか。くそっ！」デイモンはまたまわりを見てメグの腕をつかみ、いちばん近いドアから外に出た。板石敷きの道へ引っ張っていき、明るくにぎやかな舞踏室から離れていく。

「なにをしているの？　離して」メグは彼の手から腕を振りほどいた。

デイモンが正面から彼女に対峙《たいじ》した。「きみはいったい、リネットになにを仕掛けているんだ？」

「仕掛けている？」メグの眉がぐっとあがり、こぶしが両方とも腰に置かれた。「わたしは彼女が森で迷っているところに会って、お屋敷まで送っただけよ。ああ、お茶を一杯とビスケットを一枚お出しして、しばらくうちのテーブルに座っていただくという、許されざる罪も犯したかしら」

「あの子を傷つけさせるわけにはいかない。あの子がきみに好意を持ち、なついたところで突き放すようなことは、断じて」

メグは目を丸くした。「どうしてわたしがそんなことをするの？」

「知るものか！　わたしを傷つけたいからか、リネットをわたしに歯向かわせたいからか。あるいは、そういうことが楽しいからか？　きみの頭が完全におかしいからなのか？　きみのすることが、わたしにはさっぱりわからない。この一週間、きみのことばかり考えているというのに、いまだにきみがわからない」次から次へと言葉があふれるデイモンの顔は、これぞ困惑顔というものだった。「きみは屋敷に来て、さんざんわめいていった。ののしっていった。憎しみと怒りしかないような声で。だが、ついその前の晩にはわたしにキスをして、どれだけ近づいても近づき足りないというようにわたしにしがみついていたじゃないか」彼はもう一歩メグに近づき、声を低くした。「あたためられたバターのように、わたしにとろけて」

どれほど簡単にメグが煽られたか、彼のキスにどれだけ奔放に反応したかを言葉にされて、メグは恥ずかしさに頬を染めて顔をそむけた。もっと悪いことに、いまでさえ彼女は反応していた。彼のそばにいると感覚が揺さぶられ、甘い言葉に血が脈打つ。ひざががくがく震え、脚のあいだが深くうずく。彼にどう思われているかわかっていても、彼がどんなに冷酷で自分勝手な人か知っていても、それでも彼を求めてしまう。

デイモンが身を寄せ、メグの手首をつかんだ。「わたしがほしかったんだろう？　それはまちがいないはずだ」

「ちがうわ！　いえ、たとえそうだったとしても、もうちがうの」メグの声は消え入るほどになり、自分で聞いても弱々しかった。あごをあげて彼をにらもうとしたが、それをすぐに後悔した。黒い瞳に見すえられ、そらすことができない――体の芯まで届くのではないかと思うような、強いまなざしだった。

「そんなことは嘘だと、互いにわかっているはずだ」デイモンがメグをぐいと引き、熱く激しく貪欲な唇がおりてきた。

17

デイモンのキスは、いましがたメグが言ったことはすべて強がりだったということを証明した。

ほんとうは、彼に体を押しつけたい。自分の手足で彼を包みこんでしまいたい。彼をなかに迎え入れたい。あの初めての夜、メグは欲望に流されてしまったけれど、あれはいま感じているもののほんの序章にすぎなかった。このままいけばどういうことになるか、彼女にはわかっている。しなやかな彼の指が紡ぎだす快感。身を焦がしそうになるほど高ぶる彼のキス。彼に満たされたときのすさまじい充足感。ふたりを待ち受ける快楽の泉。あれをもう一度味わいたくて、耐えられないほどもどかしい。

ためらいも自尊心も、もう捨ててしまいそうになった。恥も外聞もなく、いまここでデイモンを引き倒し、彼の上にかぶさってしまいたい。意思を捨て、腑抜けた愛欲の奴隷になって……。

「やめて！」メグは勢いよく体を引き、デイモンの胸に両手をあてて押しやった。

彼は腕をおろしてメグを離し、うしろにさがった。瞳が色を深めて荒れ狂い、胸も大きく上下して、欲情しきった顔をしている。

メグも同じような顔をしているにちがいない。「そうよ、あなたがほしかったわ」たたきつけるように言った。「でもそれは、あなたがどんな人かわかる前の話よ！　わたしは弱くて愚かだった。あなたはちがうと、うっかり思ってしまった。でも、冷酷な人に惹かれることはできないわ」

「冷酷？　なにをばかな、わたしがきみに、どう冷酷だったというんだ？」

「わたしにじゃないわ！　わたしはあなたのように、自分のことだけ考えているわけじゃない。あの日、キースの小作地にわたしもいたのよ。あなたがマックリーに命じて彼らを追いだした日よ」

「小作地？」驚いたデイモンの声が大きくなった。「キースとはだれだ？　どこかの小作地が、なんの関係がある？　なにが問題なんだ？」

「あなたにはどうでもいいことなんでしょうね！　それこそが問題なのよ！　あなたは、自分の望みや欲望にしか関心がない。わたしたちは、あなたが考えをめぐらす価値もないものなのよ。わたしたちのような生まれ育ちの者はみな、あなたにとっては人間以下の存在なんでしょうね。あなたのお屋敷を掃除したり、あなたの口に入るものを料理したり、あなたの馬の手入れをしたりするのには役に立っているかもしれない。あなたのベッドをあたためるのにもね。でも、わたしたちの生活なんて、あなたのほしいもののじゃまになるとなれば、なんの意味もない。ベッドに女性を連れこみたいと思えばそうして、そのあとがらくたをくれてやって、醜聞の芽を摘んでおくのでしょう」

「なんだって？　あれは――」

「ええ、そうね、がらくたじゃなかったわね」話そうとするデイモンに言葉をかぶせた。「でもあれが宝石のついた王冠だったとしても、どうでもいいの。わたしはお金で売り買いできるものじゃないのよ。でもそんなこと、あなたにとっては、利益さえ出れば小作人が家から追いだされたってなんともないのと同じで、どうでもいいことなんだわ。人間でも羊でも、どちらでもかまわないような人なんだものね」

「きみはそれで怒っていたのか？　わたしを毛嫌いし、ふれられるのもいやがったのは、わたしが贈り物をしたからなのか？　小作人をうちの領地から移動させたから？　やせた土地を耕すよりも羊を育てることを選んだから？」

「彼らはただの雇われ者じゃないわ！　生まれてからずっとここで生きてきたのよ。何代にもわたって、同じ土地を受け継いできたの。キース家は、あなたの家系が結婚してダンカリーの当主になるずっと以前から、住んでいたのよ。あなたにもマッケンジーの血がほんの少しは流れているかもしれないけれど」メグは人さし指と親指で、わずかな量を示してみせた。「もうすっかりイングランド人じゃないの」

「なんだと！」デイモンが見せていた欲望は、もはやすべて怒りに変わってしまった。「ダンカリーの所有者はわたしだ。わたしがふさわしいと思ったようにするまでだ。小作地もわたしのものなのだからな」

「そうね、でも、その小作地は彼らにとっては家だったのよ。これから彼らはどうすればいいの？　どこへ行けば？」

デイモンはぽかんとした。「そんなことは知らない。どこかよそへ行けばいい。ほかの働き口を見つけて」

「どこにそんなものが？　ハイランドで仕事が見つかると思ってるの？　いったいなにをしろと？　彼らは生まれたときからずっと、ここで土地とともに暮らしてきたのよ」

「ほかの仕事もあるだろう。工場や、埠頭や……どこでもいい。ここで泥炭を掘って、岩だらけの土地でじゃがいもを育てたって、どうにかこうにか暮らせるくらいではないか」

「そうね、グラスゴーやエディンバラやロンドンに行って、何千人もの人たちのなかで、ぼろぼろの家で暮らせばいいのよね。太陽も靄《もや》もヒースも目にすることなく、一日十六時間も工場で働いて！　つまり、そこですでに働いてる大人や子どもから仕事を奪いとれたらということね。できなければ、もちろん、通りで物乞いの生活よ」

「ここに住んでいるすべての人間に起こることは、わたしの責任か？　全員が腹いっぱいになるよう、全員に住む場所があるよう、計らわなければならないのか？　ばかを言うな！」

デイモンはかっとなって乱暴に言い返した。「カナダやオーストラリアやそういうところに移ればいいではないか」

「そうね、スコットランドとさよならしてもいいわよね――それだけのお金があるのなら。でも、着の身着のままの貧しい小作人たちが、どこで費用を工面するというの？　立ち退かせる代わりに見舞金を出す、心ある地主も少しはいると聞くけれど。でも、あきらかにあなたはちがうわね。あなたの小作人たちは、身のまわりのものを持ちだす時間をもらえれば運がいいほうだもの。ぐずぐずしていたら家に火を放たれるのよ」

デイモンは目を見ひらいたかと思うと顔をしかめ、身じろぎした。「ばかな」

「そう思うでしょう？　でも、わたしはその場にいたのよ。この目で見たの。マックリーがキース家の屋根に火を投げたとき、わたしは家のなかにいたんだから。崩れ落ちてくる前に、子どもたちをひっつかんで走って逃げなきゃならなかったのよ。ウェス・キースのお母さんは死の床についているのに、ウェスが運びだして地面に寝かさなければならなかった」メグの目は涙で光っていた。「もう先は長くないのに。親戚の情けにすがって間借りをさせてもらうしかないのよ。でも、その親戚だって、六人も増えたらどうやって食べさせられるというの。自分たちでさえかつかつの生活なのよ。そこへ、あなたが彼らの土地も羊を育てることに使うと決めたら、いったいどうなるのかしら。犬でさえ、そんな扱いは受けないでしょうね。あなたは血も涙もない悪魔よ、マードン伯爵。あなたには心がないんだわ。だから、わたしはあなたがきらいなの。あなたに土地やお金があってよかったわね、あなたには愛情なんてぜったいに手に入らないんだから」

メグはきびすを返し、庭のほうへ走っていった。その背中をデイモンは呆然と見つめていた。


メグはベイラナンの裏手の、高台にあがれる道に出た。枝を広げたオークの木の下に石のベンチがあり、そこに座れば湖が見わたせる。夜だからあまり見えるものはないが、気持ちを落ち着け、デイモンが帰るのを待つのにはちょうどいい。

メグは頬の涙をぬぐい、デイモンのことは考えないようにした。しかしこの数日でよくわかったが、デイモンのことを考えずにいるのはとてもむずかしい。生まれて二十八年、彼のことなど知らずにいたのに。彼が存在していることすら意識せずにいたのに。いまではいつでも頭に忍びこんでくるように思う。メグは身震いした。靄が出て、夜の空気が冷えてきていた。

「メグ？」

驚いて振り返ると、イソベルが近づいてくるのが見えた。彼女はちゃんとストールを巻いていて、メグのぶんも持ってきてくれたのがありがたかった。

「イソベル」メグは立ちあがってストールを受け取った。「ありがとう。どうしてここにいることがわかったの？」

「探したのよ」イソベルはあっさりと言った。「ワルツを踊って戻ってみたら、あなたがいないじゃない。庭にでも出たのかと思って探したら、ここに座っているのが見えたの。きっと寒いだろうと思って。どうかしたの？　気分でも悪くなった？」

「いいえ、だいじょうぶよ。ただ……」メグはため息をついた。「伯爵と言いあってしまって、彼が帰るのを待ってたの」

「マードン伯爵さまと？」イソベルが驚きの声をあげた。

「そう。彼はまだいる？」

「いいえ。少し前に帰られたわ。怒ってはいらっしゃらなかったようだけど……無表情で。退屈されたのかなと思ったの。あるいは、まあ、イングランドのかただからかなって」

メグの口角があがった。「まさしく、そうね」

「いったいどうしてマードン伯爵と言いあったりしたの？　なにか気に障ることでも言われた？」

「なにか言われる必要もないわ。彼という存在そのものに腹がたつの」メグが息をつく。

「ああ、イソベル。わたしは彼と関係を持ってしまったの」

「マードン伯爵さまと？」イソベルの声がひっくり返り、口がおかしくなくらいぽかんと開いて、メグは吹きだしてしまった。

「そうよ、マードン伯爵と。わたしがとんでもないおばかさんだったの」これまでの嘆かわしいいきさつが、メグの口からすべてこぼれでた。屈辱的な手紙を従者が持ってきたこと。後日、浜辺で偶然会ったこと。ベッドの上に琥珀のネックレスが置かれていたこと。

「まあ、メグ！」イソベルはメグの手を握った。「うちのパーティに彼を呼んでしまって、ごめんなさい。知っていたら――」

「いいえ、そんな気づかいは無用よ。来るなって言えたわけでもないし。それに、ご近所で唯一の、あなたと同じ地位の人だもの、波風を立てさせるわけにはいかないわ」

「地位！　そんなもの、どうだっていいのよ。わたしたち、彼とはもうおつきあいしないわ」

「いいえ、お願いだから、彼を仲間はずれにしたり、なにか言ったりしないで。コールにはなにも知られたくないの。弟が知ったら、きっとなにかばかなことをしでかすわ。わたしのあやまちのせいで、弟をオーストラリア送りにしたくないの」メグは小さく笑った。

「ジャックにマードン伯爵と仲よくなってもらって、ホイストでお金を巻きあげてもらえばいいかしら。そういう仕返しがいいかも。ダンカリーを取りあげてもらってもいいわよ」

イソベルはくすくす笑ってメグの手を強く握った。「そうね」ひと息ついて、つづける。

「でもね、メグ、彼がネックレスを贈ったのは、ほんとうに侮辱するためかしら？　わたしも最近気がついたのだけど、男の人って、愛情が生まれたときにそういうことをするみたいよ。ジャックもロンドンで、毎晩なにかしら持って帰ってきたもの――指輪とか、カメオとか、もうびっくりするようなサファイアのネックレスまで！」

「ジャックはあなたを愛しているもの。ぜんぜんちがうわ。彼はあなたの夫よ。でも、男の人は同じようなものを愛人にも贈るらしいの。口説き終わって、興味が薄れたときの手切れ金代わりに」

「一夜かぎりの関係に、琥珀のネックレスは高価すぎると思うけれど」

「マードン伯爵はお金持ちだもの」メグは肩をすくめた。「とても慎重なかただし。それくらいお金をかけても、わたしを黙らせておきたいんでしょう。それに、手切れ金のつもりではなくて、ここにいるあいだの〝お手当〟のつもりだったのかもしれないわ」メグは友に向き直った。「あなたにはわからないでしょうね、イソベル。レディとして生まれていないと、いろいろちがうものなのよ。アンドリューやグレゴリーの友人は、あなたに指輪やブレスレットなんかを渡そうとはしなかったでしょう？　そんなことをしたら、あなたやアンドリューを侮辱することになると思っていたからよ。でも、あのハリー・ヘイゼルトンときたら、わたしには、彼の部屋までいっしょに来たら襟巻き留めをあげようなんて言ったのよ」

「まさか！」

「いいえ。おまけにね、その襟巻き留めは先に犬の顔がついたデザインだったのよ！」メグはくくくと笑い、イソベルも同じように笑った。笑いは次第に大きくなり、とうとうふたりともおなかを抱えて笑った。ようやく笑いが収まると、メグはため息混じりに言った。「デイモンが侮辱するつもりだったかどうかなんて、ほんとうにどうでもいいの。とにかく、小作人にこんな仕打ちをした人に自分を捧げることはできないわ」

「〝わたしのこれらの兄弟たちのもっとも小さい者にしたことは……〟（マタイの福音書40章25節より）」イソベルはぶつぶつ言った。「そうね、あなたの言うとおりだわ」

「そんな無慈悲な人に対してこんな気持ちになっているなんて、自分がいやになるわ。彼は同情しているようには見えなかったし、申し訳なさそうでもなかった。彼が気にしていたのは、ここは自分の土地だとか、好きなようにする権利は自分にあるだとか、そういうことばかり。それは事実なんだけど……」

「そんなに薄情な人は愛せないということね」

「いえ、あんな地位の人とのあいだに愛情は期待しないわ。でも、せめて尊敬とか好意はあってほしいの。相手にも、相手からも。でも、そのどちらもないのよ。あるのは欲望だけ」メグは嘆息した。「わたしはどうやら、そういうことを切り離して考えることはできないみたい。いままでそういうことがあまり——まったくわかっていなかったのね。男性と肌を合わせるということがどんなものか」

「あら」

「ええ、そうなの。悪いものではなかったわ。そういうことを楽しんでいる女性もたくさんいるんでしょう？　あなたもジャックとうまくいってるみたいだし」

イソベルはなまめかしく秘密めいた笑みを浮かべた。「ええ、ジャックとはうまくいっているわ」

「わたしもいつか、あなたみたいな気持ちになれたらと思っていたわ。でも、わたしは現実を見てしまうほうで、もしかしたら、冷めてるなんて言われてるかもしれないわね。人が苦しむところや痛がるところを見過ぎたのよ——女性が男性のせいで血を流したり、あざをつくったり、花嫁が夫のもとに戻るのを泣いていやがったり、若い女の子が男性に身を捧げて蔑まれたり。男性といっしょになることに、わたしは瞳をきらきらさせて憧れることができなかったの。でもデイモンが相手だと、あんなに……あんなにときめいて、胸がいっぱいになるほどうれしくて……ものすごく彼を近くに感じたわ。自分があれほど深く、たくさんのことを感じることができるなんて、思ったこともなかった。熱い気持ちだけじゃなく、だれかとひとつになって、欠けたものが埋まるみたいな感覚まで」メグは照れくさそうに親友をちらりと見た。

「ええ、あなたの言っていることはわかるわ。ほんとうにすばらしいことよね」

「あのときは、ふたりが出会うのは運命だったなんて思ってしまったの。ふたりは完璧なんだって」メグはため息をついて頭を振った。「でもわたしは彼を愛しているわけじゃない。愛せるはずがないでしょう？　ほとんど知りもしない人よ。おまけに、知ってる部分は気に入らないことばかり。それでもあの夜のことを思いだして、もう一度起きてほしいと思わずにいられないの。まだ彼のことがほしいのよ。今日だって、けんかをする前にキスされたとき、やめてほしくなかったわ。いろいろあってもまだ、彼を求めてしまう。いったいどういうことなの？」

「あなたも人間だということかしら」イソベルはけろりと言った。「簡単に聖人君子になれるものなら、わたしたちはみんな、なれているはずよ」

「ええ、そうね」メグはひねた笑みを浮かべた。「どうしたらいいと思う？」

「わからないわ、メグ。どうにかして耐え抜くしかないわ」イソベルはメグの手を握りしめた。「あなたがなにをしようと、それが正しいことよ。マードン伯爵がどういう人だったとしても、あなたはいい人だわ。あなたには、自分のとるべき道がはっきりと見えるはずよ」

イソベルはメグの肩を抱いてぎゅっと力をこめた。

メグはイソベルに頭をもたせかけた。「ああ、そうだといいんだけど」体を起こして息を吸い、立ちあがって親友にも手を差しだした。「そろそろ戻りましょう。これからがんばって自分の道を見つけなくちゃ」

ガタガタする馬車のなかでデイモンは腕を組み、物思いにふけったまま夜の暗闇を見つめていた。

まったくいまいましい！　メグがいるとわかっていたのに、どうして今夜は出てきてしまったのか。本宅の領地では、メグのような女性が地主と交わることなど考えられない。この土地はおかしい。それに本宅では、メグのような女性はいない——いや、ほかのどんなところにもいたためしがない。とにかく、彼女には会いたくなかったのだが、そのわりには一日じゅう頭に疑問が浮かんでやまなかった。メグは何色のドレスを着てくるだろう？　胸もとにレースのついた、前と同じあの青いドレスだろうか？　彼女の瞳と同じ、金色のドレスを着た姿が目に浮かぶ。ほんとうは、今日のベイラナンでのパーティには出ないつもりだった。あと数週間でここを離れるというのに、地元の地主に会ってもなんの意味もないだろう。いや、そもそも、あと数週間もいる意味さえあるのかどうか。ここに来て娘との距離が近づいたことも、娘がメグ・マンローに魅せられて台なしになってしまった。

リネットは口ごたえしたり唇をとがらせたりはしなかったが、距離を置かれたような様子が感じられ、また娘との接し方がわからなくなった。

それもメグ・マンローのせいだ。ただでさえ彼女のせいで夜も眠れず、なんとか眠れたとしてもなまなましく悩ましい夢を見てしまい、いつも体が高ぶって汗だくで目覚めてしまう。朝方、そういう切羽詰まった状態で目が覚めると、屋敷を飛びだしてメグのところに行き、どうか考え直してもう一度ベッドに受け入れてくれと懇願したくてたまらなくなるのだ。メグがなにを求めているのか——どうすれば彼女を手に入れられるのか、少しでもわかっていれば、きっととっくにそうしていただろう。

パーティには行かないと決心していたにもかかわらず、デイモンは結局、屋敷に閉じこもっていてはいけないと自分に言い聞かせながら、出かけていった。ハイランドの人々のなかで、自分以外にもイングランド人がいるのを見て、ほっとした。ジャック・ケンジントンは気さくで楽しい男だった。慣れ親しんだ人種だ。しかしケンジントンはデイモンを妻のところへ連れていき、そこにはメグ・マンローも奥方と並んで立っていた。メグの隣りにいた背の高い金髪の女性など、目に入らなかった。メグの目の覚めるような美しさの隣りにいたら、だれも印象には残らないのではないだろうか。

デイモンの心臓の鼓動はとたんに速くなり、彼は思い知った。どんなに否定しようと、ごまかそうと、このパーティに来たのはメグがいたからだ。どうにも落ち着かず、いらいらして苦しかった。メグを求める気持ちが血の温度をあげていた。それなのに彼女には憎まれている。

メグほどむずかしくて、わけがわからなくて、いらいらさせられる女性は初めてだった。宇宙の果ての星くらい、異質なものだ。彼女と縁が切れて、喜ぶべきだったのだ。しかし彼女に向かって歩きながら、ののしられて冷たくあしらわれる覚悟をし、どんな言葉を投げつけられるのかと心の準備をしていたときでさえ、奥底では、どうして彼女にきらわれたのかを見つけて直したいと願っていた。

そしてそのとおり、今夜その答えがわかったが、デイモンの心がやすまることはなかった。彼は低くうめいて前かがみになり、ひざにひじを置いて両手で頭を抱えた。馬車は堂々たる門が開いているところを通り抜け、屋敷まわりの敷地に入った。デイモンは突然、背を伸ばし、馬車の天井をコツコツたたいた。御者が手綱を引いて馬を止める。

「いや、降りなくていい」御者台から降りようとした御者に、デイモンは手ぶりを交じえて言った。「このまま屋敷まで行ってくれ。わたしは門番小屋から歩く」

「かしこまりました、だんなさま」主人の命令をおかしいと思ったかどうか、御者の顔にはなにもあらわれなかった。

馬車が音をたてて走っていくと、デイモンは石造りの小屋に向き直った。門番小屋に明かりはついていなかったが、とにかくドアをたたき、さらにもう一度、もっと強くたたいた。

「マックリー！　出てこい。わたしだ、マードンだ」

小屋のなかで物音がし、すぐにかんぬきがはずれる音がつづいてドアが開いた。ブリーチズとシャツを着るくらいの時間はあったようだが、マックリーは裸足で髪もあちこちに跳ねていた。片手に石油ランプを持っている。「これはどうも、お入りください、どうぞ」一歩さがってなかに招くしぐさをする。「どうぞおかけください」ランプをテーブルに置き、ランプの芯を持ちあげて明かりを大きくした。

「立ったままでよい。話はすぐにすむ」デイモンは冷ややかな目でマックリーを見すえた。

「先週、おまえは小作人の家に火をつけて追いだしたか？」

マックリーは油断のない目つきで体を揺すり、慎重な口調で言った。「たしかに、ウェス・キースを小作地から立ち退かせました。しぶとい男でして。けんか腰だったので、こちらも手立てを講じました」

「その手立てというのが、家族がまだなかにいるのに草ぶきの屋根に火を放つことだったのか？」

「それしか手がないことも、ままありますよ」

「今回が初めてではないのか？ 小作人の家をいくつも焼いたと？」

「なかなか立ち退こうとしないところは。申しましたとおり、やつらは頑固なんですよ。立ち退かせるのに圧力をかけなければならないときもあります」

「家も財産も焼くのが圧力か？ 女子どもがまだなかにいるのに火をつけるのが？」メグだって、なかにいたのだ。

マックリーは強情にあごを引きしめた。「だんなさまはこのあたりの連中がどのような輩かご存じないのです」

「おまえの人となりはわかってきたぞ」デイモンは一歩前に出て、管理人にかぶさらんばかりに迫った。「キース家には、死の床についていた女性もいたとか」

「ここのやつらは悪賢いんです、だんなさま。嘘をつくんです。いつもなにかしら理由をつけて、出ていけない、待ってくれと、そればかりで」

「死にかけている女性がいるというのは、待ってやる立派な理由になると思うが」

「死にかけてるなんて、どうやったらわかるんです、だんなさま？　どうせ、ぜんぶ芝居ですよ、退去を遅らせる方策です。その証拠に、まだほんとうだったかどうかわかってませんよ」

「彼女は長くないと、ミス・マンローが言っていたぞ」

「ミス・マンロー」管理人の目が突如、怒りに燃えた。「そうか！　あの女があなたに話したんだな！　あなたをうまく丸めこんで。あなたもあの女の脚のあいだにあるものに夢中になるあまり、あの売女の言うことを信――」

デイモンのこぶしがマックリーのあごにもろにぶつかり、管理人は床に倒れた。「おまえは首だ、マックリー。この家とわたしの土地から、明日出ていけ」

マックリーはあごに流れる血をぬぐった。「だんなさま」めめしい声を出す。「わたしはあなたさまのご命令に従ったまででございます。あいつらを立ち退かせろとおっしゃったではありませんか」

「火をつけてまで追いだせとは言わなかったぞ！」デイモンの声が雷のごとく轟いた。「死の間際にいる女性を追いだして外の地面に寝かせろとも言わなかった。おまえはわたしの名のもとに見さげ果てた行為をつづけ、マードンと言えば冷酷だと言われるようにしてしまったのだ。そのようなことはとても耐えられない」

「利益を得られてお喜びだったではありませんか」マックリーはよろよろと立ちあがった。「立ち退きの方法について、あなたさまがお尋ねになったことはありませんでした。メグ・マンローがあなたさまに近づいてくるまでは。後悔なさいますよ。あの女がどのような女か、あの女の狙いがなんなのか、すぐにわかります。鼻輪をつけた雄牛のように、いいように引っ張っていかれますよ。世間の笑い者です」

デイモンは冷たい声で言い放った。「おまえがここでそれを見ることはない」

18

屋敷までの長い馬車道を歩いてもデイモンのざわついた心は静まらず、書斎に行って、彼を待ち受けていたかのようなブランデーを手に取った。上着を脱いで必要以上の力で椅子にたたきつけると、グラスにブランデーをたっぷりそそぎ、デスク前の座り心地のいい椅子に体を沈めた。

マックリーを首にしたことでもてあました感情が少しはなだめられ、顔に一発食らわせたことでさらにすっきりした。しかしそれでも、むごい光景が頭に浮かぶのは止められなかった。炎のあがる家——そのなかにメグがいる——そんな想像をすると、肝が冷えて凍りつく。衰弱して老いた女性がベッドから引きずりだされ、壊れた椅子のように地面に寝かされている。慣れ親しんだものから引き離され、あてもなくさまよう一家。

わたしのせいではない、とデイモンは声をあげそうになった。管理人がそんな方法で人々を立ち退かせていたことなど知らなかった。知っていたら、許可しなかっただろう。そんなことをしろと命令するはずがない。彼はメグが思っているような残忍な人間ではない。

しかしそんなことで、起きてしまったことは変わらない。なにをどうしても変えることはできない。結局は、彼の責任ではないのだろうか。マックリーはデイモンの名のもとに仕事をした。デイモンは立ち退きを進めさせていた。そうだ、まさにキース家を焼いた日の朝、マックリーはどこかの小作地を立ち退かせるという話をしにきたが、デイモンはうなずいてさっさと帰らせたのだ。メグと過ごした夜の余韻に浸るあまり、管理人の話をろくに聞きもしなかった。マックリーのやりようを知らなかったというのは、なんの言い訳にもならない。自分の土地でなにが起きているのか、よく把握しておくべきだったのだ。

しかし、もっともデイモンをさいなんでやまなかったのは、マックリーに言われたことだった。たしかに自分は、利益を得られて喜んでいた。それがどのようにもたらされているのかを、深く追及することもせずに。

ブランデーの力を借りても、その日はまったく眠れなかった。ここ何日も欲求不満でろくに眠れていなかったが、今夜は――メグにキスしたときは烈火のごとく熱くなりはしたが――眠れない理由がちがった。いままでのような欲望はどこか低いところでくすぶっているにすぎず、それとはべつの考えが、際限なく頭をぐるぐるとめぐっていた。

翌朝の夜明けごろ、デイモンは自室のバルコニーに立っていた。バルコニーと言っても同じ並びの部屋をつなぐ連絡用通路のようなものであり、下にある何段もの庭の縁につけられた石の欄干と外観をそろえるためにつくられたものだ。しかしそこから下を見おろすと、ふもとから伸びる道がメグの家に行く道と交わるところまですべて見通せると気づいて以来、何度もそこに出るようになってしまった。ああ、なんと愚かなのだろう。どれほど彼女に拒まれようと、磁石に引きつけられる鉄のごとく、彼女に惹かれてしまう。

デイモンは景色から顔をそむけてなかに入った。そこで待っていた従者の表情ときたら、主人の乱れた格好への非難とあきらめが見事に同居していた。「ああ、わかっているとも、ブランディングズ」デイモンは片手をあげて従者が口をひらくのを制した。「ひどい格好だな」

「だんなさまにご批判申しあげるようなつもりは毛頭ございません」それはつまり、まさしくそうしようとしている——しかもくどくどと念入りに——ということだ。「ですが、お眠りにならなければお体にさわります」

「眠っている」

「朝お部屋にうかがったときにすでに起きていらしたのは、今週に入ってこれで四度目でございます」

「ハイランドの空気のせいではないかな」

「さようで。毎朝、お食事の皿が半分も空かずに厨房に戻ってまいりますのも、そのせいでございましょうか」

「ちがう。それはハイランドの食事だからだ」

「ははあ。では、ダンカリーのブランデーがずいぶんと減っておるのはどういうわけか、不思議でございますね」

「おお、ブランディングズ、勘弁してくれ。わたしに妻も母もいないからといって、おまえがその役目を埋めなくてもいいのだぞ」

やれやれというため息をついてブランディングズは黙り、デイモンの風貌を直すべくできることにとりかかった。それが終わると、デイモンは階下の食堂におりていった。リネットがテーブルについているのを見て一瞬足が止まったが、胸を張って足を進め、自分の席についた。

「リネット、考えが変わったよ」娘が驚いた顔で父親を見る。「わたしは……ミス・マンローのことを誤解していた。昨夜、思いちがいをしていたことがわかったんだ。彼女のところへ行くのを許可しよう……もちろん、来てもいいと言われたらだが」デイモンとしては、メグがリネットの心情を慮り、彼女が彼に対して抱く意見や考えをリネットに言わないでいてくれることを祈るしかなかった。

朝食後、簡単な急ぎの用事をすませたデイモンは書斎に行き、抽斗から小袋を出してポケットに入れ、ベイラナンに出かけた。馬車で湖をぐるりとまわっていくよりも、馬で草原を突っ切るほうが速い。ほどなくして巨大な灰色の屋敷が目の前に大きな姿をあらわした。馬丁が走りでてきて彼の馬を引き受け、デイモンは屋敷に向かった。そこでべつの方向から大またで歩いてくる男に目を留め、足を止めて小さく悪態をついた。

コール・マンローだ。

デイモンは歯を食いしばって身がまえた。コールが顔をあげてデイモンに気づき、やはり立ち止まる。

「あんたは！」コールはつばを吐いてデイモンに突進した。デイモンはよけもせず、ただこぶしを握って待ち受けた。マンローにきらわれるのはしかたがないが、彼を前にして怖気づくようでは男がすたる。

コールは大柄なわりに、デイモンが思っていたよりも身のこなしがすばやかった。こぶしをあげて防御するまもなくコールがぶつかってきて、地面に倒される。コールのこぶしが当たって血の味がしたが、次の一打は防いで逆にこちらのこぶしを相手の顔に打ちつけてやった。ふたりはごろごろ転がりながら殴りあった。殴られる痛みを、デイモンはほとんど感じなかった。反撃を食らってでも、なにかを殴れるのがありがたい。

背後で叫び声があがったが、ふたりの耳には入らなかった。デイモンはだれかに腕をつかまれ、瞬時に起きあがってその人物に殴りかかった。相手の男は腕をあげてデイモンのこぶしを受け、両手でデイモンの腕をつかんで背中にひねりあげた。さらにもう一方の腕をべつの小柄な男につかまれ、その男は振り払うも、またべつの男が止めに入った。デイモンはふたりの男の力に抑えられてうしろによろけた。

「おい、やめろ！」ジャックの声が轟いた。「やめるんだ！」

もがいていたデイモンの動きが止まり、熱が冷めていく。前方のコール・マンローを見やると、彼はケンジントンのがっちりとした執事と馬丁に押さえられ、さらにその前にイソベル・ケンジントンが立ちはだかっていた。

「やめなさい、コール！」イソベルがぴしゃりと言い放った。「わたしの家でわたしに恥をかかせるつもりなの？」

「うう、イジー」図体の大きな男がむすっとして答えた。それがまるで叱られた少年のようで、思わずデイモンはくくと笑ってしまった。

「楽しそうでよかったですわね」イソベルが身をひるがえしてデイモンに面と向かった。「わたしの家の前で殴りあいが始まるなんて、わたしには楽しくもなんともありませんわ」

デイモンをつかんでいたジャックの手がゆるみ、デイモンは体を揺すって彼の手をほどいた。上着を直し、イソベルに優雅なおじぎをしてみせる。「心よりお詫び申しあげます、ミセス・ケンジントン。正直なところ、けんかをするためにここにまいったのではありませんん」

「あんたがここに来ると、みんながいやな思いをするんだよ、マードン伯爵」コールが言い、まだ軽くつかまれていた男たちの手を振りはらった。

「わたしはおまえに会いにきたのではない、マンロー」

「なぜいらしたのかはわかりませんが」イソベルがすかさず割って入った。「わたしの夫に用がおありなら、早急にすませてくださいませ。コールの言うとおりですわ。あなたはベイラナンでは招かれざる客です」

デイモンの両眉がつりあがったところでイソベルは背を向け、コールの腕をしっかりつかんで屋敷のほうへ連れていった。デイモンが視線を移すと、ジャックが無表情な顔で彼を見ていた。「ふむ。奥方はたいへん――その、率直なかただな」

「そういうたちなのでね」ジャックは笑っていると言ってもいい顔になっていた。何事かを考えながら、デイモンをしげしげと眺める。「コールをどうするおつもりなのか、伺っておかないと」

「どうする？」デイモンは目をしばたたいた。「あんなおかしな男とはできるだけ距離を置く以外には考えられない。顔を合わせるたびに殴りかかってくるんだから」

デイモンの言葉に、意外にもジャックは短く笑った。「事情はお察しします。だが、彼がつかまるのは見たくないのでね」

デイモンは眉間にしわを寄せた。「わたしと殴りあいになったからといって、彼に法の裁きを受けさせると思うのか？」

ジャックはひょいと肩をすくめた。「あなたは貴族で、イングランド人だ」

「わたしは気分を害されたからといって相手を訴えるような人間ではない」デイモンは自分

の顔に血が流れるのを感じ、ハンカチを取りだしてぬぐった。「まるできみは貴族でもイングランド人でもないかのような口ぶりだが」

「ああ、イングランド人ではありますが、貴族ではないんです」ジャックの顔に一瞬ひらめいた笑みには、あたたかみがまったくなかった。「あなたはそう思っておられたかもしれないが、ぼくはあなたの〝お仲間〟ではありませんよ」

「知っている」

「え？」今度はジャックが驚く番だった。

デイモンは肩をすくめた。「心配無用。そうそうばれるものではない。だが、見る者が見ればすぐにわかる——きみの物腰はよく抑制してあるが、イングランド貴族ならばかならず備わっている、他者への徹底的な無関心ぶりには欠けるな」デイモンはにやりと笑い、上唇に走った痛みに顔をしかめた。「ううっ。くそっ、マンローのやつのこぶしはまるで岩だ」

「敵にはまわしたくない男ですよ。今日はなにかわけがあってここにいらしたんでしょうか」

「ああ」デイモンはハンカチをたたみ、自分の手を見たまま言った。「いや——ミス・マンローに注意されたことがあってね。うちの管理人がしたことで……わたしは気づいていなかった。ウェス・キースという男に会って話がしたいのだが、どこにいるかわからない。使用人に尋ねるのもなんでね」デイモンはハンカチをポケットに押しこむと、顔をあげた。あごに力が入っている。「地域のことをよく知っていて、教えてくれそうな人物が、きみしかいなかった」

「なるほど」

「だがごらんのとおり、知らなかったのだ。きみの奥方が、その……」

「妻はメグ・マンローが大好きなんですよ。ここの人間は、みんなね」

「わたしもだ。しかしあいにく、彼女にはあまり好かれていない」デイモンは一歩足を踏みだし、ジャックの目をひたと見すえた。「キースの居所を教えたくないのなら、それでもかまわない。ほかの方法を見つけるまでだ。しかし、わたしが故意になにかしらメグ・マンローを傷つけると思っているのなら、それは誤解だ。わたしは――いや、彼女は――いや、くそっ、彼女のことは、きみともだれとも話すことはできない」デイモンは背を向けて馬のほうに行きかけた。馬はまだ、興味津々といった顔つきの馬丁の手にあった。

「マードン伯爵。お待ちください」ジャックが追いかけた。「ウェス・キースがどこに住んでいるかはわかりません。ぼくはここに来てまだ日が浅くて、うちの小作人の名前もよくわかっていないくらいだから、あなたのところの小作人については言わずもがなだ。だが、イソベルに訊くことはできる。この谷のことで、妻とコールが知らないことはない。ぼくも馬を用意させましょう。道案内にはならないかもしれないが」

コールもイソベルも手助けはしたがらないだろうとデイモンは苦々しく思ったが、驚いたことに、ジャックは数分後に屋敷から出てきて、用意されていた馬にまたがった。

その後はほとんど無言だった。ケンジントンとはつきあいで会話する必要もないらしく、殴りあいで頭に血がのぼっていたデイモンは心が落ち着いていった。あごが痛みだし、ここのところの睡眠不足がこたえてくる。細かった道は広くなり、遠くの景色も見通せるようになってきた。このあたりではよく見かける、荒涼としているのになぜか美しい、丘陵地と谷の景色だ。山あいに近づくと、広大な背景を背負ったような小さな草ぶき屋根の小屋が見えた。まわりと同じ色合いの、灰褐色の家だった。

ふたりが近づいていくと玄関から男がひとり出てきて、さらにもうひとり男がつづいた。あきらめと反抗心が混じりあった奇妙な顔つきをした男たちは、最悪の事態を覚悟したという態度だった。

ジャックが彼らに会釈した。「こんにちは。ジョン・グラントの家を探しているんだが」

「おらがグラントだ」先に出てきたほうの男がぶっきらぼうに言った。

「ぼくはジャック・ケンジントンだ。妻がよろしくと言っていたぞ」

グラントはうなずいたが、目から警戒心が消えることはなかった。「あの人はすばらしい奥ざんだ。奥ざんが送ってくれたものには感謝してる」彼の視線がデイモンに移った。

「マードン伯爵から、きみの小作地に案内してほしいと言われてね」

「ああ、そのようだな」

「ウェス・キースを探している」デイモンが馬を降り、もうひとりの男に向いた。

「おれがキースだ」彼は腕を組み、冷ややかにデイモンを見た。彼のうしろでは女性ふたりと数人の子どもたちが、ドアから出てこようとしていた。女性のうちひとりは赤ん坊を抱き、彼女のスカートをよちよち歩きの子どもが握りしめてくっついている。だれもかれもがおびえた表情をしていた。

小屋と、男と、何人かでかたまった人々を見たデイモンは、急に言葉を失った。咳払いをする。そしてようやく、これだけ言った。「きみに謝罪に来たのだ、ミスター・キース」

これほど重大な状況でなければ、目の前で一様に面食らったいくつもの顔にデイモンは笑っていたかもしれない。「これまで……土地の管理に目が行き届いていなかった。悪い管理人を選んだうえ、ダンカリーがどのように管理されているかを詳しく聞いていなかった。結果として、わたしの名のもとに物事が行われてしまった」あらためて怒りが湧いてきて、デイモンの声がこわばった。「行われてはならないようなことが起きてしまった。知っていれば、そのようなことはさせなかった」デイモンは一歩前に出て、キースの目を見つめた。「きみのこうむった被害に謝罪する。家と家財道具を失わせ、きみの家族から住む場所を奪ったことを」

「もうどうじようもないだろ?」キースの声は、責めているというより絶望しているようだった。

「ああ、そのとおりだ、どうしようもない」デイモンはポケットに手を入れ、書斎から持ってきた硬貨の袋を取りだした。キースに差しだすが、彼はぽかんとしている。「受け取りたまえ」デイモンはもどかしげに袋を振り、キースの手に押しつけた。「失ったものは戻ってこないが、少なくとも新たにそろえることはできるだろう。小作地に戻ってやり直したいのなら、そうしてもいい。よそに移るほうがよければ、その費用を出そう」

「おれは……」

仰天してデイモンを見つめるばかりのキースに、女性のひとりが前に出て袋を受け取り、ポケットに入れた。「ありがとうございます、だんなざま。ウェス……」

「ああ、ありがとうございます」

「きみの母上によろしく伝えてくれたまえ」デイモンはぎこちなく言い、馬に戻ろうとした。しかしキースの女房から、なかに入って母に直接言ってやってくださいと言われ、デイモンはぎょっとした。断るわけにもいかず、彼女について小屋の低い入り口をくぐるようにしてなかに入った。なかは暗く、狭苦しくて息が詰まるようだった。頭が天井につきそうだ。デイモンの視線が部屋の隅に移る。そこでは女性が、床に敷いた敷物の上に寝かされていた。青白くやつれ、あまりにも動かず生気がないので、彼女の目がこちらを見ていなければすでに死んでいるのではないかと思っただろう。胃が締めつけられるようだったが、デイモンはつかつかと歩みよってそばにしゃがんだ。

「ミセス・キース、マードン伯爵だ」

「ええ、わがります……伯爵さまが……うぢに……」骨と皮ばかりの顔が驚きの表情を浮かべた。小さな笑い声をもらしたが、咳に変わってしまう。

デイモンは驚いて彼女の背中に手を差しいれ、呼吸しやすいように体を起こしてやった。骨が突きでていて、恐ろしいほどもろく感じる。「奥さん」不安げにもうひとりの女性を見た。

「いえ」老いた女がぼそぼそ言い、震えながら息を吸った。「ええんだ。笑ったりしたのがいげながった」デイモンができるだけそっと寝かせると、彼女はかすかに笑った。「ありがどごぜえます」

「どうかお体を……」のどが詰まった。

「いんや、もうどうにもなんねえ。なるように生ぎるしかねえ。命は短けえな」力なく笑い、また眠りに落ちたかのように目を閉じた。

デイモンは立ちあがり、キースの妻にうなずいて小屋を出た。男たちと楽しげにおしゃべりしていたジャックは彼が出てきたのを見て背を伸ばし、手短かに別れの挨拶をして、デイモンにつづいて馬に乗って出発した。

デイモンは全速力で、地獄の番犬に追いかけられるがごとく走り去りたかった。あの小屋も、人々も、そして自分の思いも、振りはらって置いてこられたら、どんなにいいだろう。

しかし自分ひとりでは戻る道がわからないことに気づき、しかたなく手綱を引いた。そこへジャックが追いつき、ふたりは言葉を交わすことなく馬を進めた。

「知らなかった、見たこともなかった――」デイモンがいきなり声をあげ、馬を止めた。

「人々がどんなふうに生活しているか？」ジャックの声にはわずかに冷笑するような響きがあった。

「ああ。いや。ロンドンのイーストエンドであういう状況の家を見たことはある。ロンドンの最悪の場所もひどいものだ。しかし、わたしの領地であのような……本宅の小作人たちはこれほど……希望の持てぬ状況ではない」

「ここはたいへんな土地だ。それに彼らの扱いもひどい」

「ああ。わかっている――それがわたしの土地で起きていたとは。言われなくてもわかっている。だが、どうすればいいというのだ？」デイモンはジャックに顔を向けた。「小作地は小さいし、土地そのものもやせている。マックリーの言うとおりだった。効率の悪い、利益のあがらぬ土地だ。小作人たちはその日を暮らしていくのがやっとだ。ここを離れてほかのことをしたほうが、いい暮らしができるだろう」

「でも、どこへ行って、なにをすると？」

「そんなことはわからない」デイモンはいらだって声を荒らげた。「しかし、だからといって、すべてを現状のままでよりよくすることも考えず、羊毛から得られる利益もあきらめて彼らに土地をあずけ、ここでその日暮らしの惨めな生活をさせておかなければならないというのか？　きみはそうしているのか？　きみのところはどうしているんだ？」

「ベイラナンで行われていることは、ぼくにはどうこう言えませんよ。ぼくは新参者だ。土地を管理してなんとか利益を生みだしているのは、妻とコールです。でもイソベルにとって、小作人たちは〝身内〟なんだ。妻は得ている金と同じくらい、彼らのことも大切に思っている。妻がベイラナンを愛する気持ちは、ぼくには理解できないものがあります。説明もうまくできない。湖も谷もキンクランノッホも——すべてが彼女のふるさとなんだ」

「だが、わたしはちがう」

長い沈黙のあと、ジャックは静かに言った。「あなたはメグを取り戻すためにこんなことをしているんですか？」

デイモンは、ははっと耳障りな声で短く笑った。「いいや。いまさらなにをしようと、メグ・マンローの気持ちは変わらない」

「話をしてみたらどうですか」

「そして、すがって懇願するのか？」まさしくそうしようかと思っていたことを、認めるつもりはなかった。メグのところに行って謝罪し、許しを請い、なにを要求されても言うとおりにする——。いま彼が望むものは、ただ彼女のなかでわれを忘れ、あの腕に抱きつかれ、あのあたたかさに包まれてやすらぎ、この乱れた心をなだめてほしいということだけだった。

しかし当然、いくらずたずたになった威厳であろうと、捨てるわけにはいかないのだ。

「女性に対しては下手《したて》に出るほうが、うまくいくものですよ」ジャックがやさしく言った。

デイモンははねつけるようになった。「本気でそうしようと思えば思うほど、むずかしいものなんだ」疲れたように息をつく。「ウェス・キースに金を渡しても、過去には戻れない。立ち退かせた人々がもとに戻るわけでもない。わたしはやはりマードン伯爵であって、人間よりも利益のことを大事にする男なんだ。悪役に決まっているんだよ。メグ・マンローはもう戻ってこない」

それを受け入れて生きることを覚えなければならないのだ。

メグは深々と鍬《くわ》を地面に突きたててタマネギを掘り起こした。今日はずっと収穫作業に精を出し、昨夜のこととマードン伯爵を頭から追いだそうとしていた。遠くで声がして、メグは顔をあげた。

ほっそりとした少女が足早にメグのほうに近づいてくる。「メグ！」少女は手を振って駆け足になった。

「リネット？」メグはびっくりして目をしばたたき、体を起こして手袋を脱いだ。「こんにちは！　調子はどう？」

「とても元気よ、ありがとう！」リネットは満面の笑みを浮かべた。「いいお天気ね」

「ええ、ほんとうに。お父さまはあなたがここに来ることを知っているの？」

「ええ、行ってもいいっておっしゃったわ。すてきでしょう？」リネットはひと呼吸置き、率直に話しだした。「まあ、少なくともわたしにとっては、だけれど。あなたはわたしが来てもだいじょうぶ？　ご迷惑にはなりたくないわ」

「迷惑だなんて。ちょうどお茶にしようと思ってたの。あなたもいかが？」

「ええ、喜んで」リネットはうれしそうにあれこれまくしたてつつ、メグのあとから小屋に入った。

メグはやかんを火にかけ、お茶の葉をティーポットに入れながら、頭のなかではいろいろと憶測をめぐらせていた。どうして急にデイモンは考えを変えたのだろう？「ダンカリーでの生活はどうかしら？」皿を並べながらさりげなく訊いてみる。「お父さまもお元気？」

「あら！　なにも聞いてないの？」

「なにを？」メグの心臓が早鐘を打ちはじめた。デイモンになにかあったの？　いえ、でもなにか深刻なことがあったなら、彼の娘がこんなに明るいはずがない。

「ミスター・マックリーがいなくなったの」

「いなくなった？」メグは目を見ひらいた。「どういうこと？」コールの仲間がおそろしいことをしでかしたのではという、いやな考えが浮かんだ。「どこへ行ったの？」

「どこへ行ったかは知らないわ」リネットは頭を振り、オートミールビスケットをかじった。

「お父さまが彼を首にしたの。マックリーは荷物をまとめて門番小屋から出ていったわ」

「デイモ――いえ、伯爵さまが首にした?」メグは音をたててティーポットを置き、椅子にどさりと座った。「ほんとうに?」

「ええ。どうしてかは知らないわ。みんな、わたしがそばに行くと黙ってしまうんだもの。でも使用人がみんなその噂をしているわ。小間使いのひとりが言うには、今朝がたミスター・マックリーが馬車に荷物を積んでいるところを乳搾りの男が見たんですって。ミスター・マックリーの唇は大きく切れていたそうよ」

「まあ! そんな。いったいなにがあったのかしら?」

「たぶん、マックリーはだれかとけんかをして、お父さまはお怒りになったんじゃないかしら。御者が言うにはね、昨夜パーティから帰ってきたとき、お父さまをミスター・マックリーの家でおろしたんですって」

「そうなの?」口がぽかんと大きく開いていることに気づき、メグは表情を引きしめて笑った。「だれもが口をつぐんでしまうと言ったわりには、いろいろと知っているのね」

リネットの瞳が輝いた。「わたし、とっても静かにしているから。それに、たとえば図書室にいて本を読んでいるときなんかは、背もたれで隠れられるでしょう?」

メグは声をあげて笑い、考えごとをしているのを悟られないようにお茶のほうへ注意を向けた。デイモンはイソベルの屋敷から帰ってすぐ、マックリーのところに行ったの? そして今朝、マックリーはけんかしたとわかる傷をこしらえていた？　リネットの予想が正しいとはかぎらないけれど、いま自分の頭のなかで広がっている想像も信じられない。「あなたのお父さまはこれからどうなさるのかしら？」

「わからないわ。新しい管理人を雇わなければならないんじゃないかしら？　見つかるまでに時間がかかると思う？」

「さあ」

「かかってほしいわ。お父さまは近いうちに帰ろうとおっしゃるんじゃないかと心配で」メグははじかれたように頭をあげたが、すぐにもとに戻してお茶をそそいだ。「どうしてそう思うの？」こんな子どもから根掘り葉掘り聞こうとするなんて、ひどいことをしていると思うが、どうにも止まらなかった。

「よくわからないけれど――お父さまは退屈なさっているのかも。よく馬に乗って出かけるわ――朝のうちにわたしと乗馬に出かけた日でも。それに、ときどき夜に歩きまわっている音が聞こえるの。昨夜、ケンジントン家のパーティにお出かけになったのはよかったと思うわ。ロンドンにいたときは、お父さまはよくクラブにお出かけだったもの。そういうことがなつかしいんじゃないかしら」

「そうね。もしかしたらケンジントン家の人たちと仲よくなるかもしれないわ」イソベルが関わらなければ、の話だけれど。ああ、いけない、デイモンがいなくなると聞いただけで、こんなふうに胸が締めつけられて体が冷たくなるような気がするなんて。

「だといいんだけど。わたしはここを離れたくないわ。ここが好きなの」

「うれしいわ」

「ロンドンよりずっといいわ。ええ、本宅よりも。馬には乗れるし、探検できるお部屋はたくさんあるし――それに、家禽小屋もあるでしょう。本宅には猛禽類はいないの。ジェイミーがね、鷹狩りの仕方を教えてくれるって言ったのよ。それにお父さまも、ときにはミス・ペティグルーの言いつけを無視して、わたしの好きなことをさせてくださるの。お父さまだったらそばでうろうろしないし」

「ああ。ミス・ペティグルーはうろうろするのね?」このほうがいい、とメグは思った。家庭教師のような、当たり障りのない話題に徹していたほうがいい。こんなに人なつこくてやさしい少女を利用して、デイモンのことを知ろうなんて思ってはいけない。

「そうなの」リネットはうなずいた。「ときどき気がへんになりそうになるわ。彼女は……よかれと思ってやってくれているのだけど。わたしのことを心配しているの。お母さまもそうだったわ」リネットの顔がくもった。「わたしは小さいころ病気がちで――咳が出たり、鼻がぐずついたり。でも、いまはずいぶんよくなったのよ」メグに否定されるとでも思っているのか、一生懸命に訴えるような瞳をメグに向けた。

「ええ、そういう例は見たことがあるわ」

「ほんとう？」

「ええ、大きくなるとそういうことが治る子もいるの」

「やっぱり！」リネットはまばゆいばかりの笑みを浮かべた。早々にビスケットの残りをたいらげる。「午後はなにをするの？　なにかこしらえるの？」

「アンガス・マッケイの軟膏をつくろうかと思っているの」

「それはだれ？　どうしてその人は軟膏が要るの？」

「彼は怒りっぽいおじいさんでね。関節が痛む人なんだけど、彼にお願いしたいことがあって、痛みがよくなるものをつくってご機嫌をとろうと思ってるのよ。何種類かの配合を考えてみたんだけど」

リネットはぜひ手伝いたいと言い、午後はふたりで軟膏づくりに励んだ。リネットとの作業はやりやすかった。彼女は頭の回転が速く、慎重で正確だ。毎回、配合を変えてみて、鉢三つぶんの軟膏ができあがったが、たぶんこれでなんとかなるのではないだろうか。

「これを三つとも持っていって、試してもらうわ」メグは言った。「試してほしいから持ってきたって言えば、素直に使ってくれると思うの」

「それは、彼には払うお金がないから？」

「そうよ。アンガスじいさんは施しを受けるのがきらいでね。施しだけじゃなく、ほかにもきらいなものはいろいろあるけれど」

「お父さまのお友だちにもそういう人がいるわ。昔、お父さまの先生だった人。その人の力になりたいときには、やり方を工夫しないといけないの」

「そうなの?」

「ええ、わたしもお会いしたことがあるわ」リネットはくすくす笑った。「ミスター・オーヴァートンはとてもかわいいかたなんだけど、よく見ていてあげないと、帽子もかぶらずに外出してしまうの。お父さまがおっしゃるには、帽子よりもっと重要なもので頭がいっぱいだからなんですって。ポエニ戦争とか」

「なんですって?」

「わたしもよくわからないけれど、響きがおもしろいでしょう?」リネットはため息をついてエプロンのひもをほどいた。「もう帰らなくちゃ。ミス・ペティグルーが心配するわ」少し不安げにメグを見る。「また来てもいいかしら?」

「ええ、もちろんよ。あなたが来てくれて楽しかったわ。ダンカリーまで送っていきましょう」

「ありがとう、でも道はもう覚えたわ。それにね、分かれ道のところで馬丁がひとり待っているの。お父さまが、どうしても連れていけとおっしゃって」

メグはリネットをドアまで送り、しばらく行くのを見届けてから小屋に戻ると、ふたりでいろいろと試してみたものを片づけはじめた。そのときノックがあり、リネットが引き返してきたのかと思って片づけの手を止めて顔をあげた。しかしドアを開けて入ってきたのは弟だった。

「コール！　びっくりし——」コールの片目が腫れあがり、頰もすりむけているのに気づいて、メグの声がとぎれた。「コール！　いったいどうしたの？」弟に駆けよって手を取り、テーブルにいざなって傷の具合を見ることにした。

「ああ、姉さん、あれこれ訊くのはやめてよ。もうイソベルにいやってほど訊かれたんだから」

「座って」メグはコールを押して座らせた。「マックリーと殴りあいをしたのはあなただったの？」

「マックリー？　いや、あいつとは会ってないよ。どうしてそんなことを思うのさ？」

「彼が唇を切ってたって、リネットから聞いたのよ。彼がけんかをして、それでお父さまが彼を首にしたんじゃないかと言ってたわ」

「リネット？　お父さまって——まさか伯爵の娘ってこと？」コールがうんざりしたように息をついた。「つまり、またラザフォード家の人間とお近づきになったわけ？」

　メグは目をくるりとまわした。「あの子はかわいらしい女の子よ。まだ子どもなの。前に迷子になってうろうろしているところに出くわしただけ。わたしのしていることに興味を持って、遊びに来たのよ。あんなに大きなお屋敷で少しさびしいんだと思うわ。ほかに子どももいないし」

「だろうね。だけど、わざわざ姉さんが面倒を見なくてもいいじゃないか」メグは忙しく動きまわって手当てするためのものを用意し、テーブルに戻ってきた。「マードンがマックリーを首にしたって、その子が言ったの？」

「そう。今朝のことみたいよ。あなたは聞いてた？　どうやら伯爵が彼を追いだしたらしいの。マックリーは今朝、身のまわりのものを積んで出ていったんですって。そのとき唇に切り傷があったとか」

「じゃあ、マードンはあいつも殴ったのか」コールが考えこむように言った。

「そう——え？」メグはやさしさのかけらもない手つきで弟のあごをつかみ、顔をあげさせた。「あいつも？　ということは、あなたにこのけがをさせたのもマードン伯爵なの？　コール！　いったいなにをしたの？」

「どうしてぼくがなにかやったことになるんだよ？　原因をつくったのはマードンのほうかもしれないだろ」

「つまり、マードン伯爵が今朝あなたを探しだして、あなたとけんかをしたということ？」

コールは嚙みつくように言った。「あいつがベイラナンに来たんだ。歓迎されて当然みたいな顔をして、ぶらぶら玄関にあらわれて」

「彼は昨夜のパーティにも招待されていたもの」

「どうしてあいつの肩を持つんだ？　ぼくがなにも言わなかったからって、昨夜の姉さんの顔に気づかなかったと思ってるのか？　あの男に泣かされたことに、気づいてないとでも？」

「それじゃあ、あなたはベイラナンの前でデイモンに会って、彼を殴ったのね」

「そういうことじゃ——いや、そうだよ」

「ああ、コール、あなたは自分がどうなってもいいの？　彼が治安判事を呼びにやったりしたら、どうすればいいのよ？」

「そんなことは起きないよ。ジャックが彼に訊いたら、それはしないと言ったそうだ。少なくともあいつも、文句を言わずに男らしく受けとめる度量はあったわけだ」コールがふと口をつぐみ、思いだす。「それに、右の一撃はなかなかのもんだったな」

「なっ……男の人ときたら！」メグは黒い液体を布に染みこませ、弟の頬の傷をきれいにしはじめた。「顔の殴りあいまでしたんだから、友情も芽生えるんじゃないの」

コールは鼻で笑った。「遠慮しとくよ。南のやつなんてひとりでじゅうぶんだ。うっ！」

コールが息をのむ。「気をつけてよ、姉さん。しみる」

「こぶしを振りまわす前にそれを思いだせばよかったのよ」メグは薬草を乳鉢と乳棒ですりつぶしはじめた。

コールが疑わしげにそれを見る。「これからぼくになにをするつもり？」

「そんな子どもみたいなこと言わないの。腫れに効く湿布をつくってるのよ。明日になったらわたしに感謝するわよ」つかのま手をやすめ、弟の頭を軽くなでた。「あなたはかわいい弟よ、コール。あなたが傷つくのは見たくないの」

「ぼくも姉さんに対して、同じ気持ちを持っているよ」

「わかってるわ。だからわたしのためにも、もう伯爵さまとはぶつからないようにしてちょうだい。あなたはわたしの家族なんだから」メグは作業に戻り、乾燥させた薬草を力強くつぶしていく。「それで思いだしたけど……アンガス・マッケイに会いにいってみようと思ってるの」

「アンガスじいさんに？　そりゃまた、いったいなんで？」

「おばあちゃんのことをもっと聞けないかと思って――おばあちゃんが愛した人のことも。アンガスじいさんに訊いてみたらいいって父さんが言ってたの。だから関節の痛みに効く軟膏を持っていって、ご機嫌をとろうかと」

「はっ！　そんなことであのじいさんが機嫌をよくするもんか。そもそも、フェイおばあちゃんのなにをアンガスじいさんが知ってるんだか――」コールがはたと口をつぐみ、驚愕の表情を浮かべた。「まさか、姉さん！　アンガス・マッケイがぼくらのおじいちゃんだなんて言うんじゃないだろうね！」

メグは吹きだした。「ちがうわよ。少なくとも、そうでないことを祈るわ。このあいだ父さんが言ってたんだけど、わたしたちの母さんは、デイヴィッド・マクロイドが父親じゃないかと思ってたんですって」

コールは眉根を寄せて考えこんだ。「そんな人は知らないな」

「それは、フェイおばあちゃんが亡くなったあとすぐに彼は引っ越したからよ。一家全員でね。でもアンガスじいさんはマクロイド家の親戚かなにかで、デイヴィッドと仲がよかったんですって。だからデイヴィッド・マクロイドがわたしたちの祖父かどうか知ってるかもしれないわ。あるいは彼がまだ生きているかどうか。もし生きているなら、ひょっとして住んでいるところも」

「ああ、姉さん、どうしてそんなにつつきまわすのさ」

「だって知りたいじゃない」そうすることでよけいなことを——マードン伯爵のことを考えずにすむのだということは、黙っておいた。

「知らなくてもいいことが出てくるかもしれないよ。あとに残される子どものことも考えず、いなくなった男なんだ。いったいどういう人間だか」

「でも、少なくとも、それがわかるわけでしょう。いまはただあれこれ想像することしかできないわ。祖父がだれで、どんな人だったか知りたいの。そして、どうして自分の子どもにまったく会いにこなかったのか。彼はどうなったのか？　娘が育つところを見ていながら、なにもしなかったのかしら？　母さんの知っている人だったの？　わたしたちの知っている人？　あなたは知りたくないの？」

「いや、知りたくなってきた」コールはつかのま黙り、テーブルの模様をぼんやりとなぞった。「あれはおじいちゃんのスキアン・ドゥだったんだろうか……」姉がけげんな顔をするので、コールは説明した。「ほら、短刀だよ、母さんがぼくにくれたナイフ。覚えてるだろ、姉さんにはあのきれいな櫛をくれて、ぼくには短刀をくれたじゃないか」背中に手をまわし、帯につけた鞘から短刀を引きだして目の前のテーブルに置いた。〝黒い《ドゥ》〟という名のとおり、柄《つか》の黒い年代物の短刀は、その昔スコットランドの男たちがふたつめの小型の武器として、靴下の上部に挿していたものだ。柄にはたいてい彫り物がされている。

「ああ、そうだった、思いだしたわ。フェイおばあちゃんのだって母さんが言ってたわね、わたしの櫛と同じで」

「おばあちゃんのものだっていうのがへんだなと、ずっと思ってたんだ」

「ええ、男性が持つようなものだものね」メグは湿布づくりの手をいったん止めて腰かけ、短刀に手を伸ばして柄の彫り物にふれた。「おばあちゃんは相手の男性のことをどう思ってたのかしら。なにを考えていたんだろう。こんなふうに彼のものを持ちつづけて……大切にしていたにちがいないわね。彼のことを思いだすものがほしかったんだわ。でも、おばあちゃんはなにも話さなかったそうだから……もしかしたら、その男性を好きになった自分がどんなに愚かなのかを忘れないために、短刀を持っていたのかもね」

物思いに沈んだ姉の顔を、コールはじっと見つめた。少し間を置いて、静かに言う。「マードンが今日ベイラナンにやってきたのは、ウェス・キースと彼の家族がどこにいるか知りたかったからららしい」

メグの頭がぱっとあがり、急にまなざしが鋭くなった。「どうして？　彼らになんの用だったの？　どうしてベイラナンに尋ねに行くのかしら？」

コールは肩をすくめた。「ジャック相手のほうが話しやすいからじゃないかな。ほら——自分と同じ種類の人間だから」

「ジャックは知ってたの？　それで彼に教えたの？」

「知ってたのはイソベルで、彼女がジャックに行き方を教えたらしい。そしてジャックが伯爵を連れていったんだ」コールは椅子にもたれて腕を組んだ。「マードンはウェスに金を渡したって、ジャックが言ってた。いくらかはわからない。それから……」コールは咳払いをし、いくぶんしぶしぶといった様子で言った。「マードンは謝罪したんだそうだ。ウェスに、もし小作地に戻ってきてやり直したければそうしてもいいし、よそへ移りたいなら旅費を出すと言ったらしい。しかも家に入って、ウェスの母親と話までしたんだって」

メグは穴が開きそうなほど弟を見つめた。頭がこんがらがって、しばらく話すこともできなかった。「デイモンは知らなかったの？」長い沈黙のあと、堰《せき》を切ったように言葉が飛びだした。「マックリーがしていたことを、伯爵はほんとうに知らなかったと思う？」

「たぶん」コールは肩をすくめた。「ジャックはそう思ってる。マードンは今回のことでほんとうに……動揺してたみたいだって」

「まあ」

「あるいは、谷じゅうでどんなに自分がきらわれているかようやく気づいて、みんなの怒りをそらすためになにかしなきゃいけないと思ったとか」

「あら、意地悪ね、コール」

「姉さんが傷つくのを見たくないだけさ。あの伯爵も反省したのかもしれないな。自分がどんなにひどいことをしてたか、わかってなかったんだろう。あれほど裕福で身分の高い人間は、ちまたの人間がどんな暮らしをしているか、ほんとうにはわからないんだとジャックが言ってたよ。マックリーのやり方にマードンは衝撃を受けたんだと、ぼくは信じたい。立ち退かされた小作人たちが絶望的な状況に追いこまれるってことを、知って驚いてくれたなら。ジャックの言うとおりだと思いたいよ。ジャックは簡単にだまされるような男じゃないからね」

「わたしも、彼のことをそれほど見誤っていなかったと思いたいわ」

「気をつけて、メグ。それほどひどいやつじゃないかもしれないからって、足もとをすくわれちゃいけない。またべつの管理人を雇って、そいつがまた同じことをすると言いだすかもしれないんだ。立ち退きはここだけじゃなく、ハイランドじゅうで起きていることなんだから。利益の問題になったら、マードンだって同情するより自分の懐具合を優先するさ」

「そんなこと、わからないじゃない」メグが反論する。

「ああいう男は信用ならないってことはわかってる。彼はイングランドの伯爵で、ハイランドを愛する理由なんてないんだ。ぼくらのだれのことも、大切に思ってなんかいない。ぼくらはあいつにかしずく存在でしかないんだよ。マードン伯爵を信じたりしたら、泣きを見るだけだ」

そのとおりね、とメグは思った。残念ながら、もう手遅れなのかもしれないけれど。

19

それからの日々、リネットは昼間にメグの小屋をたびたび訪れた。メグはできるだけデイモンのことを訊かないようにしていた。彼の娘を利用するようで、卑怯だと思ったからだ。しかしリネットの会話には彼のことがよく出てきたから、まだ新しい管理人は雇われていないこと、彼が乗馬や散歩で時間の大半を使っていること、ジャック・ケンジントンが一度訪問してきたということがわかった。

メグがデイモンを見かけることはなかった。もちろん、それはいいことなのだけれど、いったいどこへ乗馬や散歩に出ているのかと不思議に思わずにはいられなかった。なにせ浜辺に行っても、ストーンサークルに行っても、メグの家とダンカリーのあいだの道でも、どこでも会うことがないのだから。あきらかに、彼女の行きそうなところを避けているのだ。そしてそれもまた、いいことなのだろう。コールの言うとおりだ。マードン伯爵のことは忘れたほうがいい。

二日つづけてリネットがやってこず、メグは意外に思った。ひとりで作業をするのに少し不思議な感じがしたほどだ。いつのまにかリネットの存在に慣れてしまっていたらしい。翌日はアンガス・マッケイのところに行くつもりだったが、延期したほうがいいだろうか。もしリネットが来たら、だれもいないことになる。そこで朝の早い時間に行くことに決めた。リネットはいつも昼を過ぎてから来るので、朝早く行けばリネットが来る前に余裕を持って戻ってこられる。

マッケイの家の近くまでやってきたメグは、玄関ポーチまでどすどすと出てきたアンガスがマスケット銃を持っていなかったので、ほっとした。彼はときどき銃を携えて客を迎えると聞いていたのだ。「メグ・マンローじゃねえか」

「アンガスおじいさん。お元気ですか?」メグはほがらかに言いながら、玄関ポーチの階段をあがった。

「まずまずだ」彼は目に覆いかぶさるような眉毛をしていた。「ごんなどごでなにじでる? ごんな年寄り相手に」

「これから秋でしょう。だんだん寒くなってくるわ。関節をあたためる軟膏があればいいかと思って」

「なんでぞんなこと考えんだ。軟膏ごしらえでぐれなんて、わしが言うただか?」

「いいえ、言ってないわ」メグは両手を腰にあててにらみ返した。「あなたはとっても気むずかしくて頑固だから、もし湖で溺れたとしても、手を伸ばして助けてほしいとも言わないんでしょうね」

「ふん。そもそも湖に落ぢるようなへまはせんよ」

「三種類の軟膏をつくってみたの。どれがいちばん効くのかわからないわ。自分で試してみてもよくわからないだろうし。だから、あなたに三つとも試してもらえたら、どれがよくてどれがだめかわかるでしょう？」

「わじで実験じようってのか？」

「あなたでなきゃだめってことはないわ」メグは強く言い返した。「もっと喜んでやってくれる人はたくさんいるけど」

「じゃ、なんでわじんどこに来た？」

「あら、いやだ。ちょっと教えてもらいたいことがあって、軟膏がお礼になるかと思っただけよ」

「なんだ、なんでそれを最初に言わん。ほら、それをごっちによごして座れ」アンガスは玄関ポーチに出してあるふたつの腰かけを手で示した。「おめえ、茶も出でぐると思ってんだろ」

メグは笑うしかなかった。「いいえ。お茶はけっこうよ」

「わじは飲みだいから、おまえざんも飲んでけ」アンガスはまたどすどすと小屋に入り、メグは腰かけに座って眺めを楽しんだ。

ほどなくしてアンガスはマグカップをふたつ持って戻り、ひとつをメグに突きだした。メグは受け取り、この老人の食器はどれくらい清潔なのかしらとは考えないようにして、ひと口飲んだ。舌がやけどするくらい熱く、とんでもなく甘かったが、少なくとも苦いほど濃いお茶をハチミツがごまかしてくれていた。彼女のほうに漂ってきたにおいから察するに、アンガスのお茶には小屋の裏で蒸留しているウイスキーがたっぷり入っているようだ。

彼はのどを焦がすような熱さも感じないのか、ぐびりと大きくひと口飲みくだした。「で、いってえなにが訊ぎてえんだ？」

「わたしの父さんが言ってたんだけど――」

アンガスがすぐさまさえぎった。「ふん、あの頼りにならんアラン・マクギーか。おまえざんのおっかざんも、あいつのどこがよがっだんだか。だが女ってのは、きれえな顔にころっとだまされるもんだからな」

メグはむっとしたがこらえた。「その父さんが、あなたはわたしたちの祖母を知ってたと言ってたもので」

アンガスの表情がやわらぎ、メグを驚かせた。「ああ、フェイ・マンローか。あれはえれえべっぴんだったなあ。おまえざんは彼女に似とるが、あれほどにはなるまいよ。いや、わじは彼女の気を引ごうなんてばかじゃねがったが。自分を選んでぐれねえかと思わねえ男は、この谷にゃおらんかっただろうよ。彼女ももちろんそれはわがっとったが、思わせぶりなことはせん女だった。だれにもあらぬ望みは抱かせんかったよ」

「でも、だれかを選んだことはまちがいないわ。祖母が愛した人はだれだったの？」

「つまりおまえざんは、自分のじいざんがだれか知りてえんだな？」

「ええ。あなたは知ってるの？　デイヴィッド・マクロイドと仲がよかったって、父さんから聞いたわ。わたしの母は、彼が自分の父親じゃないかと思ってたって」

「そうさな、デイヴィーは彼女が好きだった、それはたしかだ」アンガスはうなずき、物思いにふけるように遠くを見つめた。「それに、自分がフェイの相手になりだいとも思っとったな。彼女がおまえざんの母親を身ごもっとったときも、近くをうろうろしとったからの。彼女のために泥炭を採ったり、肉を持ってってやっだり。ヤギを連れてって、彼女がミルクを飲めるようにしだり。あいつが父親じゃろと思ってた人間は大勢おったぞ。あいつ本人も、そう思われてうれしかったんじゃろ。赤ん坊の父親みたいにふるまわせてもらって、そうするうちに、ほんどに男にしてもらえるかもしれんとな。だが、彼女が愛しでたのはデイヴィーじゃながった。愛する男を見るときの顔というのがあるじゃろ、そういう表情はしとらんかったよ」

怒りっぽいあのアンガスじいさんが、こんなにロマンティックな話をするなんて――。

「あなたは、祖母が愛した人はだれだと思う？　知ってる？」

「彼女は教えてぐれんかった。だがおまえざんの母親を身ごもっとるあいだ、ずっと哀しそうな顔をしどったよ。歩いとるとこを見がけたことがあるんだが――歩いどるだけだぞ――でも深い喪失感に打ち沈んだ目をしとった。崖の上に座って、男が戻ってくるとでもいうように海を見とった」

「じゃあ、彼は祖母を捨てて海に出たというの？」

「いや、海に出たわげじゃねえ。ただ、相手の男はもう戻ってこんかったってこった。わしはデイヴィーの兄貴のジェイミーじゃねえかと思うんだ、彼女が愛した相手は。

ジェイミーは立派な見てくれの男だった。娘っこはみんな、あいつを見てため息ついだもんだ。フェイは大人の女だったからの。わかるじゃろ、ふつうの娘っこじゃねがったから、彼女には年上の男がよかったんじゃ、デイヴィーみたいなひよっ子でなぐて。だがジェイミーも出てってしもうた。海にでなく、王子のための戦《いくさ》にな。彼がどうなったか、だれも知らん。しかし戻ってこんかったから、それでフェイ・マンローはあんなに哀しんでたんじゃねえかと思うんだ」

会ったこともない祖母を思って、メグの瞳に涙が湧いてきた。

「まあ、彼女はそのままの人生で悔いはなかったかもしれんが、デイヴィーはがっくりきてな、かわいそうに。残って赤ん坊を見守ろうと思ったのかもしれんが、やはり無理じゃった。あいつも村を出てって、戻ってこんかった」アンガスはため息をつき、哀しげに瞳をうるませた。

メグは聞いたことをしばらく頭で整理した。「デイヴィッド・マクロイドはどこへ行ったの？　まだ生きてるの？」

「わがらん。あいつからはなんも知らせはねえ。あいつの両親も何年も前に死んだ。姉妹のうちのひとりも。だがメアリはまだ生きとるな。トム・フレイザーと結婚して。ああ、でも彼女はもう頭がはっきりしとらんって話だ」

それではしかたがない。彼女はアンガスにお茶と話の礼を言った。昔の友だちの話をして少し気持ちが丸くなったのか、アンガスはメグが帰るときに帽子をちょっとかたむけて、静かに言った。「フェイみたいなべっぴんはもうあらわれんじゃろうが、それでも、おまえざんはフェイと同じ目をしとる」

それはアンガスじいさんから聞ける、最高の賛辞だろう。メグはせつない気持ちのまま小屋に戻ることにし、ずっと前に亡くなった祖母と、祖母の悲しい運命の恋に思いをはせた。崖の上に腰をおろし、灰色の海を見つめて戦いに行ってしまった恋人を悼む祖母の姿が目に浮かぶ。デイヴィッド・マクロイドもかわいそうだ。兄を愛した女性を好きになってしまうなんて。だが、ほんとうのところ祖父がだれなのかは、どうやらもうわからないらしい。そう思うと、メグの心は少し痛んだ。

頭上の空は、メグの胸の内を映したかのような陰鬱な灰色だった。家に着くころには雨がしとしと降りはじめた。今日もリネットは来なかった。天気の悪さを考えれば驚くことでもないけれど、メグは心配になった。もしやデイモンは、また娘がメグに会うことを禁じたのだろうか？　いったん雨はやんだがまた降りだして、夜になるころには本降りになった。メグは火に灰をかけて消すと、早めにベッドに入った。屋根を打つ心地よい雨の音を聞きながら、眠りに落ちた。

メグは、はっと目を覚ました。屋根と窓をたたく雨音が、いっそう強くなっている。雷でも鳴ったのだろうか？　起きあがると、またドンドンという音がした。雷ではなく、だれかがドアをたたいているのだ。声も聞こえたが、雨の音でだれなのかはわからなかった。

夜中にメグのところへ助けを求めて村人がやってくるのは、しょっちゅうあることだ。メグはベッドを降りてガウンをはおり、暖炉の燃えさしからろうそくに火をつけ、ドアのほうに向かった。

「メグ！　わたしだ。開けてくれ」

メグの足が止まり、のどがカラカラになった。雨音でくぐもってはいても、声の主がわかるところまで近づいていたからだ。心臓が早鐘を打ちはじめ、急いで玄関に行く。

「デイモン？」ドアの前で止まり、かんぬきに手をかけたものの、急にこわくなった。彼がではなく、自分のなかで湧きおこった感情——希望と、絶望と、うずくようなまごうかたなき欲望の入り混じったものが——。

「そうだ。頼む、メグ、ドアを開けてくれ。きみにつきまとうために来たわけじゃないから、ほんとうだ」

呆然としていたメグはわれに返り、かんぬきをあげてドアを勢いよく引っ張った。デイモンが目の前に立っていた。上着も着ておらず、ローンのシャツは雨にぬれて透け、布地が肌にまつわりついている。目は大きく見ひらかれ、目の下にはあざに似た青黒いしみのようなものが目立ち、頬はげっそりとこけている。帽子もかぶっていないので雨がまともにかかり、髪が頭にぺたりと張りついていた。

「デイモン!」彼のひどい有り様に驚き、メグの口がぽっかりと開いた。

「追い返さないでくれ。きみに軽蔑されていることはわかっている。だが、お願いだからわたしの言うことを聞いてくれ」目も声も必死だ。「リネットが病気なんだ。いっしょに来てほしい。頼むから。このとおりだ」

20

メグは身をひるがえし、ガウンを脱ぎながら鏡台に走った。抽斗を勢いよく開けてゆったりしたドレスを出し、ナイトガウンの上からかぶってひもを結んだ。髪はそのままなにもせず、フード付きのマントを巻いて室内履きに足を入れ、戸棚に駆けよった。

デイモンはまだ戸口に立っていた。緊張した様子で動かず、雨のかからないところにいるものの部屋に入るわけでもない。

「どういうふうに具合が悪いのかしら？」メグは小さな収納箱を取りだした。「どういう症状があるの？」

「熱が高い」髪をうしろにかきあげるデイモンは、乱れた心を落ち着けようとしているように見えた。「それに咳が出ている。小さいころはひどい咳をしていたんだ」

「どういう咳かしら？」メグは話しながらも薬や道具をつかみ、先ほどの小さな収納箱に詰めていく。「乾いた咳？　ぜいぜいいってるの？」

「小さいころの咳とはちがうが」デイモンの目がさらに真剣味を帯びた。「昔のような、のどの奥から出る吠えるような音とはちがう。だが、ぜいぜいいう音ともちがうんだ。なんというか……溺れているかのような」

メグはなおも質問をつづけながら箱を詰めていった。彼女の質問に答えることでデイモンの心も少し落ち着き、目の奥にひそむ不安も抑えられているようだ。最後に視線をひとつ部屋にめぐらせたメグは箱を脇に抱え、デイモンにつづいて小屋を出た。

デイモンは彼女を抱えあげて馬に乗せ、自分も彼女のうしろにまたがった。両手で手綱を握ると、彼女を抱えこむ格好になる。デイモンは頭をさげ、低く震える声で言った。「ありがとう」

「当然のことだわ」メグはこともなげに言った。

森を抜ける道は暗いうえ、とくに雨で足もとが泥だらけなので急げなかったが、ひらけた場所に出るとデイモンは馬にかかとを入れ、いっきに駆けさせた。メグが悲鳴をあげて彼のシャツにしがみつく。

デイモンは彼女を囲う腕に力をこめた。「だいじょうぶだ。しっかり抱えているから」

メグは片腕で箱を抱き、彼に背中をあずけて目を閉じた。ほっと力が抜ける。この短いひとときにあるのはただ、彼のぬくもり、たくましさ、よく覚えている彼の肌のにおい、包みこまれるような力強い腕だけだ。ほかのことはなにも――疾走する馬の速さも、染みこんでくる雨も――気にならない。ダンカリーの石張りの馬車道をひづめが打つや、待ちかまえていた馬丁が手綱を受け取りに駆けよってきた。デイモンは馬を降りてメグをすばやくおろすと、彼女の収納箱を自分で脇に抱え、彼女の手を引いて玄関前の階段を駆けあがった。ふたりの前で重たいドアがひらき、執事が脇に寄った。メグはマントを脱いで彼に渡す時間も惜しみ、デイモンとともに階段に走った。執事もばたばたと、驚くほど遅れずについてくる。

壁つきの燭台でろうそくの火が小さく燃え、だだっ広い廊下を照らしていた。デイモンがひらいたドアに大またで入り、メグもすぐあとにつづいた。茶色の髪をした小柄な女性がベッド脇に座り、ひざで手をきつく握りしめていた。目を閉じて何事かをぶつぶつつぶやいていたが、デイモンが入る音でぱっと目を開けた。

「ああ、だんなさま。お戻りになられたのですね、よかった。お嬢さまのご容体は――とくにお変わりありません」彼女の目に涙が光り、あふれてこぼれた。両手をもみあわせながら、デイモンが通れるように道を開ける。「ああ、なんということでしょう、お嬢さまもだんなさまも、おかわいそうに」

デイモンはベッドに近づき、娘の手を取った。横たわるリネットは小さく、いまにも壊れそうに見えた。頬は紅潮し、髪はぺったりと頭に張りついて、静まり返った部屋にかすれた息づかいが聞こえている。

「リネット、かわいい娘。ほら、おまえに会いにきてくれた人がいるよ。メグだ」デイモンの声音は、娘の額に置いて髪をうしろにすいてやる手と同じくらいやさしかった。彼の手がかすかに震えているのが、メグにはわかった。

マントのひもをほどいて脱ぐと、驚いたことにうしろに執事がいて、マントをさっと引き取った。彼女が前に進むとデイモンがさがり、場所を空けた。その主人の肩に執事が毛布をかける。「どうぞ、だんなさま。あなたさまとミス・マンローに熱いお飲み物を用意させております」

デイモンは心ここにあらずといった様子でうなずき、ぶるりと身震いした。メグがリネットの額に手を当て、さらに身をかがめて少女の胸に耳を当てる。体を起こしたとき、リネットの目がぼんやりとひらいた。「メグ！ わたし、行けなか――」言いかけて止まり、視線がメグのうしろに移った。「お父さま、わたし、病気になっちゃった」リネットの目に涙が湧いてくる。「ごめんなさい」

メグは、デイモンがのどを詰まらせるのを背中で聞いたが、それはどんな言葉よりも彼のつらい気持ちを雄弁に物語っていた。メグはあわてて言った。「謝ることなんかないのよ。病気なんてみんななるんだから。あなたのお父さまだって、いままでに熱を出したことは何度かあるはずよ」

「そうだぞ」デイモンは無理にでも軽い口調をつくって言った。「何度もある。ブランディングズに訊いてみなさい」

「あなたのお父さまが、あなたがよくなるようにわたしをここへ連れてきたの」メグはつづけた。「だから、これからできることをするわね」

「よかった……」リネットの声はそのひとことだけでしぼみ、目も閉じてしまったが、口角がわずかにあがった。

メグは執事が彼女の箱を置いた鏡台に行き、ブリキのコップに茶色い液体を少し入れた。リネットの頭の下に手を入れて頭をあげさせると、それをやさしく飲ませ、それから布をぬらしてリネットのほてった顔やのどをぬぐった。枕の位置を直して彼女の上半身をもたれさせ、デイモンに向き直る。彼は石のようにかたい表情で、メグからなにを言われるかと身がまえていた。

「これで息がしやすくなるでしょう。熱冷ましも飲ませたわ。少しは楽になると思います。これから厨房に行って、彼女のためにつくるものがあるの」

デイモンは無表情でうなずき、メグについて部屋を出て彼女の腕をつかんだ。「よくなるんだろうか？　もしも――」

メグは彼の手首をつかんで真正面から目を見すえた。「よくなるように、わたしにできることはすべてやるわ。約束します。さあ、あなたは乾いた服に着替えて」

「リネットを放ってはおけない」向きを変えて部屋に戻ろうとする。

「デイモン」感情を顔に出さないように押しこめ、メグは努めてはきはきとしゃべった。「あなたまで熱を出して倒れたら、リネットのためにいいことはなにもないわ。乾いた服に着替えてちょうだい。そのあとでなら、厨房から戻ったわたしの手伝いをしてもらってかまわないわ」

「わたくしがお引き受けいたしましょう、お嬢さん」と声がした。メグは気づいていなかったが、廊下の向かい側に立っていた男性が進みでた。あの最初の日、彼女のところへデイモンの招待状を届けにきた男だ。しかしいまの彼に気取ったところはまったくなく、主人のデイモンに向けた顔にあるのは心配だけだった。「おいでください、だんなさま、お召し物を広げてご用意しております。すぐにお戻りになれますよ」

「ああ、わかった」デイモンはぬれた髪をかきあげ、娘の部屋をもう一度だけ振り返ってから従者とともに行った。

メグは執事に案内されて階段を降りていき、大きな厨房に入った。椅子に座って居眠りをしていた料理人が、彼らの入っていく音にはっと目を覚まし、駆けよってきた。

「ああ、手に負えないんだよ、メグ。あんたを呼びにいったって聞いて、もうほっとして。かわいそうなあの娘を助けてやれるかい？　なにをすればいい？　タイムを少し入れたあたたかいお茶をずっとお出ししてんだけど、ほかにはどうすればいいかわからなくって」

「よくやってくれたわ」メグは彼女をねぎらった。「さあ、いまから咳止めのシロップと煎じ薬をつくらなきゃならないの。シロップにラズベリー酢が要るんだけど、あるかしら？　それからハチミツと、薬草を煎じるお湯も」

「もちろん。やかんはかけてあるよ。酢とハチミツも取ってくる。鉢は？」

「お願い」メグは箱を開けて、作業台に薬草を並べはじめた。「冷たい水も要るわ。できるだけ冷たいのが」

「汲みあげたバケツの水を地下の貯蔵室で冷やしてあるよ」

メグは手早く、慎重に作業を進め、ウイキョウ、ヤナギハッカ、オオグルマのすりつぶしたものを計った。それらを混ぜあわせたものに熱湯を少々そそぎ、しばらく置いておく。さらに薬草を組みあわせて小袋に入れ、ほかの薬草も小びんの油と混ぜあわせた。サリーがラズベリー酢を持ってくると、メグはハチミツを加え、先ほどの煎じ液を濾《こ》したものに混ぜてシロップを完成させた。

こしらえた薬を持ち、湯気のあがるやかんを持った召使いを従えて階段をあがった。待ちかまえていた従者が小走りでやってきて、薬の入ったびんを受け取る。デイモンは乾いた服に着替えて戻り、娘のベッド脇で背もたれの高いひじかけ椅子に座っていた。頭をうしろにもたせかけ、どうやらメグを待っているあいだに眠ってしまったようだ。リネットの様子を見ようと彼女が忍び足でベッドに近づくと、デイモンが身じろいでぼんやりと目を開けた。

彼の顔が一瞬、ふっとほころんだ。あまりにもあけすけな、少年と言ってもいいような表情に、メグの心臓はどきんと跳ねた。「メグ」彼が小声で言って彼女の手を取り、自分の頬に押しあてる。しかし意識がはっきりしたところで彼女の手を離し、立ちあがった。「すまない」デイモンが咳払いをする。「どうして――いや、来てくれてありがとう。リネットを助けるために来てくれて」

「もちろん来ますとも。来ないと思っていたの？」探るように彼を見る。

「いや。来てくれたらと――きみのお情けにすがるつもりだった」デイモンは目をそらした。「だが、断られるかもしれないと思っていた。きみにどう思われているか知っているからね」

その話題を打ち切るかのように肩をすくめた。「なにを手伝えばいいのかな？」

彼もなにか力になりたいのだろう。メグはリネットの上半身を起こして座らせてほしいと頼んだ。デイモンはすぐさま従い、壊れものを扱うかのように娘を起きあがらせた。メグはリネットの口もとにシロップをスプーン一杯ほど運び、その味にリネットの口はゆがんだものの、なんとか飲ませた。そして枕をもっとリネットの背中に当てて、もう少し寝かせた角度にした。それからメグはツンとするにおいの油をリネットの胸にすりこみ、その部分をウールの布で覆った。さらにひとつかみほどの乾燥した薬草を鉢に入れ、ベッド脇のテーブルに鉢を置いて上から熱湯をそそいだ。鉢からかぐわしい香りがたちのぼる。

「これで息が楽になるわ」メグがデイモンに言った。「咳にも効くから、いいと思うの」

デイモンはうなずき、ひかえている召使いたちに小さくうなずいてさがらせた。こういう権限を持っているというのはどんなものなのかしら、とメグは思った。彼がこれほど高慢な空気を漂わせているのも無理はない。ほとんどなんの力も持たず、自分たちの命すらままならない小作人たちの立場など、わかるはずもないのだろう。

「ブランディングズも、もうやすめばいいんだが」デイモンがなんとなくまわりに目をやった。「だが寝ようとしないだろうな、もちろん」両手で顔をこする。

「あなたは？」メグが尋ねた。「いつから寝ていないの？」

「もうずっと寝ていない気がする。日曜にリネットの具合が悪くなって、咳が出はじめて。夜も咳のせいでよく眠れないから、昨夜はわたしがそばについていたんだ。夜のあいだも今日も、悪くなるいっぽうで」そこで間が空く。「いや、もう昨日になるのか？　夜中だったはずだが」

「ええ。あなたはまる一日半も眠っていないことになるようね。少しやすんだほうがいいわ。わたしが見ているから」

「そんなことはできない」デイモンはベッドのほうを見やった。「娘をひとりには」やはり疲れていらだった様子で髪をかきあげる。「こんなになにもできないとは！　医者も呼びにやったんだが、これほど医者がいないなんて夢にも思わなかった。こんなところへリネットを連れてきたのがまちがいだった。本宅に戻るか、ロンドンにいればよかったんだ。それならいつでも医者がいる。少なくとも、なじみの子守を連れてきていれば……。彼女は娘が病気のときにずっと親身に世話をしてきてくれた子守でね。ミス・ペティグルーなど、役に立たんよりもなお悪い」

デイモンはひどい後悔にさいなまれて、部屋を行ったり来たりした。「リネットの具合が悪くなるかもしれないことは、わかっていたはずなのに。ずいぶん調子がいいように見えたんだ。エミベルが大げさに騒いでいるだけだと思っていた。妻は繊細な自分に自己陶酔しているものだから、娘も同じであってほしいんだと……。だから、リネットはわたしといっしょにいたほうがいいと思いあがっていた。わたしは娘にいろいろさせすぎた。乗馬も、散歩も、外に行くのも、娘にはいいことだと思っていたんだ」デイモンはつらそうな目をメグに向けた。「わたしは傲慢で、愚かで、自分は正しいと思いこんでいた」

「そうね、あなたは傲慢だったわ。それはたしかよ。でも、自分は未来を見通せるはずだったなんて思うなら、それもまた傲慢だわ。あなたは神さまなの？　なんでもお見通しで、なんでもわかるというの？」

彼の口が真一文字に引き結ばれ、顔つきも険しくなった。「きみは人の気分を持ちあげる名人だな」

「わたしはあなたの気分を持ちあげるためにここにいるんじゃないわ」メグは反論した。「リネットを助けるためにいるの。そのことについては、あなたがご存じのどのお医者さまにも負けないと思うわ。彼らはきっと、ヒルに血を吸わせるとか、そういうばかげたことでよくなるなんて言うんでしょうけど。リネットは小さいかもしれないけれど、そんなことに関係なく、たくましい子よ。それに気持ちが強いわ。生きようと精いっぱい闘うでしょうし、わたしもそれは同じ。このあたりの人ならだれでも、メグ・マンローほどの頑固者はいないって言うと思うわ」

「それならもう重々わかっているよ」デイモンはぼそりと言い、表情が少し明るくなった。「いまここでリネットの具合が悪くなるなんて、わかるはずもなかったことよ。命に関わる流行病《はやりやまい》の蔓延している地域に連れていったわけでもあるまいし。ここに来なければ具合が悪くならなかったかもしれないけれど、ほかのどんな場所でも同じことだわ。彼女はわたしに、ここにいるよりロンドンにいるほうが咳が出るって言っていたのよ。リネットはここが気に入ってるわ！　あなたのそばにいられて、毎日いっしょに乗馬に行けて、幸せだったのよ。いまにも壊れそうな役立たずの生き物みたいに扱われなくて、喜んでいたの」

「ほんとうにそう思うかい？」つらそうだった彼の瞳に希望の光が差した。

「思うんじゃなくて、知っているの」メグは迷いのない手つきで椅子を示した。「眠らないのなら、せめて座ったらどうかしら。これから長いわ」

「いや、きみがここに座ってくれ」デイモンは丁重に一歩離れた。「この椅子のほうが楽だ」

「かもしれないけれど、こちらの小さな椅子は、あなたのような体格の人には向いていないわ」メグは鏡台の前のかわいらしい椅子を引っ張りだし、ベッドの向こう側に持っていった。

「わたしはこちらでじゅうぶんよ。それにいずれにしろ、このほうがお水に近いし」

リネットの熱は高いまま引かず、メグもデイモンも気が抜けなかった。ときおりリネットは激しい咳に苦しみ、咳きこみが治まるまでデイモンは娘を抱えてやっていた。ブランディングズもしょっちゅう階下と行き来して、冷めたやかんを沸かしたてのものと取り替えたり、地下室から新しく冷水を取ってきて水差しに入れ替えたりしてくれた。おかげで薬草の蒸気吸入をしやすくすることもできたし、リネットのほてった顔をぬぐいつづけることもできた。

ずっとベッドの上にかがみこんでいるのでメグは背中が痛くなり、目も重たくなってきた。

「メグ？　メグ、起きてくれ」肩に置かれた手に気づいてはっと体を起こす。いつのまにかベッド脇でマットレスに頭をあずけて眠ってしまっていた。

デイモンは娘の上に身をかがめ、冷たいぬれ布巾で娘の顔をやさしくぬぐってやっていた。「熱があがったようなんだ。それに息が――息の仕方が変わったような気がする」そう言ってメグを振り返る。顔は不安でこわばり、目もうろたえていた。「この子を失うことはできないんだ、メグ」声がかすれている。「これまで、ほしいものはなんでも手に入れてきた。しかしそんなものにはなんの価値もない。もしリネットが……」唇をきつく引き結び、おそれていることが言葉としてもれることすらさせまいとするかのようだった。

メグは勢いよく立ちあがり、枕もとに駆けよった。リネットの顔は真っ赤で、せわしなく頭を動かしている。呼吸も苦しそうで、ひと息ごとに息がしづらくなっているようだ。

「急に熱があがってる。容体が悪くなってるわ」

21

「急いで」メグは言った。「呼吸ができるように酸素テント（患者の上半身を幕で覆って高濃度の酸素を与えるための装置）をつくらないと。材料が要るわ」

「ブランディングズ！」従者がさっとあらわれ、デイモンはメグの指示を伝えた。

「それから水の追加を——熱湯も冷水も」メグはリネットに熱さましをもうひとさじ与え、顔と胸を冷たい水でぬぐってやった。「お願い」デイモンを振り返る。「彼女の体を起こして支えていて」そう言って小さなタオルを彼に渡した。「肺をひらいてあげる必要があるわ」

デイモンは娘を自分の胸に寄りかからせ、メグは片手を杯状にして、リネットの背中のちょうど肩甲骨の上くらいに当てた。さらにもう片方の手の手首をリネットの背中に当て、杯状にしたほうの手でたたきはじめた。破裂するような音が大きく響き、デイモンはぎょっとした。

「痛くはないわ。音は大きいけれど、たたいているだけだから」メグは手を上下に移動させながらつづけた。「ほら、リネット、息をして。聞こえる？ 深呼吸よ」

リネットが泡立つような音の混じった息を吸い、咳きこんだ。

「そう、いいわよ。いい子ね」咳きこみが治まると、メグはリネットの背中のもう片側に手を移動させ、同じことをした。それが終わると、今度は胸の上部の左右ともに同じことをくり返し、一度たたくたびにリネットに深く息をするよう声をかける。そして最後に、背中の下半分にも同じことをした。

ブランディングズが戻り、メグはベッドの頭のほうに布をつるしてテントをつくるよう、男性ふたりに指示を出した。自分は鉢の薬草を新しいものに替え、さらに何種類か新しい葉をつぶして加えた。急ごしらえのテントがリネットの上半身を覆うようにできあがると、薬草の鉢を小さなテーブルに置いて熱湯をそそいだ。新しい冷水でリネットの顔をもう一度ぬぐってやり、テントをリネットと湯気のたつ鉢のまわりで閉じて、メグはうしろにさがった。

ブランディングズが静かに部屋を出ると、メグはデイモンに向き直った。彼は石のように動かず、念じれば娘に息をさせることができるとでもいうようにテントを凝視している。メグは思わず彼の手を取り、彼はその手をぎゅっと握った。

「これでよくなったのか？　どうすればわかる？」低くかすれた声でデイモンが尋ねた。

「もう少し待って」ふたりはそのまま永遠とも思える時間を待ったが、ようやくメグが背筋を伸ばした。「聞いて」デイモンをもう一歩、テントのほうへ引きよせ、リネットのほうに頭をかたむける。「ほら、わかる？」

「呼吸が落ち着いている」

「ええ、あたたかい空気と薬草で気道がひらいたのよ。これでもう少し楽に息ができるわ」

メグのほうに顔を向けたデイモンの黒い瞳には、涙が光っていた。「よかった！　メグ……」彼はメグを抱きよせ、腕をまわして彼女の頭に顔をうずめた。「窒息してしまうかと思った。この子を失ってしまうかと思った」

メグも彼に腕をまわし、やすらぎをそそぎこもうとでもするように、きつく抱きしめた。デイモンが彼女の髪に口づけ、感極まったような声で彼女の名を口にするのが聞こえた。その瞬間、あの日の夜ベッドでひとつになったときと同じように、たしかに彼とひとつになれた気がした。彼の苦しみ、おそれ、そしていま彼のなかに広がっている安堵と希望が、手に取るようにわかる。彼を抱きしめているのが幸せで、すてきで、当たり前のことに思えた。

彼の腕がゆるみ、メグは顔をあげた。もうひとときだけ彼は腕を解かず、彼女の目を見つめてから、うしろにさがって彼女を離した。咳払いをする。「ありがとう」

「そんなにお礼ばかり言わなくてもいいのよ、デイモン。わたしも彼女を助けられてうれしいの。リネットはとても大切な存在よ。それに、もし知らない子であったとしても断ったりはしなかったわ」

「お礼を言わずにはいられないんだよ」デイモンは長々と息をついた。「容体はよくなったんだね？」

「ええ、よくなったわ」メグは慎重に言った。「まだ先は長いけれど、いまのところ治療にちゃんと反応しているわ。熱はさがったし、呼吸も楽になってる。でも肺はまだ詰まりがひどいわね。もうひと山あるかもしれないわ。でもだいじょうぶだと思う。リネットは見かけより強い子だと言ったのは、ほんとうよ」

「よかった。よかったよ」デイモンはまるで自分を励ますようにくり返した。「これからどうすれば？」

「待って」メグは落ち着いて言い、自分の椅子に戻った。「二、三時間後にまた背中をたたかなくてはならないと思うわ。眠れるときに寝ておいてほしいの」

「眠れないよ」デイモンは窓辺に行ってカーテンを押し開け、外を見た。「夜明けだ」知らぬうちに、周囲の世界はちゃんと動いていたと知って、驚いたかのような声だった。しばらく外を見つめていたが、戻ってそわそわと部屋を歩きまわり、それからまた娘のそばに戻ってくる。

リネットの上半身はテントの下に隠れていて、布地を通してはほとんど見えない。デイモンはシーツの上に置かれた娘の手をそっとなでた。

「こんなに小さい」静かに言う。「ずっとそうだった」なつかしげな笑みが浮かんだ。「初めてこの子を抱いたときのことは覚えている。小さくて、赤くて、泣きわめいてしわくちゃで、頭には黒い髪の毛が驚くほどたくさん立っていて、背中の毛を逆立てたネコみたいだったよ。

大声で泣いて腕を振りまわすこの子を見たとき、こんなにかわいいものは見たことがないと思った。完璧だった。こんなに小さいのかというような指に、おもちゃみたいな爪。この子を抱いたとき、わたしは――なんと言えばいいのかわからないな。あれほど誇らしく、胸の詰まるような思いはしたことがなかった。もう……舞いあがっていたよ」

メグは涙でのどが詰まった。思いきりつばを飲みこむ。「赤ちゃんは、この世でいちばん完璧な生き物ね」

デイモンはうなずき、リネットの手の甲の骨と腱を人さし指でなぞった。「わたしはよい父親ではなかった。まあ、夫としてもできが悪かったが、そんなことはどうでもいい。もっとこの子といっしょにいてやるべきだった。だがリネットが大きくなるにつれて、わたしはこの子の母親への感情で動くようになってしまった。エミベルはロンドンが好きではなかったから、けんかをしたくないがためにロンドンに逃げた――いや、あれはけんかですらなかった――妻の不平不満や、いつも甘やかされてちやほやされたい性格にうんざりして、つねにこの症状はどうだ、あの病気はどうだ、あれがあったからこうなったと聞かされるのがいやで。ロンドンに出向く回数が増え、どんどん本宅には帰らなくなった」デイモンが顔をゆがめる。「自分勝手だった。愚かだった。四つの子どもがわたしを覚えていられるわけがない。年に数回しか会わない父親に、娘らしい感情が持てるだろうか？　自分のしでかしたことに気づいたときには、もう遅かった。母親が亡くなったときには、この子にとってわたしは他人になっていた」

「デイモン……」メグはじっと座っていられなくなった。ベッドをまわりこみ、彼の腕を取って自分のほうに向かせた。「リネットはあなたを愛しているわ。あなたはこの子の父親で、この子はここであなたといっしょにいられて喜んでいたわ」もう片方の腕もつかんで揺さぶった。それくらいの力では彼はびくともしなかったが。「もっとちがったふうにできたはずだなんて、自分を追いこまないで。ここに行けばよかったとか、あそこにもっと住めばよかったとか、そんなことはもう過去のことで、いまのあなたたちにはお互いがいるってことだけが大切なの。リネットはあなたを愛しているわ。ほんとうよ、あなたを崇めているほどよ」

「きみはやさしいな」

彼の瞳にじっと見入ったメグは、心の底から、彼を抱きしめてなぐさめてあげたい衝動に駆られた。けれどそんなことをしたら、どんなに情熱的な抱擁よりも、彼女の心にとっては危険なものになるだろう。メグは手をおろしてうしろにさがった。「やさしいわけじゃないわ、ほんとうのことを言っただけよ」顔をそむけ、冷水に布を浸して、ふたたびせっせとリネットの顔をぬぐった。

肉体的な欲望と闘うだけでいいのなら、もっと簡単だ。彼にネックレスを投げつけたあの日のように、彼をずっと軽蔑していられたらどんなに楽か。けれど彼は管理人がしでかしたことに心を痛め、小作人一家に情けをかけた。そしてメグは、彼のつらい気持ちや、娘を失うのではないかという恐怖、彼がさいなまれている後悔や自責の念を、わがことのように感じてしまう。椅子で眠りこんだ彼の疲れた顔を、どうして思いだすのだろう。目が覚めて彼女を見たときの、あの無防備な笑顔を忘れられないのはどうして？――ただ、あれは、彼がふたりのぎくしゃくした関係を思いだしたとたんに消えてしまったけれど。それに、さっきのあのひととき……彼の腕のなかで、あるべき場所に帰ってきたような気持ちになったのは、なぜなのだろう？

午前中、リネットは眠りつづけた。メグは彼女の体を冷やしながら、呼吸の様子を注意深く見守った。リネットは一度か二度目を覚ましたもののまだ熱が高く、メグがなんとか水を少し飲ませるとまた眠った。デイモンも娘のそばについていたが、ときおり落ち着きなく歩きまわっては、また戻って腰をおろすという具合だった。椅子に座ったまままうとうとすることもあり、はっと目を覚ましては、あわてて不安げに娘のベッドを見やるのだった。執事がデイモンとメグに食事を運んでくると、デイモンはいらないと手を振ったが、ブランディングズがなだめすかし、泣き落としや恫喝まがいの手腕を発揮して、食べさせることに成功した。一日が過ぎてゆき、メグはリネットのベッド脇で数分は眠ったものの、やはりじょじょに疲れが出てきた。デイモンはもっと寝ていないのに、どうしてしっかり座っていられるのかと驚いてしまう。

夜になるとリネットの咳はひどくなり、背中をたたく回数を増やした。あまりに何度もくり返したので、ふたりはいつしか効率よく作業ができるようになった。太陽がまた昇るころには、リネットの呼吸は目に見えて楽になっていた。

「暑いわ」テントの下から弱々しい声がした。メグもデイモンもはじかれたように立ちあがる。「お父さま？　これはいったい――」リネットが自分の前に垂れさがったテントの布を、力なく押した。

「リネット！」デイモンが布を持ちあげる。

リネットはしゃべろうとしたが、咳に変わってしまった。デイモンは娘を抱き起こし、静まるまで支えてやっていた。もう一度横になると、リネットはメグに頼りない笑みを見せた。

「メグ！　いてくれたのね。夢かと思っていたわ」

「ええ、ここにいるわ。先週あなたに話した薬草を、あなたに飲ませていたの。少しスープを飲んでみる？　元気が出るわ」

デイモンに目で合図をすると彼は廊下に出ていき、すぐにブランディングズがあたたかいスープの入ったカップを手に、せわしなく入ってきた。デイモンは娘がスープを何口か飲むのを手伝ってやったが、リネットは重たいまぶたをして顔をそむけた。「ごめんなさい。とてもしんどくて」

「眠っていいんだ。スープはまた明日起きたときに飲めばいい」デイモンは希望に満ちた笑顔でメグに向き直った。「よくなっているね？」

「ええ、そう思うわ。テントは、リネットが暑くないようにしばらく開けておきましょう」

デイモンが布を脇に押しやり、ブランディングズが前に出てスープのカップを取った。

「ほんとうにようございました、だんなさま。そこでといってはなんですが……」

「よもや小言ではあるまいな？」デイモンの口角が片方あがった。

ブランディングズが責めるような顔をする。「リネットお嬢さまのご気分がよろしくなられたのですから、あなたさまもそろそろおやすみになられては」

「眠れないよ」デイモンは反論した。

ブランディングズがメグのほうを見る。あいかわらずの無表情だったが、その瞳はどうかお願いしますとメグに懇願していた。

「デイモン、やすまなければだめよ」メグは彼のところまで行った。「いまがちょうどいいときよ。夕方や夜のほうが病人は具合が悪くなりやすいの。あなたが睡眠不足で疲れきっていたら、わたしといっしょにリネットの看病ができないでしょう」

「そのとおりだな」意外な返事が返ってきた。「きみは眠りたまえ。ハジンズに部屋を用意させたから」

「あなたは眠らなくていいと言うの？」メグは腕を組み、一戦交える覚悟をした。気づけばそれを少し楽しく思っている自分がいる。

「だんなさま、リネットお嬢さまはわたくしが見ておりますから」ブランディングズが割って入った。「すぐにお起こししますから。おやすみにならなくてはお体がもちません」

「わかっていないわね、ミスター・ブランディングズ」メグはかわいらしく言った。「マードン伯爵はふつうの人間じゃないの。睡眠なんて必要ないのよ。さっき食べ物も要らないと言ってたのと同じで」

従者はぎょっとした顔でメグを見たが、彼女はそしらぬふりをし、挑発するようにデイモンと向きあった。デイモンも目をきらりと光らせて一歩前に出る。一触即発の空気が漂い、メグは彼が言い返してくるだろうと思った。

が、デイモンはあごにぐっと力を入れた。「わかった。ベッドに入ろう」と言い放つ。「だが、きみも入るなら、だ」彼の言葉が宙に浮く。ちがう意味にもとれる言葉に、彼の頬がじわじわと赤く染まった。「いや……つまり……」

気まずい沈黙が流れるところへブランディングズが飛びこんだ。「お部屋へご案内いたします、お嬢さま」

メグはデイモンから目をそらした。「ええ、お願いします。リネットが目を覚ましたときにあげるものを、お伝えしておくわね」

デイモンは脇に寄り、メグがあれこれと話しているあいだ、彼女を見ないように気をつけていた。申し送りが終わるやいなや、ブランディングズは彼女を部屋から出し、デイモンもつづいた。

「ハジンズが廊下のすぐ向かいにお部屋を用意いたしました」ブランディングズが向かいのドアを彼女のために開けた。「なにかのときには、すぐにあなたさまを呼びにまいります」

メグは礼を言って部屋に入り、うしろ手でドアを閉めた。廊下の向かい側では、デイモンがリネットの部屋の前に立ち、なぜか心底驚いたという顔でこちらを見ていた。どうしてなのか、さっぱりわからない。ハジンズに部屋を用意させたと、彼自身が言っていたのに。しかしそのときは疲れきっていて、深く考えられなかった。金槌で打たれるかのように疲労がのしかかっていた。なんとなく部屋が立派で、重厚な紋織りやベルベットや大きな家具があるような気はしたが、やわらかく巨大なベッドの上掛けが誘うようにめくられていることしか目に入らなかった。靴を脱ぐのに歩みを止めただけで、あとはほうっと息を吐いてぜいたくに身をゆだね、ベッドに体を沈めて瞬時に深い眠りへと落ちていった。

数時間後に目を開けたメグは、しばらく頭がくらくらして状況がのみこめず、ぼんやりとあたりを見ていた。

「ああ、メグ！　ごめんなさい。起こすつもりはなかったんだけど」手にかばんを持った女性が、鏡台の前に立っていた。

メグはここがどこで、どうしてここにいるかを思いだし、起きあがった。「いいのよ、アニー。いま何時？」

「もうすぐお茶の時間よ。あなたの家に行って、身のまわりのものを持ってきたの。勝手にごめんなさいね。料理人が行げというもんだから」

「いえ、そんな。助かるわ、ありがとう」メグは髪をかきあげながら、まだ寝ぼけてぼんやりした頭をはっきりさせようとした。「リネットの具合はどう？」

「眠ってるって。さっぎ聞いたんだけど。あなたがリネットお嬢ざまのお命を救ったって料理人が言ってでた。彼女はお嬢ざまが大好きだから。あたしたち、みんなお嬢ざまが大好き。おやさしくて、かわいらしくて」

「ええ、ほんとうにね」

「あの、持ってきたあなたのものだけど、あたしが片づけましょうか、それとも……」アニーはどうしたものかという顔をしている。

彼女がとても困っていることにメグは気づいた。そう、彼女にとってメグは自分たちと同じ側の人間。名前も知っていて、長いことふつうに話をしていた人間なのだ。それなのに、そのメグがいまは客間で眠っている。

「いいえ。どうかお気づかいなく。自分で片づけるわ」本音を言えば、メグのほうもどうふるまえばいいのかわからなかった。

「顔を洗うのにお湯があっだほうが……いいわよね？」アニーがわずかに語尾をあげる。

「そうね、いただけるとありがたいわ」

水差しを持ってアニーが出ていくと、メグは立ちあがってまわりをよくよく観察した。部屋は大きく、家具は重厚な濃色で凝った彫刻がほどこされている。ベッドの上には木製の天蓋がついており、ベッドにあがるための木製の小さな階段もふたつあった。ダークグリーンの紋織りのカーテンが天蓋からベッドの両側にさがっているが、分厚いベッドカバーや反対側の窓に掛かったカーテンも同じ素材で統一されている。この部屋ひとつでメグの小屋全体ほどはないかもしれないが、ほぼ同じくらいの広さではないだろうか。

メグはアニーが持ってきてくれたかばんからヘアブラシを取りだし、髪をとかしながら窓辺に歩いていった。カーテンを開けて午後の日差しを入れようとしたが、開けてみて驚いた。カーテンの一枚が掛かっている部分は窓ではなく、ドアだったのだ。ドアの向こうは、石の欄干で守られた通路になっていた。

メグはすばらしい景色に惹かれて外に出てみた。眼下には庭が広がり、遠くにはベイル湖が午後の太陽に照らされて輝いている。彼女の小屋につづく道が端まで見通せる。バルコニーに沿って進んだメグは、べつのドアと窓も通りすぎた。さらに三つめの、そして最後になるドアに近づいたとき、なかからくぐもった男性の声が聞こえて、はたと足を止めた。

声のひとつが急に近く、明瞭に聞こえた。「……カーテンをお開けしましょうか、だんなさま？」

デイモンの部屋だ。メグはきびすを返して自分の部屋に急いだ。入って背中でドアを閉めてもたれたが、心臓がおかしなくらいどきどきしている。専用の通路を使えば、部屋から部屋へだれにも見られず、音も聞かれず、簡単に移動できるのだ。ほかの人に知られることはない。こんなときにそんなことを考えるなんて、メグはやましい気持ちに激しく襲われた。けれど考えずにはいられなかった。もしやデイモンは、メグをこの部屋に通すよう、召使いに命じたの？――そう思うと、嘆かわしくも胸の高鳴りを感じずにはいられない。でも、ちがう。ブランディングズが彼女をこの部屋に通したときのデイモンの顔を、メグは見ていた。だからデイモンはあのときへんな顔をしていたのだ。彼は驚いていた。彼は執事のしたことを知らなかったのだろう。よかった。娘が病気だというときに、冷静にメグをベッドに引きこむ算段をしていたなどとは思いたくなかった。

けれど、それとはまたべつに、あまりうれしくない考えがメグの頭をよぎった。彼の顔には驚きとはちがうものも浮かんでいた――ぎょっとしたと言ってもいいような表情。ふだんは身内や客にしか使わせない棟のこの部屋に、執事が彼女を通して、あ然としたのだろう。そう思うと、メグの胸はずきりと痛んだ。

そこへアニーがお湯の入った水差しを持って入ってきて、メグの物思いはさえぎられた。ずっと着たままだった服を着替えられるのはうれしい。メグはアニーが出ていくや、着古しのゆったりしたドレスと下に着ているナイトガウンを脱いだ。顔を洗って手早く着替え、髪をねじって動きやすくひとまとめにあげ、向かい側のリネットの部屋に急いだ。

「メグ！」リネットがしわがれ声で言い、青ざめた顔をほころばせた。

そばに立っていたデイモンもメグのほうに向く。疲れや心配がまだ表情に残ってはいるが、きれいにひげもあたって上品な出で立ちに戻っていた。しかし疲れた顔をしていようと、メグの心臓は彼の姿を見ただけで速くなる。またしても不謹慎な……やすんだおかげで元気は回復したけれど、ばかげたことまで考えるようになってしまった。

「ミス・マンロー」デイモンが首をかしげて挨拶した。

「マードン伯爵さま」少し息切れしているように聞こえなかったかと心配になる。メグは挨拶してリネットに向き直った。「気分はどうかしら？　のどが少しカエルさんみたいにガラガラしてるわね」

「ええ」リネットはうなずき、また咳きこんだ。咳が止まると、弱々しく微笑む。「でも気分はずいぶんよくなったわ、ほんとうよ。もう三十分くらい起きているの」そう言ってまた咳きこむ。

「それはよかったわ。ミスター・ブランディングズがしっかりお世話してくださったのね。でも、まだおしゃべりは少しにしておいたほうがいいわ」メグはリネットの額に手を当て、次に胸の音を聞いた。「肺の音もよくなってるわ。熱もさがっているし」

「いやな咳」リネットは小さな声で言い、また咳で体を震わせた。「そうね、でも長い目で見れば、咳のおかげで悪いものが出ていくのよ。さあ、少し姿勢を変えましょうね」

メグはリネットの腕と背中に手を当てた。デイモンも同時に手を伸ばし、メグの手に指先がふれてしまった。彼はあわてて手を引っこめた。メグは彼を見ないように気をつけながら、リネットの枕を直したが、彼の手が当たったところがちりちりとして苦しいほどだった。いたたまれなくなって顔をそむけ、リネットの薬を用意することに集中した。

デイモンが咳払いをする。「わたしたちのためにハジンズが、奥の居間にお茶を用意してくれた。せっかくのお茶を飲まなかったら気を悪くするかもしれない。ブランディングズも看病の仕事をやりたくてうずうずしているようだし」

「まあ。ええ、それなら喜んで」デイモンとふたりきりになるのだと思い、メグの心は少し乱れた。こんなふうに気まずく思うなんて、ばかばかしい。彼とはまる二日近くもずっと、すぐ近くでいっしょに作業をしたり心配したりしていたのに。「じゃあ、ミスター・ブランディングズにリネットのお薬について説明だけしておくわね」

メグは従者に話をした。皮肉なもので、なんだか彼に親しみすら覚えるようになってきたが、変わったのは従者のほうなのか、それとも自分のほうなのか？　デイモンは廊下で彼女を待っていて、礼儀正しく彼女に腕を差しだした。少しばかみたいと思いながらも、メグは彼の腕を取っていっしょに廊下を歩いていった。

遠くの山々が見わたせる、快適で広い部屋にデイモンはメグを案内した。景色や調度品を見れば豪奢としか言いようのない部屋だったが、階下の格式張った部屋に比べればあたたかみがあると言えなくもない。窓辺に小さなテーブルが用意され、取り分け皿は近くの低い台に置かれていた。執事がそばに立って給仕をしようとひかえていたが、デイモンが自分たちでできるからとさがらせたので、メグはほっとした。

「すまないね、ハジンズの〝お茶〟というのはなんというか、盛りだくさんすぎるようだ」デイモンはちゃかしながらメグを座らせた。自分もメグの向かいに腰をおろし、低いが真剣な声で言った。「リネットはよくなっているね？　わたしの思いちがいではなく？」

「ええ、そう思うわ。でも快復するにはしばらくかかるわ。咳は長引くこともあるから」

「このままいてくれないだろうか？」デイモンは目に力をこめた。「たいへんなお願いをしているのはわかっているが、きみにここにいてほしいんだ」そこで言いよどむ。「いや、きみがいてくれると安心だし、頼りになる。このままきみがあの子を診てくれたら」

「ええ」メグは静かに言った。「もちろん、このまま彼女を看病させていただくわ」

「ありがとう」見るからにほっとしてデイモンは椅子にもたれた。「さあ、ハジンズはなにを用意してくれたかな」

ふたりは台のところへ行って、料理を皿いっぱいに盛った。食べ物を目にしたメグは、自分がいかに空腹だったかに気づいた。デイモンでさえ、せっせと食事を口に運んだ。しかし空腹がある程度満たされると、彼はそわそわしはじめて皿を脇に押しやり、腰を浮かせた。リネットのところに戻りたいのかと思い、メグは彼を見やった。しかし目が合うと彼は視線をそらし、スプーンをもてあそびはじめた。彼は気まずく思っているのだ。

デイモンは咳払いをしてお茶を飲み、ようやく口をひらいた。「ああいったことを、きみはどうやって学んだんだ？　治療法や、薬草や……」

「母に教わったの、母が祖母に教わったように。わたしとコールがまだ小さいころから、母のあとをついてまわって植物や木のことを学んだわ。ベイラナンで暮らしていたころでさえ、母はわたしたちを外歩きに連れていってくれたの。わたしたちだけでなく、イソベルと、彼女の弟のアンドリューと、ふたりのいとこであるグレゴリーもいっしょにね。でも治療について学んだのはわたしひとりだったわ」

「きみはベイラナンで暮らしていたのか？」

「ええ。アンドリューが小さいころ、わたしの母が彼の子守だったの。彼が生まれたときに、イソベルとアンドリューのお母さまは亡くなったから。それでわたしたちはベイラナンに住みこんで、アンドリューが学校に入る年齢になるまでいっしょに育ったのよ」メグはからかうようににんまりした。「そういうわけで、わたしは分をわきまえない人間になったの」

「わたしはそんなことは言っていないはずだが」デイモンが反論する。

「そうね、言ってないわね。でも、谷ではみんなそう思ってるわ」

「だがわたしは」デイモンが冷ややかにつづける。「どこで育てられようと、きみが〝分をわきまえる〟ことなどなかったと思うね」

メグは声をあげて笑った。「たぶんそのとおりでしょうね」

「メグ……」彼は背筋を伸ばして少し前のめりになったが、そこから立ちあがった。「きみに言っておかなければならないことがある」そう言いながらも彼はしゃべろうとせず、向きを変えて窓際に行った。

「ええ、どうぞ」メグはじっと見守った。表情も態度も、これがデイモンとは思えないほど緊張しているように見える。彼女は胃が締めつけられそうだった――彼女の立場をはっきりわからせておこうと、決心したのだろうか。彼女は使用人であり、友人などではないことを――。

「すまない」デイモンはばつが悪そうだった。「こういうのは苦手で。へまをしたくないんだ。ここ最近は、事あるごとにへまをしているようだから」

「後生だから、デイモン、早く言って終わらせて」

彼は背筋を伸ばした。「きみの言うとおりだ。起きたことは変えられないし、責められるべきはわたしだが、きみには知っておいてもらいたかった……あの者たちに起きたことを、わたしは知らなかったんだ」

彼の言葉はメグが予想していたこととかけ離れていて、彼をぽかんと見つめることしかできなかった。

「キース家の人々のことだ。それと、ほかの者たちも。マックリーが小作地を羊の飼育地に変えていることや、小作人たちが立ち退かなければならないことは知っていたが、それが彼らにとってどういう事態になるかはよく理解していなかった。言い訳にもならないことはわかっている。わたしはもっとよく考えるべきだった。もっときちんとした人間なら、自分のことだけでなく人のことも考えただろう。わたしにそれができていなかったと認めよう。しかし、悪意があったわけではないんだ」デイモンは黒い瞳に力をこめた。「マックリーの冷酷なやり口は許せなかった――それはなにがあっても変わらない。だが、わたし自身があの者たちに害をなそうと思っていたとか、死の床にある女性を家から追いだして家に火をつけるような男だときみに思われるのは、耐えられない。燃えさかる家のなかにきみがいたかと思うと、血も凍る思いだ」メグの前まで行ったデイモンは、驚いたことに片ひざをついて彼女と目線を合わせた。「そんな人間だとは思っていないと、言ってくれ」

「思っていないわ。あなたの言うことを信じます、デイモン」メグは手を伸ばして彼の髪をなでたくなった。彼を抱きしめ、つらそうな顔をしている彼をなぐさめたい……けれど、その衝動を断固として抑えつけた。彼に向かって言ったことを謝罪するわけにはいかなかった。あのときは本気で言ったのだし、言わなければならない言葉だった。つらそうな彼を見ると胸が締めつけられるからといって、それは変わらない。結局、メグはこう言った。「あなたがキース家に出向いて謝罪したと、コールから聞いたわ」

「彼がそんなことを？」デイモンは驚いた。

「ええ。弟は公平な人間なの、デイモン。あなたにはお礼を言わなくちゃ。弟に対してなんの行動も起こさないでくれて、ありがとう」

「わたしは傲慢な人間かもしれないが、自分のけんかに他人を頼ることはしないよ。それに、彼はきみを守ろうとしたんだ、とがめることなどできない。メグ――」デイモンは彼女の手首をつかんだ。「――頼む、信じてくれ。わたしは一度だって、きみを蔑もうとしたことはない。わたしはただきみを……賞賛したかった。どれほど幸せでうれしい気持ちだったかを伝えたかっただけなんだ」そこで下に目をやった彼は、自分がメグの手首をつかんでいることに驚いたのか、あわてて離した。体を起こして顔をそむける。「ネックレスは喜んでくれると思ったんだ。それに……きみを飾りたてたかった。琥珀はきみの瞳の色とおそろいだ。あれをつけたきみを見てみたかった」

あたたかな気持ちがメグの全身に広がっていく。口が渇き、なにを言えばいいのか考えられなくなった。

デイモンはまた腰かけ、咳払いをした。「こんなことを言って、きみにいやな思いをさせるつもりではないんだ。断じてきみにしつこくしたり、誘惑するつもりはない。きみがここにいるのは、ひとえにリネットを看病するためで、わたしたちのあいだにはもうなにもないことはわかっている。しかし、このままにはしておけなかった。わたしがきみを低く見ているなどと思わせたままではいけない」

メグは食い入るように彼を見つめていたが、心のなかは荒れ狂っていた。自分がどう考えているのか、どう感じているのかさえわからず、なにも言うことができない。胸の奥でわだかまっていた怒りや苦しみはほどけたが、代わりにいろいろな感情が入り乱れて湧きあがっていた。うれしくて、幸せで、やる気がみなぎるような気持ちがあるのに、それ以上に、デイモンの言葉にひどくうろたえていた――〝わたしたちのあいだにはもうなにもない〟――。

メグがしゃべることも動くこともできずにいるうちに、デイモンは唐突に立ちあがった。

「もう戻ったほうがいいな」

「ええ、そうね」メグも立ち、ふたりは無言で部屋をあとにした。

それから日に日にリネットの病状は快復していった。熱はさがり、咳は残るものの、呼吸を助ける天幕を使うのは夜だけになった。だるさは取れないのでリネットはよく眠ったが、おかげでメグにはずいぶん時間ができた。デイモンは謝罪の日から遠慮がちになり、堅苦しく丁重な態度をとるようになった。リネットのそばについているのも彼とメグとで代わる代わるにしようと言い、一見、メグがやすむ時間を取れるようにという心づかいのように見えた。しかしメグには、彼が自分を避けようとしているのではないかと思えて、胸が痛んだ。

もちろん、彼は宣言したとおりにふるまった。完璧な紳士ぶりを発揮して、貴婦人を相手にするときとまったく同じように敬意をもってメグに接し、彼のベッドを一度はあたためたふしだらな女のように扱うことはなかった。メグはそれを喜ぶべきなのだ。ほっとするべきなのだ。

マックリーの荒っぽいやり口を彼が知らなかったこと、ましてや、命じてやらせたのでなかったことは、ほんとうによかったけれど、だからといってデイモンが貴族でなくなるわけではない。悪人でなかったからといって、善人になるわけでもない。コールが言ったように、そのうち新しい管理人を雇うだろう。やはり小作人を立ち退かせたほうがよいという結論に至るかもしれない。それとも、マックリーの悪事を悔やんで罪の意識を感じたことで、立ち退きをやめさせるだろうか。もしくは、深く考えることもなく、やはり自分の利益のために、もう少し穏便なやり方に変えるにしても、立ち退きを再開するのだろうか。

そんな男性を愛するのは愚かだし、メグはもはや自分の心をともなわずに肉体だけを捧げることもできなかった。そう、そのふたつを分けて考えようとしたことすら、まちがっていたとしか思えなかった。

そんなある日の午後、リネットが眠る横でメグは窓辺に立って外を眺めていた。時間をもてあまして落ち着かず、彼女が部屋に入ったとたんに出ていったデイモンがうらめしかった。窓からは屋敷の正面玄関が見え、長い馬車道とその先の堂々とした立派な門まで見通せる。いまだヒースに覆われた荒野や、遠くには緑の山々も見えるすばらしい眺めだったが、彼女の寝泊まりしている部屋から臨めるベイル湖や、湖までの斜面に互いちがいに配置された庭のように、感動的な広がりを堪能できるものではない。

そのとき視界にデイモンが映り、メグはガラスに顔をくっつけるようにして彼を見た。彼はポケットに両手を入れてうつむき、ライムの木が並んだ馬車道をゆっくりと歩いていく。どんなことを考えているのだろう。リネットがたいへんだったときに見せた、あの後悔と自責の念にまだ悩まされているのだろうか。プライドをかなぐり捨ててメグの小屋に助けを求めてやってきたときの、やつれて険しかった顔を思いだす。リネットのベッド脇で、ふがいない父親として自分を責めたときの苦悩に満ちた声、メグに見せた表情。メグの胸に、ふんわりとやさしい気持ちが広がった。彼をそっと抱きしめてあやしてあげたい衝動は、情熱に駆られて彼とひとつになったときに全身に広がった熱と、ある意味同じくらい強いものだった。

腹だちまぎれの声をもらしてメグは窓から顔をそむけ、本をつかんでふたたび椅子に腰をおろした。こんな物思いは、もうやめなければならない。デイモンはもう彼女のことを、欲望をかきたてられる女性ではなく、子どもの看病をしてくれる人間だと思っているのだ。メグだって、そのほうがいい。貴族の男性が田舎娘に手をつけた場合、娘にとってはめでたしめでたしで終わることなどありえない。

メグは本をひらき、決然と読みはじめたが、十分後には本の内容を訊かれてもまったく答えられないだろうという有り様だった。そのときドアがひらいてデイモンが入ってきた。ぱっと顔をあげたメグは、思わず唇が弧を描きかけたのをこらえた。

「どんな具合かな？」デイモンがベッドのほうにあごをしゃくる。

「眠っているわ」メグは彼の長く引きしまった脚がすぐそばにあるのを意識してしまい、裸になったときの彼の太ももや腰の線を思いださずにはいられなかった。あのときは腰のくぼみに思わず親指をあて、腰骨の張りだした部分、格子状にうねる筋肉、肩に向かって広がる肋骨までなぞってしまったけれど……。

危険な方向に流れていく心を引き戻し、ふと、さっきの自分の返事があまりにも短くて唐突すぎたと気づいた。あわててリネットの容体について話しだしたものの、いかにも緊張して要領を得ない話し方になっているのが自分でもわかって、声がしぼんだ。メグは本の読んでいたページに指をはさんで、立ちあがった。

デイモンが表紙を見て、眉をつりあげた。「〝誉れ高きラザフォード家の全歴史〟？」唇が弧を描き、黒い瞳が輝いた。「つまり、きみは眠りたいということかな？」

メグはくすくす笑った。「わたしの部屋にあった本はこれだけだったから」

「もっとおもしろいものが図書室にあると思うよ」デイモンが手を伸ばして本を取り、そのときに指がメグの手をかすめた。彼の瞳が深みを増し、一瞬、秘められた激しい欲望がよぎった気がして、メグは息が止まりそうになった。

そのときにわかった。デイモンはまだ彼女を求めている。

問題は、メグがどうするかということだ。

22

デイモンは上着を脱いで従者に渡した。胸の内は荒れ狂い、ブランディングズが手袋をはめてひざをつき、主人のブーツを脱がせ、あとできれいにするためにドアの近くに置いているあいだもじっとしていられなかった。一分の隙もなく誠心誠意、忠実に世話をしてくれる使用人に感謝すべきなのはわかっているし、ふだんならそうできている。しかしいまは、放っておいてほしかった。自分自身の存在でさえもてあましているというのに、他人を受け入れる余裕はない。

心は千々に乱れて燃えさかり、メグ・マンローのことで頭がいっぱいで、沈静化する気配はみじんもなかった。メグがこの屋敷に泊まるようになって今日で五日。彼は途方に暮れていた。最初はリネットの病気でうろたえ、娘が死ぬかもしれないという恐怖におびえ、メグの美しさや彼女に抱く欲望についてはまったく考えが及んでいなかった。いや、少なくとも、そういうことはふたりの気まずい状況のごく一部でしかなく、不安や心配に揺れるなかで、そこはかとなく根底に存在するものでしかなかった。

しかし先日の朝リネットの病気が峠を越え、ほっとしてうれしくて思わずメグを抱きしめたとき、抑えこんでいた思いが爆発し、メグに感じていたものすべてが堰を切って怒濤の勢いで戻ってきた。これまでに関わったどんな女性よりも、彼女がほしい。しかしそんな気持ちを見せてもいいような時でも場合でもなかった。娘がいまだ病気に苦しみ、彼とメグを必要としているのに、そんな甘ったるい思いに胸を焦がすなど不謹慎で、娘に申し訳ない。さいわい自制心を働かせることができ、メグにキスをしたりもっと抱きしめたりしたいという激しい衝動に打ち勝つことができた。

だがハジンズがメグを、彼の部屋と連絡通路でつながっているすぐ近くの部屋に通したとわかったときは、欲望で息が止まりそうになった。あのままっすぐ彼女の部屋に行き、その場で抱きしめてしまわなかった自分をほめたいくらいだ。

あれ以来ずっと、歓喜と苦痛の入り混じったおかしな思いを抱えて過ごしている。メグと夕食のテーブルについただけでも、欲望の火花が散りそうになる。小さく切ったリンゴに彼女が歯を立て、ピンク色の唇が果実を飲みこむのを見ただけで、自分がなにを話していたか忘れそうになる。彼女がまとうかすかなラベンダーのにおいに鼻孔をくすぐられ、明るい笑い声には肌をなでられているような気分になる。

身を切られるような欲望に駆られると、デイモンは娘の部屋を出て長いこと庭を歩いた。昨日は午前中の半分は馬に乗っていた。せっかくリネットのそばについているのも交代でと提案したのに、メグと離れているときでも惨めなほど彼女のことばかり考えていた。

リネットはいままでになく快復が早く、ずっとだれかがついていなくてもよいため、楽になるはずだった。今夜は小間使いのひとりがリネットの部屋に寝台を置いて、ついていることになっている。だからひと晩ゆっくり眠れるはずなのだ。しかし、すぐに歩いていけるところでやわらかくあたたかなメグが眠っているということしか考えられず、ほんのひとときたりとも安眠できない。

いらだたしげにうめいてデイモンは顔をそむけ、襟巻きをぐいとゆるめた。のどが詰まりそうな気分だ。

「なにかおっしゃいましたか?」ブランディングズが淡々と尋ねた。

「いや」デイモンは白い布を引っ張ってはずして丸め、椅子の上に投げた。それをブランディングズがさっと取るのを凶暴な目つきで眺めながら、ベストのボタンをはずす。従者はすかさず向きを変え、主人のベストの肩部分をすばやくつかんでするりと脱がせた。さらに主人のカフスをはずそうとしたところでデイモンはかぶりを振り、追い払うように手を振った。「もういい。やすめ。あとは自分でやる」

ブランディングズが部屋を出ていき、彼の背後で静かにドアが閉まると、デイモンはため息をついて両手で髪をかきあげ、理性と落ち着きを取り戻そうとでもいうように頭を抱えた。外のバルコニーに通じるドアまで歩いていく。ブランディングズがすでにカーテンを閉めていたが、それをまた押し開けた。

このバルコニーに立って夜ごと下の谷を見つめ、小屋にいるメグと、そこにいっしょにいる自分を想像していた日々が思い起こされる。彼女と過ごしたあの一夜の記憶を隅々まで鮮明にたどるうち、デイモンの体ははちきれそうなほどうずき、彼女のところへ行って抱きしめてキスをして、自分と同じくらい彼女もうずかせ、息も絶え絶えにしてやりたくなったものだ。

それが……まったくとんでもない冗談のような皮肉ではないか。数歩バルコニーを歩いていけば届くところにメグがいるというのに、これまで以上に彼女が遠い。デイモンは小さく悪態をついて顔をそむけた。バルコニーという連絡通路でつながっている部屋にメグを通すとは、あの執事はなにを考えているんだ。

リネットの部屋の真向かいにメグを寝かせるのは、たしかに理にかなっていた。まさかあてこすりで、デイモンにこれほど近い部屋にしたわけではあるまい。それともひょっとしてハジンズは、デイモンが専用の通路を通って彼女のところへ行ってもだれにも気づかれない部屋にしたほうがいいと思ったのだろうか？　もしかしたら召使い全員が、彼とメグが一夜をともにしたことを知っているのだろうか？　召使いたちときたら、どんなことでも起きたらすぐに知っているようだから。ハジンズは、メグがデイモンの愛人だと思ったのかもしれない。デイモンがなにもかも台なしにしたとは――メグをしっかりと自分のものにする前に失ってしまったなどとは、執事は思いも寄らなかったのだろう。

デイモンは窓ガラスに頭をつけた。ほてった肌にガラスがひんやりと冷たく、のぼせあがった頭の中身も冷ましてくれないだろうかと、しばらくそのままでいた。しかしそんな願いなどおかまいなしに、頭のなかは暴走する。メグはもうベッドに入って眠っただろうか。やすらかな寝顔、頬に影を落とすまつげ、わずかにひらいてキスを誘うような唇が、まざまざと頭に浮かんでくる。純白のナイトガウンに包まれた、やわらかくてあたたかな体。薄い布地は、胸のふくらみも先端の色濃い部分も隠しきれていないのではないだろうか。いや、あるいは、ふたりで過ごしたあの夜のように、なにも身につけていないかもしれない。彼の腕に収まったあの体はやわらかく、敏感で、彼のものになったとしか思えなかった。

彼は何度か頭をガラスに軽く打ちつけた。メグのところへ行くことはできない。彼女はそんなことを望んではいないのだ。一度ならず二度までも、強く彼をはねつけたのだから。メグがこの屋敷に来たのは、彼が招いた――いや、ダンカリーに来て娘を助けてほしいと懇願したからだ。彼女はきらいな男の願いを、やさしい心で受け入れてくれたにすぎない。そして彼女はリネットを助けてくれた。それについては言葉に言い表せないほど感謝している。しつこく言い寄ったりしたら、恩を仇で返すことになるだろう。

ドアに背を向け、デイモンは決然と本を手に取った。しかし腰をおろしたとたん、本はひざに置かれた。メグはまだ起きているだろう。まだ九時だ。この一時間、時間が経つのがほんとうにのろかった。彼女もドアの外を見つめているかもしれない。いや、バルコニーに出ているかも。石の連絡通路の端に立ち、月明かりを浴びて、長い髪を夜風になびかせているのかも……。

またくぐもった声で悪態をつき、デイモンは立ちあがった。本がどさりと床に落ちる。彼は本を拾いあげて必要以上に荒っぽくテーブルに戻すと、ドアのほうに足を踏みだした。ドアを勢いよく開け、バルコニーに出る。

ひと気はなかった。通路に立っているのは彼だけだ。だがメグはまだ起きていた。ドアのガラスを通してランプの明かりがもれ、やわらかな光が欄干を照らしている。ほんの少し歩けば、彼女のところへ行ける。ふたりの部屋のあいだには、空き部屋がひとつあるだけだ。彼女の部屋に行くことを思うと、デイモンののどはカラカラになった。ドアのガラスから覗いたら、鏡台の前に座ってつややかな髪をとかしている姿が見えるかもしれない。両手がドレスのボタンにかかり、ゆっくりと誘うように下に向かってはずしているところが見えるかも……。

なにをばかな！　いったい自分はどうしてしまったんだ？　こそこそと彼女の部屋に行って覗き見しようなどと考えるとは。そんなことはせず、行くなら堂々と行けばいい。あのドアを開けて、彼女を抱きしめればいい。自分はマードン伯爵なのだ。彼が興味を向ければどんな女も喜ぶ。メグの望むものをなんでも与えてやれる力が彼にはある。ハイランドの小屋一軒よりはるかに多くのもの、メグのような女性にふさわしい生活を。イタリアでもギリシャでもどこでも、彼女が見たことのない世界を見せてやりたい。芝居やオペラに連れていき、宝石で飾り、最高級のドレスを着せて。

だが、そういうものはなにひとつ、メグは望んでいない。

かつて彼女を買おうとしているとなじられたというのに、デイモンはいまここで、まさにそういうことをしたいと思っている。だが、メグは男が与えてくれるものになど興味はない。自分の望むものだけを、自分で手に入れる女性だ。彼女がデイモンのもとに来るとしたら、それは彼と同じように血がたぎるとき。彼がメグを感じたいのと同じように、彼の手や口を感じたいと思うときだ。それがどんなにもどかしくても、だからこそメグはどうしようもなく魅力的でもあるのだ。彼女はマードン伯爵などどうでもいい。彼女がベッドをともにするのも……しないのも、デイモンというひとりの男でしかない。

部屋のなかに戻るのがいちばんいい。いや、それを言えば、いちばんいいのは、メグを家に帰らせることだった。そうすれば心を惑わされるものがなくなり、この苦しみからも解放される。だが、それだけはしたくなかった。

デイモンは欄干をつかんで夜の闇を見つめながら、もう部屋に入ったほうがいい理由を、いくつも自分に言い聞かせていた。そのとき、かちりという鋭い音に思考をさえぎられ、さっとそちらを向いた。ドアがひらき、そこにメグが立っていた。

荒れ狂う感情に身をまかせてはいけないと、メグはもう何日も必死で自分を抑えていた。そうしなければならない理由は、山ほどある。けれどデイモンを目にすると、その理由のどれもが妥当なものとは思えなくなってしまう。彼がそのうち本宅に帰ってしまうことも、ふたりの関係に未来などないことも、自分をけっして愛してくれない男性を求めるのが愚かしいことも、すべてがどうでもよくなって、彼が姿を見せるたびに胸が高鳴り、あの長く引きしまった脚でふたりの距離を縮めて近づいてくるのを見るたび、体が熱くなってしまうのだ。

それに、マンロー家の女が安全な道を選ぶなんてことがあっただろうか？　心で感じるものよりも、理性や常識を優先したことが——？　今夜、メグはナイトガウンに着替えるときも、髪をおろしてブラシを通すときも、自室にいるだろうデイモンのことを考えつづけていた。彼が部屋にいることはわかっていた。メグの部屋の前を通りすぎる足音を聞いたのだから。

そう、認めよう。彼女はデイモンが部屋に来てくれるのを待って——いえ、願っている。部屋に来て、彼女を抱きしめて、彼女の抵抗を口づけでねじふせてほしい。そんなことを願うなんて弱いかもしれないけれど、それでも彼に誘惑してほしかった。あの声でそっとやさしくささやいて、甘やかしてほしい。あの指で肌をくすぐり、彼女の欲望に火をつけてほしい。彼の自制心が効かなくなるのを見ながら、彼の熱や自分の高ぶりを感じたい。

メグは立ちあがり、部屋を行ったり来たりしはじめた。落ち着かないし、満たされないし、暑くて、ピリピリして、もどかしくて、とろけそうで、心が乱れて、どうにも眠れない。彼がほしいのなら、自分自身だけでなく、デイモンにもそれを認めなければならないだろう。自分のほうから動くのをためらう理由はなにもない。なんといっても、彼女は自分の考えで動くことに慣れている人間だ。もし彼に拒まれたら、恥をかくことになるだろう。でも、それならそれで、ダンカリーから出ていくのが楽になる。それでもやはり、彼女のなかには怖気づく部分もあった。ほんとうに自分は、そんなにあけすけにこの気持ちを彼に告げられるだろうか？

なにか物音がして思考がとぎれ、メグはバルコニーのほうを見た。胃のあたりがそわそわしてくる。一瞬、躊躇したが、紋織りのガウンのひもをほどいて脱ぎ、ベッドの足もとに置いた。室内履きも脱ぎ、忍び足でバルコニーに出るドアまで行き、外を覗いた。

デイモンが連絡通路の端、彼の部屋のドアの前に立ち、石の欄干に手を置いて外を眺めていた。上着は着ておらず、ローンのシャツの裾はブリーチズから出して垂らしている。薄い生地が微風でそよぎ、すらりと平らな胸から腹にかけて張りついていた。ブリーチズから出たふくらはぎと足は素足で、それを目にしたメグの体内はおかしな反応をした。落ち着かせるように息を吸うと、メグはドアを開けた。

瞬時にデイモンが振り向き、彼女を見て固まった。メグの心臓がどくんと跳ねた。背後の部屋からもれるランプの薄明かりを受けて、きっと自分の体の線は、ぼんやりとであっても浮きあがって見えているだろう。明かりの届かないところに動くこともできたけれど、彼女はそうしなかった。

「デイモン」

一瞬、応えてくれないかと思ったが、そのとき彼がかすれた声で言った。「メグ」

デイモンが近づき、メグもバルコニーに足を踏みだした。なにか言わなければ――なにか言ってこの場の雰囲気をやわらげなければと、メグは思った。しかし彼女は気づいてしまった。夜の空気を震わせているこの緊張感を、ゆるめたくはないと。デイモンは彼女からほんの三十センチのところで止まった。彼ののどもとが脈打っているのが見えて、そこに口づけたいという衝動に襲われる。デイモンの体は弓の弦のように張りつめていた。メグが手を伸ばし、彼の手首をつかむ。彼はわずかにびくりとし、瞳が深い黒へと変化する。メグは彼の手首から腕へと手をすべらせた。

彼の手が、いきなりメグを引きよせた。

23

熱く、濃厚な、無我夢中の口づけだった。デイモンはメグの髪に手を差しいれて頭を固定し、彼女の唇をむさぼった。メグは彼の首にしがみつき、すべてを差しだしながらも彼から与えられるものをあますところなく受け取ろうとする。ようやく唇を離したデイモンは震えるような息をつき、また角度を変えてふたたび唇を重ねた。

メグは体を押しつけ、やわらかな自分の体で硬い骨や引きしまった筋肉の感触を楽しんだ。震えるほどの欲望がいっきに襲ってくる。自分の内側でも、外側でも、考えられるかぎりの方法で彼を感じたい。ふたたび彼が唇を離してメグの首筋に顔をうずめると、かすれた息づかいと炎のように熱い体を感じたメグは、彼の肩を指が食いこむほどつかんで、こう言うのがやっとだった。「ねえ……お願い……」

それは火に油をそそぐようなものだった。デイモンはメグのナイトガウンの大きく開いた胸もとに手をかけ、ぐっと引きさげて肩まであらわにした。ボタンがふたつ暗闇にはじけ飛び、布が破れる音もしたが、ふたりとも気にも留めなかった。彼がナイトガウンをさらに押しさげ、メグの足もとに布地が落ちる。デイモンは彼女の背中と形のいいお尻をなでると、ふっくらとした丸みに指を食いこませ、ブリーチズのなかでかたく盛りあがった自分のものを押しつけた。

抑えきれないメグの高ぶりが、息切れしたような小さな笑い声となってあふれた。彼女がデイモンの首に抱きつき、つま先立ちになる。彼に持ちあげられて、両脚を彼の胴に巻きつけた。メグは彼の首筋に唇を押しつけ、そのまま上になぞって彼の耳たぶを口にふくんだ。彼がなにやら声をもらし、彼女を抱く腕にぎゅっと力をこめる。

「バルコニーからふたりいっしょに落ちてしまうよ」デイモンがくくっと低く笑った。

「それでもいいわ」大胆に言い放ったメグは、彼の耳たぶを甘噛みした。「あなたは？」

「ああ、かまわない」デイモンは顔の向きを変えてまた口づけ、自分の部屋のドアまで彼女とともに戻った。ドアを入るときによろけて枠にあたっても意に介さず――いや、気がついてさえいなかったかもしれない。

キスをしながらふたりはベッドに倒れこんで転がった。メグが彼のシャツを引っ張ると、彼は体を起こして頭からシャツを脱ぎ去り、部屋に放り投げた。メグも起きあがって彼の肩を押し、もろとも倒れて彼の上にまたがった。そしてブリーチズのボタンをはずし、なかに手を入れて尻の丸みにそって手をすべらせ、布地をおろして、彼のかたく脈打つものを解放した。

メグははっと息をのんで手を伸ばし、力のみなぎったものをそっと指先でなぞった。デイモンはびくりとし、低くうめいて彼女の両腕をつかみ、さっと彼女をベッドに倒して組み敷いた。顔、のど、胸へと口づけ、唇も手も彼女の体の上で貪欲に動かす。メグは反応し、すすり泣くような甘い声をあげて、彼の色に染まっていった。その甘い声にデイモンはよけいに煽られ、メグが彼の肩に指を食いこませてどうしようもない欲望に耐えられず腰をすりつけるようになると、メグの脚をひらかせて深く彼女のなかに入った。

メグは腰をあげて彼を迎え、さらに奥へと引きこんで彼の背中をなでおろし、尻の双丘に爪をたてた。デイモンはうめいて彼女のなかで動き、大きく腰を使って一心にふたりを高めていった。メグも両脚を彼の体に絡めて彼を煽りたて、全身全霊であの瞬間を——あの最高の悦びの瞬間を目指していった。

そしてとうとうメグに絶頂が訪れて芯から揺さぶられたとき、彼もまたそこへたどりついた。彼はメグのなかでわれを失い、彼女をかき抱き、肩に唇を押しあてて声を押し殺した。デイモンがくずおれる。メグは彼を抱きしめ、長くて引きしまった体の重みを堪能した。横を向いて彼の腕に口づけ、両手で背中をやさしくなでる。こんなふうに精魂尽き果て、人の役に立って……だれかのものになった感じは、信じられないくらいすてきだった。自立したひとりの女としてずっと生きてきたメグ・マンローが、いま彼と、互いに相手のものだという感覚を分かちあっている。いまこの瞬間、そして永遠に、デイモンは彼女のものであり、今後ほかにどんなことがふたりを待ち受けていようと、それはけっして変わらないだろう。

デイモンがメグの肌に唇をつけたまま何事かをつぶやいた。重たくてすまないというような内容に思えたが、彼はメグの上から転がるように降りて彼女を抱え、大事そうに抱きよせた。彼の肩のくぼみに頭をもたせかけたメグは、やはりそれが自然でしっくりくることを再発見した。それから長いこと、ふたりは互いの体から離れられず、夢見心地でやさしくふれあっていた。デイモンが彼女の髪に口づける。

「痛くなかったかい?」やさしくつぶやく。「そんなつもりはなかったんだが、どうしても……どうしても止められなかった」片ひじをついて起きあがるとメグを見おろし、指で彼女の鎖骨から肩、そして絶頂に達したときに思わず吸いついてしまったところをなぞった。赤くなったところをやさしくなでる。「跡がついてしまったね。すまない」メグの顔を覗きこんだ彼の表情は、申し訳なさそうなのと同じくらい満足そうだった。

「そんなこと、思っていないくせに」メグは彼の頰に手をあて、キスで赤く腫れぼったくなった彼の唇を親指でなでた。

「痛かったのなら悪かった」なんとなく得意げな笑みがデイモンの唇に浮かぶ。「だが正直に言うと、きみにぼくのしるしをつけるのは悪くない。きみはぼくのものだと、世界じゅうの男に知らしめてやりたいんだ」

「つまり、わたしもあなたの所有物なのね」メグはしかめ面だったが、声はからかうような調子だった。「浜辺や、そびえ立っている石と同じように――」

デイモンは声をあげて笑い、彼女の口を唇でふさいだ。「いや、そういうものとはぜんぜんちがう。それらは選択の余地がないだろう？　だが、きみは……」メグの頬と首をなで、髪をうしろに払ってやる。「きみは自分の意思で、きみをぼくに与えてくれた。それはこのうえなく貴重なことだ」

「そしてあなたも、あなたをわたしに……」

「ああ」スコットランド訛りをまねる。「わたしを、きみに」

「それならよかったわ」メグはにっこりと笑いかけた。「あなたはわたしがほしいわけではないかもしれないと思っていたの」

デイモンは目を見はった。「なんだって、どうしてそんなことを思うんだ？」体を低くし、メグの向こう側にも腕をついて上から彼女を見おろす。やわらかな彼女の胸の先端に、そっと唇を当てた。「ずっとほしかったよ――」胸からおなかへ、一語一語口にするたびにキスを落としながら進む。「いつも。いつも。きみをひと目見た瞬間から」舌で彼女のへそをくすぐり、また上に戻っていく。「息をするたびに」すうっと長く唇を上に這わせる。「きみを見るたびに」胸の先端を舌でなぞる。「きみの声を聞くたびに」そして、もう片方の胸の頂きへ。「きみがほしくてたまらなくて、もう死ぬかと思った」

「それはだめよ」メグは彼の首に腕をまわし、全身をうずかせる甘く熱い欲望で瞳を輝かせた。「でも、ほんとうに？ それを証明――」

「できるさ」デイモンは不敵な笑みを浮かべた。「今度は、時間をかけてゆっくりとね」

たしかにそのとおりだった。彼の口も、手も、とてつもなくゆっくりとメグの体の上を動き、息を詰めるような絶頂の縁に何度もメグを追いこんでは寸前でやめ、ちがう場所を攻めたりべつの角度からかわいがったりした。彼女の肌を隅々まで味わい、唇で探り、なでて、触って、検分して、ついにはメグが泣きそうな声でのどを詰まらせ、シーツに指を食いこませ、背をしならせてねだるまで。

そうして、やっと、彼はメグのなかに入ってきた。少しずつ満たされる充足感は、つらいくらい気持ちいい。いっそ拷問かと思うようなゆっくりとした腰の動きは、どんな小さな快感もすべて引きだしていく。メグは彼の熱に包まれ、内側にも熱をそそぎこまれながら、ともに動いた。まるでひとつになって、同じものを追い求めるかのように。とうとう絶頂の波がじんわりとあふれんばかりに押しよせたとき、彼もうめいてベッドに指先を食いこませ、彼女のなかに精をそそいだ。

ふたりは抱きあってひとつになったまま、やすらぎのなかへたゆたっていった。

それからふたりは、専用のバルコニーで屋敷のほかの部分から切り離された部屋を彼らの部屋として使うようになった。そこはふたりだけの世界で、ふたりの関係はもちろん秘密にしていたが、召使いたちに気づかれていることはわかっていたし、噂されていることもわかっていた。ただデイモンの屋敷では、だれもあえてメグに失礼な態度をとることはなかった。小間使いたちがひそひそと話をしていても、メグが出ていくとぴたりと話をやめる。ミセス・ファーガソンはできるだけメグと話もしないようにしており、メグの姿を見ると冷ややかに目を光らせた。けれどメグはすべて無視した。これまでだってずっと噂されてきたのだ。そんなことを気にして、いまこのときを台なしにしたくない。

家に帰ったほうがいいのはわかっていた。リネットの容体はよくなったのだから、ここにいる理由はない。ある日の夜、デイモンにもそう言ったのだが、即座にここにいてもらわなければ困ると言われた。「リネットにはきみが必要だ」

「いいえ。彼女はずいぶんよくなったわ。どこにでも歩いていけるし、階段の昇り降りもできる、もうお夕食にも自力で降りてきているし」

「わたしだってきみが必要だ」デイモンはあっさりと言ってのけた。

そう言われると帰ることもできなかった。だからそのままいることにし、楽しいことに目を向けようと思った。一日に数時間はリネットと過ごし、おしゃべりしたり本を読んだり、デイモンがいっしょのときもあれば、リネットとふたりだけのこともあった。厨房の蒸留室を借りて、リネットの体力を回復させる薬をいくつかつくってみたりもした。

残りの時間はデイモンとの時間だ。庭を散歩したり、湖まで行ってみたり。屋敷の敷地内でも抱きあったり、キスをしたり……もっとその先のことまでできる人目につかない場所が、いくつもあることがわかった。夜にはふたりだけの部屋で食事をした。いっしょにいて楽しいのは、もはや肉体の交わりにかぎったことではなくなった。もちろん欲望が失せたわけではなく、彼に見られたりふれられたりすればすぐに血が沸きたつのだけれど、すぐに満たされるとわかったいまでは欲望をかきたてられるのを楽しむ余裕もあり、どんな場面でも刺激的な味つけがされているようなものだった。

とにかくふたりは話をした。散歩のとき、食事のとき、夜ベッドに入っているとき。これほど話が尽きないことが、メグには信じられなかった。ふたりはまったくちがう人間なのに、こんなにも話すことがあり、笑いあう機会もあるなんて。

デイモンは本宅や両親のことを話した。両親は己の責務や家に献身的だったが、本宅で幼い息子と過ごす時間はあまりなかった。兄のことも話に出たが、デイモンが五歳のときに亡くなったのだという。

「デイモン！　そんな哀しいこと！」メグはおののいた目で彼を見た。ふたりでベッドに入っていたので、メグは彼に寄り添い、言葉よりも肌のぬくもりでなぐさめた。「もしコールになにか起こっていたらどうなっていたか、想像もできないわ。なにがあったの？」

「厩舎で遊んでいたとき、兄は足を切ったんだ。馬丁頭が真っ青になってエドワードを抱きあげて、屋敷に走っていったのを覚えている。エドワードは馬丁頭に、だれにも言わないでってお願いしていたな。厩舎で遊んではいけないと言われていたから」

「まあ、デイモン……」

「医者に診せて、包帯を巻いて、治るものとみんなが思っていた。出血は多かったと思うが、それほどひどい傷ではなかった。だが兄の脚は腫れてきて、とんでもない悪臭がして、あれは忘れられないよ」

「壊死してしまったのね」

デイモンはうなずいた。「もう兄の部屋には入れてもらえなかった。ある夜、父に書斎に連れていかれて、エドワードは亡くなったと聞かされた。わたしは泣きだしたが、泣いてはいけないと言われたよ。勇ましく、強くならなければならないと。もうわたしが伯爵家の跡取りであり、未来のマードン伯爵なのだからってね」

「お気の毒に」メグは彼を抱きしめ、そっと頬にキスをした。

「あまりにも昔のことで、もう兄のことはあまり思いだせないが」デイモンはかすかに笑った。「よく池で小さな木の舟に乗ったな。母方のおじから兄に贈られたものでね。おじは海軍大将だった。おじの船に見立てて遊んだものさ」

「あなたも海軍に入りたかったの？」

「いや、まさか。わたしは騎兵隊がよかった。もちろん、跡取りということもあって、入りたくても入れなかっただろうが、威厳のある仕事だっただろうね。まあ、わたしが騎兵隊に憧れたのも、ほとんど回廊に飾ってある昔のラザフォード卿の肖像画のせいなんだ。彼は王党派だったから国王のために武器を持ち、チャールズを逃がすために戦って亡くなった。子ども心に、すばらしい英雄だと思ってね。もちろん、ほんとうに憧れたのは、あの帽子やブーツだったんだが」

「大きな羽飾りつきの帽子をかぶったあなたが目に見えるようだわ」

「ああ、羽飾りは立派に見えると思うよ」デイモンはきりっとした顔でメグを一瞥《いちべつ》し、にやりと笑った。

メグは声をたてて笑い、思わずキスをした。そんなふうに笑われたら、胸がいっぱいになって破裂しそうだった。「あなたという人がようやくわかったわ」メグはまた彼の腕に収まり、彼の胸に頭をあずけた。「そういうご家族がいて、そんな歴史があって、みんなの名前もわかっているなんて、すてきでしょうね」

「きみにだって家族と歴史はあるだろう。マンロー家の女性は何世紀にもわたってここで治療にあたってきたと聞いたよ」

「ええ。でもわたしの場合は、曾祖母までしか名前がわからないの。あなたは征服王ウィリアム一世にさかのぼるまで、お名前もすべてわかっているんでしょう？」

「全員ではないよ」彼の瞳がおどけて光る。「正直言って、わたしはそれほど興味もなかったし」

「わたしは祖父の名前も知らないの。母でさえ、自分の父親がだれなのか知らなかったのよ」

「それはつらいだろうね、はっきりしないのは……」デイモンは慎重に言葉を選んだ。

メグがかぶりを振る。「いいえ、あなたが考えているようなことじゃないの。祖母の相手がたくさんいて、だれの子どもなのかわからないというわけでは。フェイは——祖母は、母を産むときに亡くなってしまって、お墓まで秘密を持っていってしまったの」

「おじいさんがだれなのか、だれも知らないのかい？」

メグはアンガス・マッケイのことを話し、アンガスの人となりをいきいきと再現してみせてデイモンを笑わせた。フェイとデイヴィッド・マクロイドと彼の兄ジェイミーのことも話した。マクロイド兄弟のひとりは亡くなり、もうひとりはどこかで生きているかもしれないが、メグにとってはもはや、だれひとり手の届かない存在になってしまった。

「つまり、そのデイヴィッド・マクロイドという男がきみのおじいさんか、大おじかもしれないということだね」

「ええ。どこにいるかわかればいいのに——もちろん、生きていればの話だけど。話ができたらすばらしいでしょうね。なにはなくとも、祖母のことを聞けるんですもの。わたしは祖母に似ているんですって。祖母ほどきれいじゃないがって、アンガスじいさんはすかさずつけ加えてたけど」メグはちゃかした。

「じゃあ、おばあさんはほんとうに美人だったんだな」デイモンはひと息置いてメグにキスした。「だが、アンガスじいさんは目が悪いにちがいない」

メグは肩をすくめた。「祖父がどんな人でも、コールはどうでもいいんですって。大事なのはいまの自分たちだからって。コールはとても現実的なのよ」

「だが、きみはもっとロマンティックだと」

「感情的と言いたいんでしょう」きつい言い方にならないように、メグは微笑みを添えた。「あるいはコールは、わたしより現状に満足しているだけなのかも」

「きみは満足していないのかい？」

「自分の暮らしや立場をきらっているわけではないわ。ちゃんと受け入れて気に入ってるの。ただ、わたしはずっと――どう言ったらいいのか――自分の背景を知りたいと思っていたの。自分が何者で、どこに起源があるのか」デイモンを見やって哀しげに笑う。「あなたにはよくわからないかもしれないけれど」

「いや、そんなことはない。わかるよ。だが――家族もいろいろで、知らないほうがいいこともある。わたしの祖父などは、だれに聞いても暴君そのもので、知りあいのだれからもきらわれていたぞ」

メグはくすくす笑った。「もう家族の話は終わりにしましょう」伸びをしてキスすると、そこでおしゃべりはおしまいになった。

またべつの日、ふたりは庭を散歩しながら、デイモンが訪れたことのある場所について話をした。彼が行った観光地や目にした人々、彼がメグに見せたいもの。「まずはイタリアだな。ヴェネチアやローマに行こう。フィレンツェも」

「まあ、ほんとうに？　でも、わたしはなにも意見は言えないのかしら？」

デイモンは笑った。「そんなことはないさ、メグ。きみにもたくさん要望があることくらいわかっているよ」彼はメグの手を取って口もとに持っていった。「きみがハイランドをこよなく愛していることは知っている。きみが行きたくないなら、行かなくたっていいんだ。でも、そう思わないでいてくれたらと思うよ。いっしょに行くと言っておくれ。よければ、まずはロンドンにしようか」

「ここのことは大好きよ。ほかの場所で暮らすなんて想像できないわ。でも、だからと言って行きたくないというわけじゃないの」メグは生意気そうに笑ってみせた。

「じゃあ、決まりだ。イタリアに行こう。冬がいいかな。あたたかいところへ行くのは、リネットにもいいと思わないかい？」

「ええ」メグは胸が締めつけられるような気持ちでデイモンを見た。彼を信じたかった。冬になってもまだここにいてくれて、どこへ行くにもいっしょに行きたいと思ってくれると。けれど、もうすぐ彼も目が覚めて、それがどんなにむずかしくて不可能なことか気づくだろう。デイモンは、そんなことは見えないふりをし、いやな現実から逃げようとしているのかもしれない。彼ほどの富と権力と魅力があれば、たいていいつもは望みどおりになるのだろうから。

けれどメグには、はっきりと奈落の底が見えていた。社交界の人々は、彼が愛人と大陸へ旅行をするときに娘も連れていくなど許さないだろう。ここの地所で自分の名のもとに管理人がなにをしていたかにデイモンが気づいたように、社交界の反応にも気づくだろう。そして、自分が愛娘の評判に傷をつけているということに。いかにメグが自分の住む世界にそぐわないかということに。

そのとき彼がメグに変わることを望んだら、いったいどうなるだろう？　あるいはダンカリーに戻るのがわずらわしくなったら？　どれが正しいフォークなのかメグにはわからなかったり、公爵に話しかける言葉がわからなかったり、ほかにもメグの習ったことのないことがいくらでもあって、彼に恥をかかせたら？　彼とメグの意見が食いちがったら？

そういうことを考えるのが、メグには耐えられなかった。

「もうなかに戻りましょう」メグは足取りをゆるめた。「リネットの様子を見なくちゃ。今日は少し歩いてみたいと言ってたから、ついていてあげないと。疲れるようなことがあってはいけないわ」

「わたしもいっしょに行こう」デイモンは快く向きを変え、屋敷に戻ることにした。「ただ、斡旋所から届いた名簿を見なくてはならない」顔をゆがめる。「もう二日も先延ばしにしているんだ」

「名簿って?」

「土地の管理人だよ」

「えっ」メグの体に緊張が走った。おそれていたことのひとつが、始まろうとしている。

「どんな人を雇うつもりなの?」

「それが問題なんだ。どうすればいいのか、まったくわからない。名簿には名前と推薦文は載っているんだが。なにをどのようにやらせるか決まっていないし、ましてやどの人物が適任なのかわからない」ちらりとメグを見やる。「そんな顔で見ないでくれ。ドナルド・マックリーのような男はもう雇わないから。立ち退きを迫ったりもしないよ」デイモンはため息をついた。「しかし、羊の飼育に切り替えないとすると、どう切り盛りしていったらいいかわからない。ロンドンの管理人もふくめて、みなそうしろと言うんじゃないかと思う。それに正直言って、赤字を出したくはないし」

「ジャックに相談してみたらどうかしら。ベイラナンはうまくいっていると思うわ。明日の夜、イソベルに食事に誘われているから、そのときにジャックに相談できるわ」

「彼とはもう話をしたよ。あそこはイソベルとコールが管理をしていると聞いた」

「じゃあ、コールに聞けば」

デイモンは短く笑った。「いや、それはけっこうだ。話をするのにまた唇を切るのはごめんだよ」

メグは怒ったような声をもらした。「コールは殴ったりしないわ。約束してくれたもの」

「きみがわたしを守ってくれるとは、ありがたい」デイモンは自分の横にメグを引きよせ、彼女の頭にキスをした。しかし、やはり物思いに沈んだようすで屋敷のほうへ歩き、高い段まであがったところで、彼は止まった。「先に帰っていてくれ。わたしは――ちょっとやることがある」


デイモンは小屋の前でつかのま足を止めた。玄関のドアは開いており、なかでコール・マンローがテーブルに座っているのが見えた。手に持った木片に意識を集中していて、デイモンの足音にも顔をあげない。デイモンがドアの枠を強くたたいてノックすると、コールの頭が勢いよくあがった。コールは目を丸くし、千枚通しを置いて立ちあがった。

「話がある」デイモンが言った。「このまま始めてもいいか、もしくは、まずわたしを殴るか？」

「さあ。あんたの話の内容によるな」

「仕事の話だ。個人的な話ではない。まあ、殴りあいのひとつくらい、いつでも相手になってやるんだが、できれば早く話に入りたい」

コールはうんざりしたような声をもらしてテーブルに手を打ちつけた。「ふん、入って、座って、さっさと話せ。あんたの顔を血だらけにしたら、メグにこっぴどく叱られちまう」

デイモンの唇がぴくりと動いた。微笑みというほどのものではなかったが、彼はテーブルのそばに並ぶ腰かけのほうに向かった。テーブルの上にある木片をちらりと見る。どうやら顔を彫ろうとしているらしい。「きみがつくったのか？」

「ああ。ついでに言えば、このテーブルもだ。でもぼくの木工細工の腕前について話をしにきたわけじゃないんだろう？」コールはデイモンの向かいに腰をおろし、腕組みをした。

「そうだ。じつはダンカリーの管理をする人間が必要でね。きみがもっとも適任のようだから」コールが言葉を失ったのを見て、デイモンは胸のすく思いがした。

長い沈黙のあと、コールは一度しゃべろうとしてやめ、また口をひらいた。「あんたは頭がおかしいのか？」

「そうかもしれない」デイモンは肩をすくめた。「だが、しかたがない。わたしには管理人が必要だから、きみを雇いたい」

コールは思いきり眉をしかめた。「メグを喜ばせたくて、こんなことをしてるのか？　ぼくに仕事をやって、姉さんの歓心を金で買おうと？」腰かけが床にこすれる音がして、コールが立ちあがった。「あるいは、ぼくが使用人になったら、あんたに従うと思ってのことか？　もうあんたに殴りかからなくなると？」

デイモンも勢いよく立ちあがり、大理石のように冷たい目でにらんだ。「まず、きみに襲われる心配など、これっぽっちもしていない。頑固なハイランド人くらい、どうとでもできる。きみがメグの弟でなければ、いつでも喜んで相手になってやるところだ」

「やってみてほしいもんだね」

「次に」コールの言葉を無視してデイモンは噛みつくように言った。「いかなる方法であっても、金の力でメグをどうこうしようなど、メグの名を辱めるようなまねはぜったいにしない。わたしがきみなら、わたしであろうとほかの男であろうと姉の歓心を金で買えるという発言を自分がしたなんて、彼女に知られたくないね」

「それなら、いったいどうしてぼくに管理人の仕事を?」

デイモンはにらむようにコールを見た。「ばかばかしいかもしれないが、きみがもっとも適任だと思ったからだ」

コールは口をぽかんと開け、デイモンを見つめて困惑していた。向きを変えて離れ、また戻ってくる。「なぜだ? なぜぼくにやらせたい? あんたのためにぜったいに働いたりはしないが、それはさておき、どうしてぼくにあんたの土地が管理できると思うんだ? ぼくは猟場の管理人だ。彫り物や家具をつくるくらいはやるが」

「そうかもしれないが、ベイラナンの管理も手伝っているんだろう」コールが反論しようと口を開けたが、デイモンはたたみかけた。「否定しなくてもいい。ジャックから、きみが何年も彼の奥方を手伝ってベイラナンを管理してきたことは聞いている。きみは谷の人間をみな知っている。それ以上に、ここで尊敬されている。つまり、互いにわかっていると思うが、わたしはここでは――いや、わたしが雇ったよそ者もきらわれていたが」

「そんなにぼくのことをよく知ってるなら、わかるだろう。ぼくはぜったいに伯爵の命令で駆けずりまわったりはしない。小作人たちを追いだして羊を入れるようなまねは」

「なんだと？　そんなことをきみにやらせると思うのか？　ジャックから、きみは小作人を立ち退かせなくてもベイラナンを切り盛りできていると聞いたぞ。きみと彼の奥方とで、それを実現させたと。その手腕がダンカリーにもほしいんだ。どこかのよそ者にやらせるよりはきみが腕をふるってくれれば、ここの人間がどれほど助かるかを考えてみてくれ」

コールは食い入るように彼を見つめた。「本気なのか？」

「もちろん。そうでなければ、わざわざわたしがきみに話をしにくると思うか？」

デイモンの言葉にコールは驚き、ははっと思わず笑った。「いや、思わない」暖炉に行って火かき棒を取り、燃えさしをつつく。頭を振ってため息をつき、火かき棒を棒立てに突っこんだ。「あんたの目はほんとうに節穴なのか？　それとも自分に都合の悪いことは見ないようにしてるのか？」コールはものすごい勢いで振り返った。「姉さんがあんたの愛人としてダンカリーに住まわせられてるのに、ぼくがあんたの下で働けると思うか？」

「メグがわたしの屋敷にいるのは、リネットの世話をするためだ」

「あんたの娘が病気だからって、二週間もダンカリーに泊まりこみだなんて、だれが信じる？　使用人たちが噂をしないとでも思ってるのか？　谷じゅうで姉さんが噂の的になってるのは、気のせいだと？」

デイモンの瞳が光った。「だれが彼女の噂をしている？　彼女を中傷するなどもってのほかだ。そんなことをする人間は、二度とさせないようにするまでだ」

「あんたがここにいるあいだは口をつぐんでるだろうさ。でも、あんたがいなくなったらどうなる？　あんたがロンドンに帰って、メグがここに残されたら？　みんなが白い目を向けないと思うか？　姉さんを見て、噂しないと思うか？」コールは骨がきしむほどこぶしを握りしめた。「キンクランノッホのお堅い女たちは、姉さんがそばを通りかかったら、自分たちまで穢されないようにとスカートを引くだろうさ」

「それがマンロー家の女というものなのだろう？　メグが自分でそう言っていたよ。彼女は……自由に生きる道を選んでいる。だが人々は、それでも彼女に敬意を持っているではないか」

「姉さんが選んだ相手が伯爵となると、話はまったく変わるんだ！　ふつうの男なら……まあ敬意は持たれないだろうが、少なくともマンロー家の女は変わってるということで収まるだろう。だが相手の男が貴族で権力のあるあんたとなると、姉さんはただの金持ちの慰み者でしかなくなる」

「なにをばかなことを。なぜそんなちがいが出る？」

「それは、ぼくの父は欠点だらけではあるけど、母を心から愛していて、母さえうんと言えば結婚していたことを、みんなが知ってるからだ。だが、あんたはしないだろう?」コールは顔をそむけた。「もう帰ってくれ。あんたの下では働かない。ぜったいに」

デイモンはきびすを返し、無言で立ち去った。


その日のダンカリーでの夕食は静かなものだった。午後の用事から戻ってきたあとデイモンはずっと口数が少なく、メグがおどけたことを言うと笑いはしたものの、いつになくふさいでいて、それがテーブル全体に影響していた。リネットでさえほとんどしゃべらず、ミス・ペティグルーがへたなことを言ってもよけいに会話のなさを際立たせるだけだった。ほとんど食事も終わりというころ、遠くでなにか重たげな音がして、つづいて廊下に足音が響いた。みな驚いて顔を見あわせる。

足音が近くなり――どうやら複数のようだ――だれもがドアのほうに顔を向けた。執事が入ってきてデイモンにおじぎをし、脇に一歩寄って歌うような口調でのたまった。「レディ・バシャムでございます。トゥイザリントン・スミスご夫妻もおいでです」

デイモンが大きく目を見ひらき、メグの向かいではリネットが鋭く息をのんだ。ふたりの反応に、メグはいったいだれなのかしらと到着した客人を見た。いちばん前にいる婦人は金髪で水色の瞳。やせた体に、紺色でダブルボタンの高級な旅行用の上着をまとっている。上品なボンネット帽、仔ヤギ革の手袋、仔ヤギ革のブーツが洗練された装いを完成していた。その婦人のうしろにいるのは温和そうな夫婦で、ふたりとも高級な服を身につけているが、先の婦人ほどのセンスはない。その最初の婦人がレディ・バシャムだろうとメグは思った。

「ごきげんよう、デイモン」レディ・バシャムが流れるような動きで入ってきて、デイモンが立ちあがる。「驚いた？」手を差しだし、挨拶のキスを受けようと頰を突きだす。

「驚いたなんてものではないよ」デイモンは彼女の手を取ってその上に身をかがめたが、口づけを待ち受ける頰は無視した。「ようこそ、レディ・ヴェロニカ」そう言ってから、夫妻のほうにうなずく。「これはミスター・トゥイザリントンと奥さま」

「ずいぶん堅苦しいのね、デイモン」レディ・ヴェロニカは油断のない笑みを張りつけたままテーブルのほうにくるりと向いた。「リネット。会えてうれしいわ」視線はリネットを素通りして家庭教師に行き、わずかにうなずいたあとメグに移って止まった。「こちらの田舎では、お手伝いの者もいっしょにテーブルにつくの？　なんて……変わっているのかしら」

「メグはわたしたちのお友だちよ、ヴェロニカおばさま」すぐさまリネットが言って顔を赤くした。「彼女のおかげで命が助かったの」

ヴェロニカの眉がつりあがり、冷たい目でメグを観察する。「まあ。それは運がよかったこと」

思わずメグは立ちあがった。見くだされて黙っていられるような彼女ではない。

デイモンがメグのほうに寄り、少し彼女の前に出た。「ミス・マンローを紹介いたしましょう。ミス・マンロー、レディ・バシャムだ、リネットのおばにあたる。そしてトゥイザリントン夫妻。おふたりは、亡くなったバシャム卿のいとこにあたられる。レディ・ヴェロニカ、あなたはリネットの家庭教師であるミス・ペティグルーはよくご存じだろう」彼はぶっきらぼうに言い添えた。なんとなくテーブルを手で示す。「どうぞ、おかけになって、食事をごいっしょに」

「あら、わたしたちはお夕食をいただくような身支度をしていないのよ、デイモン」ヴェロニカが反論した。

「ここでは堅いことは抜きなのですよ」デイモンがにこやかに返す。

「そのようね」ヴェロニカがこれみよがしにメグをちらりと見やった。

メグは急に自分の粗末なドレスが気になり、頬に赤みが広がるのを感じて、自分で自分がいやになった。こんな俗っぽい女性にどう思われようと、いいじゃないの？　けれどやはり気になる。自分とこの女性のあいだにある大きなへだたりを感じずにはいられなかった。しかもそのへだたりは、一秒ごとにどんどん大きくなっているように思える。

「お好きなようになさってください」デイモンは執事のほうに向いた。「客人を部屋にお通ししろ、ハジンズ。思いがけない客人のために用意してある部屋があるだろう」〝思いがけない〟という言葉が少し強調されていた。「それから、食事も部屋にお運びしたほうがいいだろうな」

レディ・ヴェロニカは冷淡な笑みを浮かべた。「いえいえ、ハジンズ、おまえにそんな手間はかけさせないわ。ここではずいぶんと気楽にお食事なさるようだから、わたしたちも同じようにするわ」

連れの夫妻の意見を聞くこともなく、ヴェロニカはテーブルにぶらぶらと歩みよった。デイモンがすかさずメグの隣りの椅子を引く。しかしヴェロニカはテーブルの端で足を止めてメグを見た。メグの座っている席につくつもりなのだとメグは気づいた。貴族の席次というのは爵位や身分に応じて決まってくる。イソベルならまちがいなく自分がどこに座るべきかがわかるだろうが。

また顔が赤くなるのをいまいましく感じながら、メグは席を立とうとしたが、デイモンが彼女の肩に手を置いて押しとどめた。「場所を変わる必要はない、ミス・マンロー。先ほど申しあげたように、ここでは形式張らずにやっているんです。ヴェロニカ？」彼は流れるような動きで空いた椅子を少しうしろに引き、彼女が座るか騒ぎたてるかしかない状況をつくった。

レディ・ヴェロニカの目に怒りがひらめいたのがメグにはわかったが、彼女は威厳たっぷりにデイモンにうなずき、勧められた椅子に腰かけた。召使いたちがすぐさま新しい客人に給仕を始めたが、もう料理は少し冷めているのではないかとメグは思った。わざと無表情を装ったデイモンの顔と冷ややかな黒い瞳を盗み見たところ、どうやら彼はそのことで少し溜飲をさげたようだった。レディ・ヴェロニカの煮えたぎるような怒りをすぐ隣りで痛いほど感じているメグは、さすがに喜ぶどころではなかったが。デイモンがあくまでもメグを自分の隣りの席にいさせてくれたことは胸のあたたまる思いがしたけれど、メグに席を変わらせて義理の妹を上座につけたほうがよかったことはわかっていた。レディ・ヴェロニカは最初から居丈高《いたけだか》で感じの悪い女性だったが、いまやメグを憎たらしく思っているはずだ。

「あなたがそれほど田舎暮らしに染まってしまったなんて、驚きましたわ、デイモン」ヴェロニカが最初の攻撃の火を噴いた。「このように荒れた片田舎では、それも予想できましたけれどね。タータンを巻いた毛むくじゃらの輩に馬車を止められるのではないかと、はらはらしましたわ」

彼女の隣りで、ミスター・トゥイザリントンが咳きこむように笑った。「さようです、レディ。いかにも」

「ふむ。じつは近ごろ、先祖の残した両刃の剣をつかんで外に飛びだし、のんきな旅人を脅かしてやろうかと思ったりもしますね」

リネットが飲み物にむせ、あわててナプキンで口を押さえた。楽しげに瞳を躍らせてメグを見る。メグは上下の唇をしっかりと閉じあわせ、皿を凝視していた。

「は？」ミスター・トゥイザリントンが困惑する。「ああ。はっは！　なるほど、わかりました。ご先祖にスコットランド人がいらっしゃるのですな」彼が事実を確認しようとしているのか、それとも妻に冗談を解説しているのか、メグにはわからなかった。

「デイモン、あなたったらほんとうに悪ふざけがお好きね」ヴェロニカはフォークをきつく握りしめ、無理やりなつくり笑いを浮かべながら言った。「あなたのことを言ったのでないことはおわかりでしょう。あなたのなかのスコットランド人の血なんて、数えるほどもないのですから」

「たしかに四分の一だけではあるがね」デイモンは明るく同意した。「だがここに来てわかったんだが、ハイランドにはおおいに惹きこまれるものがある。リールの踊り方も練習しているんだ。しかし、バグパイプを始める度胸はないな」

リネットはついにくすくす笑ってしまい、ナプキンできつく口もとを押さえつづけていた。

「あら、デイモン、あなたはなんでも完璧じゃないの」ヴェロニカはうまく甘ったるい声を出した。「そんなことを言うものではありませんわ、ミス・マンローが誤解なさるわよ。なにせ、彼女はわたしたちのようにあなたを知らないのだから」

「おや、彼女はわたしのことをよく知っていると思うよ」

メグはデイモンの視線を感じたが、とてもそちらを見る勇気はなかった。もしいま彼の顔を見たら、自分の表情で彼の言葉のほんとうに意味することが客人たちにわかられてしまうだろうから。

たのよ」

「そうだわ！　忘れてはいけないわね、アップチャーチ卿がよろしくとおっしゃっていまし
「ほんとうに？」

「チヴェトン公爵夫人の夜会でお会いしましたの。彼に会うなんてびっくりしましたわ。だって、レディ・アップチャーチはお体の具合がだいぶ悪いと言われてますでしょう。みなさんいらしておいででした――本格的な社交界シーズンの始まりをひかえて、舞踏会も多くなってまいりましたからね。カンバーランド公やジョージ国王《プリニー》までお出ましということで、アップチャーチ卿もじっとしていられなかったのでしょう。おそろしく退屈でしたわ。彼女の主催するパーティがどんなものか、あなたもご存じでしょう。あなたがいらしてくだされば、わたしたちも楽しかったのに」

「きみがわたしのことをそれほど楽しい男だと思っていたとは知らなかった。あいにくこのダンカリーもかなり退屈だ。乗馬か庭の散歩くらいしか、することがない」

「でもわたしは庭が大好きですわ。本宅のお屋敷ではいつも庭に出て楽しんでいました。もちろん、もう姉はいませんから同じではありませんけど。エミベルお姉さまの思い出が多すぎて、あなたがおつらかったというのも当たり前ですわね。でも、時間が癒やしてくれますわ。お屋敷はすばらしいところですから、あまり離れているのももったいないですわ」ヴェロニカは隣りの紳士を振り向いた。「ラザフォードのお屋敷に行かれたことはございます？」

「いえ、そのような栄誉にあずかったことはないと思います、レディ。すばらしいところだと聞いております。たしか、いとこのハリントン卿がときどき招かれていたようですが。なかなかの好人物ですよ、ハリントン卿は。わたしの名前は彼の名をとってつけられたものでしてね。厳密にはいとこではなくて、またいとこだったか——いや、いとこちがいだったか？　知ってるかい、ミランダ？」

「いいえ、存じません」彼の妻が甲高い声で答えたが、食事のあいだに彼女が声を発したのはそれが最初で最後だった。

そんな調子で食事はつづいた。レディ・ヴェロニカは絶えずメグの知らない人物や場所に話題をもっていき、ミスター・トゥイザリントンがくどくどと合いの手を入れる。ミス・ペティグルーは彼女の言うことひとつひとつに聞き入っていたが、デイモンの返事は次第に短くなり、口をはさむ間隔も空いていった。メグの向かいではリネットが皿の料理をつつくなど退屈そうな様子を見せ、腰かける姿からは緊張感が抜け、まぶたも重たくなってきたようだ。

ようやく夕食が終わるとレディ・ヴェロニカは席を立ち、ほかの者も全員つづいて立ちあがった。「おいでなさい、リネット、もう席をはずさなくては。お父さまはポートワインのお時間よ。ミセス・トゥイザリントン、ミス・ペティグルーも？」メグには一瞥すらくれない。

「すてきな習慣だが、ダンカリーではやめていてね」デイモンも立ちあがった。「夕食後はレディたちに交じっている」

「まあ、なんてこと」レディ・ヴェロニカは面食らい、ミセス・トゥイザリントンも目をむいた。

沈黙がおりたのを機に、すかさずメグは言った。「リネット、おばさまがいらして、はしゃいで疲れたでしょう」メグはテーブルをまわりこんでリネットの腕を取った。「長いことベッドから出られていなかったものね。いっしょに二階にあがりましょう」

リネットは反論しかけたが、すぐに口を閉じ、得心した様子で瞳を輝かせた。いっそう体をだらりとさせてメグの腕に腕を通し、彼女にもたれかかる。「ええ、少し疲れたわ」

「なんですって？　あなたは具合が悪かったの？」レディ・ヴェロニカが言う。

自分の話ばかりしていなければ、そんなことはとっくにわかっていたでしょうに、とメグは思った。

「気分が悪いのか？」デイモンは心配そうに瞳をくもらせ、娘のほうに足を踏みだしかけた。しかしレディ・ヴェロニカに背中を向けていたメグが目くばせすると、表情を明るくして止まった。「ああ、そうだな、それならベッドに入らなくては」身をかがめて娘の頰にキスし、ぼそぼそ言った。「ずるいぞ」

メグは口もとをゆがませながら、リネットをさらうように廊下に出し、客の相手はデイモンにまかせた。

メグはリネットのおばだという女性についてリネットに尋ねたかったが、どんな話も聞きだすのはやめようと決心していた。しかしその必要はなかった。階段に着きもしないうちからリネットが話しだしたのだ。「ごめんなさい。レディ・ヴェロニカが失礼で。まあ、もちろん、お父さまにはそんなことはないけど。あんなふうになるのは……自分よりも格下の相手だけ。ミス・ペティグルーのことなんて、召使いみたいに扱うわ。たしかにミス・ペティグルーはうっとうしいし、お父さまもいらだつようだけれど、ヴェロニカおばさまは必要なときだけミス・ペティグルーを使って、そのあとは彼女なんか存在しないみたいな態度なのよ」

「ミス・ペティグルーを使う？　どうやって？　どうして？」

「情報を得るためよ。でもわたしのことを知りたいわけじゃないと思うわ。彼女は――わたしのことが好きなようにふるまっているけれど、あれはほんものじゃないの。それにお母さまのことも心から愛してたみたいにふるまっているけれど、うちを訪問したときだって、わたしたちなんかほとんど相手にしなかったのよ。おばさまは未亡人で、バシャム卿の領地は限嗣《げんし》相続になっていたから、おばさまには微々たる収入しかなくて、わたしの祖父母のところに身を寄せなければならなかったの。彼女が興味を持っているのはお父さまなのよ。お父さまと再婚したいんだと思うわ」

リネットの言葉がメグの胸に突き刺さり、メグはつかのま息もできなかった。

ばかばかしい。デイモンがいつかは再婚するであろうことはわかりきっているのに。男性というのはどうしても息子を持ちたいと思うものだし、デイモンの地位にあるような人なら、かならずそうしなければならない。デイモンとの関係が永遠につづくなんて思ったことはない。彼がメグひとりで満足することも……そのうちなくなるだろう。

「お父さまはそんなことはないって笑ってらしたけれど、わたしはまちがいないと思うわ」

「ええ、そうね」メグはレディ・ヴェロニカのふるまいを振り返ってみた。メグに対する敵意、デイモンと話すときには腹のたつこともこらえているあの感じ、あきらかに見せかけだけでも甘えたような答え方。なにか激しく強い思いが、メグのなかに湧きおこった。あんな女性にデイモンを渡したくない。いずれデイモンを失うことはわかっているけれど、それでもレディ・ヴェロニカだけはいやだ。

「お父さまは彼女なんかと結婚しないわよね?」リネットが眉をひそめてメグに尋ねた。

「そう思うわ」わたしがいるかぎり、ぜったいに。「わたしが見たところ、あなたのお父さまは彼らに会えてもあまり喜んでいなかったようだもの」

「ええ、そうよね」リネットは忍び笑いをした。「お父さまがスコットランド人の話をしたときには、笑いそうになって困ったわ……あの紳士ったら、お父さまの言ったことがよくわからないみたいで。ミスター・ティッカートン――いえ、トゥイ――トゥイッテナム――」

メグもくすくす笑いを抑えられない。「トゥイッタートン・スミスよ」

「ううん、それもちがうわ」リネットは吹きだした。「トゥイザリントンよ！　トゥイザリントン・スミス」

　ふたりはリネットの部屋に行った。呼吸を助ける天幕と薬草の鉢はとうの昔になくなっていたが、やかんは火のそばに置いてあり、メグはその湯を使ってリネットのために夜の煎じ茶をいれた。リネットはナイトガウンに着替え、お茶のカップを手にベッドに入った。

　静かにカップを見つめてリネットが言った。「わたしは――お父さまとあなたが結婚すればいいのにと思っていたわ」

「えっ？」メグは目を丸くして少女を見つめた。

「お父さまはあなたが好きよ」リネットが顔をあげる。「お父さまはいつも……あなたが部屋に入ってくると、お顔が明るくなるの」

「ああ、リネット……」メグは顔をくもらせ、適当な言葉を探した。

「いいえ、わかってるわ」リネットはため息をついた。「どうにもならないことだって。でも、納得できない。お母さまになってもらうなら、ヴェロニカおばさまのような人よりずっとあなたのほうがいいわ。でも、お父さまはいつもご自分の責務をまっとうなさるの。お母さまもそう言ってらしたわ。とても苦々しい口調だったけれど」

　メグは胸の内に荒れ狂う感情を、ぐっとのみこんだ。「リネット……」少女の額にかかった髪をうしろに直してやる。リネットが涙をこらえているのがわかった。「わたしだって、あなた以上に娘にしたい人はいないわ」

「あなたもお父さまを愛してる？」リネットが食い入るようにメグの瞳を見た。

「たぶんね」メグは目をそらした。「でも、あなたの言うとおりよ。どうにもならないことなの。わたしたちはとても遠い存在だわ、あなたのお父さまとわたしは——生まれも、住むところもね。マードン伯爵たるあなたのお父さまは、わたしと結婚することなど考えもしないだろうし、それにどのみち、わたしたちマンロー家の女は結婚しないの。わたしは自由を得て、あなたのお父さまは家名を守るのよ」その言葉は自分の耳にすら空虚に響いた。息を吐き、もう一度話してみる。「どうか気に病まないで。お父さまは賢明な判断をなさるわ——再婚するときには。そのときは、あなたのことをいちばんにお考えになるはずよ」メグは無理にでも明るい笑みをつくった。「ほらほら、もうこの話はおしまい。そろそろやすまないと。お父さまのことは心配しないで。わたしのことは、なおさらにね」

リネットは微笑み、空になったカップをメグに渡した。メグはそれを置き、リネットに上掛けをしっかりとかけてやると、ランプを消して部屋を出た。外の廊下でしばらく立ったまま、大きく息を吸った。そして自分の部屋に入っていくと、荷物をまとめはじめた。

24

部屋に入って数分も経たないうちに、ほかの人たちが二階にあがってくる足音が聞こえた。デイモンの部屋のドアが閉まり、残りの人たちはそのまま廊下を歩いていき、メグは胸をなでおろした。デイモンとメグの部屋のあいだにある、バルコニーでつながった部屋にハジンズがだれかを通したのではないかと不安だったのだ。

バルコニーに出るドアにデイモンが姿を見せ、メグはいつものときめきを感じながらそこへ行った。彼はメグを抱きよせて長くゆっくりとした口づけをし、彼女の手を取って、暖炉近くの座り心地のよい椅子へ連れていった。

「ハジンズが気を利かせてあの連中を廊下の奥の部屋に固めてくれて、よかったよ」デイモンはメグが考えたのと同じことを言いながら腰をおろし、彼女をひざの上に座らせた。「まったくヴェロニカときたら、ここに来るなんてなにを考えているんだ。しかもあの退屈なハリー・トゥザリントン・スミスまで連れてくるとは。あんなに退屈な男はほかにいないよ。奥方もひとことしかしゃべらないし——まあ、あんな男と結婚するくらい浅はかなんだろうから、しゃべってくれなくてさいわいかもしれないが」

　メグは笑った。「あの人たちはあなたのお友だちだと思ってたわ」

「まさか」デイモンはぎょっとした顔を見せた。「ああいう連中がわたしの趣味だと思ってやしないだろうね？」

「いいえ、とんでもない」メグが気取った口調で言う。「だって、わたしもそのひとりになってしまうじゃないの」

「そのとおりだ」デイモンはメグのうなじに口づけ、彼女の脇腹から太ももをなでた。

「リネットは、レディ・ヴェロニカがあなたに言い寄って結婚するためにここへ来たんだと思ってるわ」

「二、三週間ほど前に、わたしにもそう言っていたな。信じられないことだが。しかしレディ・ヴェロニカがそういうつもりなら、じつにまずいやり方をしたとしか言えない。招待も受けずにここへ乗りこんできて、しかもつまらないまぬけどもをふたりも連れてきて」デイモンは彼女の頭に顎をつけ、なんとなく彼女のうなじをなでた。その手が急に止まり、体に緊張が走る。「あれは？」

　メグが顔をあげると、彼は荷造り途中のかばんをにらんでいた。

「あっ」メグは息をのんだ。「あれはわたしの服よ。明日、家に帰ろうと思っているの」

「だめだ。帰ってはいけない」

「いけない？」メグは背を伸ばし、片方の眉をつりあげて彼を見た。

「どういう意味かはわかるはずだ」デイモンは顔をゆがめた。「メグ、帰ってほしくないんだ」目を細める。「ヴェロニカのせいなのか？ たしかに彼女はときに――いや、いつも偉ぶっていてうんざりする。すぐにも追い払いたいところだが、彼女はリネットのおばだ。わたしから彼女に話そう。ここにいたいなら態度をあらためろと」

「どんなふうに？ 自分よりもずっと身分の低い人間に譲歩しろと？ 父親もわからないハイランドの治療師の娘と、食事をともにしろと？」

「やめろ」デイモンの頬骨のあたりが怒りで赤く染まった。「自分のことをそんなふうに言うものじゃない」

「なにかまちがったことを言ったかしら？」

デイモンの目が光った。「くそっ。メグ、きみはそういう――」

「なに？ あなたがベッドをともにする女でしょう？」

彼はがばっと立ちあがり、見るからにいらだった顔で行ったり来たりしはじめた。「この屋敷のだれかがきみに不敬をはたらいたのか？ わたしがなにかひどい扱いをしたか？」

「デイモン、ちがうわ！」メグは彼の手を取って両手で包んだ。「あなたはわたしをとても大切に扱ってくれたわ。わたしになにかを言った人もいない。そういうことじゃないの」

「それでは、なんだ？」

「わたしはここにいるべきじゃないわ。自分の家があって、自分の生活がある。そこがわたしの生きる場所なの」

「ここでやりたいことをなんでもやればいい」デイモンはあいまいに手を振った。「蒸留室もきみが使えばいい。ハーブ園も、厨房も、なんでも好きなように」必死に説得をつづける。

「リネットにはきみが必要なんだ」

「彼女はもうよくなったわ。それに、具合なら見にきます――お望みなら毎日でも」

「あの子がさびしがるよ」デイモンは言葉を切り、低い声でつづけた。「わたしもさびしい」

「ええ、わたしもさびしいわ」メグは彼に近づいてウエストに抱きつき、胸に頬を寄せた。

「でもね、デイモン、わたしたちはあなたのお嬢さんのことを考えなければならないわ」

「あの子のことなら考えている。あの子だって、きみにいてほしいと言うはずだ」

「こんな状況で生活するのは彼女のためによくないわ。まだ年端もいかない娘と愛人をいっしょに住まわせているような男性を、あなたなら客観的に見てどう思うかしら？　社交界の人たちは？」

「あの子は知らない。わたしたちは気をつけてきたのだから」

「あなたの義理の妹さんがわたしたちの関係に気づかなかったと本気で思ってるの？　使用人たちが、夜はあなたがこの部屋で過ごしていることを疑っていないと思う？　ブランディングズは知らないと？」

「彼が知っているのは当然だ。鷹のような目を持つ彼に隠し事をしようとしても無駄だからね。しかし彼はしゃべったりしない」

「ほかの人たちはしゃべるわ。陰で娘さんのことを噂されるなんて、あなたもいやでしょう?」

デイモンはこぶしを握りしめた。「そんなことはさせや――」

「ええ、ええ、そうでしょう。あなたは力でみんなを押さえつけるでしょう。でもね、デイモン、すべてを思うとおりにはできないわ。人々は、あなたがリネットとふしだらな女をいっしょに住まわせて、だらしなく育てたと言うでしょう。あなただけじゃなく、リネットにも影響を及ぼすのよ。わたしは今夜、レディ・ヴェロニカとご友人がやってきたときに、そのことに気づいたの。彼らの目にはどんなふうに映るか、わかったのよ。世間の人がどんなふうに言うかも。今日までずっとここにいたなんて、自分勝手だったとわかったわ」

デイモンは長いあいだ苦しそうに彼女をにらんでいたが、悪態をついて顔をそむけた。

「ああ、そうだな、きみの言うとおりだ」むっつりと言う。「だがわたしは……二度ときみを失いたくはない」

「失ったりしないわ」メグはやさしい気持ちで胸がほんわかとあたたかくなり、彼のところに行った。「デイモン、わたしはあなたと縁を切ろうとしているわけじゃないの。自分の家に帰ろうとしているだけ。前みたいに、あなたもあそこまで来てくれるわよね?」おもねるようなまなざしで彼を見あげ、彼の胸に両の手のひらを当てた。「簡単ではないけれど、わたしにはそれだけ苦労してくれる価値があるのでしょう?」

デイモンは口もとをほころばせ、メグの腕に両手をかけて上下にさすった。「きみには、うんと苦労する価値があるよ」

「それなら、会いにきてくれるわね?」メグはデイモンの襟をつかみ、つま先立ちになって唇と唇をかすめさせた。「小屋まで。あるいはストーンサークルまで」瞳を輝かせる。

「ああ、会いにいくよ」デイモンはもう少し強く唇を押しつけた。「わたしを追い払うことはできないぞ」

「よかった」メグは目を細めた。「でも気をつけてね。わたしのいないあいだにレディ・ヴェロニカの手管に引っかかったら、承知しないから。彼女のことも承知しないけど」

「だったら、細心の注意を払って彼女と顔を合わせないようにしよう」デイモンは声をたてて笑い、メグを抱きよせた。「レディ・バシャムの話はもううんざりだ」そう言うとさっとメグを抱きあげ、ベッドに運んだ。

メグがどう言おうと、彼女がいるといないとでは大ちがいだ——デイモンはそう思いながら、招待客のついたテーブルを陰気な顔で見つめた。まず、メグがここにいたら、これまで出席したなかでもいちばんつまらない晩餐会にこうしてひとりで座ることもなかっただろう。

彼の隣りには頭が空っぽのハリー、そしてもう片方には抜け目なく言い寄る義妹。ジャックやイソベルが隣りならば会話も楽しかっただろうに、慣例遵守のヴェロニカは、庶民の生まれのジャックをテーブルの上座からもっとも遠いところに配置し、そのあいだにミセス・トゥイザリントンと退屈極まりない牧師とその奥方をはさんでいた。

デイモンが見ていると、牧師が長々としゃべるうちにジャックの目はうつろになっていた。こんな苦痛の場でも、ともに苦しんでいる仲間がいると思えば少しはなぐさめられる。いっぽうイソベルは堅苦しい表情を浮かべて美しいグレーの瞳も冷ややかで、眠たくなるような気分ではないらしい。イソベルはこれまでもデイモンに親しげと呼べるような態度をとってくれたことがないが、招待客をひととおり見やったあとは、氷で覆われつくしたかのようになってしまった。彼女もまた、メグがここにいてくれたらと思ったにちがいない。

ハリーの頭が空っぽなのも、もしメグがここにいて、金色の瞳が笑いをこらえて光っているのを見ることができるのなら、まだおもしろく思えたかもしれない。メグを見ながら、来たる夜のことを考えていられるなら、どんなに長い時間でもがまんしていられただろうに。

そう、夜になれば、彼女といっしょに過ごせる――屋敷を抜けだしたらすぐにでも――とは言え、彼女が同じ屋敷にいるのとはやはり勝手がちがう。ハーブのにおいに包まれて彼女の家のやわらかなベッドにふたりで入るのは、それなりに楽しいものではあった――彼女の小屋に入るだけでも、まるでメグに包まれているような気がして少し高ぶってしまう――しかし、今日でもうまる一週間も、自分の屋敷で夜を過ごしていない。やわらかく、あたたかく、女らしい曲線を描く彼女が眠っているところ、こっそりとベッドを出て彼女を残していくのは何度やっても慣れないし、毎朝つらい。そんな時間に屋敷に戻るところをだれにも見られないように、それなりの時間にメグの家を出なければならないのも、言うまでもなくたいへんだ。それならもっと早く出ればいいようなものだが、愛しあってすぐ発つというのは、さらに気が進まない。

しかしメグがいつもこの屋敷で彼のそばにいるわけではないというのは、拷問のようにつらかった。どこかの部屋に入るとき、そこに彼女がいるかもしれないと小さな期待に胸を躍らせることもない。彼女と話がしたい。彼女に会いたい。こんな状況になる前は、書斎にいたりリネットといっしょにいるときでも、メグと話がしたいと思えば居間や蒸留室や庭に行けばよかった。それがいまでは、一日をなんとなくやり過ごして、メグの小屋に行ける時間を心待ちにするしかない。

ようやくヴェロニカが席を立ち、殿方が葉巻とポートワインを楽しまれる時間ですわと伝えたときには、心からほっとした。さらに幸運なことに、牧師はレディたちのほうに行ってくれた。残念ながらハリーは残ったが、少なくとも彼の前では言葉づかいを気にする必要はない。デイモンは安堵の息をつき、紳士たちのグラスにブランデーをついだ。男三人はゆったりと椅子にもたれ、ハジンズが差しだした葉巻入れから葉巻を取って、味見した。

「すばらしい葉巻ですな」ハリーが言い、指のあいだで葉巻を転がしてから、うまそうに長々と吸いこんだ。「いつも申しておることですが、あなたのもてなしは最高です」

まるで以前からここに招待されたことがあるかのような口ぶりだな、とデイモンは思ったが、軽く会釈するにとどめた。ふと、いたずらを思いついて目をきらりと光らせる。「どうでしょう、あとでホイストでもやりませんか。どうだい、ケンジントン？　ハリーも乗ると思うんだが」

「いいですな」ハリーは勢いよく返事をした。「ただし言っておきますが、わたしはカードは強いですぞ。カンバーランド公などは、わたしとやるのを拒否するくらいです」

「それはぜひお手合わせ願いたいな」ジャックがのんきな調子で答えた。「ですが、今晩はちょっと。長くなると妻に散々言われますから」

「客間でも奥方どのは時間をもてあましていそうだね」デイモンも同意した。

「どうしてです？」そう言ったあと、ハリーはぴんときた顔になった。「ああ、なるほど、話のくどい男がいるからですな」そして盛大に笑った。「じつにごもっとも」

「イソベルは、今夜ここにメグがいなくて残念だったのでしょう」

「ああ、彼女ににらまれていたように思うよ」デイモンはジャックに同意した。「だがそのことについては、わたしはなんの関係もないんだよ。食堂に入るまで、こんな会がひらかれていることも知らなかったんだから」

「メグ？」ハリーが尋ねた。「それはだれ――ああ、わたしたちが到着したときここにいた女性ですな。あの女性はたしかになかなかの美女だった。わたしも一度お相手願いたいものです」

ジャックの手が葉巻を口に持っていく途中で止まり、冷ややかな目を客人に向けた。デイモンの瞳も奈落の底のように真っ黒になり、身を乗りだして一語一語はっきりと言った。「あなたがミス・マンローの名を口にするのは、許さない」

ハリーは目をむき、しどろもどろになった。「いや、その、無礼をはたらくつもりでは……。そんな……横から手を出すなど、夢にも……。もちろん、あなたの庇護を受けておるのでしょうから」

「わたしなら、それ以上墓穴を掘る前に口を閉じますよ」ジャックがやんわりと忠告した。

「ええ。ごもっともで」ハリーはごくりとつばを飲みこみ、オオカミににらまれたウサギのようになった。

「ミス・マンローはこのあたりではたいへん尊敬されています」ジャックがつづけた。「わたしの妻にとっても妹のようなものですよ」

「えっ！　いや、わたしはなにも……そのような……」

デイモンは目をそらし、怒りで血がのぼった頭が冷えるのを待った。ハリーはとにかく愚かなのだ、それだけだ。デイモン自身がメグをそういう立場に追いやったのであり、そのことを思うとあいかわらず身を切られるような心地がした。「もういい、ハリー」デイモンはブランデーをぐいっと飲んだ。

「だんなさま」ハジンズが戸口にあらわれ、デイモンの合図でなかに入ってくると、小声で言った。「男が面会にまいっております。その、先ごろあなたさまが雇われた者かと」

「知らせを持ってきたのか?」デイモンの声が関心ありげに高くなった。

「さように存じます、だんなさま」

デイモンは立ちあがり、火をつけたばかりの葉巻を押しつぶして消した。「みなさん、ちょっと失礼します。レディたちにも申し訳ないとお伝えください。ちょっと所用ができました」


デイモンが遅い。メグはまたドアのほうに行きかけてやめ、ばかみたいと思った。何時に来ると約束していたわけでもないのに……いや、そもそも来ると言ったわけでもない。ただ、毎晩来てくれていたから――午後にくり返し来てくれたことだってあるのだと思うと、自然と口もとがゆるんだ。しかし、だからといって、ずっと毎晩来るとはかぎらない。ほかに用事ができることだってあるだろう。レディ・ヴェロニカとカードをしている場面や、ピアノを弾く彼女のために楽譜をめくっている場面が目に浮かび、嫉妬の炎が燃えあがった。

きっと、少し遅れているだけ。すぐにノックがあるにちがいない。問題なのは、まるで彼の気まぐれにメグの人生がすべてかかっているかのように、ただ彼をじっと待ってしまうことだった。メグはまわりを見まわし、なにかやることを探そうとした。けれど今週はせっせと仕事を片づけたので、なにも残っていない。

男性がここにいないからといって、なにもせず無為に時間を過ごしているなんて、愚かなことだ。もうなにも気にせず、ベッドに入ればいい。そう思って髪からピンを抜きはじめたとき、ドアにノックがあって、間髪入れずデイモンが入ってきた。彼は笑顔で瞳を輝かせていて、いったいどうしたことかと思った。メグは抱きあげられ、くるくるまわされて、思わず笑ってしまったが、やがて彼はメグをおろしてキスをした。

「とてもご機嫌なのね」メグは笑った。

「ああ、そうなんだ。きみを連れにきた」

「連れにきた?」

「そうだ。きみのかばんはどこだ?　荷造りをして。旅行に行くから。いままで手配をしていて、こんなに遅くなってしまったよ」

「いったいなにを言ってるの?」メグの好奇心はこれ以上ないというくらいにかきたてられた。「デイモン、わけがわからないわ。どうして旅行に行くの?」

「わくわくしないかい?　きみとわたしのふたりきりだぞ?」デイモンはメグの両手を取って口もとに持っていった。「何日間もだ」手を返して手のひらにも口づける。彼の唇が、メグの身を震わせるような感覚を生んでいった。

「でも、リネットは――」

「リネットには話してきた。あの子はわかっている――いや、もちろんぜんぶではないが――わかってくれたよ。あの子にはいま、はるばる会いにきてくれたおばがいるから、おばとたっぷり過ごしてもらおう」デイモンの瞳が躍っている。

「でも、わたしは旅行の準備なんてしていないわ」

「だから荷造りしてくれ。船が待っているよ」

「船！」

「そうだ、アバディーンに行くんだ」

「アバディーン！」

「まるでオウムみたいだぞ」デイモンはメグの額にキスした。楽しくてしかたがないようだ。

「さあ、急いで」メグの両肩をつかんでまわれ右をさせ、励ますように押しやった。

急な展開にメグは反論することもできず、荷造りにかかった。抽斗から衣類を取りだしてベッドに積みあげていると、うしろにデイモンがやってきた。

「ナイトガウンかい？」彼はメグのウエストを両腕で抱き、首に口づけた。「ベッドでは着るものなど要らないだろう」彼の唇がゆっくり鎖骨へとおりていく。

「デイモン！」メグはくすくす笑いが抑えられなかった――そして、突然おなかにうねりはじめた熱も。「荷造りをしてほしいんじゃなかったの？」彼の手が上にあがり、ドレスの前から忍びこむ。「下着など、必要ないんじゃないかな」彼の指先が胸の先端をとらえ、そこをくすぐってとがらせた。

「デイモン！」今度は声が震えていた。

「うん？」もう片方の手はメグのウエストから下を目指した。「ドレスの下になにも着けていないなんて、ものすごくそそられるじゃないか」指先がゆったりと悩ましくなでさする。

「デイモン。やめて」メグは体を離して腕組みし、厳しい顔でデイモンをにらんだ。けれど彼のほうは欲望で目がとろりとし、口もとがゆるんで笑みを浮かべているのでは、怒るのもむずかしい。「あなたにそんな〝お手伝い〟をされたら、荷造りが終わらないわ。あそこで座って待っていてちょうだい」台所のテーブルを指さした。

デイモンはふくみのある艶っぽい声で低く笑ったが、メグの額にキスしただけで言われたとおりにした。メグは手早く荷物をまとめ、ほどなくしてふたりはストーンサークル脇の小道を馬車の待つ広い道へと向かっていた。

船に着くまでずっと、メグはどうして旅行に行くのとしつこく尋ねていたが、デイモンは微笑んでこう言うだけだった。「メグ、少しはがまんできないのかい？」

フリート湖の広い湖口に着いたのは、もう真夜中だった。そこで船が待っていたが、メグが想像していた小さな釣り船よりも大きかった。ふたりが乗るとすぐに錨があげられ、船は水の上をすべるように出発した。ランタンがひとつふたつ点いているほかは明かりもなかったが、甲板で帆をあげたりロープを結んだりしている乗組員に支障はないようだ。ベルベットのような黒い空に星がまたたき、そよ風がメグのマントを浮かせてうしろになびかせる。彼女はデイモンを見あげて微笑んだ。「あなたの言葉をちゃんと聞いていたってことを、わかってもらいたくて」つま先立ちになり、片手を彼の腕にかけてよろけないようにしながら、小さく耳打ちした。「ドレスの下には、なにも着けていないの」

25

にこりと笑って、メグは離れた。デイモンは一瞬、体がしびれたかのように動かなかったが、あわててあとを追った。

「なんだって？」メグのひじをつかむ。「いま、なんと言った？」

「聞こえたでしょう？　荷造りを待ってもらっているあいだに、下着をぜんぶ取ってしまったの」

デイモンはごくりとのどを鳴らした。「それを、いま言うのか？」あたりに目をやる。「船に乗ってしまってから？　まわりに人がいるときに？」

「がまんよ、デイモン。がまんしなくちゃ」

デイモンは声をあげて笑った。「ひどいな」彼の視線がメグの上をさまよう。「きみがそんなに意地悪だとは知らなかった」

「あら、でも、そうなのよ。薄情だって言われたこともあるんだから」メグは瞳を輝かせてにんまりと笑い、手すりのほうへ歩いていった。

メグは前の手すりに両手をかけ、ぼんやりと黒く浮かびあがる岸の影が過ぎ去っていくのを眺めた。デイモンが背後にやってきて、彼女の手の外側にそれぞれ手をつく。引きしまった体を背中に感じて、メグは少しだけうしろに動いて体を押しつけた。彼ののどから息を詰めたような声がもれる。

デイモンはメグのマントに手を忍びこませた。上から二つ三つのドレスのボタンをはずし、前が大きくひらく。

「デイモン……だめよ。人に見られるわ」

「だれにも見えないよ。ふたりで海を眺めているようにしか」

「ほんとう?」

「こんなふうにきみにふれているなんて、だれにもわからない」彼の手がドレスの下にすべりこみ、胸のふくらみを包んで、先端を親指が羽根のようにさする。「きみがどんなふうになるか、わたしがどんなふうになるか、だれも知らない。きみの肌がバラの花びらのようにやわらかいことも、ここをさすっているととがってかたくなることも、息があがってくることも、だれも気がつかない」

彼の唇が髪に押しつけられ、彼の息もあがって荒くなってくる。手の動きは止まらない。その手が胸から離れ、ドレスの前を下におりていく。マントの下で、手がスカートをつかんで上へ上へとたくしあげた。むきだしになった脚を、風がひんやりと絹にふれるかのようにやさしくなぶる。

彼の手がメグの脚のあいだにもぐり、潤っていることを暴いた。「ああ、こんなに待ちわびて。熱くぬれて――」彼の口からうめきがこぼれた。男性の証が強く脈打ち、解放を求めて張りつめているのがメグにも感じられる。彼女は両脚を広げ、彼の手がもっと自由に動けるようにした。彼がもらした吐息混じりの笑い声は、そろそろがまんの限界が近づいていることをにおわせた。「ハチミツのようだ」デイモンはつぶやき、彼女のなめらかなひだをなでさすってもてあそぶ。もはやメグは、腰を揺らして彼にこすりつけることしかできなくなった。

「そうだ、かわいい人。もうすぐだ」デイモンは少し手をゆるめて焦らした。「最後までするかい？　それとも、ここでやめようか。まわりには人がいるし」

メグは小さなうめき声を返し、デイモンはくくっと笑った。また指に力をこめてさすり、巧みな指が彼女を熱くてたまらないほど高めていく。「じゃあ、ついておいで。いっていいんだよ」

メグは下唇を噛み、のどからせりあがってくる声を押し殺した。

「それでいい」デイモンはささやき、そのまま手を止めることなく、メグのなかにあふれた快楽をさらに高めた。メグはどうしようもなく体をわななかせ、甘くあえいだ。長いこと経ってから彼は手を引き、スカートをまた足首まで垂らした。

彼の呼吸も荒ぶって動悸が激しく、全身からものすごい熱が放たれてメグの体を包みこむのが感じられた。彼のものはかたく張りつめ、彼女のお尻にあたって脈打っている。

メグは少しだけ彼にもたれたが、すぐに彼の腕をすり抜けて甲板を見わたした。そして彼の手を取り、階下に降りる階段を覆うような構造になっている小さな建造物のうしろに導いた。そこには人知れず甲板に結わえつけられた収納箱があり、その向こうにはロープがうず高く積まれていて、ほぼ人目につかない。

「ここに座って」メグは彼を、向かいあわせになるよう収納箱の上に座らせた。彼のひざにまたがり、彼のブリーチズの前に手を伸ばして、布地を押しあげているものを人さし指で軽くなぞった。

デイモンが鋭く息を吸う。「メグ」

「デイモン」彼女はゆっくりと慎重な手つきでブリーチズのボタンをはずしはじめた。彼はくぐもった声で悪態をつき、両手で彼女のスカートを握りしめた。

メグはブリーチズの前をひらき、彼のものを解放した。その下に手をすべりこませて下側をなであげると、彼のなかに欲望がほとばしり、力強く突きだしたものの上部でやわらかく敏感な皮膚が張りつめた。「あなたももうこんなになってるのね」メグは焦らすように上下に手を動かした。

「こ――これほどになったのは初めてだ」デイモンが息も絶え絶えに言う。

メグはスカートを持ちあげてふたりの下半身を覆い隠すようにかぶせ、そのまま腰を沈めた。ゆっくりと上下に動きだすと、デイモンの息があがる。けだるく優雅な動きが、ふたりの欲望をはじける寸前まで高めていく。まるで呪文を唱えるかのようにデイモンがメグの名をつぶやき、欲望と熱と快感が相まって耐えられないほど切羽詰まっていく。デイモンはメグの尻に指を食いこませて固定し、腰を突きいれ、彼女の胸でかすれたうめき声を押し殺して身震いしながら、はじけるように達した。

メグはぐったりと彼にもたれ、わななく彼の余韻をじっと感じていた。デイモンが両手で彼女の顔をはさんで自分に近づけ、ゆっくりと濃厚な口づけを交わす。「メグ、きみに殺されそうだよ」震えるように息を吸いこむ。「でも、それで死んだとしても本望だ」

メグは震えの残る脚で立ちあがり、デイモンも服を直して立った。「そろそろ下の部屋に行こうか。少し眠りたいな」

「えっ？」メグは目を大きく見ひらいて彼を見た。「それは、専用の個室を取ってあるということなの？　下で眠れるの？」

「船室と呼ばれていたかな。ああ、取ってあるよ。アバディーンまでは遠いからね」

「どうしてそれを早く言ってくれないの？　こんな……こうする前に？」メグはまわりをあいまいに手で示した。

デイモンがにやりと笑う。「だって、そうしたらこういうことは――」彼も同じしぐさをする。「なかっただろう？」

メグはしばらく彼を見つめていたが、やがて声をあげて笑いだした。デイモンが腕を差しだし、ふたりは連れ立って階段を降りていった。

「なぜ旅行に行くのか、まだ教えてくれていないことを、わたしが忘れたなんて思ってないでしょうね」翌朝、まだベッドに入ったままでメグが言った。ふたりは夜明けごろになんとも悦びあふれる目覚め方をしていた。

「わたしはそんなにばかじゃないぞ」

「それなのに、まだ教えてくれないの？」メグは片ひじをついて起きあがり、眉をひそめて彼を見た。

デイモンは口もとに笑みを浮かべて首を横に振った。

「まあ……あなたって、どうしてそんなに癪に障るのかしら」メグはため息をついてベッドにどさりと戻った。

「そういうのが男ってものじゃないかな」

メグは笑った。「そのとおりね」

旅行の目的を教えてくれないのはたしかに癪に障ったけれど、不満はそれくらいしかなかった。船の旅はおだやかだったし、灰色の御影石でできたアバディーンの建物は日差しに輝いて美しかったし、デイモンはいつでも隣りにいる。彼はミスター・ラザフォードと名乗って身分を隠していたが、だれが見ても裕福な紳士にしか見えないようで、どこへ行っても最高の扱いを受け、最高級のものが出てきた。大事に世話を焼かれ、なんでも好きなものが出てくるのはすばらしく楽しいものなのだと、メグは初めて知った。デイモンのような人がすべて自分の思いどおりになると思っているのも無理はない。

けれど旅が楽しいのは、大事にされてぜいたくできるからではなく、ベイル湖から遠く離れてだれもふたりを知らないからだった。ここでは使用人たちに噂されたり、噂が広まったりする心配をしなくてもいい。ふたりは夫婦で通るし、デイモンが愛情を示すような行動をとっても怪しまれることがない。メグは自分の言うことに気をつけなくてもいい。互いに笑みを交わすときに加減しなくてもいいし、視線を交わすのに神経を使わなくてもいい。なによりいいのは、デイモンが夜のあいだ彼女のベッドを離れなくてもいいことだった。メグは彼の腕のなかで眠りに落ち、翌朝目が覚めても彼が隣りにいる。デイモンのやさしい愛撫とキスでまどろみから目覚め、まだぼんやりしているときに彼の姿を目に映し、愛されるうちに頭も感覚もはっきりとしてくるのは、ほんとうにすてきなことだった。結婚するというのは、こういうことなのかしら?

いちばんたいへんだったのは、デイモンが次から次へと贈り物をしようとするのを断ることだった。むきだしの腕にも心地よい、なめらかな房飾りのついた肩掛け。まったく実用的なものだから谷の女性にも気づかれないよとデイモンが言った、ボンネット帽。やわらかな仔ヤギ革の手袋を買ったときにはちょっとした品だからと言っていた。さらにきみも自分で楽々買えてしまうだろうけど、と言われたカメオにオニキスのイヤリングにレースのスカーフ。少しでもほしそうなそぶりをしたら、きっと彼はすぐさま仕立屋にメグを連れていき、彼女には上等すぎて着ることなどできないドレスをひとそろいあつらえてしまっただろう。しかしデイモンのすてきな笑顔や最高に甘い言葉にも屈せず、メグはなんとかそれらの品を断ることができた。それでも結局、インドのシルクの肩掛けには抗えなかったけれど……ただし、それはきっと大切に包まれたままベッド脇の抽斗にしまいこまれ、すてきすぎて自分の小屋のなかでこっそりつけてみる以外は、どこにもつけていけないだろう。

アバディーンに着いて二日目の朝、デイモンから街歩きに出かけようと誘われた。どことなく楽しげな目をしているから、いよいよ旅の目的を明かすときにちがいない。メグは彼の腕を取って、いっしょに出発した。もちろん行き先などわからなかったけれど、それでもまさか、こぢんまりとして手入れの行き届いた上品な家が建ち並ぶ界隈に向かうとは、予想だにしていなかった。

もうこれ以上の質問をして彼を得意がらせるのはやめようと思っていたが、やはりメグはがまんができなくなった。「デイモン、どこへ行くの?」

「来ればわかる。もうすぐだよ。ああ、ここだ」ありふれた灰色の石造りの小さな家のほうへメグを向け、デイモンはドアをノックした。若い女性がドアを開けて小さくひざを折ると、彼はさっと帽子を取った。「ミスター・ラザフォードだ。こちらのデイヴィッド・マクロイドとお約束があるのだが」

デイヴィッド・マクロイド！　メグはびっくりしてデイモンを見つめながら、ほっそりとした女性のあとについて廊下を進んだ。彼はにやりと笑って目くばせするだけだった。ほかになにをする時間もなく、数歩で小さな客間に入ると、暖炉の前に老人が腰かけていた。

部屋は暑いくらいなのに老人はウールの肩掛けをし、ひざにはアフガン編みのひざ掛けを広げていた。かつては赤毛だったかもしれない髪にはその名残もなく、まばらになった白髪を念入りになでつけている。肌はかさついて細かいしわが入り、年寄りによく見られる茶色のしみができていた。背もたれの高い木の椅子に座っている姿は小さく見えたが、歳月の重みで腰が丸まっているのでほんとうの背丈はわからない。

「デイヴィッドおじさん」女性が呼びかけた。「お客さんが会いにいらしたわ」

老人はびくりとして目を覚まし、頭をぐっとあげてめぐらせ、メグたちを見た。甲羅から頭を伸ばすカメのようだ。眉根を寄せて目をしかめたが、ふたりが近づくと大きく目を見ひらいた。

「フェイ！」震えながら立ちあがり、ひざからアフガン編みがすべり落ちる。メグのほうに一歩足を踏みだしたが、おや、という表情で止まった。がっかりとして肩を落とす。「フェイじゃねえ」熱心にメグをじっと見つめつづける。「だが、あんたの目は……あんたはだれだ？」

「メグ・マンローです、ミスター・マクロイド。フェイの孫です」

「ああ。ああ、ぞうか」老人は得心したように息をつき、手を差しだした。「もっと近くにおいで、よく顔を見せておくれ」

メグが彼の手を取ると、彼はぎゅっと握った。ひんやりとして骨ばった手だった。彼女がここにいるのが信じられないとでも言うように、じっとメグを見つめて目を離さない。「彼女によく似てる。あんたの目――どんなにあざやかな目だったか、忘れとったよ」彼の青い瞳が涙でうるみ、もう片方の手でメグの手を覆って軽くたたいた。「ほら、座って、座って。お茶でもどうだい？　モリー」女性を呼ぶ。「この人だちにお茶をいれてあげて」

「いえ、いえ、いいんです」メグはおだやかに断ったが彼は譲らず、モリーはまた軽くひざを折ってから部屋を出ていった。

「あの子はあんまり気が利かないがね、おいしいショートブレッドを焼くんだよ」デイヴィッドは内緒話をするようにメグに言った。

メグは彼にデイモンを紹介した。彼が鼻をすん、とする。「イングランド人かい？　まあ、なんにせよ、よぐいらした。どうぞ座って」そう言うと、磁石に引かれるように、またメグに視線を戻した。彼女は彼のそばにスツールを引っ張っていき、しなびた老人の目をまっすぐに見られるようにした。「ああ、娘さん、あんだのおっかさんの話を聞がせておくれ。ちっちゃな赤ん坊の頭には、あんだみたいに真っ赤な髪の毛が生えとった」

「母は、もう亡くなって十年になります、残念ですが」

「えっ、それは哀しいごとだ。フェイのおっかさんもずっと前に亡ぐなってでたな」

「ええ。曾祖母のことはあまり覚えていません」

「あんだも森んなかを歩きまわって、草花を採って、みんなのけがや病気を治しとるんかね？」

「ええ」メグはうなずいた。

「それで、あんだのいちばん知りだいこったが」老人はため息をついた。「あんだはフェイのことを聞ぎたくて、ここまで来たんだな？」

「はい、そうです。もしお話を聞かせてもらえるなら」

「彼女は、わしが知っとるなかでもいちばんのべっぴんだった。すごがったよ。だれも彼女には手を出せんかった。頭もよぐて、あの笑い声ときたら！　谷じゅうのもんが彼女に惚れとった、無理もない」

「祖母が愛した人はだれだったんですか？」

「ああ、そいつはまた話がべつだ。フェイはまるで黄金を守るがのように、その秘密を守っとった」

「あなただったの？」いきなりメグは訊いた。

「いいや」老人がため息をつく。「もしそうだったら、わしはこの世でいちばん幸せな男になれたんだが」そう言ってデイモンを見やる。「あんだには、わしの言うことがわかるだろ？」

メグは真っ赤になったが、デイモンはふっと笑った。「ええ」

「このあいだ、アンガス・マッケイと話をしました」メグがマクロイドに言った。

「アンガス！」デイヴィッドの瞳が思い出に光る。「ああ、あいつはええやつだった。いづもおもじろいことばかりしとっだよ」

あの怒りっぽいアンガスのそんな話を聞いて、メグは驚いた。若いころのアンガスはほんとうにいまとはちがっていたらしい。「彼は、あなたのお兄さんのジェイミーがフェイの赤ちゃんの父親かもしれないと言ってたわ」

「ジェイミー？」デイヴィッドはくくっと小さく笑った。「いや、兄貴じゃねえ。それははっぎり言える。たしかに娘っこたちはジェイミー兄さんを好いとったがな、フェイからは見向きもされんかった。もしフェイに選ばれてたら、それを自慢する機会を逃すはずはねえ。少なくとも、わしには自慢しとったはずだ。そもそも時期が合わんだろ？　ジェイミーはそれよりも前に、王子のために村を出とったんだから」

「時期？　あっ！　それはつまり、祖母はいつ赤ちゃんを授かったのか、わかっていたということなの？」メグはびっくりした。

「そうじゃ。そんなにはっきりわかっとるなんて、聞いたことがねえけどな。赤ん坊は彼女が思ってたより少し早く生まれたらしいが、早かったと彼女がはっきり言うとった。だから、授かった日がわかっとったということだろ」デイヴィッドは肩をすくめた。「マンロー家の女は未来がわがると言われとるだろう？　彼女のばあさんは魔女だと言われとった。フェイもそうだったのかもしれん」

「祖母のお母さんは知ってたのかしら？」

「だれが父親か？　いや、それはフェイ以外、だれも知らんかったと思う」

「それじゃあ、あなたもだれだか知らないのね？」

「イングランド兵がフェイに乱暴したんでねえかと言う者もおったが……」デイヴィッドはかぶりを振った。「そうは思わん。おなかが大きかったときにフェイがどうだったか、どんなふうに赤ん坊のことを話しとったか――いやな男が父親だったら、あんなふうではながったと思う。んだども、谷の男でもねえと思うんだ」

「よその人だということ？」メグは背筋を伸ばした。「どうしてそう思うの？」

「フェイはだれとでもそうなるような女じゃながった。特別な相手だったと思う。村の男よりもっと上の。わしは、もしかしたら王子その人でながったかと思うこともあった」

「ボニー・プリンス・チャーリーですか？」

「ああ。そう言う者もおった。だが、わしはそう思わねえ。王子はまだ若かったから、フェイが若造を選ぶとは思えん。わしは、船の船長だったんじゃねえかと思う。フェイは相手としょっちゅう会えてたわけじゃねえらしい。会いたくても会えんかったんだろ。でなきゃ、おっかさんにわかってたはずじゃ」

「そうね」メグも同意した。

「あるいは、もしイングランド人だったとしたら、将校だったんじゃねえか。貴族の紳士だ。相手の身分がどうでも、好きになってしもうたとか。しかし、わしはやっぱり、ときどき立ち寄る船乗りだったんじゃねえかと思う。ただの船員じゃなぐて、商船の船長とかだ。彼女はいつも海を眺めとったから」

「そんなことをアンガスじいさんが言ってたわ。哀しそうだったって」

「ああ、わしもよく見かけたもんだ。思いつめた顔をしとった。いつも同じ崖の上の場所でな。湖と海がつながるとこだ。洞窟の上に、座るのにちょうどええ大きな平たい岩があって」

「どこのことだか、わかるわ」メグはうなずいた。

「そこで海を眺めるんは、南から来る船を待つときだった。たぶん彼女はずっと相手の男を待っとったんだろ。だが戻ってはこんかった」

「そうね」メグは前のめりになっていた体を引き、彼の話をよく考えた。

「じつは……」つらそうな顔で老人は切りだした。「じつは、あんだに渡すもんがある」

メグは驚いて彼を見た。「渡すもの？」

「ああ」デイヴィッドはうなずいた。「彼女がくれたんだ。あの最後の夜、もう自分は助からねえとわがった夜に。彼女は自分のおっかさんでなく、赤ん坊に渡したがったらしい。ジャネットが大きくなったら渡しでぐれって頼まれたんだが、わしはどうしても手放せんかった。いけねえこととはわかってでたが、彼女のもんはそれしかながったから。だがいまとなっては……わしももうこの世に長ぐねえ。だろ？　だから、あんだが持っとくのがええ」

老人の瞳がまた涙で光った。「彼女にこんなに似とるあんだが」

デイヴィッドは椅子のひじ掛けに両手をかけ、力を入れて立ちあがった。すぐさまデイモンが前に出て彼を支え、デイヴィッドの足がしっかりしてから手を離した。老人はデイモンに頭をさげ、床をこするように歩いてドアから出ていった。

デイモンがメグを見た。「だいじょうぶかい？」

「ええ、だいじょうぶよ」少し涙声でメグは微笑んだ。「フェイおばあちゃんがだれを愛したのか、祖父がだれだったのか、知りたかった。でも、いま聞けた話だけでもじゅうぶんよ。哀しいお話だけれど」

「船乗りだったという彼の意見は合っていると思う？」

「わからないわ。彼のお兄さんのジェイミーではないという話は、つじつまが合うけれど。

でも彼は、通りすがりの兵士に乱暴されたのではないと考えたいだけかもしれないわ。そういうおぞましい目に祖母が遭っていた可能性もあるわね」

「そうだな。しかし、それでは彼女の櫛は説明がつかない。あれは愛する者が贈る品だ」デイモンは手を伸ばしてメグの髪をすいた。「あの櫛を髪に挿したきみを見ると……きみの髪の手ざわりや、心地よさや、きみが髪をまとめる姿を眺めるときの隠微な気持ちが思いだされる……。あの櫛をわたし自身が贈ったのだとしたら、そういう気持ちはどれほどのものだろうかと思うよ。きみのおばあさんの相手がだれであろうと、その男があの櫛を贈ったんだ。しかも、キンクランノッホ近辺で手に入れたものではない——インヴァネスですらないだろう。櫛にはまっている宝石はエメラルドやダイヤモンドではないが、ガラス玉でもない。もう少し値の張らない宝石——おそらくペリドットとシトリンだろうが、それでも宝石にはちがいない。それに細工は見事なものだ。ロンドンでもあれほど精巧なつくりの品は見つからないだろう」

「でも旅をしている人であれば、エディンバラやロンドンや、もっと遠いところでも、買ってこられたかもしれないわ」

「そうだね。船の船長や商人であれば、手の届かない値段ではなかっただろう。しかし見るからに高価そうというわけでもない。模造品のように見えてもしかたのない品だ」

「そうね……」なんとも表現できない考えがもやもやとメグの頭の隅でくすぶったが、そのときデイヴィッド・マクロイドがすり足で戻ってきた。

片手に本を一冊持っている。色あせた青のリボンで縛ってあるそれを、メグに差しだした。

「どうぞ、娘さん」メグが手を伸ばすと、老人はいまひとたび本を握りしめてから、手を離した。

メグは一瞬、革の装丁の本を見おろしてから、リボンをほどいてひらいた。「デイモン！」恭《うやうや》しさのこもった声があがった。「これは、祖母の日記だわ！」

26

「すごいわ！」メグは革装の分厚い日記をひらき、持ちあげてデイモンに見せた。午後遅く、ふたりは宿のベッドに座って脚を前に伸ばし、メグはデイモンの裸の胸にもたれて祖母の日記を丹念に読んでいた。「薬の処方がたくさん書いてあるの。これはイヌゴマの葉っぱと花の絵よ。祖母が見た夢についても少し書いてあるわ。これは宝物よ。祖母を知る手がかりになるわ」メグはうれしそうに彼を見あげた。「ほんとうにありがとう。どうやってミスター・マクロイドを見つけたの？　どうして？」

「そんなふうに笑ってほしかったんだよ」デイモン自身の唇も弧を描く。「いつだったか彼の名前を教えてくれただろう。それで、彼を探しに人をやったんだ」

「ほんとうにやさしいのね」

「わたしから受け取ってくれそうな贈り物といったら、それくらいしか思いつかなかったんだ」デイモンは軽い口調で言った。「きみは甘やかすのがとんでもなくむずかしい人だよ」

メグは声をあげて笑った。「こんなことをしてくれて、とてもうれしいわ。彼に会えて、祖母のことが聞けて……そしてこの日記を手に入れられる以上の望みなんて、考えられない」

デイモンはメグの腕を指先でなんとなくなでながら頭にキスし、メグはまた古い日記を慎重にめくりだした。「祖母はたくさん書いたのね。とても分厚いわ。すごい。たくさんのことが書かれてある。この日記は彼からもらったみたいね」

「きみのおじいさんから？」

メグはうなずいた。「最初のここに書いてあるわ。彼にこの貴重な贈り物をもらったって。それがどんなにすばらしいことか、彼だけがわかるって」

「相手の名前は書いていないのかい？」

メグはかぶりを振った。「もちろん、最後まで調べてみるけれど、相手のことを書くときは〝彼が〟とか〝彼に〟としか書いてないの。〝いとしい人〟と書いてあることもあるわね。彼に伝えたいことは〝ふたりの場所〟に残すとここに書いてあるけれど、それがどこかは書いてないわ。だれにも知られないように、とても気を遣っていたのね」

「母親に読まれることを心配していたのかも」

「祖母のお母さんが字を読めたかどうかはわからないわ。ただ、それまで口でしか伝えられてこなかった薬の処方を書き残せるようになったことが、とてもうれしかったみたい。簡単な書き方だけれど、かならず書き留めているわ。字を書くことを彼に教えてもらったのかもしれない。それらしいことを書いているから」メグはデイモンにきらきらと輝くまなざしを送った。「マンロー家の女の心に入りこむすべを知っている男性が、もうひとりいたのね」

「ああ。それなら賢い男なんだろうね」デイモンはにこりとし、メグの肩先に口づけて吐息で肌をくすぐった。「メグ、ちょっと聞くけど——どうしてまたシュミーズを着てしまったんだい？」

「なにも着ないで日記を読んでいるなんて、少しはしたないような気がしたんだもの」

「少しくらい、はしたないほうがいいよ」デイモンはメグの腕を持ちあげ、肩から下へ、やさしく唇を押しあてていった。

「ほんとう？」メグは笑い、大切な日記を閉じて脇に置いた。「偶然ね、じつはわたしもそう思っていたの」下に手を伸ばし、シュミーズを頭から脱いで放り投げ、彼の腕に身をゆだねた。


もう一日アバディーンでゆっくりと幸せな時間をともにしてから、ふたりは船で湖へ戻った。家が近づくにつれてメグの心は重たくなり、見慣れたストーンサークルを目にしても生まれて初めてうれしいと思わなかった。

「だめよ」デイモンも馬車を降りようとしたのを見て、メグは少しかすれた声で制止した。

「小屋までいっしょに来たりしないで。わたしは——」ぐっと息をのむ。家に着いて彼と離れなければならなくなったら、きっと泣いてしまうだろう。彼にすがりついて、行かないでと言ってしまいそうで、こわい。「ここでいいわ」

彼の表情にためらいが見えたが、彼はこう言っただけだった。「わかった」

「ありがとう。いろいろと、ほんとうにありがとう」メグはかばんをつかんで逃げるようにその場を離れた。

デイモンはずっと彼女の姿を見送り、木立のなかに姿が見えなくなってしまうまで御者に合図を出さなかった。とても……さびしかった。ばかげている。二度とメグに会えないわけでもあるまいし。彼とリネットがロンドンに帰るまで、まだ何日もある。しかしその日のことを考えると、まったくうれしくなかった。詰め物をしたやわらかい座席にもたれ、デイモンはわれ知らずため息をついていた。

しばらくしたら彼とリネットはここを離れなければならない。いまは九月で、もう寒くなりはじめている。冬場はこのあたりは寒さが厳しいだろう。しかし……デイモンは雪に閉ざされたダンカリーを思い描いた。広間の巨大な暖炉に火をいれ、三人でその前にゆったりと座り、読書をしたり、なにかゲームをしたり、おしゃべりするだけでもいい。メグの肩には、彼が買ってやった肩掛けがかかっていて……デイモンはかすかに口もとをほころばせた。

やはり、だめだ、メグと離れることはできない。メグもいっしょにロンドンへ来たらどうだろうか――ずっとというわけではない。愛するふるさとから遠く離れたところで、それほど長く暮らしたくはないだろう。しかし彼女は、ほかの場所も見てみたいと言っていた。だから冬のあいだだけでも。そうすれば、この旅行と同じような暮らしができる。いや、まったく同じというわけにはいかないか……ロンドンではいっしょに住むことはできないのだから。社交界の人間がまわりにいるロンドンでは、はるかに醜聞となりやすい。それならば彼の屋敷に近いところに、彼女の家を買えばいい。そして好きなだけ、そこで過ごせばいい。いや、リネットをそんなに放ってはおけないから、好きなだけというわけにはいかないだろう。それにロンドンの娯楽にふたりをいっしょに連れていくこともできない。やはり前に話をしたように、イタリアがいいかもしれない。だがメグの言うとおりだ――どこかから話は広がり、将来のリネットに醜聞がついてまわる。

屋敷の前で馬車を降りたとき、デイモンはとても楽しいとは言えない気分だったが、廊下を進んでレディ・バシャムと客人の声が客間から聞こえてくると、さらに機嫌は悪化した。音をたてないよう使用人の階段にまわり、通りかかった小間使いを驚かせ、リネットに声をかけるために二階へあがった。

リネットはこちらがうれしくなるほど喜んでくれ、デイモンは娘と二時間ほど楽しく過ごした。しかしレディ・ヴェロニカやトゥイザリントン・スミス夫妻と長々と夕食をとっていると退屈で機嫌も悪くなり、屋敷を抜けだせるときがくるや、さっさとメグの小屋に急いだ。夜、メグのやわらかな体を抱いて、やさしい息づかいを聞きながら眠りにつくと、ささくれだった気持ちが癒やされた。しかし、翌朝早く起きてダンカリーに戻らなければならないのにはいつもいらいらさせられ、しかも早い時間の朝食にハリーが同席するようになったので、まったくもって不愉快だった。そのうえ彼はデイモンとリネットの朝の乗馬にまでついてくるようになり、ますますおもしろくなかった。

乗馬から戻るなり、デイモンはレディ・ヴェロニカを書斎まで来させるよう、召使いに呼びにやらせた。せめてこちらの厄介事だけでも、なんとかしたいと思ったのだ。

しばらくして流れるように書斎に入ってきたヴェロニカは、どういうわけか瞳を輝かせていた。いったいなんなのかわからないが、理由を突きとめたいとも思わなかった。デイモンは丁重に立ちあがり、彼女の横をまわりこんでドアを閉めた。奇妙なことに、それを見て彼女は笑みを浮かべた。

この数分、どう言えばいいかと頭を悩ませたが、もう細かいことはどうでもよくなった。

「もうすぐ秋だ、ヴェロニカ。寒くなる前に、ロンドンに戻りたいのではないかな?」

ヴェロニカは面食らったようだった。片方の眉がつりあがる。「田舎暮らしで嘆かわしいほど無遠慮な物言いをなさるようになりましたわね、デイモン」

「そうだな。きみは姪に会いにきたと言ったな。そして、もう会った。リネットは体調もよく、楽しく暮らしている。わたしの娘はひどい扱いを受けていないとわかっただろうから、安心したまえ」

「デイモン、それではわたしがあなたのことを悪い父親だと思っていたように聞こえるじゃありませんか」

「そうでもなければ、きみがこんなところまでわざわざやってくる理由がわからない――まあ、あのような愚鈍なハリーとその奥方を連れてこようと思った理由などは、まったくわからないが。姪に会いたくてさびしかったようなふりをしたのは、やりすぎだったな。ロンドンであの子と会ってから、まだひと月も経っていないだろう――あちらでもそんなにリネットをかまっていたわけでもないし」

「リネットのことはかわいいと思っていますわ。姪ですもの。それにあの子にもっとも近い女性の近親者として、社交界の仲間入りをさせる準備をするのはわたしの役目だと思っています」

「なんと、あの子はまだ十三歳だぞ。社交界デビューなどまだまだ先ではないか」

「年若い娘がひと晩でレディに仕上がるわけではありませんのよ。リネットには、導いてやる女手が必要です。デイモン――あなたの新しい情婦とハイランドをほっつき歩くのとは、わけがちがうのよ」

デイモンは唇を引き結んだ。「ミス・マンローのことを話すのなら、口のきき方に気をつけたまえ」

「あの女の名誉を守るようなふりをなさっても無駄ですわ。あなたがあの女と関係を持ってらっしゃることは、見るもあきらかです。でも殿方とはそういうものですものね。おかしいのは、ご自分の娘があの女と会うのを許していらっしゃることです。リネットは、あの女がまるで家族の一員であるかのようにふるまっていますわ」

「リネットはミス・マンローを慕っている。娘の病気がたいへんだったときに彼女が看病してくれたことは、話しただろう」

ヴェロニカは無理やり笑みをつくり、そのままデイモンに近づいて手を伸ばした。「さあ。もう言いあいはよしましょう。あなたもわたしも、リネットの幸せをいちばんに考えているのは同じですわ。それに、わたしたちはいままでずっとうまくいっていたと思いますし」

「いや、きみと言いあいをするつもりは毛頭ない」デイモンは彼女の手をかわし、自分の背中で手を組んだ。「リネットのことを思ってくださって感謝する。あの子が外に出るときは付き添ってくれたり、わたしの母も助かっているよ」

「そんなこと当然ですわ。わたしもそういう日は楽しみにしていますの」

「しかし、どうしてここまで来たのかは、やはりわからない」

ヴェロニカは小さく笑った。「いやですわ、デイモン、女性に恥をかかせては」いったん口を閉じて数歩さがり、おもねるような笑みを浮かべてまた近づいた。「わたしも遠慮なく申しあげなければならないようですわね。わたしたちがどれほどお似合いか、気づいてくださればと思っていました」

「お似合いとは、なにが？」

ヴェロニカは困惑して顔をしかめた。「結婚の話ですわ」

「結婚！」なんということだ、リネットのほうがこの問題については自分よりもずっと目端が利いていたということか。「ヴェロニカ、わたしが結婚を考えていると思わせるようなそぶりをなにかしていたのなら……」そこで止まり、もっとはっきり言うことにした。「いや、そのようなことをした覚えはない！　きみはエミベルの妹ではないか！」

「あなたとわたしに血のつながりがあるわけでもあるまいし。そんな理由でためらう必要はありませんわ。それどころか、いいことずくめじゃありませんか。リネットはわたしの姪で、わたしはすでにあの子が気に入っています。あの子を正しく育ててあげる役目を引き受ける心づもりは、じゅうぶんにできていますわ。それにあの子もすでにわたしを知っていて、継母を迎える娘が抱きがちな不安や嫉妬もありません。わたしたちはみなでうまくやっていけますわ」

「ヴェロニカ、やめてくれ。わたしは結婚するつもりはない」

「エミベルお姉さまが亡くなってまだ日も浅く、傷が癒えていらっしゃらないのはわかります。もちろん、まる一年が経って喪があけるまで、公に発表もしませんし――」

「結婚の妥当性だとか、きみの姉上が亡くなってどれくらいだとか、そういう問題ではないんだ。わたしに結婚の予定はない」

「なにをばかなことを！　あなたはいつか結婚しなければならないのです。伯爵家を継ぐ男子がまだいないではありませんか。わたしはエミベルより二歳若いし、お姉さまのように病気がちでもありません。バシャムはわたしよりうんと年上で、いつも体調がすぐれませんでしたから……。彼とのあいだに子ができなかったからといって、わたしに跡継ぎを産む能力がないとはお考えにならないで」

「勘弁してくれ、ヴェロニカ、わたしは繁殖用の牝馬を探しているのではないんだ」デイモンは語気も荒く言った。「結婚を決めるとしても、それにはまだ何年もある」

「まさか、どこかのうぶな小娘が社交界に出てきて、あなたの目に留まるのを待つおつもりではないでしょうね？　あなたの情事に泣きわめいたり不平不満を言うような、甘えた小娘を？　そんな娘にちやほやするおつもり？　そのようなこと、わたしがさせませんわ。そういったことをお望みなら、あなたのかわいらしいお手軽娘には無記入の小切手でもお渡しなさいませ。それについてはなにも異論はございません」

「ヴェロニカ！」デイモンはぴしゃりと言った。「もういい。わたしは、きみを、愛してはいないんだ」ひと言ひと言を、石のように落としていく。

ヴェロニカが目を見はった。「まあ、デイモン、それがなんだと言うのです？　わたしは愛ではなく、結婚の話をしているんです。愛がついてくるなどと、わたしは思っていませんし、必要でもありません」

「わたしはそうではない」

ヴェロニカは高い声でころころと笑った。「まさか、ロマンティックな男に変わったとはおっしゃらないでくださいまし！　あなたは頭で考えて、理性で動くかただと思っていましたわ、体の……ほかの部分に動かされるのではなく」

「一度は家のために義務で結婚した。十四年近くも悲惨で退屈な生活に縛られていたんだ。二度とそんなことをするつもりはない」

「では、どのようなおつもりですの？　ハイランドで遊んだ小娘と結婚なさるおつもり？　あなたの魔女を社交界にお披露目するところを見てみたいものですわ。ああ、デイモン、ありふれた女と結婚するような愚かなことはなさらないで」

「メグ・マンローはありふれてなどいない！」デイモンは荒々しく言い返した。「だが、そんなことが不可能だということはわかっている」彼はきびすを返し、暖炉までつかつかと歩いた。

「ああ、よかった、せめてもの救いですわ」

「もういいだろう、ヴェロニカ」振り返りもせずにデイモンは言葉を絞りだした。ヴェロニカは憤慨してふんっと小さく息をもらし、背を向けて出ていった。重苦しい沈黙が広がり、デイモンはなんとなく胸をこすった。たとえようもなく息苦しくて痛む。彼は小さくなった暖炉の火を見つめた。火かき棒を取り、炭を一度、二度と激しくつついた。

愛する女性と結婚もできないなら、伯爵などやっていてなんの意味がある？

愛する女性……。

突如、体の力が抜けて楽になった。自分はなんと愚かだったのだろう。最初からずっと、メグの前では愚かでしかなかった。うっかりしたことを言ったり、ばかなことをしたり、あらゆることに関して心のせまいぼんくらだったりしたが、肝心なことがわかっていなかったという最後のへまは最悪だ。

しかし、それももうおしまいだ。

デイモンは火かき棒を乱暴に棒立てに投げ入れた。もうすべてをきちんとする頃合いだ。デスクから小箱を取り、彼はきびすを返してドアに急いだ。

27

メグはテーブルに座って日記を広げていた。ななめに差しこむ午後の日差しがページを照らしている。家に帰ってきてからずっと、彼女は祖母の日記を読み進めていた。傷ついた心をまぎらわすにはじゅうぶんだった。

楽しかった旅行のせいで、かえってこれほど哀しく心を乱されているなんて、なんという皮肉なのだろう。いろいろわかったことはあったけれど、なにより、人生のなかでいちばん望んでいたものをメグは見つけた。しかしそれは、彼女にはけっして手に入れられないものなのだ。

彼女はデイモンを愛している。祖母が秘密の男性を愛したのと同じように、デイモンを愛している。そのあまりにも激しく身も心も奪われる愛は、彼女の精神も魂も射抜いて、彼女という存在の核を燃えあがらせてしまった。もう二度とだれかを愛することはないだろう。ぜったいに。彼女の母親も揺るがなかった。そしてもしフェイが長生きしていたとしても、戻らぬ相手の男性に誠実でありつづけただろう。そんな母や祖母のように、メグもただひとりを愛し抜く。

けれどふたりとはちがって、メグは現状の愛だけで満足できるとは思えなかった。自分がほんとうに望むものの一端を、彼女はアバディーンで見てしまった――そう、デイモンとの生活を。愛する人と真にともに暮らして分かちあう平安、喜び、やすらぎに、メグは心を奪われてしまった。彼女は結婚したいし、結婚に付随するものすべてがほしい。子どもや彼とベッドをともにする悦びだけでなく、人生そのものを分かちあいたい。マンロー家の女は自立した人生を送るとほめそやされても、デイモンとともに生きる人生と比べてみれば色あせる。心がいつも彼に繋がれていれば、ほんとうの意味での自由はないのだ。メグが望んでやまないのは、彼とともに暮らすこと。彼の一部しか手に入らないのなら、彼女の心は痛みつづけるしかない。

けれどデイモンは伯爵であり、メグは愛人以上の存在にはなれない。しかも、たまに逢うだけの愛人。彼がロンドンに戻ってくれたほうが、いっそいいのかもしれない。リネットに会えなくなればさびしいし、デイモンと別れるのは身を切られるようにつらいだろう。けれど、そうしなければ、いつまでも心の傷はうずきつづけて癒えることがない。彼女の望む愛は手に入らない――息をするための空気を求めるがごとく、痛切に求めるものであっても――それでも離れれば、傷はいつか癒えていくだろう。つねにデイモンの存在に心惹かれ、つねに思い起こすことがなくなれば、なんとか立ち直って前に進めるかもしれない。心おだやかに……暮らせるかもしれない。

それまでは、こんな状態がつづくのだ。せつなくて、心に幸せと哀しみが同居し、別離のときをおそれおののく毎日が。

枝を踏むパキリという音がしてメグは顔をあげ、外を見てみた。デイモンが小屋のほうへやってくる。ポケットに両手を入れ、むずかしそうな顔でうつむいて。メグの心臓が早鐘を打ちはじめ、少したにめらいがちに立ちあがった。こんな時間に、こんなところで彼がなにをしているのだろう。あんなに深刻そうな顔をしているのはなぜ？

メグは彼がノックする前にドアを引き開けた。

「メグ！」

「そうよ。ほかにだれがいるかしら？」メグは軽い調子を装おうと、微笑んだ。

「そうだな、だれもいない。いや、もちろんきみはいるんだが。ただ、少し考え事をしていて……。メグ……話がある」

彼女はおなかのあたりがすうっと冷えるのを感じた。「ええ。どうぞ入って。いえ、待って、それよりは、ちょうど外に出ようと思っていたの。いっしょに行きましょう。デイモン、あのふたりが逢瀬に使っていた場所が、わかったかもしれないの」メグははずんだ声で言い、彼の手を取った。テーブルの上でひらいた日記帳のところへ彼を引っ張っていく。

「ほんとうかい？　どこだ？　フェイは相手の名前を書いていたのか？」デイモンも興味

津々だった。

「いいえ、それはないわ。でも、やはり櫛を贈ったのは彼だったのよ。わたしたちの考えたとおり。日記のうしろのほうに書いてあったわ。櫛はふたつあったらしいけれど、ひとつは長年のあいだになくなってしまったのね。ほかにもなにか贈ったようなのだけど、なにかは書いていなかった。ほんとうにもどかしいわ。書いてあったのは、彼から〝それ〟を渡されて、祖母はそれを隠して、彼が戻ってくるまで守っておくということだけ。その後の日記は、ずいぶん日が開いて、ずっとあとになっているの。彼は戻ってこなかった。祖母の嘆きが伝わってくるようだったわ。なにもかもがどうでもよくなったんじゃないかしら。ただ赤ん坊が生まれるのを待つだけになって。最後のほうになると、祖母は自分が見たこわい夢について書くようになっているわ。もうすぐ自分は死ぬって。そしてそのとおり、祖母は亡くなってしまった。その後、あきらかにページが破り取られたところがあるの。おそらく一枚だけじゃないわ」彼女は日記を持ちあげ、ぎざぎざに破れたところをデイモンに見せた。

「なぜだ?」破れた箇所を指でなぞりながらデイモンは尋ねた。

「わからないわ。でもその後の日記は一日ぶんだけなの」メグはページをめくって書いてある文字を指さした。「祖母はふたりの〝場所〟に行って、彼への最後の伝言を残したと書いてある。なくなったページには、なにを残したのか書いてあったのかもしれない。そこへ行けば、見つかるかもしれないわ」

「こんなに何年も経っているのに？」デイモンは疑わしげだった。

「可能性はあるわ。わたしは、そこがふたりの逢瀬の場所だったと思うのだけど、互いの伝言をそこに残したと書いてあるの。だから、どこか保護されているような場所よ。荒らされないとわかっている場所」

「それはどこだ？」

「はっきりと書いてはいないわ。〝あそこ〟、〝洞窟〟、〝あの場所〟と書いてあるだけ」

「洞窟だって？」デイモンはうなった。「そんなもの、何百とある。そして、どこも湿っぽくて寒い」むっつりとつけ加える。

メグは声をあげて笑った。「でもわたしには、祖母の言っている湿っぽくて寒い洞窟がどこなのかわかるの。ここに書いてあるのだけど、そこへ行って彼に伝言を残して、アイルランドゴケを採ってきたとあるのよ」メグは勝ち誇ったように微笑んだ。「アイルランドゴケが生える場所はひとつだけ。マンロー家の女はいつもそこから採ってくるの。そこが、彼女が伝言を残した場所よ。デイモン、祖母はそこに彼の名前を書いて残したかもしれないし、彼から渡されたものをどこに隠したかを書いたかもしれない。それを見れば、相手がだれだったのかわかるかもしれないわ」メグはドアに向かった。「来て。ランタンを取ってくるから、ふたりではしけを漕いでそこへ行きましょう。そこは舟でしか行けない場所なの」

「待ってくれ」デイモンは彼女を引き止めた。「それより先に、話がしたい」

「いいえ!」不安がメグに襲いかかった。デイモンがなにを言おうとしているのか、心の奥底ではわかっていた。もうここからいなくなるのだ。そんなことは聞くに堪えない。いまはだめ。もう少しあとで、心の準備ができてから……。「海に面した洞窟よ。アイルランドゴケは海水に浸っているところに生えるの。海面は洞窟の入り口よりも少し低いだけだから、潮が来ると洞窟は海水でいっぱいになるのよ。いまからすぐに行かなくちゃ。潮が満ちる前に。でないと、また明日まで入れなくなるわ」

「わかった」デイモンはため息をついた。「先に洞窟を見つけよう。しかしそれがすんだら話を聞いてくれ」

ふたりははしけを漕いでせまい水路を抜け、水の流れにも助けられて、湖から海へ出た。西日が差して水上の寒さも気にならなかったが、遠くで灰色の雲が灰色の海に覆いかぶさるように集まっているのが見えた。潮が満ちるとともに嵐がやってくるかもしれない。けれどそのころには用事もすんで、海からあがっていることだろう。

デイモンはメグの指し示した暗い入り口にはしけをつけ、メグが脇の大岩にもやい綱を結んだ。まず彼女が洞窟にあがり、デイモンもランタンを持ってつづいた。

「ここはいったいどのへんなんだろう?」デイモンは洞窟の奥へ進みながら、ランタンを掲げて暗い空間を照らした。広くはない。端までほんの数歩で行けてしまう。壁はふれてみるとぬれており、足もとの岩肌にある溝のあちこちに水がたまっていた。さまざまな大きさの岩が転がり、そのほとんどに地衣植物が生えている。「これがきみの言っていたアイルランドゴケかい？」

メグはうなずいた。「ええ。満潮のときはここの岩は水に浸かるから、ふたりの伝言というのは高いところにあるはずよ」

「なんにせよ、特別な場所だろうな。水に浸からなくても、湿気はあるし」

「ここは人目につかないわ。わたしの知るかぎり、ここにはだれも来ない。わたし以外は」

「秘密を守るために、ふたりは労を惜しまなかったんだな。彼はイングランド人ではないかと思えてきたよ。それほどまでにひた隠しにしたとすると、敵対する人間を愛したとしか考えられない」

「だれにも知られていないというのは、とてもすてきなことかもしれないわね」メグはデイモンと自分がふたりきりの世界にいたときのことを思いだした。この湖の近辺から遠く離れ、心地よく寄り添っていたときのことを。

「そうだね」デイモンはランタンを置いてメグに近づき、彼女の腰に両手を置いて笑顔で見おろした。きらきらと輝く彼の瞳……彼も同じことを思いだしているのだ。デイモンは彼女をそっと自分のほうに引きよせ、腰を合わせた。メグのおなかの奥で覚えのある熱が生まれ、彼も反応するのがわかった。デイモンの瞳の色が深まってけだるさを帯び、彼は身をかがめてメグの首筋に鼻先をこすりつけた。「だれにも知られずふたりきりでいられるのは、すばらしいよ」

それからしばらく、ふたりは自分たちだけの世界に浸っていたが、メグはようやく体を引いて息をついた。「こういうことがしたくてここまで来たんじゃないわ」

「ぼくはこういうことこそ、したいけどね」そう言いながらも、デイモンはもう一度だけキスをして離れた。「わかったよ。早く見つければ見つけるほど、早く快適なベッドにもぐれるわけだ」

メグは笑った。「あなたの頭のなかにはそれしかないの？」

「これだけというわけじゃない。ほかにも少しはある」

デイモンはメグに手を伸ばした。こういう時間ももうすぐ過ごせなくなるのだと思い、メグの胸はずきりと痛んだ。しかし、そんな思いを決然と振りはらった。哀しむのは実際にそうなったときでいい。彼女は指を絡めるようにデイモンと手をつなぎ、ランタンを掲げながら、あちこちの穴や割れ目を覗いて探しまわった。一度か二度、ふとしたときにまたしばらく抱きあうこともあったが、そのたびにまた体を離して探索をつづけた。デイモンは手の届くかぎり、高いところまで壁を手で探った。

「ほら、どうやらこれが水位線だ。ここまで水が来る」デイモンが指さした。「だから水に浸からないのは、この壁に沿って伸びているあの細い岩棚くらいだろう」

その岩棚は非常に高くてデイモンにも覗けないので、メグは抱えあげてもらって棚の上を見た。しかし砂以外はなにもなかった。デイモンが彼女をおろすと、メグは手の汚れを払って疲れたようにあたりを見まわした。

「なにもないわ。祖母は戻ってきて、伝言を回収してしまったのかも。あの日記の書きこみは祖母がなくなる数カ月前の日付だったから。あるいは潮がいつもより高いところまで来て、流されてしまったのかもしれないわ。この岬にはよく嵐がぶつかるの。この五十年のうちに一度や二度は強烈な嵐が来たことがあるでしょうし」

「あの穴は？」洞窟の奥のほうの、地面よりも少し高い位置で口を開けている大きな黒い穴をデイモンは指さした。

「あんなところに伝言は残さないんじゃないかしら。位置が低すぎるわ。あそこでは、どんなものでも流されてしまいそうよ」

「そうだな。しかし、たしかこの洞窟はアナウサギの繁殖地のようになっているんだったね」

「ほかの洞窟につながっているということ？」俄然、メグは興味をそそられた。

「あるいは、奥がもっと高いところに向かって開いているか」デイモンは穴に近づいてひざをつき、ランタンをなかに入れた。「上に向かって開いているわけではないようだが、奥の端は見えないな」彼は這うように穴に入った。「うわ。地面に水が」

「水？」メグが下を見ると、たしかに細い筋になって水が地面の中央を流れていた。「デイモン、振り返って洞窟の入り口あたりを見ると、水が地面でばしゃばしゃと跳ねている。「デイモン、見て！　どうしたのかしら。まだ潮が満ちるには一時間ほどあるのに」

「ちょっと待って」彼の声がくぐもっている。いまや彼の体はすっかり穴に入ってしまっていた。「ここはトンネル状だ。奥に伸びているな」

「あの音はなに？」その音はしばらく前からしていたが、メグはとくに意識せず、なんとなく聞いていただけだった。ときおり意識の端にのぼりながらも、探しものに夢中であまり気にかけなかった。メグの動悸が激しくなり、彼女は入り口のほうへ足を向けた。「デイモン、戻って！　なにかおかしいわ」

入り口まで来たときには、水はメグの足が浸かるほどになっており、スカートがぬれないように持ちあげなければならなかった。うしろでデイモンが動きまわる音や、ランタンが石に当たる音が聞こえたかと思うと、彼が叫んだ。「なんということだ！」メグは洞窟の壁に片手をついて外を覗いた。

入り口に強風が吹きつけ、メグのスカートが舞いあがる。さっき海の上空に見えていた灰色の雲がすさまじい速さで近づき、空がどす黒くおそろしい色に変わっている。カーテンのような土砂降りが崖のほうへぐんぐん近づいていた。風が波を荒立て、もやい綱で繋がれたはしけが何度も崖にぶつかってガタガタと音をたてている。ここへ来たときには洞窟から三十センチほど下にあった海面は、いまや地面を超えて打ちつけ、水が跳ねて洞窟のなかまで広がっていた。

「あの嵐のせいだわ」メグはのどを締めつけられるような気分になった。「潮はまだ満ちていないのに、嵐のせいで水が入ってきてる。これで潮が満ちてきたら……」

「くそっ、なんてことだ！」デイモンが彼女のうしろにやってきた。「どうしてこんなに急に」

「そういうものなのよ」メグが厳しい顔で言った。「もっと気をつけておくべきだったわ」水平線に雲が見えていたのに、祖母が書き記した場所を探すのに夢中で——そして、自分とデイモンのあいだに交わされるはずの言葉を聞くのがこわくて——危険信号を見落としてしまった。「すぐにここを離れないと」

メグはデイモンの向こうにある湖を見やった。湖から海へ水が流れだしているあたりの水路はせまい。高い崖にはさまれているため、崖に打ちつける高波からはいくらか守られるだろう。荒っぽくはなるが、やはりなんとかして湖に入り、そこから岸へ戻るしかない。はしけに乗って水路の入り口に行き着くことさえできれば、高波から逃げられるだろう。とにかく、ここにはいられない。洞窟は海水で埋まってしまう。

デイモンがメグをまわりこんでもやい綱をつかんだ。もやい綱は海水に浸ってぴんと張り、はしけは強い風で湖のほうに押しやられている。彼は身を乗りだし、風に髪をなぶられ上着を煽られながら、綱を手繰りよせようとした。水がブリーチズにも飛び跳ね、ブーツまわりはびしょびしょだ。

「デイモン、気をつけて」メグは不安に駆られた。

彼女はそばの岩の上に置いてあった櫂を一本つかんでしゃがみ、デイモンが手の届くところまではしけを引っ張ったら櫂ではしけを引きよせようと待ち受けた。デイモンは錨代わりにしていた岩から手を離し、両手で綱を引っ張りだした。はしけがこちらに近づき、メグは櫂を伸ばしてはしけに引っかけ、ぐっと力をかけた。不安定な体勢でできるだけ強く引っ張ると、少ししてはしけがこちらに動きだす。そのとき、すべてが悪いほうへと急変した。

いきなり強風が舞いあがり、はしけがメグのほうへ、さらにそのまま洞窟の入り口へと突進してきて、彼女は櫂を取り落とした。すぐに拾おうとしたが、また突風に吹きつけられてよろけた。バランスを崩して悲鳴をあげ、そばの岩に必死でつかまろうとしたものの、つるりとした岩肌で手がすべって倒れた。デイモンの叫ぶ声が聞こえ、彼の腕がメグのウエストにがっちりとまわる。しかし風の力と勢いが強すぎた。ふたりはもろとも、渦巻く暗い海へと転がり落ちた。

28

メグは波をかぶったが、ありったけの力で水を蹴った。デイモンの腕はまだしっかりと彼女に巻きついており、彼の力のおかげで浮かびあがることができた。ふたりは海面に顔を出したものの、波で崖に打ちつけられ、息が止まりそうになる。奇跡的にデイモンが空いた手でもやい綱の端をつかみ直すことができ、洞窟の入り口からそう流されることはなかった。しかし嵐に翻弄され、彼の腕がはずれそうになる。

メグは崖の岩肌に手を伸ばし、なんとか入り口の端をつかんだ。最高潮に勢いを増した嵐がふたりに襲いかかる。すさまじい勢いの雨がふたりの顔にたたきつけるなか、少なくとも暴風のおかげで岩に張りつくことはできていた。メグはあらんかぎりの力で岩にしがみついたまま、水面下にある崖の岩肌をのぼろうと足を動かした。すべったり空振りしたりしながらも、上へ、上へ。そのとき、また強風が吹いてふたりの体は持ちあげられ、彼女は腕を伸ばして大きな岩にしがみついた。体を持ちあげ、上半身を洞窟に入れる。デイモンの腕がウエストから離れるのがわかって一瞬うろたえたが、彼の手がメグを下から力強く押しあげてくれた。

洞窟によじのぼったメグは、あわてて振り返った。まさか、デイモンが海に消えていなくなって……。しかし彼もまた、空いた手でもやい綱をつかんで安全を確保しているのが見えた。だがそれも、この冷酷な嵐の前では長くもたないだろう。メグは這って彼のほうに進み、彼の上着を両手でつかんで引っ張った。すると、デイモンが片足を振りあげて洞窟の縁に乗せ、メグはその彼の脚をつかんで力いっぱい引きよせる。彼はもやい綱を縛った岩をつかみ、次の波で洞窟へと押しあげられた。

ふたりは肩で息をして座りこんだ。はしけのもやい綱は荒波の力でとうとうデイモンの手から離れ、小さな舟はさらわれて岩に激突した。雨が風に吹かれてななめに降りそそぎ、ふたりは這うように洞窟の入り口から離れた。ふらつきながらも立ちあがったデイモンは、メグのウエストを両腕で抱えて引きずっていった。洞窟の奥まで進み、やっとふたりはランタンのそばにくずおれた。

デイモンは洞窟の壁にもたれた。「もう二度と、金輪際、きみとは洞窟に入らないぞ」

メグは、ふふふと笑いだした。デイモンは顔をしかめて彼女に一瞥をくれたが、やがて彼も笑いはじめた。どうにも止まらず、横腹が痛くなるまで大笑いした。ようやく笑いが収まると、デイモンはメグの肩に腕をまわして引きよせた。彼女は彼の胸に寄りかかり、耳の下でたしかに刻まれる心地よい心臓の鼓動に耳をかたむけた。

メグが体を震わせると、デイモンは彼女の腕をさすってあたためようとした。メグは息をついて体を起こし、彼のほうを見た。「これからどうするの？　もうすぐ潮が満ちてくるわ」

デイモンが洞窟の入り口のほうを見やる。いまやそこは海水に浸り、洞窟の中央にある浅いくぼみまで水がじわじわと迫りつつあった。やがては頭上の水位線まで水かさが増していくだろう。「祈ったほうがいいかもな」彼はぶっきらぼうに言った。立ちあがってランタンを取る。「とにかく、きみのご先祖さまが水浸しの洞窟に伝言を残すような愚か者でなかったことと、この穴がもっと高いところにつながっていて、そこで潮が引くのを待っていられることを信じるしかない」

デイモンはランタンを低く暗い穴の前まで持っていき、四つん這いになった。ランタンを手にして進みはじめる。メグも四つん這いになってつづいた。

嵐の音がうしろに遠ざかり、穴のなかではふたりが地面を這って進む衣擦れの音しか聞こえなくなった。せまい穴の岩壁にランタンがちらちらと影を映し、不気味な雰囲気がいっそう増す。前になにがあるか見えず、メグの目に映るものはデイモンの脚と引きしまったお尻だけだった。なかなかいい眺めだわ――こんなときにそんなことを考えるなんて、彼女が愚か者になった証拠かもしれない。あるいは、死ぬかもしれないというとき、人は自然とこうなるもの――生の本質的な部分しか見えなくなるものなのかもしれない。

地面に急傾斜がついてあがりはじめたが、天井のほうは驚くほど変化がなく、穴はどんどんせまくなっていった。引き返さなければならないかとメグが心配しかけたとき、デイモンが小さく喜びの声をあげ、それから数歩で穴は大きく広がってまっすぐに立つことができた。彼は手を伸ばしてメグを立たせ、彼女を抱きしめた。

「メグ、メグ」彼女の髪と顔にキスの雨を降らせる。「死ぬほどこわかった。きみを失ってしまうかと思った」

メグは小さく笑った。「そんなことをこわがっていたの？　死ぬならあなたも同じでしょうに」

「わたしのことはどうでもいいんだ」

「デイモン……」涙がみるみるメグの目に湧きあがり、頬を伝った。「そんなことを言わないで」

「ああ、だめだ、泣かないで」デイモンはやさしく言い、親指で彼女の涙をぬぐった。「どうしたらいいかわからなくなるよ」彼はメグの唇に口づけ、やさしい動きがすぐに激しく変わった。「きみがほしい」うなって唇を離す。「いままでにほしくなったどんなものより、きみがほしい。こんなことを言っている場合じゃないのはわかっているが……」

「いいえ。まさしくそういうときなのよ」メグは両手で彼の上着の襟をつかみ、押しやって脱がせた。「穴を通ってくるあいだ、ずっと考えていたわ。こうしたいって」地面に彼の上着を落とし、彼の背中を両手でなでおろす。「そしてこれを……ずっと見ていたわ」彼のお尻を両手で包み、彼を見あげて妖しく笑った。

デイモンが言葉にならない声をもらす。黒い瞳の奥に炎がひらめいた。

「それに、こんなことも考えていたのよ」メグの指先が、かたく引きしまった双丘に食いこむ。「あなたにふれたいって」

メグはブリーチズに手をかけてせわしなく前ボタンをはずしはじめ、デイモンのなけなしの自制心ははじけた。彼女の髪に両手を差しいれて頭をつかみ、上を向かせて深く口づける。互いにもどかしく服をはぎとっていく。ふれたりキスをするとき以外、せわしない手の動きは止まることもなく、手も口もまったくじっとしていられない。服をぜんぶ脱がせるのが待ちきれず、まだ服を引きずっているような姿のまま抱きあった。できるだけ地面の石や砂がつかないよう、デイモンはメグの背中に腕をまわして彼女を下に寝かせ、深く彼女のなかに入った。

その動きにメグの唇から悲鳴にも似た声が小さくもれ、彼女はわなないてすぐに達した。彼女がいった姿にデイモンの瞳は燃えあがり、彼は身をかがめてメグの唇を奪い、腰を突き動かしはじめた。さっき逃れてきた嵐のように荒々しく、激しい愛の営み——その嵐についていこうと、メグは必死でしがみついた。彼の背中をかきむしりながら、ふたたびゆっくりと身を貫かれるような甘い快楽の波にのまれた。

デイモンはメグの瞳の奥を覗きこみ、歯を食いしばって野蛮な欲望を瞳の奥深くに燃やしながら、腰を動かしつづける。「もう一度だ」声を絞りだす。「もう一度きみがいくところを見たい」

デイモンの手がふたりの体のあいだに忍びこみ、彼女の脚のあいだでうずいている小さく敏感なつぼみを見つけると、メグの口からすすり泣きにも似た吐息がもれた。彼女の体がしなり、息もつかせぬほど一心不乱に腰が動いて、頂点へと突き進む。とうとうそのときが訪れ、ほとばしる熱に包まれてメグはうめいた。その声にデイモンの声も重なり、胴震いしたかと思うと彼女のなかではじけた。そしてようやくふたりの動きは止まり、静まり返ったなかで乱れた息づかいだけが響いた。

彼の首のくぼみに顔をうずめたメグは、信じられないほどの充足感と、ほろ苦い喜びと、熱い思いが胸に迫ってきて、泣いてしまった。涙が次から次へとあふれ、すすり泣きが止まらずに体が震える。

「メグ、メグ……泣いているのかい？　痛かったのか？」デイモンはあおむけになってメグを自分の上に引きあげ、心配そうに彼女の体に両手をさまよわせた。「すまない。われを忘れてしまった。痛くするつもりはなかったんだ。頼むから、どこが痛いのか教えてくれ」

メグはかぶりを振り、息を吸って涙をこらえようとした。「いいえ、ちがうの、痛くなんかないわ。だいじょうぶ。ただ……幸せなの」そう言ってまた泣きだす。

「幸せ！」こわばったデイモンの体がほどけ、弱々しく笑った。「幸せだから泣いているのかい？」

「愛しているの」メグは彼の肌に口づけた。「こんなこと聞きたくないだろうけれど、でも言わずにいられないの。こんなにもあなたを愛してる」

デイモンの笑い声が低く深い響きを帯び、両手でそっと彼女の肌をなぞった。「聞きたくないだって？　とんでもない、聞きたいに決まっている」メグの耳に口づける。「もう一度言ってくれ」

「愛しているわ。ほんとうよ」メグは彼を押しやり、体を起こして彼にまたがると、頬の涙をぬぐった。

デイモンは頭のうしろで手を組み、にやりと笑って彼女を見あげた。「わたしも愛している。ほんとうだ」

彼は手を伸ばし、メグの腕の先のほうまで垂れさがった袖を引っ張った。身頃のボタンはすべてはずれており、もう片方の袖はすっかり脱げて、前もはだけている。シュミーズもひもがほどけ、幅の広い肩ひもが両方ともひじのあたりまで垂れて、襟ぐりは胸の下までさがっていた。

「この服装はいいね」片方の胸をデイモンが手で包む。

「そうでしょうとも」メグは鼻を鳴らして彼の手を押しやり、すっくと立ちあがった。ぬれたドレスがずり落ちて岩にかぶさった。「あなたの格好だってひどいものでしょ」

「わたしのほうが断然ひどいよ」デイモンはけだるげにその場に寝そべり、彼女が残りの服を脱いで水気を絞るのを眺めた。「だが自分を見るよりきみを見るほうがいいから、それを楽しんでいるんだ」

そのとき、彼が急にはっと目を見ひらいて上着をひっつかみ、内側をさわって、見るからにほっとした様子を見せた。

「どうしたの？」メグが好奇心もあらわに尋ねた。

「いや、べつに。なにかなくしものをしたのではと思っただけだ」デイモンも残っている服を脱いで水気を絞りはじめた。「これをどうする？」

メグは肩をすくめ、岩のひとつの上にドレスを広げた。「自然に乾かすしかないわね。完全には乾かないでしょうけど、少しはましになるかもしれないわ」

「いまのところ、かなり暑く感じているからよかった」ふくみのある顔でにやりと笑い、ブリーチズとシャツを広げた。「風邪をひかないように、さっきと同じことを何度かくり返す必要がありそうだ」

メグは目をくるりとまわしてから、いまいる洞窟がどんなものか視線をめぐらせた。「ここが〝彼らの場所〟だと思う？　祖母のフェイが……なにかわからないけれど、それを隠したところ」

「悪い意味ではないんだが、きみのおばあさんは思ったほど謎めいた人でもなかったのかもしれないよ」デイモンはぐるりと歩き、洞窟の壁を調べていった。

最初に入った洞窟部屋と比べても、少し丸いだけでそう変わらず、なにかを隠す場所はさらに少ないように見えた。壁のひとつにちょうど椅子くらいの小さな岩棚が出っ張っていて、デイモンはひざをついてその下も覗いてみたが、なにもなかった。

「ここになにかあったのだとしても、なくなったと考えてまちがいないだろうね」彼は手を伸ばしてメグの手首をつかんだ。「おいで、少しやすもう」

デイモンは突きでた低い岩棚に腰をおろし、前に脚を伸ばしてメグをひざに乗せて抱えた。メグは彼の胸に頭をあずけ、彼のぬくもりに包まれた。

デイモンが彼女の腕をなでおろす。「いまならゆっくり話せる。きみに言いたいことがあるんだ」

「いや」メグは体を起こして顔をそむけた。「あなたがなにを言おうとしているかわかるわ。聞きたくないの。いまはいやよ、お願い」そう言って立つ。

「そうか」デイモンはよそよそしい声で言い、メグから手を離した。

メグは振り返って彼の顔を見た。まなざしは冷たく、表情がなくて唇もかたく閉ざされ、いつものように感情を押しこめた高慢な顔。それは傷ついたときの顔だと、メグにはわかるようになっていた。でも、どうして彼が傷つくのだろう？　彼女のなかに怒りがふつふつと湧きあがった。取り残されるのは彼女のほうなのに。メグは腕を組み、とてつもなく弱くなったように感じながらドレスを取りにいった。まだ湿っていても、こんなふうに心を引き裂かれながら無防備な格好をしているよりは、ずっといい。

いきなりデイモンが勢いよく立ちあがった。「くそっ！　わたしのなにがそんなに気に入らないんだ？　あそこではそれなりにわたしを好きだったように思えたのに」彼は、先ほどまでふたりが横になっていたあたりに手を振った。「どうしていつもいつも、わたしから逃げる？」

「なんですって？」メグは驚いて振り返ったが、すぐに怒りに変わった。「わたしなの？　わたしが悪いの？」

「もうなにか耳にしてしまったのか？　どうやって？」デイモンは苦虫を嚙みつぶしたような顔になった。「コールに聞いたのか？」眉根を寄せる。「いや――あいつはそんな――」

「コールですって！　コールに話したの？　わたしに話す前に、弟に？」メグの瞳が燃えあがった。「あなたはいなくなるって？　わたしを捨てていくって？」

見るからにデイモンが面食らった顔をした。彼は凍りついたように彼女を見つめ、なにか言おうとしたが、のどが詰まったようなうなり声しか出なかった。咳払いをして、かたい声で言った。「わたしがきみを放りだしていく？　コールはそんなことをきみに言ったのか？」

けわしい顔になる。「あの野郎、八つ裂きにしてやる」

「コールはなにも言ってないわ！」悲鳴のようなうわずった声が出た。「わたしはばかじゃない。なにも見えないわけでもない。あなたがロンドンに帰らなければならないことくらいわかるわ。こういう時間は――」あいまいに腕を振り、涙が混じったような苦しげな声になる。「ほんのつかのまでしかないことくらい」

「そんな話をわたしがすると思っていたのか？　そんな思いこみの、おかしな――」言葉を切り、大またで上着のところへ行って地面から拾いあげると、内ポケットに手を入れた。

「きみに求愛しようと思っているのでなければ、どれほどきみが愚かでなにもわかっていないか言ってやるところだ」

「求愛？　求愛の意味がわかっていないんじゃないの？」

「きみはぼくという人間がわかっていないんじゃないか」デイモンはぬれた上着を地面にたたきつけるように戻し、メグのところに戻った。あごをこわばらせ、爛々としたまなざしで小さな箱を突きだした。

メグはいぶかしげに箱を見た。彼女の心のなかは、まるでハチがうなりをあげているかのように、不安やつらさや希望や驚きが入り乱れてめちゃくちゃだ。「わたしはそんな……それはなに？」

「お別れの品でないことはたしかだ」メグが彼のほうに来ようとしないので、デイモンのほうから近づいてメグの手を取り、小さな箱をしっかりと彼女の手のひらに乗せた。「開けて」

メグは震える手で箱を握り、目を大きく見ひらいてもう一度デイモンをちらりと見た。ふたを開け、光を放つ指輪に目を丸くした。大きくて透明な淡い黄金色の石の両隣りに、小さな緑色の石が並んでいる。「デイモン……」顔をあげて彼を見たその瞳は、大粒の涙でいっぱいになっていた。「なんて言ったらいいのかわからないわ」

「そんなことはないだろう。きみはイエスと言えばいいんだ、メグ」つい先ほどのいらだった口調はどこかに消え、いまはあたたかく、やさしく、そして少し不安そうな声になっていた。「どうかわたしと結婚すると言ってくれ」デイモンは箱から指輪をつまみあげてメグの指にするりとはめると、彼女の手を恭しく持ちあげた。「とても似合って、すてきだと思わないかい？」もうこの指輪ははずさせないぞとでも言うように指を折り曲げさせ、その手を持ちあげて指輪の下あたりのこぶしに口づけた。「イエスと言ってくれ、メグ。そしてわたしの苦しみを終わらせてくれ」つぶやく彼の声はわずかに揺れていた。

「でも、デイモン、よく考えて。あなたは伯爵なのよ。わたしなんかと結婚はできないわ」

彼はにこりと笑った。きらめく瞳が、そこはだいじょうぶだと物語っているようだった。

「それはちがうよ、いとしい人。きみの言うとおり、わたしは伯爵だ。自分の好きなようにする」

「でも、わたしはなんでもない女よ」

「きみは赤毛のメグ・マンローだ」

「あなたのお友だちは……お母さまは……みんなあきれるわ。あなたの義理の妹さんがわたしをどんなふうに思っていたか、知っているでしょう？　それにハリー・トゥイッティンなんとかさんご夫妻だって」

デイモンはくくっと笑った。「驚くかもしれないが、わたしがまず妻に求めるものは、かつての義理の妹やハリー・トゥイザリントン・スミスが賛成するかどうかではない」身をかがめ、メグの首のくぼみに鼻先をすりつける。「イエスと言ってくれ、メグ」

「でもリネットは――」

「きみをとても慕っている。きみをつかまえるなんて、わたしを賢い男だと思ってくれるよ」

メグが吐息混じりに笑ううち、彼の唇は彼女の鎖骨をついばんでいく。「やめて。考えることができなくなるわ」

「それが狙いなんだ」デイモンは耳たぶを甘噛みしてやさしくもてあそんだ。

「デイモン……」メグは彼にもたれかかった。なじみのある甘いうずきが脚のあいだに生まれてくる。

「考える必要はない。ただ感じればいい」デイモンは指先でメグの背骨をなぞり、お尻の輪郭を焦らすようにたどって脚のあいだにすべりこませた。「きみがほしい。いつでもそばにいてほしいんだ」かすめるような彼の指の動きが耐えがたく、メグは身もだえした。「イエスと言ってくれ、メグ。きみも同じものを求めていると」

「イエス」メグはささやき、彼の肌に口づけた。「イエスよ、ああ、デイモン、イエスよ」

デイモンは彼女もろとも地面に倒れこんだ。先ほどは熱く燃えあがり、無我夢中で愛を交わしたが、今度はどこまでもやさしく、互いに同じだけ愛を与え、そして受け取った。甘くゆったりとした口づけを交わし、快楽を引き延ばしながら相手を追い求めて高め、欲望をつのらせていった。とうとうデイモンがメグのなかへ入ったときには、互いの手を組みあわせ、彼女の腕を頭の上に引きあげさせて、彼女の目を見つめながら、時間をかけてふたりを揺らめく頂きへと押しあげていった。ついに彼女の瞳が快楽でかすんだとき、彼もまた快感につかまり、もろともに悦びに満ちた情熱の炎の高みへと舞いあがった。


いつしかまどろみのなかにいたふたりは、数時間後、目を覚ました。地面の上で寄り添って横になっている。デイモンがランタンを長持ちさせようと光を絞っていたので、あたりは薄暗い。何時なのか、どれくらい時間が経ったのかもわからないが、メグはどうでもよかった。いつまでもこうしていたい。こんなふうに、愛に包まれて。

「彼らもここでこうしていたのかしら」メグはしんみりと考えながら、デイモンの腕をなにげなく上下になでた。「フェイと、彼女が愛した男性も」

「そうかもしれないな」デイモンは横向きになって片ひじをつき、メグを見おろした。親指で彼女の胸の中央を上から下へまっすぐになぞる。「もしその男がわたしと同じ気持ちだったなら、いつでも、どこででも、こういう機会は逃さなかっただろうから」指はさらにメグの腰骨の突きだしたところをたどっていく。「だが、彼女がきみと同じくらい美しかったとはとても思えないよ」

「わたし以上よ。祖母を知ってた人はみんなそう言うわ」

「思い出とは美しいものだからね」

「デイモン……」

「うん？」彼はつぶやくように答え、自分の指先がピンク色のつぼみをくるくるとなぞってかたくとがらせるのを見ていた。

「どうしてコールと話をしたの？」メグは彼のあごに手をかけて自分のほうを向かせ、目を合わせた。「わたしと結婚する許可をもらおうと思ったの？」

「ああ、そのことか」デイモンが慎重な顔つきに変わった。「そうだな……そうかもしれない。きみが自立した女性として自分に誇りを持っているのはわかっているが、筋を通さなければならないことはあるんだ。彼に話をしないまま、結婚を申し込むことはできなかった。そうだろう？」

「もしあの子がノーと言っていたら？」メグの眉が片方くいっとあがる。

「きみの弟にきらわれたまま突き進むしかなかっただろうな」デイモンはにやりと笑った。

「彼がだめだと言おうが、それでわたしがあきらめるとは思わないでくれ」

「あなたが話をしたとき、コールはなんて言ったの？」

デイモンは首をかしげて考えた。「たしか〝南のやつなんてひとりでじゅうぶんなのに〟だったかな」

メグは大笑いした。「あの子らしいわ」

「それから、もしわたしがきみを傷つけたら、骨という骨を砕いてやると言われたよ。きみたちはまったく野蛮な人種だ、スコットランド人というのは」

メグは鼻を鳴らした。「さっきコールを八つ裂きにしてやるとか言ってた人の言葉かしら」

「ああ、まあ……きみという人は、男に限界点を超えさせるんだよ。そのあとでコールは、自分がどう考えていようと関係ないと言ったよ。きみはどうせ自分の好きなようにやるから、とね。もちろん、それはわたしもとっくに知っていたことなんだが。それでもやはり、やるべきことはやらなければいけない。それに彼とは前に話をしていたから――彼には知っておいてもらいたかったんだ。わたしはきみに、最高の敬意をもって接するつもりだということを」

「どういうことなの、前に話をしていたって？　またあの子と殴りあいをしていたの？　それをあなたたちは、わたしに黙っていたの？」

「いいや、ちがう、叱られるようなことはしていない。殴りあいなどしていないし、言いあいすらしていない。そういうのではないんだ。わたしは彼に、ダンカリーの土地管理人として働いてもらえないかと頼んだんだよ」

メグはなにも言えず、ただ口をぽかんと開けて彼を見つめるしかなかった。

「きみと土地の管理の話をした日に思いついたんだ。それが当然のような気がした。じゃまになるのはわたしの自尊心だけだったが、ここに来てから自尊心を捨てることを学んだからね。彼も最後には受けてくれるだろう。きっと世間からは、わたしは妻の尻に敷かれた色ぼけのまぬけだと言われるだろうが。ほんとうのことだから、がまんしなければなるまいね」

デイモンは流し目ついでににやりと笑い、メグの胸の先端にキスをした。「なにを言っても結局、わたしはきみの願いをきかずにはいられないんだから」

メグは彼の胸に両手をあて、また身をかがめようとした彼を押しとどめた。「待って。コールは仕事を受けたということなの？」

「まさか。断られたよ。もっと無礼なこともあれこれ言われたうえにね。だが、最後には彼は折れると思う。勝算はあるんだ。それになんと言っても、谷の住人のためになるのが彼の役目だろう？」

「あなたって策士ね」

「マンロー家の人間の扱いには慣れたから」

「あら、そうなの？」メグは片方の眉をくいっとあげた。

「そうだよ」デイモンは下に手を伸ばし、メグの脚のあいだにすべりこませ、やさしくくすぐった。彼女が潤い、うずいてくる。「ほらね？」にんまりと笑う。

「うぬぼれてるわ」メグは体を起こし、彼を押してあおむけにさせた。されるがままのデイモンの視線が、期待で鋭くなる。「そういうお遊びはふたりでやるものよ、閣下」

メグが彼のものに手をかけてなで、デイモンは小さく声をもらした。まぶたが重くなり、熱くとろりとした目で彼女を見る。「降参だ、わたしのレディ。このお遊びのご主人さまはきみだよ」

デイモンは彼女の頭を引きよせて口づけ、くるりと彼女をあおむけにした。

「あっ！」

デイモンがはっと頭をあげ、体を引いた。「どうした？　痛かったかい？　それとも、また気分が盛りあがっただけ？」

「ちがうわ」メグは顔をしかめた。「なにか刺さったみたい」うしろに手をやり、泥を探る。

「ここになにかあるの」

メグの瞳が光り、彼女は起きあがって向きを変え、自分が寝転がったところを見た。岩肌に泥や砂が分厚くかぶっているが、そこから金属の歯のようなものが二本、突きでていた。メグは身をかがめて顔を寄せ、そこにこびりついた泥を指でこすった。「デイモン、見て！」

淡い黄色と緑と金色に光るものが、泥から顔を出した。メグがまわりの泥をかきだし、あらわになったものをふたりで見つめる。羊皮紙の切れ端もいっしょに埋まっていた。折りたたまれたものが、金細工の櫛の歯のあいだにはさまっているのだ。

「祖母の櫛だわ！」メグがため息混じりに言った。「やっぱりふたつあったのね」櫛を取りあげ、櫛の歯からそっと羊皮紙を取りはずした。もろい紙を慎重に広げ、色あせたインクの文字を読みあげる。

「〝大切なあなた、あなたがこれを無事に見つけて喜んでくれますように。あなたから預かったものは無事よ。ちゃんと隠したわ。いつどこで見つければいいかはわかるわね。もし心配していたようにあなたが行ってしまったのなら、わたしたちの子どもに託します。もうすぐ産まれるの。こわくはないわ。だってきっと、あなたはわたしを待っていてくれるだろうから。心から愛しています、フェイ〟」

「ああ、デイモン！　なんて哀しいお話かしら」メグの目に涙がみるみるあふれ、彼女は体を起こしてひざを折ると、かかとに体重を乗せた。

「そうだね」彼はメグの頬をやさしくこぶしでなで、櫛のあったところを見た。「だが残念ながら、あまり詳しいことはわからないね。その大切なあなたというのはだれだ？　彼女はなにを隠した？　きみのお母さんはそれを見つけたと思うかい？」

「わからないわ」メグはさらに泥をどけようとしはじめ、デイモンも加わった。

デイモンは指を鍬のように使って近辺の地面を掘った。椅子代わりにしていた岩の出っ張りの下に、泥や細かい砂がどんどんたまっていく。そのとき、なにかなめらかでしなやかなものが手にふれた。「なにかあったぞ」興奮が声ににじむ。

「なに?」メグが彼の隣りに移動した。彼女の口調も熱くなっている。

「わからないが、なにか……まあ、岩ではないような手ざわりだ」デイモンは泥をかきだした。「布――いや、革だ」慎重にそれを掘りだしてメグに渡した。

すっかり泥まみれになったその小袋は、口を結んでいたものがなくなって開いていた。

「ここになにかある。しるしかなにか」泥をそっとこすり落とすと、次第に紋様があらわれた。花をかたどったものだ。

「バラの花だわ!」メグが息をのんだ。「これはバラの紋様……ベイラナンのあらゆるものにつけられる紋章よ」

「えっ。つまりこれは、いつかはわからないが、ローズ家の人間がここに落としたものということか」

「そうかもしれないけれど、でも……」メグの頭はすさまじい速さで回転していた。やおら岩棚の出っ張りの下を、泥を跳ねとばしながら掘りはじめる。「あっ!」メグはなにかに飛びついた。そして引っこめたその手には、泥にまみれた二枚の丸い金属が握られていた。一枚の端に少しだけ金色が覗いている。メグはそれをこすり、平らな面をきれいにした。

ふたりは硬貨に見入った。大きくて、金色で、片面には髪の毛がなびいた男性の横顔が描かれ、そのまわりにラテン語が刻印されている。もう片面には王冠と、模様の入ったふたつの楕円。その模様のひとつは、フランス王家のゆり紋章だとメグにもわかった。

「ルイ・ドール。金のルイ」デイモンが翻訳した。「ルイ十五世だな。裏面のこれは、フランスとナバラ王国の盾をかたどった紋章だ」

「フランスのお金なのね」

「前世紀のフランス金貨だ」ふたりは顔を見あわせた。

「ああ、なんてことかしら」メグはへたりと座りこんだ。「財宝だわ。マルコム・ローズの財宝」残りの金貨が入った、ローズ家の紋章入りの革袋を振る。「財宝はほんとうにあったのよ。そして、それを隠したのは、わたしの祖母」

デイモンはうなずいた。「そして、きみのおじいさんは――」

メグは呆けたようにつぶやいた。「マルコム・ローズ」

29

爪が割れて手が泥だらけになるまで洞窟のなかを調べつづけたが、ほかにはなにも見つからなかった。いったい何時なのかわからなかったが、服はだいたい乾き、ランタンの明かりもいまにも消えそうになっていたため、ふたりは服を着て最初の洞窟に戻ることにした。潮は引いたものの、あちこちに水たまりができている。夜明けの太陽がやっと水平線に顔を出したころで、なんともおだやかな海を見ていると、あの荒々しい嵐が信じられなくなるほどだった。ぬれそぼった綱が入り口の岩に巻きついたまま残っていたが、はしけは木の切れ端ひとつになっていた。

デイモンはため息をつき、洞窟の入り口の下数センチのところに打ちよせる波を見おろした。「泳ぐにはいい日和のようだ」

「海はおだやかね。でも湖まではかなり距離があるわ」

デイモンは地面に置いたランタンのそばに上着と襟巻きとベストを脱いで投げ、さらに座ってブーツも脱いだ。海に向かって伸びる崖をまじまじと見あげる。「あの道はどこにつながっている？」

彼の指さしたほうを目で追うと、ふたりの頭上一、二メートルのところに、崖に沿って走る細い道があった。「岬をまわりこむように曲がっているわ。あの岬が見える？」メグは崖の端を指さした。「あの岩は、フェイがよく座って海を見ていたとデイヴィッド・マクロイドが話していた岩よ。あそこで崖の方向が変わって、北に伸びているの。地面はだんだん低くなるけれど、あの道はだんだんあがっていくから、崖の上に出られることになるわね。あの日、あなたが馬でやってきたところからそう遠くないあたりよ」メグはあのときのことを思いだして微笑んだ。「でも、まずは道にあがらなくちゃ。かなり上のほうにあって高いわ」

「岩に出っ張りがある」デイモンは足もとの岩肌を手で指し示した。「歩けるほどの幅はないが、両手でつかまりながら伝っていって、あの突きでた岩まで行けたらなんとかなりそうだ。あそこまでよじのぼって、あの道にあがって岬をまわりこもう」

「あなたがそんなことを！　それにあなたがのぼっているあいだ、わたしはどうしていればいいの？」

デイモンが横目で見た。「ぬれないところで座っていたまえ。岩を崩して海に落ちないようにに気をつけて。岸に着いたら舟を探して迎えに来る。来なかったら、だれかが探しにきてくれるまでここで待つんだ」

「あるいは、あなたといっしょに行くか」

「それは危険だ。わたしは泳ぎも得意だし」

「わたしもよ。湖のそばで育ったんだもの、一生の半分はこういう岩場をのぼって過ごしたわ。それにわたしのほうが小柄だから、岩が崩れる心配も少ないだろうし」

「ああ、まったくね」デイモンは顔をしかめた。「それなら来たまえ。きみと言い争って体力を無駄にしたくない」

「賢明な判断ね」

「だが、わたしが先に行く」デイモンはむっつりとして言った。

「ええ、どうぞ」メグはにこやかに笑った。下に穿いているペチコートをはぎとるように脱ぐと、見つけた財宝を包み、デイモンの手を借りて、水の来ない高さにある岩棚の上にしっかりと置いた。それからスカートの裾を脚のあいだで交差させるように持ちあげ、ウエストにしっかりと入れこんだ。

「少なくとも、死ぬときはすばらしい眺めを見ながら逝けるようだ」むきだしになったメグの脚を見てデイモンは言った。

キスをひとつすると、彼は綱をつかんで海に入り、その冷たさに悪態をついた。命綱を頼りに小さな出っ張りまで行き、メグに綱を投げ返す。メグも同じようにしてあとにつづいた。デイモンの計画は、やってみると驚くほど簡単だった。海水でよく浮くうえ、衣服も脱いでいたおかげで動きやすかった。ふたりは両手を使って出っ張りに沿って〝歩き〟、もっと大きく飛びでた岩へと移った。いちばんたいへんだったのは、崖をまわりこむ細い道を進むときだった。しかし崖のほうを向いて下を見なければ、横歩きをするにはじゅうぶんな幅があり、しばらく行って岬をまわって北に向かうころには道幅は広くなった。

ふたりはまもなく崖の上に出た。メグはスカートをおろし、デイモンが差しだした手を取った。太陽はすっかり昇り、なにもかもが輝いてくっきりと見え、すがすがしく感じられた。いい天気だ。

メグは前方を手で示した。「ひどい嵐だったわね。こんなに荒れてしまって。水の届かない上のほうでも」

「ものすごい風だったからね。砂が飛ばされたんだろう」

「あのあたりには塚があったのに」メグが指さす。「いまは石がむきだしになっているわ」

そこで目をすがめる。「へんね。まるで壁みたい」

「そうかもしれないな」

「あんなところに小さな壁を建てる必要があるのかしら？」メグは興味をそそられてそちらに歩いていった。「見て！　石はひとつじゃないわ」

低い位置で並ぶ平たい石が、砂から顔を出していた。規則的に並んだ石はコの字形をつくり、さらにその向こうに一直線に並んだものと、L字形に並んだものもあった。

「これは……」

「まるで家の土台だな」デイモンが言葉を引き取った。「いや、小屋か。だいぶ小さいから」

「小さいですって！　これが小さいなら、わたしの小屋はいったいどうなるのかしら。でも、いったいだれがこんなところに家を建てるというの。あ、いえ、小屋だったわね」メグは眉をひそめた。「ここにだれかが住んでいたなんて、わたしは聞いたこともないわ。生まれてからずっと、ここは塚だったもの」

「これは、もっとずっと古いもののようだ。きみの知っている昔話よりもさらに古いかも」壁のひとつのそばでデイモンはしゃがんだ。「イングランドで似たようなものを見たことがある。教授が――」顔をあげてメグににやりと笑う。「わたしがあのストーンサークルを倒していたら、鞭で打たれそうな先生だよ。わたしたち生徒は何人か発掘現場に連れていかれたことがあるんだ。ローマ時代の遺跡じゃなくて、もっと古いものだ」

「ローマ時代より古い？」メグはあらわになった石を振り返った。「つまり、古代遺跡だということ？」

「ありうるね」デイモンは肩をすくめた。「昔見たものとよく似ているよ。とても古いから土に埋もれていて、ここと同じように、やはりそう遠くないところに塚やストーンサークルがあって」彼が立ちあがる。「ライオネルに手紙を書いて知らせなければならないな。休暇になったらダンカリーにすっ飛んでくるだろう」

　ふたりは半ば土に埋もれた石をしばらく眺めていた。

「この土地には知られざる秘密がたくさんありそうだ」デイモンがしみじみと言った。

メグはスカートのポケットの底から金貨を取りだし、思いをはせるように親指でこすった。「わたしの知っていることなんて、ほんのひと握りなのね」デイモンに向き直る。「マルコム・ローズはほんとうにフェイの秘密の恋人だったと思う?」

「そうだな。彼女が伝言を残したと思われる場所、そして素性をきわめて慎重に隠していた男性と会っていたらしい場所に、当時のフランス金貨があったこと」デイモンは指を折って要点を数えあげていった。「妻に背中を刺されて死んだ男性の遺体が見つかったこと。ちなみに、不貞をはたらいた人物がそういう最期を遂げるのはありうることだ。さらに地位と富があり、フランスから財宝を持ち帰ったと噂されていた男性がいたこと。その財宝はまだ見つかっていないこと。恋人のものを預かったという、きみのおばあさんの謎めいた言葉。そして謎の恋人から贈られた高価な櫛。そして同じ櫛がもうひとつ、おばあさんが恋人に宛てて書いた手紙といっしょに出てきたこと。それから〝わたしたちの子ども〟と書かれていたこと。きみがマルコム・ローズの孫娘ではないという可能性のほうが、限りなく小さいと思う」

メグは頭を振り、ふたたびデイモンの手を取った。「想像もできないわ。まさか彼がおじいさまだなんて思いもしなかった。彼は当時フランスにいたもの」

「だが、きみが前に話してくれたじゃないか。マルコムは戻ってきたと。しかし彼がべつの女性に宛てた手紙が妻に見つかり、嫉妬に駆られた妻に殺されてしまったと。すべてつじつまが合う。きみのおばあさんが、その女性だったんだよ」

「そうね、彼が恋人に会いたくて出した手紙を、彼の妻が先に手に入れた。だからフェイはその手紙を読まなかった。ということは、彼とフェイは会えなかったのでは？」

「どこかでは会っているはずだ。なんとかして。そうでなければ、彼が持ち帰った財宝をおばあさんは預かることができない。何週間も顔を見ていない愛する女性には、どうしても会いたいものだよ――そういう立場に立たされた男の気持ちはいくらかわかるつもりだ――だからマルコムは、帰ってきてすぐにフェイに会いにいったはずだ。彼女と再会して金貨を渡したか、秘密の場所に置いてきたことを伝えたか。そして彼は急いでベイラナンに戻ったものの、愛する女性にもう一度会わなければ出発できないと思ったんだろう。だから彼女に手紙を送った。疑いを持っていた妻が見つけたのは、その手紙だ。そして妻は、夫の不貞の報いとして冷たい刃を振るった」

「大きな代償ね」メグは身震いした。つま先立ちになってデイモンの頬にキスをする。「わたしはあなたの素性を隠さずにすんで、よかったわ」彼女は手を差しだして手のひらを返したり戻したり、太陽を受けてきらめく宝石の輝きをうっとりと眺めた。

デイモンは彼女の手を取って口もとに持っていった。「きみの手によく似合っている。でもこれはシトリンとペリドットのそこそこの品だ。きみの櫛とおそろいになるように注文しておいたものなんだ。婚約指輪になりそうなものが、これしかなかった。だからロンドンでもっといいものをあつらえよう。たとえば、エメラルドとイエローダイヤモンドでも」

「いいえ、いいの、これがとても気に入っているの！　だって……」メグは指で宝石をなでた。「あなたの心がこもっているもの」彼を見あげて急に真顔になる。「デイモン、ほんとうにいいの？　ほんとうに、ほんとうにかまわないの？　わたしは心からあなたを愛しているけれど、だからといってあなたの名前をいただかなくてもいいのよ」

「わたしがきみに、わたしの名を受け取ってほしいんだ。わたしの名前も、心も、わたしという存在とわたしの持つものすべてを。愛しているよ、メグ」もう一度、メグの唇にゆっくりとやさしく口づけた。唇を離してにっこりと笑う。「そうでなければ、わたしの贈り物は受け取ってもらえないだろう？」

デイモンはメグの肩を抱き、メグは声をあげて笑って彼にもたれた。そうしてふたりは、家に向かって歩きだした。

訳者あとがき

キャンディス・キャンプ初のスコットランドを舞台にしたシリーズ——一作目の『ウエディングの夜は永遠に』につづき、二作目『恋の魔法は永遠に』をお届けします。今回は、前作でヒロインのイソベル・ローズを支えた頼もしい親友メグ・マンローが主人公です。

一作目でイソベルはロンドンの紳士（のふりをしていた）ジャックと結ばれ、本作では夫婦そろってロンドン旅行に出かけています。ローズ家の領地であるベイラナンにはイソベルのおばエリザベスとジャックの母親ミリセントが残り、前作で悪事をはたらいたイソベルのいとこおじロバートは、息子のグレゴリーの監督のもと、インヴァネスの約二百キロ北にあるオークニー諸島の島で暮らしているようです（悪事に加担したイソベルの弟アンドリューについては詳しく語られていません）。

そうしてベイラナンが落ち着きを取り戻したところに、ローズ家と並ぶ近隣一帯の大地主であるマードン伯爵デイモンが、十三歳のひとり娘リネットを連れてやってきます。

マードン伯爵は、ベイラナンの隣接地であるダンカリーを婚姻によって所有することになったイングランド貴族ですが、自身はこれまで一度しかスコットランドを訪れたことがなく、ダンカリーの差配は雇われ管理人のマックリーにまかせていました。前作でも描写がありましたが、マックリーは時代の流れのままに、小作人を立ち退かせて代わりに羊を飼育する〝放逐《クリアランス》〟をかなり荒っぽい手口で進めており、そのせいで伯爵も地元では血も涙もない冷血漢として評判が悪く、メグも伯爵のことをよく思っていません。

ところが、馬車に乗っている伯爵をひと目見た瞬間、メグは悪魔のごとく高貴なたたずまいの彼に強く惹かれてしまいます。自分の反応が信じられず、ただの気のせいだと思いこもうとしますが……伯爵のほうもひと目でメグの美しさに心を奪われていて、このままふたりのあいだになにも起こらないわけがありません。

前作は冒頭部分で本編の六十年前にさかのぼり、イソベルの祖父マルコム・ローズが殺されるところから始まりました。彼はフランス国王から支援の軍資金を賜って帰国したものの、弟と妻の陰謀によって命を奪われます。今作でも同じく冒頭は六十年前、マルコムと謎の女性との逢瀬の場面で始まりますが、時系列的には前作の冒頭よりも少し前、帰国した直後に愛する女性のもとを訪れたときのこととなっています。ふたりは限られた時間で愛を確かめあいますが、マルコムはイングランド兵に追われる身。〈カロデンの戦い〉で敗北して逃走中のチャールズ王子を捜すという使命もあり、ぐずぐずしてはいられません。愛しあうふたりの時間はあまりにも短く、彼はすぐに彼女のもとをあとにします。このふたりの関係が六十年後にどうつながっているのか、それはぜひ本編のつづきでお確かめください。

メグの仕事は、伝承療法をほどこす治療師《ヒーラー》そして産婆です。ふつうの村の女性とは暮らしぶりが異なり、自然界から役に立つ薬草などを集め、育てられるものは自分で育て、それらを使って独自の薬を調合し、村人の病気やけがを治療することで生計を立てています。その技術はマンロー家の女たちに代々受け継がれてきたもので、彼女たちは村人からいちおう敬意を持たれてはいますが、魔女であるかのように噂されていたりもして、ちょっと神秘的な存在なのです。しかも、結婚という形で男性に属することがないため、奔放でふしだらな家系ではないかという悪評もついてまわっています。メグは燃えるような赤毛に金色の瞳を持つハッとするような美女ですから、どうしても男たちの視線を集め、誘いをかけられることも多かったのですが……。

しかしマンロー家の女たちは、じつは男性と対等な立場でただひとりの相手を愛し抜く、身持ちの固い清廉な女性ばかりでした。ヒーローであるマードン伯爵も最初はそのあたりを大きく誤解しており、メグとやりとりするうえで混乱する原因となっています。そしてまたメグのほうも、噂でしかマードン伯爵を知らないため、ほんとうの彼がどんな人間なのかわかっていません。天と地ほども身分に差があり、本来なら接点のなかったふたりが、互いのほんとうの姿を知っていく過程がひじょうにこまやかに、巧みに描かれていて、キャンディス・キャンプの見事な筆力にうならされてしまいます。

マードン伯爵がスコットランドにやってきたのは、病弱な奥方が亡くなり、疎遠になってしまった娘との関係を築き直すためでした。ロマンスだけでなく、このようなマードン伯爵と娘リネットの父娘関係や、メグと弟コールや父親アランとの関係、さらにはメグが自分のルーツを探っていく過程などもお話の大きな柱となっており、物語に広がりと深みが生まれています。キャンディス・キャンプの作品を読んでいつも思うのは、家族というもののすばらしさやいとおしさをよくわかっている、愛情たっぷりのあたたかい人なのではないかなあということです。伯爵の執事や従者、村人たちといった名脇役も、あいかわらず光っていますね。

そしてもうひとつ。原題の*Pleasured*（pleasureという名詞には〝快楽〟という意味がある）からも推測できるように、大人のふたりならではのホットなムード満載の作品となっています。メグは男性経験がないながらも、特定のひとりには奔放になれる情熱的な性格であり、相手のマードン伯爵も経験豊富な大人の美丈夫とあって、ふたりはすぐに燃えあがります。未熟な青二才など相手にしない、大人の男性が好みのメグと、世慣れた美しい伯爵。大胆なふたりの熱々ぶりには、最初から最後までときめきが止まりません。

ちょっと話はそれますが、本書に出てきたスコットランドのアバディーンを調べていたところ、意外な人物とつながりがありました。長崎の観光名所としても有名な、かのグラバー邸のトーマス・グラバーは、なんとアバディーン出身だったのですね。恥ずかしながら、訳者は中学の修学旅行で訪れただけで詳しいことを知らなかったので、スコットランドと日本の接点がこんなところにもあったのかと、驚きと親近感を感じずにはいられませんでした。

さて、三部作の最後を飾るのは、イソベルやメグを大切に守ってきたたくましい金髪の弟コールのお話です。イソベルとメグにそれぞれ相手ができて、ぶじにお役御免となった(?)コールは、彼だけの大切な人をどんなふうに見つけるのでしょうか。本書のなかで〝学のある人〟が好みだとメグに指摘された彼は、子どものころ、ベイラナンの庭の花を無断で失敬してイソベルの家庭教師に贈ったという、微笑ましいエピソードが明かされていました。そんな彼がどんな本気の恋をするのか、とても楽しみですね。

二〇一六年　五月

ザ・ミステリ・コレクション

恋《こい》の魔法《まほう》は永遠《えいえん》に

著者　キャンディス・キャンプ
訳者　山田香里《やまだかおり》

発行所　株式会社 二見書房
東京都千代田区三崎町2-18-11
電話 03(3515)2311［営業］
03(3515)2313［編集］
振替 00170-4-2639

印刷　株式会社 堀内印刷所
製本　株式会社 関川製本所

ISBN978-4-576-16095-5
http://www.futami.co.jp/

英国レディの恋のため息
キャンディス・キャンプ
山田香里［訳］
〔ウィローメア・シリーズ〕

ステュークスベリー伯爵と幼なじみの公爵令嬢ヴィヴィアン。水と油のように正反対の性格で、昔から反発するばかりのふたりだが、じつは互いに気になる存在で…!?

伯爵の恋の手ほどき
エヴァ・リー
高橋佳奈子［訳］

エレノアは社交界のスキャンダルを掲載する新聞の発行人。伯爵ダニエルに密着取材することになるが、徐々に互いに惹かれ…ヒストリカル・ロマンス新シリーズ！

約束のキスを花嫁に
リンゼイ・サンズ
上條ひろみ［訳］
〔新ハイランドシリーズ〕

幼い頃に修道院に預けられたイングランド領主の娘アナベル。ある日、母に姉の代役でスコットランド領主と結婚しろと命じられ…。愛とユーモアたっぷりの新シリーズ開幕！

愛のささやきで眠らせて
リンゼイ・サンズ
上條ひろみ［訳］
〔新ハイランドシリーズ〕

領主の長男キャムは盗賊に襲われた少年ジョーンを助けて共に旅をしていたが、ある日、水浴びする姿を見てジョーンが男装した乙女であることに気づいてしまい…!?

口づけは情事のあとで
リンゼイ・サンズ
上條ひろみ［訳］
〔新ハイランドシリーズ〕

夫を失ったばかりのいとこフェネラを見舞ったサイは、しばらくマクダネル城に滞在することに決めるが、湖で出会った領主グリアと情熱的に愛を交わしてしまい……!?

禁断の夜を重ねて
メアリー・ワイン
大野晶子［訳］

ある土地を守るため、王の命令でラモンは未亡人のイザベルに結婚を持ちかける。男性にはもう興味のなかったイザベルだが……中世が舞台のヒストリカル新シリーズ開幕！

誘惑の夜に溺れて

ステイシー・リード
旦紀子［訳］

フィリッパはアンソニーと惹かれあうが、処女ではないという秘密を抱えていた。一方のアンソニーも、実は公爵の庶子で、ふたりは現実逃避して快楽の関係に溺れ……

この恋がおわるまでは

ジョアンナ・リンジー
小林さゆり［訳］

勘当されたセバスチャンは、偽名で故国に帰り、マーガレットと偽装結婚することになる。いつかは終わる関係と知りながら求め合うが、やがて本当の愛がめばえ……

ダークな騎士に魅せられて

ケリガン・バーン
長瀬夏実［訳］

愛を誓った初恋の少年を失ったファラ。十七年後、死んだはずの彼を知る危険な男ドリアンに誘惑されて——。情熱と官能が交錯する、傑作ヒストリカル・ロマンス!!

禁じられた愛のいざない

ダーシー・ワイルド
石原まどか［訳］

厳格だった父が亡くなり、キャロラインは結婚に縛られず恋を楽しもうと決心する。プレイボーイと名高いモンカーム卿としがらみのない関係を満喫するが、やがて…!?

はじめての愛を知るとき

ジェニファー・アシュリー
村山美雪［訳］〔マッケンジー兄弟シリーズ〕

〝変わり者〟と渾名される公爵家の四男イアンが殺人事件の容疑者に。イアンは執拗な警部の追跡をかわしつつ、歌劇場で出会ったベスとともに事件の真相を探っていく…

一夜だけの永遠

ジェニファー・アシュリー
村山美雪［訳］〔マッケンジー兄弟シリーズ〕

ひと目で恋に落ち、周囲の反対を押しきって結婚したマックとイザベラ。互いを愛しすぎるがゆえに別居中のふたりは、ある事件のせいで一夜をともに過ごす羽目に…

二見文庫 ロマンス・コレクション

純白のドレスを脱ぐとき
トレイシー・アン・ウォレン
久野郁子［訳］
〔プリンセス・シリーズ〕

意にそまぬ結婚を控えた若き王女と、そうとは知らずに恋におちた伯爵。求めあいながらすれ違うふたりの恋の結末は⁉　RITA賞作家が贈るときめき三部作開幕！

薔薇のティアラをはずして
トレイシー・アン・ウォレン
久野郁子［訳］
〔プリンセス・シリーズ〕

小国の王女マーセデスは、馬車でロンドンに向かう道中何者かに襲撃される。命からがら村はずれの宿屋に辿り着くが、彼女が本物の王女だとは誰も信じてくれず…⁉

真珠の涙がかわくとき
トレイシー・アン・ウォレン
久野郁子［訳］

元夫の企てで悪女と噂されて社交界を追われ、友も財産も失ったタリア。若き貴族レオに求愛され、戸惑いながらも心を開くが…？ ヒストリカル新シリーズ第一弾！

その唇に触れたくて
サブリナ・ジェフリーズ
石原未奈子［訳］

父親の仇と言われる伯爵を看病する羽目になったミナ。だが高熱にうなされる彼の美しい裸体を目にしたミナは憎しみを忘れ…。ベストセラー作家サブリナが描く禁断の恋！

今宵、心惑わされ
グレース・バローズ
安藤由紀子［訳］

早急に伯爵位を継承しなければならなくなったイアン。伯爵家は折からの財政難。そこで持参金がたっぷり見込める花嫁—金満男爵家の美人令嬢—を迎える計画を立てるが⁉

その言葉に愛をのせて
アマンダ・クイック
安藤由紀子［訳］

ある殺人事件が、「二人」を結びつける——過去を封印して生きる秘書アーシュラと孤島から帰還した貴公子スレイター。その先に待つ、意外な犯人の正体は⁉

眠れない夜の秘密
ジェイン・アン・クレンツ
喜須海理子［訳］

グレースは上司が殺害されているのを発見し、失職したうえとある殺人事件にかかわってしまった過去の悪夢にうなされ始める。その後身の周りで不思議なことが起こりはじめ…

略奪
キャサリン・コールター＆J・T・エリソン
水川 玲［訳］

元スパイのロンドン警視庁警部とFBIの女性捜査官。謎の殺人事件と〝呪われた宝石〟がふたりの運命を結びつけて——夫婦捜査官S&Sも活躍する新シリーズ第一弾！

激情
キャサリン・コールター＆J・T・エリソン
水川 玲［訳］

平凡な古書店店主が殺害され、彼がある秘密結社のメンバーだと発覚する。その陰にうごめく世にも恐ろしい企みに英国貴族の捜査官が挑む新FBIシリーズ第二弾！

迷走
キャサリン・コールター＆J・T・エリソン
水川 玲［訳］

テロ組織による爆破事件が起こり、大統領も命を狙われる。人を殺さないのがモットーの組織に何が？英国貴族のFBI捜査官が伝説の暗殺者に挑む！シリーズ第三弾

危険な夜の果てに
リサ・マリー・ライス
鈴木美朋［訳］〔ゴースト・オプス・シリーズ〕

医師のキャサリンは、治療の鍵を握るのがマックという国からも追われる危険な男だと知る。ついに彼を見つけ、会ったとたん……。新シリーズ一作目！

夢見る夜の危険な香り
リサ・マリー・ライス
鈴木美朋［訳］〔ゴースト・オプス・シリーズ〕

久々に再会したニックとエル。エルの参加しているプロジェクトのメンバーが次々と誘拐され、ニックは〈ゴースト・オプス〉のメンバーとともに救おうとするが——

二見文庫 ロマンス・コレクション